金學叢書
第二輯 2

吳 敢
胡衍南 霍現俊
主編

甯宗一《金瓶梅》研究精選集

甯宗一 著

臺灣學生書局 印行

金學叢書第二輯序

　　2013 年 5 月第九屆（五蓮）國際《金瓶梅》學術討論會期間，胡衍南、霍現俊忙裏偷閒，時而小聚，漢書下酒，就中便有本叢書編輯出版一事。當時即擬與吳敢商談，以期盡快成議。只是吳敢當時會務繁多，此議終未提及。2013 年 7 月 3 日，胡衍南到徐州公幹，當晚至吳敢舍下小酌，此事即進入操作程序。此後電郵往來，徐州、臺北、石家莊三方輾轉，叢書編撰框架日漸明朗。2013 年 11 月 23 日，胡衍南再度到徐州公幹，代表臺灣學生書局與吳敢詳盡商談編輯出版事宜，本叢書遂成定案。

　　此「金學叢書」之由來也。

　　中國古代小說研究，重大課題眾多。近代以降，紅學捷足先登。20 世紀 80 年代，金學亦成顯學。明代長篇白話小說《金瓶梅》是中國文學史上一部里程碑式的重要作品，其橫空出世，破天荒打破以帝王將相、英雄豪傑、妖魔神怪為主體的敘事內容，以家庭為社會單元，以百姓為描摹對象，極盡渲染之能事，從平常中見真奇，被譽為明代社會的眾生相、世情圖與百科全書。幾乎在其出現同時，即被馮夢龍連同《三國演義》《水滸傳》《西遊記》一起稱為「四大奇書」。不久，又被張竹坡譽為「第一奇書」。《紅樓夢》庚辰本第十三回脂評：「深得《金瓶》壼奧」。魯迅《中國小說史略》認為「同時說部，無以上之」。

　　自有《金瓶梅》小說，便有《金瓶梅》研究。明清兩代的筆記叢談，便已帶有研究《金瓶梅》的意味。如明代關於《金瓶梅》抄本的記載，雖然大多是隻言片語的傳聞、實錄或點評，但已經涉及到《金瓶梅》研究課題的思想、藝術、成書、版本、作者、傳播等諸多方向，並頗有真知灼見。在《金瓶梅》古代評點史上，繡像本評點者、張竹坡、文龍，前後紹繼，彼此觀照，相互依連，貫穿有清一朝，形成筆架式三座高峰。繡像本評點拈出世情，規理路數，為《金瓶梅》評點高格立標；文龍評點引申發揚，撥亂反正，為《金瓶梅》評點補訂收結；而尤其是張竹坡評點，踵武金聖歎、毛宗崗，承前啟後，成為中國古代小說評點最具成效的代表，開啟了近代小說理論的先聲。明清時期的《金瓶梅》研究，具有發凡起例、啟導引進之功。

　　20 世紀是人類歷史上可足稱道的一個百年。對中國人來說，世紀伊始，產生了驚天動地的兩件大事：1911 年封建王朝的終結，1919 年「五四」新文化運動的興起。中國人

心裏承接有豐富的傳統，中國人肩上也負荷著厚重的擔當。揚棄傳統文化，呼喚當代文明，這一除舊佈新的文化使命，在中國用了大半個世紀的時間。觀念形態的更新、研究方法的轉變、思維體式的超越、科學格局的營設一旦萌發生成，便產生無量的影響，具有劃時代的意義。《金瓶梅》研究即為其中一例。

以 1924 年魯迅《中國小說史略》出版，標誌著《金瓶梅》研究古典階段的結束和現代階段的開始；以 1933 年北京古佚小說刊行會影印發行《金瓶梅詞話》，預示著《金瓶梅》研究現代階段的全面推進；以 30 年代鄭振鐸、吳晗等系列論文的發表，開拓著《金瓶梅》研究的學術層面；以中國大陸、臺港、日韓、歐美（美蘇法英）四大研究圈的形成，顯現著《金瓶梅》研究的強大陣容；以版本、寫作年代、成書過程、作者、思想內容、藝術特色、人物形象、語言風格、文學地位、理論批評、資料彙編、翻譯出版、藝術製作、文化傳播等課題的形成與展開，揭示著《金瓶梅》的研究方向。一門新的顯學——金學，已經赫然出現在世界文壇。

20 世紀 70 年代以來的當代金學，中國的吳曉鈴、王利器、魏子雲、朱星、徐朔方、梅節、孫述宇、蔡國梁、甯宗一、陳詔、盧興基、傅憎享、杜維沫、葉朗、陳遼、劉輝、黃霖、王汝梅、周中明、王啟忠、張遠芬、周鈞韜、孫遜、吳敢、石昌渝、白維國、陳昌恆、葉桂桐、張鴻魁、鮑延毅、馮子禮、田秉鍔、羅德榮、李申、魯歌、馬征、鄭慶山、鄭培凱、卜鍵、李時人、陳東有、徐志平、陳益源、趙興勤、王平、石鐘揚、孟昭連、何香久、許建平、張進德、霍現俊、陳維昭、孫秋克、曾慶雨、胡衍南、李志宏、潘承玉、洪濤、楊國玉、譚楚子等老中青三代，辨章學術，考鏡源流，營造了一座輝煌的金學寶塔。其考證、新證、考論、新探、探索、揭秘、解讀、探秘、溯源、解析、解說、評析、評注、匯釋、新解、索引、發微、解詁、論要、話說、新論等，蘊含宏富，立論精深，使得金學園林花團錦簇，美不勝收，可謂源淵流長，方興未艾。中國的《金瓶梅》研究，經過 80 年漫長的歷程，終於在 20 世紀的最後 20 年登堂入室，當仁不讓也當之無愧地走在了國際金學的前列。

此「金學叢書」之要義也。

本叢書暫分兩輯，第一輯為臺灣學人的金學著述，由魏子雲領銜，包括胡衍南、李志宏、李梁淑、鄭媛元、林偉淑、傅想容、林玉惠、曾鈺婷、李欣倫、李曉萍、張金蘭、沈心潔、鄭淑梅，可說是以老帶青；第二輯為中國大陸 20 世紀 80 年代以來學人的《金瓶梅》研究精選集，計由徐朔方、甯宗一、傅憎享、周中明、王汝梅、劉輝、張遠芬、周鈞韜、魯歌、馮子禮、黃霖、吳敢、葉桂桐、張鴻魁、陳昌恆、石鐘揚、王平、李時人、趙興勤、孟昭連、陳東有、孫秋克、卜鍵、何香久、許建平、張進德、霍現俊、曾慶雨、楊國玉、潘承玉、洪濤諸位先生的大作組成，凡 31 人 30 冊（其中徐朔方、孫秋克，

傳憎享、楊國玉，王平、趙興勤，因字數兩人合裝一冊），每冊 25 萬字左右。

　　天津師範學院（今天津師範大學）朱星是中國大陸金學新時期名符其實的一顆啟明星，他在 1979 年、1980 年連續發表多篇論文，並於 1980 年 10 月由百花文藝出版社結集出版了中國大陸新時期《金瓶梅》研究的第一部專著《金瓶梅考證》。朱星的研究結論不一定都能經得住學術的檢驗，但朱星繼魯迅、吳晗、鄭振鐸、李長之等人之後，重新點燃並高舉起這一支學術火炬，結束了沉寂 15 年之久的局面，這一歷史功績，應載入金學史冊。遺憾的是，朱星先生 1982 年逝世，後人查訪困難，只能闕如。

　　香港夢梅館主梅節可謂《金瓶梅》校注出版的大家，1988 年由香港星海文化出版有限公司出版《全校本金瓶梅詞話》；1993 年由梅節校訂，陳詔、黃霖注釋，香港夢梅館出版《重校本金瓶梅詞話》（該本後由臺灣里仁書局 2007 年 11 月初版，2009 年 2 月修訂一版，2013 年 2 月修訂一版八刷）；1998 年梅節再為校訂，陳少卿抄寫，香港夢梅館出版《夢梅館校定本金瓶梅詞話》。前後三次合共校正詞話原本訛錯衍奪七千多處，成為可讀性較好的一個本子。梅節由校書而研究，關於《金瓶梅》作者、傳播、成書、故事發生地等問題的認識，亦時有新見。可惜的是，梅節先生的論文集《瓶梅閒筆硯——梅節金學文存》2008 年 2 月由北京圖書館出版社出版，版權協商匪易，未能入選。

　　上海音樂學院蔡國梁 20 世紀 50 年代末即開始研習《金瓶梅》，寫下不少筆記，1980 年前後即依據筆記整理成文，1981 年開始發表金學論文，1984 年出版第一部專著[1]，累計出版金學專著 3 部[2]、編著 1 部[3]，發表論文多篇，內容涉及《金瓶梅》的思想、源流、人物、作者、評點、文化等諸多研究方向，是早期《金瓶梅》研究的主力成員。無奈聯繫不上，不得已而割愛。

　　國人研究《金瓶梅》的論著，最早是闞鐸的《紅樓夢抉微》[4]，但其只是一個讀書筆記。天津書局 1940 年 8 月出版之姚靈犀《瓶外卮言》，嚴格說也只是一個資料彙編。香港大源書局 1961 年出版之南宮生著《金瓶梅》簡說，算得上是一個原著導讀。臺北時報文化出版公司 1978 年 2 月出版之孫述宇著《金瓶梅的藝術》，可說是第一部文本研究的學術著作。該書全文收入石昌渝、尹恭弘編選的《臺港金瓶梅研究論文選》[5]。2011 年 3 月上海古籍出版社再版，增加了一篇作者自序，更名為《金瓶梅：平凡人的宗教劇》。

1　《金瓶梅考證與研究》，西安：陝西人民出版社，1984 年。
2　另兩部為：《明清小說探幽——明人、清人、今人評金瓶梅》，杭州：浙江文藝出版社，1985 年；《金瓶梅社會風俗》，天津：百花文藝出版社，2002 年。
3　《金瓶梅評注》，桂林：灕江出版社，1986 年。
4　天津大公報館 1925 年 4 月鉛印。
5　南京：江蘇古籍出版社，1986 年。

孫述宇先生本已與上海古籍出版社洽商同意編入金學叢書，並授權主編代理，忽中途撤稿，原因還是版權問題。

還有其他一些因故未能入選的師友：或已作仙遊[6]，或礙於本輯叢書的體例[7]，或因為版權期限，或失去聯繫等。凡此種種，均為缺憾。

儘管如此，第二輯連同第一輯 14 人 16 冊總計所入選的此 45 人 46 冊，已經是中國當代金學隊伍的主力陣容，反映著當代金學的全面風貌，涵蓋了金學的所有課題方向，代表了當代金學的最高水準。

此「金學叢書」之大略也。

臺灣學生書局高瞻遠矚，運籌帷幄，以戰略家的大眼光，以謀略家的大手筆，決計編撰出版「金學叢書」，實金學之幸，學術之福。主編同仁視本叢書為金學史長編，精心策劃，傾心編審。各位入選師友打造精品，共襄盛舉。《金瓶梅》研究關聯到中國小說批評史、中國小說史、中國文學史、中國文學評點史、中國文學批評史等諸多學科，是一個應該也已經做出大學問的領域。為彌補本叢書因為容量所限有很多師友未能入選的不足，特附設一冊《金學索引》[8]，廣輯金學專著、編著、單篇論文與博碩士論文，臚列學會、學刊與所舉辦之金學會議，立此存照，用供備覽。本叢書的編選，既是對過往的總結，也是對未來的期盼。本叢書諸體皆備，雅俗共賞，可以預測，將為金學做出新的貢獻。

此「金學叢書」之宗旨也。

金學已經不是一座象牙塔，而是一處公眾遊樂的園林。三百多部論著，四千多篇學術論文，二百多篇博碩士論文，既有挺拔的大樹，也有似錦的繁花，吸引著越來越多的研究者與愛好者探幽尋奇。不容置疑，傳統的金學，加上以文化與傳播為標誌的、以經典現代解讀為旗幟的新金學，必然展示著甯宗一先生的經典命題：說不盡的《金瓶梅》。

此「金學叢書」之感言也。

吳敢、胡衍南、霍現俊（吳敢執筆）

2014 年元旦

---

[6] 　如王啟忠、鮑延毅、孔繁華、許志強諸先生等，駕鶴西去的徐朔方先生的精選集由其高足孫秋克代為編選，劉輝先生的精選集由其摯友吳敢代為編選。

[7] 　本輯叢書乃論文精選集，字典、詞典與小塊文章結集便未能入選，《金瓶梅》語言研究的幾位專家如白維國、李申、張惠英、許仰民等因此失選。

[8] 　吳敢編著，分上下兩編。

甯宗一《金瓶梅》研究精選集

目　次

題　記

　　關於《金瓶梅》，過去了的時代如何看法，我們暫且擱在一邊不去管它。在今天，我還是看到了，《金瓶梅》無論在社會上、人的心目中，乃至研究者中間，它似乎仍然是一部最容易被人誤解的書，而且我自己就發現，在一個時期內，我雖然曾殫精竭慮、聲嘶力竭地為之辯護，原來我竟也是它的誤讀者之一。因為我在翻看自己的舊稿時，就看到了自己內心的矛盾和評估它的價值的矛盾。這其實也反映了批評界和研究界的一種值得玩味的現象。我已感覺到了，中國的批評界和讀者看問題的差異。我發現一個重大差別就是研究者比普通讀者虛偽。首先因為讀者意見是口頭的，而研究者的意見是書面的，文語本身就比口語多一層偽飾，而且口語容易個性化，文語則容易模式化——把話說成套話，套話就不真實；同時研究者大多有一種「文化代表」和「社會代表」的自我期待，而一個人總想著代表社會公論，他就必然要掩飾自己的某些東西。在這方面，普通讀者就沒有面具，往往想怎麼說就怎麼說，怎麼想就怎麼說，比如對《金瓶梅》，其實不少研究者未必沒有普通讀者的閱讀感受，但他們寫成文章就冠冕堂皇多了。儘管我們分明地感到一些評論文字在作假，一看題目就見出了那種做作出來的義正而辭嚴，可是這種做作本身就說明了那種觀念真實而強大的存在。它逼得人們必須如此做作。且做作久了就有一種自欺的效果，真假就難說了。《金瓶梅》竟然成了一塊真假心態的試金石，這也夠可笑的了。就拿《金瓶梅》最惹眼的性行為的描寫來說，我必須承認，在我過去的研究文章中就有偽飾。現在再讀《金瓶梅》時，似經過了一次輪回，才坦然地說出了自己心底的話：我既不能苟同以性為低級趣味之佐料，也無法同意談性色變之國粹，當然我對佛洛德的性本能說持有許多保留意見。現在，也許經過一番現代化開導，我真的認識到，性活動所揭示的人類生存狀態，往往是極其深刻的。因為，在人類社會發展的進程中，性已是一種文化現象，它可以提高到更高的精神境界，得到美的昇華，絕不僅僅是一種動物性的本能。所以，我認為《金瓶梅》可以、應該、必須寫性（題材、內容這樣要求），但是由於作者筆觸過於直露，缺乏藝術的節制，因此時常為人們所詬病。但是，我更喜歡偉大喜劇演員 W. C. 非爾茲的一句有意味的話：「有些東西也許比性更好，有些東西也許比性更糟，但沒有任何東西是與之完全相似的。」（這是看電視《環球銀幕》時聽到並速記下來的。）

　　至於對作為接受主體的讀者來說，我是同意阿米斯在他的《小說美學》中所說的意見：

　　　　人擺脫了動物狀態，既能變成魔鬼，也能變成天使。最壞的惡和最好的善都屬於心靈，而這二者都在文學中得到了最完整的再現。因此，對那些學會了閱讀的人來說，他們的靈魂是染於蒼還是染於黃都由自己掌握。[1]

基於此，再回到過去了的時代，我非常欣賞清人張竹坡所寫〈批評第一奇書《金瓶梅》讀法〉中所說的大實話：

　　　　《金瓶梅》不可零星看，如零星便只看其淫處也。故必盡數日之間，一氣看完，方知作者起伏層次，貫通氣脈，為一線穿下來也。
　　　　凡人謂《金瓶梅》是淫書者，想必伊只知看其淫處也。若我看此書，終是一部史公文字。

在我看來，這位張竹坡先生的意見比國粹派、談性色變者以及偽善者更懂得如何讀《金瓶梅》，包括如何看待此書的性描寫。

　　以上所言，實際上涉及《金瓶梅》的整個「閱讀行為」，即讀者群和評論者如何首先拓寬閱讀空間和調整閱讀心態這樣一個極普遍又亟須解決的理論和實踐的問題。面對小說《金瓶梅》，評論者是否高於讀者可以不論，但他首先是一個讀者，他的評論始於閱讀，甚至與閱讀同步，因此有什麼樣的閱讀心態，就會有什麼樣的閱讀空間。我想，在一個開放的、多層次的閱讀空間中，有多種並行的或者相悖的閱讀方式和評論方式，讀者可以擇善而從，也可兼收並蓄，甚至可以因時因地而分別取用。但任何封閉的、教條的、被動的，甚至破壞性的心態都可以導致閱讀的失敗。對於《金瓶梅》這樣驚世駭俗的奇書，面對這早熟而又逸出常規的小說巨構，必須進行主動的、參與的、創造性的閱讀，從而才有可能產生出一種開放的、建設的、創造的研究與批評。

　　進一步說，對於一個讀者來說，面對一部小說，首先要尊重、承認它的作者審視生活的角度和審美判斷的獨立性，我們無權也不可能干預一位古代小說家對他生活的時代採取的是歌頌還是暴露的態度：事實是，歌頌其生活的時代，其作品未必偉大，暴露其生活的時代，其作品未必渺小。《金瓶梅》的作者構築的藝術世界之所以經常為人所誤解（誤讀），就在於他違背了大多數人一種不成文的審美心理定勢，違背了人們眼裏看慣了的藝術世界，違背了常人的美學信念。而我越來越認為，笑笑生之所以偉大，正在於

1　〔美〕萬·梅特爾·阿米斯著，傅志強譯《小說美學》，北京：北京燕山出版社 1987 年，頁 84。

他根本沒有用通用的目光、通用的感覺感知生活。《金瓶梅》的藝術世界之所以別具一格，就在於笑笑生為自己找到了一個不同於一般的審視生活和反思生活以及呈現生活的視點和敘事方式。是的，笑笑生深入到了人類的罪惡中去，到那盛開著「惡之花」的地方去探險，那地方不是別處，正是人的靈魂深處，他遠離了美與善，而對醜與罪惡發生興趣；他以有力而冷靜的筆觸描繪了一具身首異處的「女屍」，創造出一種充滿變態心理的觸目驚心的氛圍。笑笑生在罪惡之國漫遊，得到的是絕望、死亡，其中也包括他對沉淪的厭惡。總之，笑笑生的世界是一個陰暗的世界，一個充滿著靈魂搏鬥的世界，他的惡之花園是一個慘澹的花園，一個豺狼虎豹出沒其間的花園。小說家面對理想中的美卻無力達到，那是因為他身在地獄，心向天堂，悲憤憂鬱之中，有理想在呼喚。然而在那殘酷的社會裏，詩意是沒有立足之地的。愚以為這一切才是《金瓶梅》獨特的小說美學色素，它無法被人代替，它也無法與人混淆。

我讀《金瓶梅》，願意把它看作是一個有許多視窗的房間。從不同視窗望去，看到的是不同的天地，有不同的人物在其中活動。這些小天地有道路相通，而這道路是由金錢和肉體鋪就的，於是在我們面前出現了一個完整的世界——封建晚期的明代社會。

從一個視窗望去，我們看到了一個破落戶出身的西門慶發跡變泰的歷史，看到了他占有女人、占有金錢、占有權勢的全過程，看到了一個市井惡棍怎樣從暴發到縱欲身亡的全過程；

從這個視窗，我們看到了西門慶家族的日常生活，妻妾的爭風吃醋，幫閒的吃喝玩樂，看到了一幅市井社會的風俗畫；

換一個視窗，我們看到了賣官鬻爵、貪贓枉法的當朝太師蔡京等市儈化了的官僚群的種種醜態；

再換一個視窗，我們看到了……不，在所有的窗戶外面，我們幾乎都看到了潘金蓮的身影。她是《金瓶梅》的特殊人物：一方面，她完全充當了作者的眼睛，邁動一雙三寸金蓮奔波於幾個小天地之間，用她的觀察、分析、體驗，將其連接成一個真實的世界。她又是一個發展中的人物，開頭她被西門慶占有，而後西門慶的生命終點又是她製造的。因此，潘金蓮這個形象在一定意義上又比西門慶更顯得突出。

總之，《金瓶梅》的許多視窗是朝著這些「醜惡」敞開著，讀者置身其中，各種污穢、卑鄙、殘忍、悲劇、慘劇、鬧劇，無不歷歷在目，盡收眼底。

於是我從整體上把握了這樣一部小說的內涵：《金瓶梅》是一部人物輻輳、場景開闊、佈局繁雜的巨幅寫真，腕底春秋，展示出明代社會的橫斷面和縱剖面。《金瓶梅》不像它以前的《三國演義》《水滸傳》那樣，以歷史人物、傳奇英雄為表現對象，而是以一個帶有濃厚的市井色彩，從而同傳統的官僚地主有別的惡霸豪紳西門慶一家的興衰

榮枯的罪惡史為主軸，借宋之名寫明之實，直斥時事，真實地暴露了明代後期中上層社
會的黑暗、腐朽和不可救藥。笑笑生勇於把生活中的否定性人物作為主人公，直接把醜
惡的事物細細剖析來給人看，展示出嚴肅而冷峻的真實。《金瓶梅》正是以這種敏銳的
捕捉力及時地反映出明末現實生活中的新矛盾、新鬥爭，從而體現出小說新觀念覺醒的
徵兆。

　　笑笑生發展了傳統的小說學。他把現實的醜引進了小說世界，從而引發了小說觀念
的又一次變革。

　　歌德在談到莎士比亞的不朽時說：人們已經說了那麼多的話，以致看來好像再沒有
什麼可說的了，可是精神有一個特性，就是永遠對精神起著推動的作用。

　　作為一部偉大的精神產品的《金瓶梅》，也必將對我們的精神和思維空間起著拓展
的作用。我深信：《金瓶梅》是說不盡的！

作者・書名・爭議

說明：

　　本文摘自拙著《甯宗一講金瓶梅》[1]一書。因為該書是面對一般聽眾和讀者，所以需要簡單地介紹《金瓶梅》的作者、書名等問題，而這些問題至今在研究界一直爭議不斷，於是分別列三個小標題加以簡要論述，即「尚未破譯的作者之謎」「頗有講究的書名」和「永遠打不完的筆墨官司」。由於該書是「講座體」，文中只能提出基本觀點，而這些觀點僅是我面對諸多爭議而表述我個人極不成熟的想法，但未能全面展開論述。現在一併摘出，選進本書，供讀者參考、指正。

尚未破譯的作者之謎

　　《金瓶梅》在我國小說史上是一部里程碑式的作品，它的誕生標誌著我國古代長篇小說藝術發展到一個新的階段。

　　然而，關於《金瓶梅》的作者問題，從這部奇書橫空出世，震驚文壇之時一直到今天，仍然是一個尚未破譯的謎。之所以較難破譯，是這部小說設下了一道難題，即它有大量的性描寫，而作者又千方百計掩蓋自己的姓名。現知最早論及《金瓶梅》作者的是屠本畯，他在萬曆三十五年（1607）時寫道：「相傳嘉靖時，有人為陸都督炳誣奏，朝廷籍其家，其人沉冤，托之《金瓶梅》。」[2]萬曆四十二年（1614）袁中道則說：「舊時京師，有一西門千戶，延一紹興老儒於家。老儒無事，逐日記其家淫蕩風月之事，以西門慶影其主人，以餘影其諸姬。」[3]到了萬曆四十四年（1616）謝肇淛又說：「相傳永陵（嘉靖）中，有金吾戚里，憑怙奢汰，淫縱無度，而其門客病之，采摭日逐行事，匯以成編，

1　《甯宗一講金瓶梅》，天津：天津古籍出版社 2008 年 8 月第 1 版。

2　轉引自朱一玄編《金瓶梅資料彙編》，天津：南開大學出版社 2002 年，頁 82。

3　〔明〕袁中道著，錢伯城點校《珂雪齋集》，上海：上海古籍出版社 1989 年，頁 1316。

而托之西門慶也。」[4]但是他們都沒有確切地說出小說作者的真實姓名，而且所用大多均為「相傳」。《金瓶梅詞話》刊刻面世後，論及它的作者的有兩家影響最大：一是沈德符，他在萬曆四十七年至四十八年（1619-1620）時說：「聞此為嘉靖間大名士手筆，指斥時事」[5]；二是晚出的欣欣子〈《新刻金瓶梅詞話》序〉：「竊謂蘭陵笑笑生，作《金瓶梅》，寄意於時俗，蓋有謂也。」於是，從明末清初始，人們都以此兩點為據，去探尋《金瓶梅》的作者之謎，提出了眾多作者名單，如王世貞、徐渭、盧楠、薛應旂、李卓吾、趙南星、李漁等。其中王世貞說最為盛行，直至上世紀30年代吳晗先生著文詳論其不可靠，王世貞一說才發生了動搖。然而，有趣的是，最近（2008年4月5日）中央電視台科教台在《探索・發現》專題節目中推出了誰是「蘭陵笑笑生」？講述《金瓶梅》與王世貞的關係。論據之一仍是從李時珍請王世貞為其《本草綱目》書稿寫序，而王世貞十年後才寫就。關鍵是《本草綱目》中的「三七」是李時珍首次刊於自己的書稿中。人們現在看到的《金瓶梅》竟然提及「三七」這一味當時並不為人所熟知的雲南生產的中藥。於是，這又給我們留下了一個遐想的空間。

關於《金瓶梅》的作者，近年又有不少研究者，在驗證前人諸說基礎上，提出了不少新說，如李開先說、賈三近說、屠隆說、湯顯祖說、馮夢龍說等等，形成了舊說猶存、新說迭起的熱烈局面。迄今，提出《金瓶梅》作者的主名者已達53位之多。

根據目前掌握的材料，想對《金瓶梅》作者的真實姓名作出確切的判斷還為時過早。倒是《金瓶梅》本身大致向我們證明了它的作者的身分、閱歷和學養。比如說，《金瓶梅》寫了大量的人物，其中塑造得最出色的主要是市井人物，商人、夥計、蕩婦、幫閒諸色人等，有許多都達到了傳神的境界。而上層人物，如宰相、太尉、巡按、狀元等大都寫得比較單薄和平板，至於描寫生活場面和事件，也是販賣經營、妻妾鬥氣、幫閒湊趣等場景寫得活靈活現，而對朝見皇帝、謁見宰相等禮儀顯得生疏。因此，僅就人們的直觀感覺來看，寫作《金瓶梅》的人，固然有豐富的生活閱歷，卻不可能是身居高位的大官僚。如果再從全書中穿插的各種時令小曲、雜劇、傳奇、寶卷及話本等材料看，作者對此十分熟稔，然而作品中作者自己寫的詩詞大多不合規範。因此他不大可能是正統詩文功底深厚的「大名士」。僅就小說本身加以觀照，他很可能是一位沉淪的士子，或以幫閒謀生的下層文人，也說不定竟是一位「書會才人」。

和這些說法很不同的是，有的研究者認為，《金瓶梅》是純粹的文人小說，它不同於瓦舍勾欄的說書人，在大庭廣眾中講述著一個古老的帶傳奇色彩的夢，而是由書齋窺

---

4 轉引自朱一玄編《金瓶梅資料彙編》，天津：南開大學出版社2002年，頁179。
5 〔明〕沈德符撰《萬曆野獲編》，北京：中華書局1959年，頁652。

視市井，窺視著說書人離之不算遠，卻難免有幾分隔膜的人情世界，它的心態因而不是神往的，而是諧謔的或諷喻的；不是遵從公眾的日常道德的，而是隱秘的和帶點玄學味的。由這種特殊心態帶來的新的敘事情調、角度，才推進了中國章回小說成規的轉型[6]。

時至今日，關於究竟誰是《金瓶梅》的作者的爭論仍然在繼續，誰也沒有拿出確鑿的證據，證實這位「蘭陵笑笑生」究竟是誰。

在《金瓶梅》的作者破譯過程中，在眾說紛紜中，我的看法始終如一。在沒有確鑿的資料和證據面前，我寧肯把「蘭陵笑笑生」這個明顯的作者筆名就認作是一個永遠的天才的象徵，他無須還原某一個實在的某某人。事實上，中國通俗小說的作者之謎不僅僅是一部《金瓶梅》，甚至連婦孺皆知的羅貫中是《三國演義》的作者，吳承恩是《西遊記》的作者，現在也遭到了質疑，論文、專著一大摞，但我至今存疑。原因只有一個，中國小說特別是通俗小說一直被認為邪宗，是小道，是街談巷議，因此無論是作者個人有意地化名，或歷朝歷代的讀者善意地把一部小說安在一位文化名人的名下，我想都是事實。所以與其捕風捉影，進行徒勞的考證，不如索性把中國的通俗小說家們的署名只當作一個文化符號，在不影響理解文本內容、意義和藝術成就的基礎上，給予更寬容的處置。

下面附帶介紹一下《金瓶梅》的版本：

《金瓶梅》的版本也較複雜。在這部小說刊本問世之前，社會上已有各種抄本在不同地區流傳。據文獻記載，當時擁有抄本的有徐階、王世貞、劉承禧、王肯堂、王穉登、董其昌、袁宏道、袁中道、丘志充、謝肇淛、沈德符、文在茲等人。這些抄本都未能傳世。《金瓶梅》初刻於萬曆四十五年（1617），但初刻本不傳。現存世最早的刊本《新刻金瓶梅詞話》一百回係初刻之翻印本。其正文前順序列欣欣子〈《金瓶梅詞話》序〉、廿公〈跋〉和東吳弄珠客〈《金瓶梅》序〉。東吳弄珠客序署「萬曆丁巳季冬，東吳弄珠客漫書於金閶道中」。此後，約刻於崇禎年間（1628-1644）的《新刻繡像批評金瓶梅》一百回，有圖一百零一幅，首東吳弄珠客序。此本據《金瓶梅》初刻本從回目到內容作了大量刪削、增飾和修改工作。如刪去了原書約 2/3 的詞曲韻文，砍去一些枝蔓，對原書明顯的破綻之處作了修補，加工了一些文字。另外，結構上也作了調整，如《新刻金瓶梅詞話》第一回是「景陽岡武松打虎」，此本改為「西門慶熱結十兄弟」。此本傳世有數種，首都圖書館藏有初刻本。其中值得注意的是此本有題詞半頁，署「回道人題」。明末清初戲曲小說家李漁所著小說《十二樓》刻本有「回道人評」，《合錦回文傳》傳奇又有回道人題贊，故回道人或可能與李漁有關。有論者認為李漁即回道人，也就是本

6　楊義《中國古典小說史論》，北京：中國社會科學出版社 1995 年，頁 339。

書的寫定者和作評者。另外還有一部清初通行本，即《皋鶴堂批評第一奇書金瓶梅》一百回，也就是彭城張竹坡評本，本書初刻於康熙乙亥年（1695），首有序，署「康熙歲次乙亥清明中浣秦中覺天者謝頤題於皋鶴堂」。正文前有〈竹坡閒話〉〈《金瓶梅》寓意說〉〈苦孝說〉〈批評第一奇書《金瓶梅》讀法〉〈冷熱金針〉等總評文字。正文內有眉批、旁批、行內夾批，每回前又有回評，均出自張竹坡之手。清乾隆以後出現了各種低劣的《金瓶梅》印本，且大多標榜「古本」「真本」，然而均係據《第一奇書》大刪大改之本，完全失去《金瓶梅》原貌，可稱為偽本。

那麼今天的讀者應當看哪一種版本顯得更為可靠呢？提出這個問題確實由於目前圖書市場經常有魚目混珠的現象。有些書商針對一些讀者的獵奇心，採取多種行銷手法，特別是用五花八門的包裝來迷惑想真正閱讀《金瓶梅》的讀者，結果確有不少讀者買了一些不倫不類的版本，在吃虧上當的同時主要是沒有真正看到這部曠世奇書的真實面目。

為此我想借此機會介紹幾種經過研究者嚴肅整理標點的本子，供讀者和聽眾參考：

1. 人民文學出版社 1985 年版戴鴻森校點《金瓶梅詞話》。

2. 齊魯書社 1987 年版王汝梅、李昭恂、李鳳樹校點，張竹坡批評第一奇書《金瓶梅》。

3. 嶽麓書社 1995 年版白維國、卜鍵校注《金瓶梅詞話校注》。

4. 人民文學出版社「世界文學名著文庫」2000 年版陶慕寧校注《金瓶梅詞話》。

為了更好地瞭解《金瓶梅》中的詞語，可參考以下工具書：

1. 王利器主編《金瓶梅詞典》。

2. 黃霖主編《金瓶梅大詞典》。

3. 白維國《金瓶梅詞典》。

4. 傅憎享《金瓶梅隱語揭秘》。

頗有講究的書名

古今中外所有的作家對自己的著作的命名都是很講究的，除了注意切合書的內容和體現自己的風格以外，對於通俗性和世俗化很強的小說著作，在商業性市場化的驅動下更是需要挖空心思去找尋吸引讀者眼球的書名。比如一部小說有了一個好書名，可能對於它的成功出售就占有不可小覷的分量。中國古典小說的命名一般來說都注意和內容合榫，不會出大格的。《三國演義》就是寫魏蜀吳，據地稱雄；《水滸傳》就是寫山林草莽，梁山聚義；《西遊記》就是寫西天取經；《儒林外史》就是寫知識分子的眾生相。那麼今天我們說《金瓶梅》的書名有沒有講究呢？

就我視野所及，世情小說在書的命名上多多少少有了一些講究。關於《金瓶梅》，

魯迅在他的講演錄〈中國小說的歷史的變遷〉中就說：「因為這書中的潘金蓮、李瓶兒、春梅，都是重要人物，所以書名就叫《金瓶梅》」。《金瓶梅》之所以得名，就是以書中三個女主角姓名中的一個字連綴而成。事實是，《金瓶梅》以後的作品中主要人物的名字連綴成為書名還成了一種時尚，在世情小說和才子佳人小說中就有《玉嬌李》《平山冷燕》等等。

有的研究者則是從文本意蘊上發現了書名的隱喻。認為「金瓶梅」就是美麗的金瓶中插著盛開的梅花。因為小說中曾多次寫到金瓶和梅花。比如第十回、第三十一回描寫西門慶設宴，桌上擺設均有「花插金瓶」；第六十七回寫西門慶藏春閣書房擺設有「筆硯瓶梅」；第七十二回寫西門慶書房裏貼著一副對聯：「瓶梅香筆硯，窗雪冷琴書」。由此可以看出，書名《金瓶梅》似確有喻意在[7]。

又有的學者認為，《金瓶梅》的含義，如果從修辭學借代的意義去理解，《金瓶梅》就是指書中的三個主要女性；如果從修辭學象徵的意義去領悟，就不僅指這三個女性了，它可以擴大到一切被男性玩弄的美豔的女性。研究者指證，作者反復慨歎的「為人莫作婦人身，百年苦樂由他人」，就是最好的說明[8]。

我對目前的各種說法，採取的態度其實很簡單，從外顯層次上來看，書中的三女性是重要人物，書名就叫《金瓶梅》；而從深隱層次來看，特別是作者在全書中所體現出的情感傾向，它的象徵意蘊似也不能忽視，也許它確實是一切被男性玩弄的美豔的女性的象徵。

從作者的署名到書的命名，嚴格意義上來說，在它流傳過程中都會變成一種文化符號，它既是實實在在的存在，成為神聖不可侵犯的「權利」，而不可隨意更改；但與此同時，它也會成為這人、這書的一種標誌，成為文學發展過程和出版印刷過程的證明，而成為大眾所共有、共用，這對於中國的古典小說來說都是這樣吧！

永遠打不完的筆墨官司

一個國家的文學歷史，實際上是一部又一部，一批又一批，一代又一代的作家作品產生、流通與承繼的過程，歸根結底，可以說就是作品的出現史。然而有趣的是：作品的出現史也就是作品的爭議史。因為每一部作品一旦成為社會精神產品並為社會所有以後，它就再由不得作者去掌控了。讀者不妨思忖一下，中外文學發展史不斷證明，不知

7　楊鴻儒《細述金瓶梅》，上海：東方出版社 2007 年，頁 233。
8　楊鴻儒《細述金瓶梅》，上海：東方出版社 2007 年，頁 233。

有多少作品都在讀者和研究者心中、書中、文章中不斷地被爭論著。而且越是名著,越是偉大的作品,對於它的爭議就會越大。我想,這除了讀者所處時代、所屬階層、認識水準、價值觀、感情體驗、審美力等等差異而造成仁智相異的諸多原因以外,其實,是不是還有一個更值得研究的現象,那就是文學文本本身體現的情感的複雜性、題旨的多層次性,以及尤為重要的作為語言藝術的文學,所獨有的特質造成的解讀上的多元性和歧義性?於是,針對一部作品的爭論就成了不可避免的事。眼下我們要研究的《金瓶梅》就可以看作是兩極價值觀的典型。

《金瓶梅》還在鈔本流傳時,就有了一個淫書的惡諡,沈德符在《萬曆野獲編》中說此等書「壞人心術,他日閻羅究詰始禍,何辭置對?吾豈以刀錐博泥犁哉!」《金瓶梅》一經刊刻問世,袁照就說「其書鄙穢百端,不堪入目」[9]。到了清代禁書之風日熾,認為是書「決當焚之」,預言誰印了它,誰就要被打入地獄,永世不得翻身。申涵光《荊園小語》就說:「世傳作《水滸傳》者三世啞。近時淫穢之書如《金瓶梅》等喪心敗德,果報當不止此。」到了現當代,還是有人說它是「淫穢惡札」,而國外的漢學家,如美國著名學者夏志清在他的〈《金瓶梅》新論〉的長文中還是把它打入「三流」小說的行列,橫挑鼻子,豎挑眼。當下也有學者運用新的文藝理論去觀照《金瓶梅》,把對立於現實主義的「自然主義」又扣在這本小說的頭上。

與此完全相反,最早記載《金瓶梅》鈔本的袁中郎,看了以後倍加讚賞,他說:「伏枕略觀,雲霞滿紙,勝於枚生〈七發〉多矣。」他還將《金瓶梅》和《水滸傳》與他稱為「外典」的《莊子》《離騷》《史記》《漢書》等書相並列,同稱之為「逸典」[10]。明謝肇淛和《金瓶梅》的序言作者欣欣子同樣給予該書以很高的評價。

到了清初,李漁把《金瓶梅詞話》寫定為《新刻繡像批評金瓶梅》並為之作評時,也明確表示「讀此書而以為淫者、穢者,無目者也」。

繼李漁之後,清康熙年間的青年批評家張竹坡,第一次寫下了〈第一奇書非淫書論〉,清末的文龍又進一步闡述,在觀點上毫不含糊,《金瓶梅》絕不是淫書,是「淫者見之謂之淫,不淫者不謂之淫」。

到了上世紀,魯迅著《中國小說史略》則把《金瓶梅》推之為「人情小說」的代表作,認為它對世情描寫之真實和深刻,「同時說部,無以上之」。鄭振鐸著《插圖本中國文學史》,在「長篇小說的進展」一章也明確表示:「在始終未盡超脫過古舊的中世

---

9 〔清〕袁照《味水軒日記》,轉引自朱一玄編《金瓶梅資料彙編》,天津:南開大學出版社 2002 年,頁 159。

10 〔明〕袁宏道著,錢伯城箋校《袁宏道集箋校》,上海:上海古籍出版社 2008 年第 2 版,頁 1419。

紀傳奇式的許多小說中,《金瓶梅》實是一部可詫異的偉大的寫實小說」,還認為它的成就實在「水滸」「西遊」之上,甚至是「中國小說發展的極峰」。

是的,較為準確、客觀地評價一部有影響的小說是一件很困難的事情,特別是一部在文學史上帶有爭議的作品更是如此。中國人喜歡用「蓋棺論定」一詞來論說歷史人物,而事實上,歷史人物往往並不就是可以「蓋棺論定」的。歷史人物的所作所為似乎已被定格,不會再有新的言行,後人本可以給予一份客觀、中肯的評價了,但是隨著歷史文化的發展,新資料的發現,乃至政治的需要,歷史人物雖已「蓋棺」,但卻難以「論定」。君不見多少似乎被「蓋棺論定」的歷史人物不是一而再再而三地被重新評估嗎?歷史人物尚且如此,遑論一部小說的作者和一部用文字組成的語言文本了。

在說《金瓶梅》這部小說的筆墨官司時,我想也不妨把自己擺進去,聊一聊我是怎樣被攪進這場官司裏面去的。上世紀八十年代初我陸續寫了一些有關《金瓶梅》的論著。在我的《說不盡的金瓶梅》一書中曾有一段話:「書中所寫,無論生活,無論人心,都是昏暗一團」,「不是他無力發現美,也不是他缺乏傳播美的膽識,而是他所生活的社會過分齷齪。所以他的筆觸在於深刻地暴露那個不可救藥的社會的罪惡和黑暗,預示當時業已腐朽的封建社會崩潰的前景。至於偶爾透露出一點一絲的理想的微光,也照亮不了這個沒有美的世界」。這段話,至今我也沒發現有什麼錯,但是卻招來了一位學者的批評,並認為這種觀點代表了對《金瓶梅》的一種「溢美傾向」!而論者的理由則是:「怎能把全書的『昏暗一團』委過於作者所生活的社會背景『過分齷齪』呢?《西遊記》作者與《金瓶梅》的作者幾乎生活在同一時代,為什麼《西遊記》又沒那樣『昏暗一團』呢?就是吳敬梓、曹雪芹所生活的雍乾時代,其齷齪程度也不見得比《金瓶梅》最後寫定者所生活的隆萬時代遜色多少,《儒林外史》和《紅樓夢》也都極深刻地暴露了他們那個社會的過分『齷齪』,但他們的書卻絕不是『昏暗一團』的。」這段批評文字寫來十分蹊蹺,也頗令人困惑。

真理愈辯愈明。我們不妨試著把這個問題較為深一層次地探討一下。眾所周知,《西遊記》和《金瓶梅》的作者,雖然「幾乎生活在同一個時代」,但是,一寫神魔,一寫世情;一個是把創作的興趣放在虛擬的、非現實的情節上,一個是追求現實性、紀實性;一個是浪漫色彩極濃,一個則是寫實精神極強。嚴格地說,完全是兩種不同類型的小說,可比性不大,它們只是分別代表當時小說創作的「兩大主潮」[11]。即使如此,我們也不能忽略吳承恩在他的小說中「諷刺揶揄則取當時世態」[12]的內容和特點。因為任何有責

11 魯迅《中國小說史略》,北京:人民文學出版社 1973 年,頁 295-300。
12 魯迅《中國小說史略》,北京:人民文學出版社 1973 年,頁 136。

任感、使命感的小說家都不可能忘情於現實社會。在《西遊記》的兩類故事中，就有一類故事明顯帶有影射明代黑暗政治的內容，如特別耐人尋味地在取經路上直接安排了九個人間國度，明確地指出有些國家就是「文也不賢，武也不良，國君也不是有道的」。吳承恩在這裏只是撩起了幕布的一角，讓人們看到所謂人間諸國到底是什麼貨色。它和小說中的那另一類屬於涉筆成趣、信手拈來的諷刺小品很是不同。所以前者所寫的故事就是作家生活時代徇私舞弊、貪贓枉法等黑暗腐敗現象的折射，它因超越了題材的時空意義而具有象徵意蘊，讓讀者產生諸多的現實聯想。這就是說，即使是神魔小說的《西遊記》也沒有忘情於對他生活的時代的暴露和諷刺乃至於無情的鞭撻。至於說到我對《金瓶梅》所提及的那段話，即「無論生活，無論人心，都是昏暗一團」，其實魯迅先生早就有言在先，即所謂《金瓶梅》「描寫世情，盡其情偽，又緣衰世，萬事不綱，愛發苦言，每極峻急」[13]。看來，「昏暗一團」是明中葉以後現實社會的真實情況，「昏暗一團」正是當時社會的產物，何來「溢美之詞」呢？

俗話說得好，一棵樹上沒有兩片相同的葉子。那麼在同一時代背景下，也不會有兩部完全相同的小說。因為相同的個性、相同的性靈、相同的審視生活的角度、相同的審美力是不可能存在的。

至於對一位讀者，一位研究者來說，首先我們要承認一個事實，即我們無權也不可能干預一位古代作家對他生活的時代，採取的是歌頌還是暴露的態度。事實是，歌頌其生活的時代，其作品未必偉大，暴露其生活的時代，其作品未必渺小。在我看來，《金瓶梅》的作者，這位「另類」的笑笑生先生似乎永遠站不到陽光下，壓抑他的是黑色的網絡，於是他總是執拗地不願寫出人們已寫出了那樣眾多的偽理想主義、偽樂觀主義的「詩」，他不愧為小說界一條耿直的漢子，他沒有流於唱讚歌的幫閒文人的行列。人們試想，彼時彼地，一個生而有才的人，只要寫出了偽理想主義的「詩」，就意味著他加入了現實中醜的行列，那麼《金瓶梅》就再也不屬於這位笑笑生所有，而小說史和小說界也就會抹掉這位作家的光輝名字。

總之，我看笑笑生建構的「金瓶梅」的藝術世界，是他對他所生活的現實和人心深深凝視的結果。而在這種深深的凝視裏，我們的讀者就會隨著他的筆鋒運轉，每讀一句，停頓一下，發現一點新意，領略一下生活，深思一下靈魂深處，於是，作為讀者會蠻有興味地一直讀了下去，合起來感受一個藝術世界，一個有著作者自己發現的藝術世界！一個我們和作者一樣發現的黑暗而醜惡的景象。

13　魯迅《中國小說史略》，北京：人民文學出版社 1973 年，頁 155。

探尋《金瓶梅》在小說史中的「位置」

一、一個順向的考察

要想解讀《金瓶梅》並把握其文本之精髓，愚以為，首先不妨從小說觀念這一根本問題入手。

關於小說觀念[1]，我認為它的內涵有以下四點：一、小說觀是小說作為一種藝術形式的總體看法，包括小說家的哲學、美學思想，對小說社會功能的認識，所恪守的藝術方法、創作原則等許多複雜內容；二，小說觀是小說家和讀者（聽眾）審美思想交互作用的結果，它在創作中無所不在，滲透在作品的思想、形式、風格之中；三、小說觀具有鮮明的時代色彩，各個歷史時代都具有其代表性的小說觀，小說家們的各種小說觀之間存在著沿革關係；四、小說觀像一切藝術觀念的變革一樣，一般來說都是迂回的、緩慢的，有時甚至出現了巨大的反復。因此，縱觀小說藝術發展史，不難發現它的軌跡是波浪式前進和螺旋式上升的形式。

我國古代白話小說在近千年的發展過程中，就小說觀念更新的速度來考察，應當說並非過分遲滯。事實是，從宋元話本小說和《三國演義》《水滸傳》奠定了穩定的長、短篇小說格局，就給說部帶來過欣喜和活躍。這是小說機體內部和外部的一切動因同願望所使然。小說歷史在不斷演進，這是客觀存在的事實；小說觀念必變，這是藝術發展的必然規律，而我國古代小說發展變化的突破口，是小說視野的拓寬。視野作為小說內在的一種氣度的表現，作為小說自身潛能的表現，是逐漸被認識的。這表現在小說觀察、認識、反映的領域的拓展和開墾等方面。

(一)小說新觀念的萌生

在對我國古代小說觀念更新進行宏觀描述前，簡略地談談宋元「說話」藝術體現的

---

1   中國文言文和白話小說分屬兩個系統，小說觀念也同中有異，這裏所論及的是指白話小說系統的小說觀念。

小說觀念是很必要的。

我認為，宋元話本小說在生活和藝術的審美關係上帶有「紀實性」小說的品格。

首先，宋元話本小說尊重生活的完整性，盡力選取那種本來就含有較多典型性的真人真事作為原型，然後對它進行有限度的藝術加工，由此構成形象、組織情節、編織故事、謀篇佈局的。因此，用特定術語來說，宋元話本小說寧願「移植」生活而不願「重組」生活。在敘事方式上，追求著一種紀實性風格，雖有誇張、怪誕（如鬼魂的出現），但力求體現出一種逼真的、自然的生活場面感。〈錯斬崔寧〉〈碾玉觀音〉〈簡帖和尚〉〈鬧樊樓多情周勝仙〉〈志誠張主管〉等是其代表。它們不同於唐傳奇小說的是：唐代傳奇小說重視人工美（藝術美），認為藝術雖來源於生活，但生活現象本身的表現力不夠，必須經過一番加工，加以提煉、凝縮、集中、強化，才能成為藝術形象。而話本小說這種紀實性，卻更重視自然美，認為經過選擇而找到的原型本身已有較強的表現力和說服力，藝術加工是次要的。即使不可避免的「虛構」，話本藝人也善於隱藏其虛構的痕跡，使聽眾相信這是真人真事，或者雖聽（看）出這是虛構，但相信它十分切近真人真事。話本小說的紀實性美學也容許一定的藝術技巧，但同樣是設法隱藏，仿佛是「純」紀錄事實，沒有用什麼技巧似的，其秘訣是在符合事物的自然形態和自然關係上下功夫。總之，它力求自然地反映日常生活中的衝突，或用非衝突的形式反映衝突性的內容，技巧力求樸實。

可以看出，宋元話本這種帶有強烈紀實性的小說的根本精神，在於相信真實生活本身的表現力，在於盡力從生活本身中去發掘典型化所需要的衝突、情節、人物等藝術元素。灌園耐得翁在《都城紀勝》「瓦舍眾伎」條中言：「最畏小說人，蓋小說者，能以一朝一代故事，頃刻間提破。」這句話除讚美小說家藝術概括手法高超之外，還說明話本小說家的直面現實和迅疾反映現實的精神。

總之，宋元話本小說在對實際生活的增刪隱顯中實現藝術真實的超越，即對日常現象的集中概括中實現藝術創造性上的超越。所以話本小說的作者的小說觀念是在對現實生活的隱跡立形、搜妙創真中向著藝術真實的目標突進。

然而，宋元話本小說還沒有發展為多元化的紀實性，它較少多線結構，也不具有多層次、多側面和多義性。實際生活中多系統交叉的藝術反映，在宋元話本小說中還沒有得到充分的實現。正由於此，話本小說不善於處理浩大的複雜的史詩性題材，不善於反映一個時代的重大問題；同時，過分強調質樸性，而忽視了風格樣式的多樣性。

歷史期待小說觀念的突破和更新，它同時也呼喚文壇說部的巨擘早日誕生。

時代和天才同時發出了回聲！

元末明初以降，中國古代小說經歷了三次小說觀念的重大更新：《三國演義》《水

滸傳》是第一次；《金瓶梅》是第二次；《儒林外史》《紅樓夢》是第三次。我國古代小說藝術發展史已經證明：每一次小說觀念的更新，都對小說發展起著極大的推動作用。

作為我國長篇白話小說的經典性巨著《三國演義》《水滸傳》是在這樣一個社會背景下誕生的：一個千瘡百孔的元王朝倒塌了，廢墟上另一個嶄新的、統一的、生氣勃勃的明王朝在崛起。許許多多的傑出人物，曾為摧毀腐朽的元王朝做出過史詩般的貢獻。這是一個沒有人能否認的英雄如雲的時代。於是，小說家很自然地產生了一種富有時代感的小說觀念，即有效地塑造和歌頌民眾心中的英雄形象，以表達對以往歷盡艱辛、壯美偉麗的鬥爭生活的深摯懷念。他們要從戰爭的「史」裏找到詩。而「史」裏確實有詩。英雄的歷史決定了小說的英雄和豪邁的詩情。我們說，明代初年橫空出世的兩部傑作——《三國演義》和《水滸傳》，標誌著一種時代的風尚；這是一種洋溢著巨大的勝利喜悅和堅定信念的英雄風尚。這種英雄文學最有價值的魅力就在於它的傳奇性。他們選擇的題材和人物本身，通常就是富於傳奇色彩的。我們誰能忘卻劉備、關羽、張飛、趙雲、馬超、黃忠和李逵、武松、魯智深、林沖這些叱吒風雲的傳奇英雄人物？我們所看到的是一個剛毅、蠻勇、有力量、有血性的世界。這些主人公當然不是文化上的巨人，但他們是性格上的巨人。這些剛毅果敢的人，富於個性、敏於行動，無論為善還是作惡，都是無所顧忌，勇往直前，至死方休。在這些傳奇演義的故事裏，人物多是不怕流血、蔑視死亡、有非凡的自制力，甚至犯罪的勇氣和殘忍的行動都成了力的表現。他們幾乎都是氣勢磅礴、恢宏雄健，給人以力的感召。這表現了作家們的一種氣度，即對力的崇拜，對勇的追求，對激情的禮讚。它使你看到的是剛性的雄風，是男性的嚴峻的美。這美，就是意志、熱情和不斷的追求。

《三國演義》《水滸傳》反映了時代的風貌，也鑄造了獨特的藝術風格。它們線條粗獷，不事雕琢，甚至略有倉卒，但讓人讀後心在跳、血在流，透出一股迫人的熱氣：這就是它們共同具有的豪放美、粗獷美。這些作品沒有絲毫脂粉氣、綺靡氣，而獨具雄偉勁直的陽剛之美和氣勢。作者手中的筆如一把鑿子，他們的小說是鑿出來的石刻：明快而雄勁。它們美的形態的共同特點是氣勢。這種美的形態是從宏偉的力量、崇高的精神中顯現出來的。它引起人們十分強烈的情感：或能促人奮發昂揚，或能迫人扼腕悲憤，或能令人仰天長嘯、慷慨悲歌，或能教人剛毅沉鬱、壯懷激烈。在西方美學論述中，與美相並列的崇高和偉大，同我們表述的氣勢有相似之處：「靜觀偉大之時，我們所感到的或是畏懼，或是驚歎，或是對自己的力量和人的尊嚴的自豪感，或是肅然拜倒於偉大之前，承認自己的渺小和脆弱。」[2]不同之處是，我們是將氣勢置於美的範疇之中。《三

2　車爾尼雪夫斯基《美學論文選》，北京：人民文學出版社 1957 年，頁 98。

國演義》《水滸傳》的氣勢美，就在於它們顯現了人類精神面貌的氣勢，而小說作者所以表達了這種氣勢美，正是由於他們對生活中的氣勢美有獨到的領略能力，並能將它變形為小說的氣勢美。

可是，在這種氣勢磅礡、摧枯拉朽的英雄主義的力量的背後，卻又不似當時作者想像的那麼單純。因為構成這個時代的背景——即現實的深層結構——並非如此浪漫。於是，隨著人們在經濟、政治以及意識形態的其他領域的實踐向縱深發展，這種小說觀念就出現了極大的矛盾：小說觀念需要更新已經提到日程上來了。

明代中後期，長篇白話小說又有了重大進展，其表現特徵之一是小說觀念的加強，或者說是小說審美意識又出現了一次新的覺醒。小說的潛能被進一步發掘出來。這就是以《金瓶梅》為代表的世情小說的出現。《金瓶梅》的出現，在最深刻的意義上是對《三國演義》和《水滸傳》所體現的理想主義和浪漫洪流的反動。它的出現也就攔腰截斷了浪漫的精神傳統和英雄主義的風尚。然而，《金瓶梅》的作者卻又萌生了小說的新觀念，具體表現在：小說進一步開拓新的題材領域，趨於像生活本身那樣開闊和絢麗多姿，而且更加切近現實生活。小說再不是按類型化的配方演繹形象，而是在性格上豐富了多色素，打破了單一色彩，出現了多色調的人物形象。在藝術上也更加考究新穎，比較符合生活的本來面貌，從而更加貼近讀者的真情實感。更為重要的是他們以清醒的、冷峻的審美態度直面現實，在理性審視的背後，是無情的暴露和批判。

《金瓶梅》是一部人物輻輳、場景開闊、佈局繁雜的巨幅寫真。腕底春秋，展示出明代社會的橫斷面和縱剖面。《金瓶梅》不像它以前的《三國演義》《水滸傳》那樣，以歷史人物、傳奇英雄為表現對象，而是以一個帶有濃厚的市井色彩、從而同傳統的官僚地主有別的惡霸豪紳西門慶一家的興衰榮枯的罪惡史為主軸，借宋之名寫明之實，直斥時事，真實地暴露了明代後期中上層社會的黑暗、腐朽和不可救藥。作者勇於把生活中的否定性人物作為主人公，直接把醜惡的事物細細剖析來給人看，展示出嚴肅而冷峻的真實。《金瓶梅》正是以這種敏銳的捕捉力及時地反映出明末現實生活中的新矛盾、新鬥爭，從而體現出小說新觀念覺醒的徵兆。

蘭陵笑笑生發展了傳統的小說學。他把現實的醜引進了小說世界，從而引發了小說觀念的又一次變革。

首先是小說藝術的空間，因「醜」的發現被大大拓寬了。晚出於笑笑生三百年的、偉大的法國雕塑家羅丹才自覺地悟到：

在藝術裏人們必須克服某一點。人須有勇氣，醜的也須創造，因沒有這一勇氣，

人們仍然停留在牆的這一邊。只有少數越過牆，到另一邊去。[3]

羅丹破除了古希臘那條「不准表現醜」的清規戒律，所以他的藝術傾向才發生了質變。而笑笑生也因推倒了那堵人為地壘在美與醜之間的牆壁，才大大開拓了自己的藝術視野。他從現實出發，開掘出現實中全部的醜，並通過對醜的無情暴露，讓醜自我呈現，自我否定，從而使人們在心理上獲得一種昇華，一種對美的渴望和追求。於是一種新的美學原則隨之誕生。

笑笑生敏銳的審醜力是獨一無二的。如果說《三國演義》和《水滸傳》的藝術傾向已經不是一元的、單向度的、唯美的，而是美醜並舉、善惡相對、哀樂共生的，那麼《金瓶梅》的作者，則在小說觀上又有了一次巨大發現，即「醜」的主體意識越來越強。它清楚地表明，自己並非是美的一種陪襯，因而同樣可以獨立地吸引藝術的注意力。在《金瓶梅》的藝術世界裏，沒有理想的閃光，沒有美的存在，更沒有一切美文學中的和諧和詩意。它讓人看到的是一個醜的世界，一個人欲橫流的世界，一個令人絕望的世界。它如此集中地描寫黑暗，在古今中外也是獨具風姿的。筆者認為小說中的人物多是雜色的。其實，照我的一位朋友來信說的，《金瓶梅》的主色調是黑色的，然而黑得美，黑得好，黑得深刻，在中國稱得上是獨一無二的「黑色小說」。總之，在《金瓶梅》中，我們沒有發現任何虛幻的理想美，更沒有通常小說中的美醜對照。因為作者沒有用假定的美來反襯現實的醜。這是一個嶄新的視點，也是小說創作在傳統基礎上升騰到一個新的美學層次。因為所謂哲學思考的關鍵，就在於尋找一個獨特的視角去看人生、看世界、看藝術。這個視角越獨特，那麼它的藝術就越富有屬於他個人的、別人難以重複的特質。笑笑生發現了「這一個」世界，而又對這一世界做了一次獨一無二的巡禮和展現。

對於一個作家特有的對生活的體認、藝術感覺和藝術個性，丹納說過一段很有啟示性的話：

> 一個生而有才的人的感受力，至少是某一類的感受力，必然迅速而又細緻……這個鮮明的為個人所獨有的感受不是靜止的，影響所及，全部思想和機能都受到震動……最初那個強烈的刺激使藝術家活躍的頭腦把事物重新思索過，改造過，或是明亮事物，擴大事物，或是把事物向一個方向歪曲。

笑笑生所創造的《金瓶梅》的藝術世界之所以經常為人所誤解，就在於它違背了大多數人們一種不成文的審美心理定勢，違背了人們眼中看慣了的藝術世界，違背了常人

---

3 〈羅丹在談話和信札中〉，《文藝論叢》第 10 輯，頁 404。

的美學信念。而我們認為笑笑生之所以偉大，也正在於他沒有以通用的目光、通用的感覺去感知生活。

主觀的藝術感覺與客觀的對象世界的對話和交流的結果是：他所要描述的不是屬於常態的世界，他所塑造的是一群變了形也逸出了社會規範的人們。因此我們才說，笑笑生不是無力發現美，也不是他缺乏傳播美的膽識，而是他認為這個世界沒有美，所以他的美學信念才異於常人。他孤獨地、執拗地不願寫出人們已寫出了的那樣眾多的樂觀主義的詩。他不愧為小說界的一條耿直的漢子。他沒有流於唱讚歌的幫閒文人的行列。試想，彼時彼地，而且又是一個「生而有才的人」，只要寫出了樂觀主義的詩，就意味著他加入了現實中醜的行列，那麼，《金瓶梅》就再也不屬於他所有，而說部也就會抹掉了這位「笑笑生」的光輝名字。正因他不願趨於流俗，在《金瓶梅》的藝術世界裏才體現出蘭陵笑笑生的創作個性和經由他的藝術感覺放大和改變了的一個獨立王國。所以我們才認為，這種對金錢與肉欲的享受與追求畢竟帶有中國中世紀市民階層的特色。所以西門慶的性格正是對應著新舊交替時代提出的新命題所建構的思想座標。此時此地，他應運而生了。

進一步說，《金瓶梅》從來不是一部談情說愛的「愛情」小說，也不是它以後出現的「才子佳人」小說。如果說它是「穢書」，那就是因為笑笑生從未打算寫一部「乾淨」的愛情小說，他可不是寫愛情故事的聖手！所以他也不可能像真正的愛情小說那樣，在性的描寫中，肉的展示有靈的支撐，也就不存在本能的表現必須在審美的光照下完成。所以它只能處於形而下而不可能向形而上提升。因為他承擔的使命只是「宣判」西門慶等人的罪行，所以他才寫出了代表黑暗時代精神的占有狂的毀滅史。他要喚醒人們的是人性應該代替獸性，人畢竟是人。我想在笑笑生內心深處翻騰的可能是這樣一個歷史哲學命題：在人性消失的時代，如何使人性復歸！於是《金瓶梅》破天荒地誕生在培育它成長的土壤之中。借用巴爾札克的一句名言，他的「人物是他們的時代的五臟六腑中孕育出來的」。

(二)小說觀念的變革

但是，小說觀念的變革，一般來說總是迂迴的，有時甚至出現了巨大的反復和回流。因此，縱觀小說藝術發展史，不難發現它的軌跡是波浪式的前進、螺旋式上升的形態。《金瓶梅》小說觀念的突破，沒有使小說徑情直遂地發展下去，事實卻是大批效顰之作蜂起，才子佳人模式化小說的出現，以及等而下之的「穢書」的猖獗；而正是《儒林外史》和《紅樓夢》的出現，才在作者的如椽巨筆之下，總結前輩的藝術經驗和教訓以後，又把小說創作推到了一個新的階段，又一次使小說觀念有了進一步的覺醒。

有的研究者對小說文體演進的歷史曾作過輪廓式的描述，認為如果對小說發展的歷史進行整體直觀，我們就會發現，無論中國還是世界，小說發展都經歷了三大階段：一、生活故事化的展示階段；二、人物性格化的展示階段；三、以人物內心世界審美化為主要特徵的多元的展示階段。作為一種輪廓式的概括，我對此沒有異議；然而，若作為一種理論框架，企望把一切小說納入進去，則使人難於苟同。「三階段」之間的關係是什麼呢？三者能夠完全割裂對立起來嗎？且不說最早的平話、傳奇故事是不是也寫了人物的性格和命運，也不說「性格」和「命運」是不是需以「情節」為發展史，只就審美化的心理歷程而言，就可以發現，中國長篇白話小說發展到《儒林外史》《紅樓夢》時期，就已經得到了較為充分的展示，不好說它們還停留在第二階段的小說形態上。

事實是，《儒林外史》《紅樓夢》已經從對現實客觀世界的描述，逐漸轉入了對人物內心世界的刻畫，而且這種刻畫具有了多元的色素。只是中國小說的內心世界的審美化的展示，有其固有的民族特色而已。《儒林外史》和《紅樓夢》一樣，都是一經出現就打破了傳統的思想和手法，從而把小說這種文類推進到一個嶄新的階段。

《儒林外史》像《紅樓夢》一樣，它已經從功利的、政治文化的外顯層次，發展到宏觀的、民族文化的深隱的層次。從小說觀念的更新的角度看，吳敬梓注意到了因社會的演進和轉變而牽動的知識分子的心理、倫理、風習等多種生活層次的文化衝突，並以此透視出知識分子的心靈軌跡，傳導出時代變革的動律。吳敬梓的《儒林外史》，對形形色色知識分子的悲喜劇，實質上是做了一次哲學巡禮。他的《儒林外史》的小說美學特色，不是粗獷的美、豪放的美，更不是英雄主義的交響詩。你看：他的小說從不寫激烈，但我們卻能覺察到一種激烈。這是蘊藏在知識分子心底的激烈，因而也傳遞給了能夠感受到它的讀者。因此，《儒林外史》的小說美學品格，有一種耐人咀嚼的深沉的意蘊。這表現為小說中有兩個相互交錯的聲部：科舉制度和八股制藝對於知識分子來說，無論貧富、無論其他生活和政治生涯如何，它總是正劇性的——這是第一聲部，作者把這一聲部處理成原位和絃；又將科舉以外的內容，即周進、范進、馬二先生等人的悲歌，作為第二聲部，把它處理為轉位和絃，具有諷刺喜劇旋律。轉位和絃在這裏常有創作者的主觀色彩。作者在把握人物時，並不強調性格色彩的多變，而是深入地揭示更多層次的情感區域，研究那種處在非常性的、不合理的、不合邏輯的、甚至是變態的心理。人的情感在最深摯時常常呈現出上面諸種反常，人的感情發展或感情積累，也往往不是直線上升，而是表現為無規則的、彎彎曲曲的、甚至重又繞回的現象。吳敬梓對科舉制的批判，正是通過這種對人性的開拓，對人的內在深層世界的開拓達到其目的的。

還應看到，在你讀《儒林外史》《紅樓夢》時，總有一種難於言傳的味道。我想，這是吳敬梓和曹雪芹對小說美學的另一種貢獻，即他們在寫實的嚴謹與寫意的空靈交織

成的優美文字裏，隱匿著一種深厚的意蘊：一種並無實體，卻又無處不在、無時不有，貫注著人物性格和故事情節、挈領著整體的美學風格並形成其基本格調的意蘊。我以為那該是沉入藝術境界之中的哲學意識，是作者熔人生的豐富經驗、對社會的自覺責任感與對未來美好的期望於一爐，鍛煉而成的整體觀念，以及由此產生的審美態度。你看，他們能「貼著」自己的人物，逼真地刻劃出他們的性格心理，又始終與他們保持著根本的審美距離。細緻的觀察與冷靜的描述以及含蓄的語氣，都體現著傳統美學中「靜觀」的審美態度。

對於藝術感情的表達，席勒說過這樣的話：一個新手就會把驚心動魄的雷電，一撒手，全部朝人們心裏扔去，結果毫無所獲。而藝術家則不斷放出小型的霹靂，一步一步向目的走去，正好這樣完全穿透到別人的靈魂。只有逐步打進、層層加深，才能感動別人的靈魂。吳敬梓寫《儒林外史》和曹雪芹寫《紅樓夢》，正是採用這種不斷放出小霹靂、逐步打進、層層加深的藝術手法，通過形象的並列和延續，逐漸增加感情的力度和衝擊力。

你看，一幅幅平和的、不帶任何編織痕跡的畫面，給我們留下了一個個深刻印象：它恬淡，同時也有苦澀、艱辛、愚昧。一個個日常生活中最常見和最微小的元素，被自由地安排在一切可以想像的生活軌跡中。這些元素的聚合體，對我們產生了強烈的甚至是主要的影響。它使我們笑、使我們憂、使我們思考、使我們久久不能平靜，這就是吳敬梓在《儒林外史》和曹雪芹在《紅樓夢》這兩部小說中為我們創造的意境。這裏顯現出一個小說美學的規律——孤立的生活元素可能是毫無意義的，但是系列的元素所產生的聚合體被用來解釋生活，便產生了認識價值。《儒林外史》和《紅樓夢》正是通過這種生活元素的聚合過程，使我們認識了周進、范進，認識了牛布衣、匡超人，認識了杜少卿；認識了寶玉、黛玉、賈政、王熙鳳……認識了生活中註定要發生的那些事件，也認識了那些悲喜劇產生的原因。對於《儒林外史》和《紅樓夢》這樣近四十萬字和近百萬字的長篇小說，這樣的一部部沒有多少戲劇衝突的、近乎速寫和生活紀實的小說，就是全憑作者獨特的視角，借助於生活的內蘊，而顯現出它的不朽魅力的。

從我國小說的經典性作品《三國演義》和《水滸傳》發展到《儒林外史》和《紅樓夢》時期，我們可以明顯地發現小說觀念的變動和更新。往日的激情逐漸變為冷雋，浪漫的熱情變為現實的理性，形成了一股與以往全然不同的小說藝術的新潮流。當然，有不少作家繼續沿著塑造英雄、歌頌英雄主義的道路走下去，但是我們不難發現，他們所塑造的英雄人物，已經沒有英雄時代那種質樸、單純和童話般的天真。因為社會生活的多樣化和複雜性，已經悄悄地滲入了藝術創作的心理之中。社會生活本身的那種實在性，使後期長篇小說的普通人物形象，一開始就具有了世俗化的心理、性格、人性被扭曲的

痛苦以及要求獲得解脫的渴望。這裏,小說的藝術哲學中的一個重要範疇——悲劇——的涵義,也發生了具有實質意義的改變:傳統中,只有那種英雄人物才有可能成為悲劇人物,而到後來,一切小人物都有可能成為真正的悲劇人物了。

小說藝術的發展歷史,也往往有驚人的相似之處。當代一位作家曾說:文學上的英雄主義發展到頂點的時候就需要一種補充。要求表現平凡,表現非常普通、非常不起眼的人……這就是說,當代小說有一個從英雄到普通人的文學觀念的轉變。而我國古代白話長篇小說也有一個從英雄到普通人的小說觀念的轉變。事實是,在我國小說經歷了漫長的發展過程,而在最後,即小說創作高峰期,出現了《儒林外史》和《紅樓夢》這種具有總體傾向的巨著。它們開始自覺地對人的心靈世界的探索,對人的靈魂奧秘的揭示,對人的意識和潛意識的表現,把小說的視野拓展到內宇宙。當然這種對內在世界的表現,基本上還是在故事情節發展過程中、在人物形象塑造中,加強心理描寫的。這當然不是像某些現代小說那樣,基本沒有完整的情節,對內心世界的揭示突破了情節的框架。但是,內心世界的探求、描寫和表現,不僅在內容上給小說帶來了新的認識對象,給人物形象的塑造帶來了深層性的材料,而且對小說藝術形式本身,也發生了極大的影響。這就是我國古代小說從低級形態發得到高級形態的真實軌跡。而在這條明晰的軌跡上鮮明地刻印著笑笑生和他的《金瓶梅》的名字。他和他的書是同《三國演義》《水滸傳》《儒林外史》《紅樓夢》並駕齊驅的。

(三)《金瓶梅》:小說史的一半

「《金瓶梅》:小說史的一半」,這則小標題曾引發過一次小小的爭論。同意此說又理解我的用意的朋友,有點默認的意思;徹底否定我的這個說法的,認為我誇大了《金瓶梅》的意義,而且這一提法有過分「溢美」之嫌,當然也有朋友認為,此一提法根本不通。時過境遷,往事如煙,沒想到我今天又來探討《金瓶梅》並涉及它在小說史上的地位,於是我又重新梳理我的思緒,考慮我的想法是對還是錯。

今天看來,我似乎還是在堅持自己的這個說法。我應檢討的只是我在申述自己的意見時出於一個文學教師的思維模式,即總想把一個有爭議的問題和要堅持的說法往「極致」方面強調。我的失策是,人們一看「《金瓶梅》:小說史的一半」這樣一個題目,就很容易從數學角度進行測算,那當然就會把我的論述看作是一個偽命題,其實我的想法和要達到的目的是想說《金瓶梅》這部輝煌的中國獨一無二的「黑色」小說,只有擺在中國小說藝術發展的長河中去考察,方顯出它的獨特的美學價值和思想光彩,及其在中國乃至世界小說史上的不朽地位。

《金瓶梅》和中國傳統小說的色澤太不一樣。一部色彩斑斕的小說史,如果失去或沒

有《金瓶梅》這樣黑色澤的小說，那就太讓人遺憾了，因為人們認為中國小說史應該有一朵惡之花！因此，我常為《金瓶梅》的被禁和被歧視而扼腕，即使在今天，除了「金學」界以外，對這部小說也仍是毀譽參半，甚至毀多於譽。當然，這種歷史的不公正，到了今天才開始有了轉機，出現了恢復它的名譽和地位的文化氛圍。

其實，就像我們說《紅樓夢》就有中國小說史的一半一樣，在《金瓶梅》的文本中和在笑笑生身上確有中國古代小說史的一半。這是因為，《三國演義》《水滸傳》《西遊記》《儒林外史》《紅樓夢》等偉大作品的存在，離不開同《金瓶梅》相依存相矛盾的關係。還在於笑笑生和他的《金瓶梅》代表中國文化傳統的一個方面，以及它與中國古代知識分子的歷史性格、文化性格有甚深的聯繫。因此，我才毫無遲疑地明確表示，研究《金瓶梅》就包含了研究中國小說史和中國小說文化的一半。因為在開創性上，任何小說文本似無可替代，在中國古代小說創作上，笑笑生及其《金瓶梅》是第一流的。只有理解生活辯證法，深刻地參透歷史生活和人生況味如何反映在笑笑生的小說中，以及歷史和藝術的微妙關係，才是研究《金瓶梅》和古代小說要旨所在。

歌德曾在他的《談話錄》中說過大致這樣的話：

> 一件藝術作品是自由大膽的精神創造出來的，我們也應該盡可能用自由大膽的精神去觀照和欣賞。

笑笑生勇敢大膽創造《金瓶梅》和我們研究《金瓶梅》都應持有這種精神，具備這種勇氣。

那麼，今天我又是如何看待《金瓶梅》在中國小說史上的地位呢？經過三十年的歷史探尋，我的基本觀點沒有太大的變化，只是想延伸一下，看看在明代小說史的發展過程中《金瓶梅》到底提供了什麼新的東西，從而對其給予科學的定位。

14 世紀到 16 世紀在中國誕生的「四大奇書」無疑是世界小說史上的奇跡，無論是把它們放在中國文學發展的縱坐標還是世界格局同類文體的橫坐標中去認識和觀照，它們都不失為一種輝煌的典範。它們或是過於早熟或是逸出常軌，都堪稱是世界小說史上的精品。閱讀這些文本，你不能不驚訝於這些偉大作家的小說智慧。這種小說的智慧是由其在小說史上的原創性和劃時代意義決定的。《三國演義》《水滸傳》《西遊記》通常被說成是世代累積型建構的巨制偉作，但是不可否認，最後顯示其定型了的文本即具有不可重複性和不可代替性的畢竟是一位小說天才的完成品。它們自成體系，形成了自己的空間，在自己的空間中容納一切又「排斥」一切，正像米開朗基羅的那句名言：他們的天才有可能造成無數的蠢材。如前所述，他們以後的各種效顰之作不都是遭到了這種可悲的命運嗎？因此小說文本從來不可以「古」「今」論高下，而以價值主沉浮。正

是在這個意義上說，明代四大奇書是永遠說不盡的。這裏我們不妨就廣義的歷史小說和世情小說這兩種小說類型分別談談明代小說審美意識的特徵。

中國傳統的歷史小說創作的大格局，歷來是歷史故事化的格局。中國源遠流長的歷史小說審美意識的定規是：歷史小說——講史；歷史小說——故事化的歷史。歷史故事化的第一形式，也是傳統歷史小說中發育最成熟的形式，是歷史演義。歷史演義式的歷史小說，大抵是以歷史朝代為背景，以歷史事件為主線，以歷史人物為中心，演繹有關歷史記載和傳說，或博考文獻，言必有據；或本之史傳，有實有虛。其代表性作品當屬《三國演義》。歷史小說的第二種形式，是寫歷史故事。歷史故事式的歷史小說，以故事為中心為主線加以組織，歷史背景、歷史事件、歷史人物實際上被淡化、虛化了，正如魯迅說的：只取一點歷史因由，隨意點染，鋪成一篇，《水滸傳》是為代表。歷史故事化具有史詩性質，《三國演義》的社會審美價值正在於它不僅僅是一個民族一段時間的歷史的敘述，還在於它的敘述成為對這個民族的超歷史整體性的構建和展示[4]，這就是為什麼後來有那麼多重寫民族史詩的原因。

與《三國演義》史詩化寫作相反，《水滸傳》走的其實是一條景觀化歷史的道路，它有些站在「歷史」之外的味道，它幾乎是為了一種「觀念」寫出了傳奇英雄人物的歷史：一個人物就是一個景觀。比如林沖的故事、武松的故事、魯智深的故事，一經串聯就是一部「史」。它把社會風俗畫的素材或原料作為必要的資源，從而把與歷史的天然聯繫有意割斷，而把歷史回憶轉化成眼中的一段純粹風景，於是歷史被轉換成可以隨著自己的審美理想進行想像力充沛的塑造和捏合，隨各自的需要剪裁、編制歷史意象。在這種歷史敘事悖論中，歷史作為一個對於我們有意義的整體，離我們實際上是越來越遠。無論是歷史的史詩化還是歷史的景觀化都把歷史挪用和轉化為宋元以來瓦舍勾欄中的文化消費品。消費歷史，嚴格地說，是寫作者、演說者和文化市場合謀製作的一個引人注目的文化景觀，在這個景觀中，個人也好群體也好都在享受著歷史速食，因而也就遠離了歷史。

其實這種「大事不虛，小事不拘」的小說智慧絕非中國歷史小說創作的失敗，恰恰相反，從一開始，中國的歷史故事到歷史演義就富有了真正的文學意味。如從時間來說，小說審美意識至遲在元末明初已趨成熟。事實是，以《三國演義》為代表的眾多歷史小說家無論面對何種形態的歷史生活，一旦進入文學的審美領域，就為其精神創造活動的表現提供一種契機，儘管這種契機具備選擇的多樣性，但絕不成為嚴格意義上的歷史，歷史就是歷史，而文學就是文學，文學可以體現歷史，但無法替代歷史。一部《三國演義》，雖然它以藝術形象的方式體現了三國時期的政治、軍事戰略思想，但它畢竟不是

4　即概括和熔鑄了漫長的古代社會的歷史。

一部史籍意義上的著作，它僅僅是小說，一部政治史的戰爭風俗畫。

　　證之以文本內涵，你不能不承認，羅貫中和施耐庵的理念中都發現和意識到了文學的宗旨並不在於再現歷史，而在於表現歷史，在於重新創造一個關於逝去歲月的新的世界。從一定意義上說，對於一位小說家來說，依據一定的歷史哲學對某些歷史現象做出理性的闡釋，並不構成小說家的主要任務，即他不是為了充當歷史學家，而是為了經由歷史生活而獲得一種體驗，一種關於人與人類的認知，一種富有完整性的情智啟迪，一種完全可能溝通現在與未來、因而也完全可能與當代精神產生共鳴的大徹大悟，一種從回憶的漫遊中實現的不斷顯示新的闡釋信息的思情寓意……毋庸置疑，像羅貫中這樣的小說大師，他的追溯與探究歷史生活，正是為了一個民族的自我發現，但無論是頌揚還是鞭笞，歸根結底仍然是為了從一種歷史文化形態中向讀者和聽眾提供一點兒精神歷程方面的東西。因此《三國演義》雖有史家眼光，但文學的審美總是把它的興趣放在表現歷史的魂魄上，從而傳出特有的光彩和神韻。可以說，史裏尋詩，已經明確了文學與非文學的關係，文學就是文學，不是史學；同時又使文學具有質的規定性，即深刻的文學發現和濃郁的詩情，必須到歷史的深處去找。基於這種審美意識，《三國演義》等所揭示的深度，就是把歷史心靈化、審美化。

　　談到歷史心靈化、審美化這一審美意識，乃是一種面對遙遠的或不太遙遠的歷史生活所產生的心靈感應的袒露，所以歷史演義是一種充滿了歷史感與現代感的彈性極強的精神意識行為，一種體現了當時人們的感知方式的審美過程，又是種種精神領會與情智發現的意蘊性的審美積聚。這種對描寫素材與文學表現之間的微妙關係的思考與理解，是不是對今天作家創作歷史小說還有著啟示意義呢？我的答案是肯定的。

　　中國的小說發展史有它自己繁榮的季節，自己的風景，有自己的起伏波動的節奏。明代小說無疑是中國小說史上的高峰期、成熟期，是一個出大家的時期。要研究這段歷史上的小說審美意識，除視野必須開闊、資料儲備充分以外，最主要的是如何把握中國傳統文化的命脈和中國小說自身的內在邏輯。比如從一個時段來看小說創作很繁榮，其實是小說觀念顯得陳舊而且浮在表層，有時看似蕭條、不景氣，但地火在運行，一種新「寫法」在醞釀著，所謂蓄勢待發也。如果從《三國演義》最早刊本的嘉靖壬子年（1552年）算起，到《金瓶梅》最早刊本的萬曆四十五年（1617年）止，這近七十年的時間裏，小說的變革與其說是觀念、趣味、形式、手法的變遷，不如說這個時期「人群」發生了巨大的變化。而「人群」的差異是根本的差異，它會帶動一系列的變革。這裏的人群，當然就是城鎮市民階層的激增和勢力的進一步擴大，市民的審美趣味大異於以往的英雄時代的審美趣味。而「世代累積型」的寫作恰恰是在失去意識形態性的宏偉敘事功能以後，積極關注個人生存方式的結果。在已經顯得多元的明中後期的歷史語境中，笑笑生

特異的審美體驗應屬於一種超前的意識。

這裏所說的「超前意識」全然不是從技術層面考慮，而是指《金瓶梅》頗富現代小說思維的意味。比如作者為小說寫作開闢了一條全新的道路：它不斷地模糊著文學與現實的界限；它不求助於既定的符號秩序；它關注有質感的生活。這是一種什麼樣的生活？這種追問已經無法從道德上加以直接的判斷，因為這種生活上的道德意義不是唯一重要的，更重要的倒是那個仿真時代的有質感的生活。於是它給中國長篇小說帶來了一股從未有過的原始衝動力，一種從未有過的審美體驗。這就是《金瓶梅》特殊的文化價值。

任何文學潮流，其中總是有極少數的先行者，《金瓶梅》就是最早地使人感受到了非傳統的異樣。它沒有複雜的情節，甚至連一般章回小說的懸念都很少。它充其量寫的是二十幾個重點人物和這些人物的一些生活片段。但每一個人物、每一個片段都有稜角。因為《金瓶梅》最突出的敘事就是要保持原始的粗糙特徵。至於這些人物，在最準確的意義上說，幾乎沒有一個是正面性的，他們不是什麼「好人」，但也不是個個都是「壞人」。他們就是一些活的生命個體，憑著欲念和本能生活，這些生活就是一些日常的生活，沒有驚天動地的事蹟，沒有令人崇敬的行為，這些生活都是個人生活的支離破碎的片段，但這裏的生活和人物都給人以深刻的印象。在作者毫不掩飾的敘述中，這些沒有多少精神追求的人，他們的靈魂並沒有隱蔽在一個不可知的深度，而是完全呈現出來。所以，如果你一個個地分析書裏面的人物，反而是困難的，而且很難分析出他們的深刻，你的闡釋也很難深刻。因為他們的生活就沒有深刻性，只有一些最本真的事實和過程，要理解這些人和這些生活，不是闡釋、分析，只能是「閱讀」和閱讀後對俗世況味的咀嚼。

《金瓶梅》的敘事學是不靠故事來製造氛圍，它更沒有其他三部經典奇書那樣具有極純度的浪漫情懷。對於敘述人來說，生活是一些隨意湧現又可以隨意消失的片段，然而一個個日常生活中最常見的和最微小的元素，被自由地安排在一切可以想像的生活軌跡中。這些元素的聚合體，對我們產生了強烈的心理影響：它使我們悲，使我們憂，使我們憤，也使我們笑，更使我們沉思與品味。這就是笑笑生為我們創造的另一種特異的境界。於是這裏顯現出小說美學的一條極重要的規律：孤立的生活元素可能是毫無意義的，但系列的元素所產生的聚合體被用來解釋生活，便產生了審美價值。《金瓶梅》正是通過西門慶、潘金蓮、李瓶兒、應伯爵等人物認識了生活中註定要發生的那些事件，也認識了那些俗世故事產生的原因。笑笑生的腕底功力就在於他能「貼著」自己的人物，逼真地刻畫出他們的性格、心理，又始終與他們保持著根本的審美距離。細緻的觀察與精緻的描繪，都體現著傳統美學中「靜觀」的審美態度，這些都說明《金瓶梅》的創作精神、旨趣和藝術立場的確發生了一種轉捩。

事實上，當我們閱讀《金瓶梅》時，已經能覺察出幾分反諷意味，所以對《金瓶梅》

的意蘊似應報之以反諷的玩味。在小說中，種種俗人俗事既逍遙又掙扎著，表面上看小說是在陳述一種事實，表現一種世態，自身卻又在隨著行動的展開而轉向一種嚮往、一種解脫，這裏面似乎包含了作者對認識處境的自我解嘲，以莊子的「知止乎（其）所不（能）知」的態度掩蓋與填補著思考與現實間的鴻溝。實際上我們不妨從反諷的角度去解釋《金瓶梅》中那種入世近俗、與物推移、隨物賦形的思維、形態與其對審美材料的關心與清賞。其中存在著自身知與不知的雙向運動，由此構成了這部小說反諷式的差異和亦莊亦諧的調子，使人品味到人類文化的矛盾情境。

面對人生的乖戾與悖論，承受著由人及己的震動，這種用生命咀嚼出的人生況味，不要求作者居高臨下地裁決生活，而是以一顆心靈去體察人們生活中的各種滋味。於是，《金瓶梅》不再簡單地注重人生的社會意義和是非善惡的簡單評判，而是傾心於對人生的生命況味的執著品嘗。在作品中作者傾心展示的是他們的主人公和各色人等人生道路行進中的感受和體驗。我們研究者千萬不要忽視和小看了對這個視角和視位的重新把握和精彩的選擇的價值。小說從寫歷史、寫社會、寫風俗到執意品嘗人生的況味，這就在更寬廣、更深邃的意義上表現了人性和人的心靈。這就是《金瓶梅》迥異於它以前的小說的地方。

《金瓶梅》中的反諷好像一面棱鏡，可以在新的水準上擴展我們的視界與視度。當然，對《金瓶梅》反諷形式的藝術把握也有待於進一步思考與評說。

《金瓶梅》在中國小說史上的地位，歸結一句話，就是它突破了過去小說的審美意識和一般的寫作風格，綻露出近代小說的胚芽，它影響了兩三個世紀幾代人的小說創作，它預告著近代小說的誕生！正是在這個意義上，我以為說《金瓶梅》是小說史的一半，還是有一定道理的。

二、一個逆向的考察

(一)小說類型新探

在中國古代小說研究領域科學地把握小說文體的審美特徵這一問題，還沒有受到應有的重視。因此，中國古代小說類型的區分，長期處在模糊狀態。人們往往停留在語言載體的文言與白話之分，或滿足於題材層面上的所謂歷史演義、英雄傳奇、神魔小說和世情小說等界定。於是在中國古代小說研究中經常出現一種「類型性錯誤」。所謂「類型性錯誤」，就是主體在研究觀念和方法上混淆了不同範疇的小說類型，從而在研究活動中使用了不屬於該範疇的標準。這種評價標準上的錯位就像用排球裁判規則裁決橄欖

球比賽一樣，即所謂張冠李戴，此類現象屢屢發生。在價值取向上，諸多的著名小說中，《金瓶梅》的命運是最不幸的，它遭到不公正的評價，原因之一就是批評上的「類型性錯誤」所致。因此，以小說類型理論確立《金瓶梅》在小說文體演變史上的地位，從而進一步把握它的審美特徵，即成為《金瓶梅》研究中亟待解決的問題。在前面，我們按照歷史時間的順序，對中國古代小說觀念的三次重大更新進行了考察，從而確立了我對《金瓶梅》在小說藝術發展史上的地位及其變革意義的認識，是為順向考察；這裏我們則是試圖從與歷史時間順序相反的方向，對小說類型的演變進行考察，即從《金瓶梅》以後的小說發展形態來考察《金瓶梅》的小說類型的歸屬，從而確立我對《金瓶梅》在小說藝術發展史上的地位及其審美特徵的理解，是為逆向考察[5]。

從故事小說歷史看，它來自於市井階層，是順應亞文化群的小說類型。而至清代，隨著更多學者和知識分子的參與小說創作，小說的地位被重新確認，準文化群開始產生影響。它要求小說包含更深刻的內容，具有更複雜的結構，以與自己和時代水準相適應。在這種形勢下，故事小說發生變異，向性格小說、心理小說發展，而且負載了更深沉的社會內容和作者個人的心理脈搏。

清代橫空出世的兩部傑作——《儒林外史》和《紅樓夢》都是一經出現就打破了傳統的思想和手法，從而把長篇小說這種文體推進到一個嶄新的階段。前面我們已經論及兩部小說的共同之處是：隨著封建社會的逐漸走向解體和進入末世，小說的基本主題開始由功利的政治文化的外顯層次發展到宏觀的民族文化的深隱層次。兩位作家都或多或少地意識到，由於經濟生活方式的轉變而牽動的社會心理、社會倫理、社會習俗等多種社會層次的文化衝突，並且自覺地把民俗風情引進作品，以此透視出人們的心靈軌跡，傳導出時代演變的動律。這就不僅增添了小說的美學色素，而且使作品反映出歷史變動的部分風貌。其次，兩部小說的美學特色都不是粗獷的美、豪放的美，更不是英雄主義的交響詩。他們的小說從不寫激烈，但我們卻能察覺到一種激烈，這是蘊藏在作者心底的激烈，因而也傳達給了能夠感受到它的讀者。第三，它們都有一種耐人咀嚼，難以言傳的味道，即他們在寫實的嚴謹與寫意的空靈交織成的優美的文字中，隱匿著一種深厚的意蘊，一種並無實體卻又無處不在、無時不有、貫穿於人物性格和故事情節、挈領著整體的美學風格並形成其基本格調的意蘊。它們都逼真地刻劃出人物的性格心理，又始終與他們保持著根本的審美距離，細緻的觀察與冷靜的描述以及含蓄的語氣，都體現著傳統美學中靜觀的審美態度，第四，兩部小說展示了一幅幅平和的、不帶任何編織痕跡

5　歷史學家丁偉志先生在 1984 年 7 月 25 日《光明日報》上發表了〈論歷史研究中的逆向考察〉一文，提出了逆向考察的歷史研究方法論，本文是受其啟示而提出了小說歷史研究的逆向考察的問題。

的畫面,它恬淡,同時也有苦澀。一個個日常生活中最常見和最微小的元素,被自由地安排在一切可以想像的生活軌跡中。這些元素的聚合體,對我們產生了強烈的共振效應。它使人們笑,使人們憂,也使人們思考,使人們久久不能平靜。這就是兩部小說給我們創造的相似的意境。

然而,兩位小說家和兩部小說作品有同更有異,這不僅是由於他們生活經歷不同、文化素養不同,而且情感類型也有很大差異。吳敬梓更帶有思想家的氣質,而曹雪芹更富有詩人的氣質[6],因此,《儒林外史》可被稱為思想家的小說,而《紅樓夢》則可謂是詩人的小說。

(二)思想家的小說

研究吳敬梓的人都會有一種感覺,他是一位最富有思想的作家。他那種極靈敏地感應時代的變化、傾聽生活最細微的聲息的才能,使他的小說中的藝術世界,像內層深邃穩定而水面時時旋轉的思想的大海。當然,這是由有形有色有光有聲的生活的活水彙聚成的大海。當他張開藝術概括的巨翅時,在巨大的時空跨度中擁抱歷史和時代時,我們聽到了他的小說中思想的瀑布訇然而落的聲音;而當他伸出藝術感覺的觸角,在細微的心靈波流中探尋生活的脈息時,我們也能聽到他的小說中思想的電火在金屬尖端上的微響。這種深邃的思想以及他的小說厚度,曾使魯迅先生喟然而歎:「偉大也要有人懂!」

吳敬梓的《儒林外史》傳奇色彩很少,思考是他作品的重要特色。我們初讀他的小說,常為他近乎淡泊的筆調所驚異:像世態炎涼冷暖、個人感情的重創、人格的屈辱、親人的生死離散,似都以極平靜的語氣道出;那巨大的悲痛,都在悠悠的文字間釋然。然而這意蘊的產生正是來源於吳敬梓的親自感知,即由家庭中落、窮困潦倒的生活所引發的深沉的人生況味的體驗和對人的精義的思索。

作者因久閱文壇,對文人心態自然非常熟稔,一旦發為諷刺,不但窮形盡相,往往還剔骨見髓,使有疾者霍然出汗。他觀察點的特色是:一個人物,一種衝突。周進、范進都是在八股制藝取士的舞台上扮演著悲喜劇的角色,馬二先生是一個具有雙重性悲劇的人物,匡超人人性的異化則是「聖人」之徒戕害的結果。實際上吳敬梓是對形形色色的知識分子進行了一次哲學巡禮。

《儒林外史》在一定程度上可以看成特定歷史時期內我們民族的精神現象史。作者始

6　何滿子先生在〈吳敬梓是對時代和對他自己的戰勝者〉一文中已提出過「曹雪芹更屬於藝術家的氣質;而吳敬梓,相對說來,更帶有思想家的氣質」。見何滿子《文學呈臆編》,上海:三聯書店1985年,頁201。

終在沉思一個巨大的哲學命題：即他要喚起民族的一種注意，要人們認識自己身上的愚昧性，因為當人們還處於這樣一種愚昧狀態時，我們是不能獲得民族的根本變化的。他想到的不僅僅是知識分子的命運，而是借助於他所熟悉的知識分子群體來考慮民族精神和民族性格的素質。他以自己親身感知的科舉制度和舉業至上主義為軸心，開始以一種深刻的歷史哲學，去思考去觀察自己的先輩和同輩們的民族文化——心理結構和政治生涯。所以吳敬梓在小說中提出的范進、周進、牛布衣、馬二先生、匡超人、杜少卿的命運，並非個別人的問題，而是他看到了歷史的凝滯，而正是借助於對科舉有著深刻的內心體驗，所以他才極為容易地道破舉業至上主義和八股制藝的各種病態形式。作者所寫的社會俗相不僅是作為一種文化心理的思考，同時更多地是作了宏觀性的哲學思辨，是靈魂站立起來之後對還未站立起來的靈魂的調侃。由此我們也看到了吳敬梓的小說的一個癥結：思想大於性格。

黑格爾老人曾說：「本質的否定性即是反思」。吳敬梓在小說中對舉業至上主義和八股制藝的批判如同剝筍一樣，剝一層就是一次否定，也就是一次理性認識的飛躍，從而也就是向本質的一次深入。吳敬梓創作《儒林外史》的總體構想就是對中國封建科舉制度和舉業至上主義的反思，因此該書的重要審美特色是它的反思性。而恰恰是這反思性使得《儒林外史》具有了「思想家的小說」的美學品格。

(三)詩人的小說

如果說吳敬梓是一位特別富於思想的小說家的話，那麼曹雪芹就是一位特別敏於直覺的小說家。從作家氣質來看，吳敬梓是偏重於思考型的小說家，而曹雪芹確實是偏重於感覺型的小說家，甚至可以說曹雪芹作為小說家的主要魅力，非常清晰地表明他是憑藉對活潑潑地流動的生活的驚人準確絕妙的藝術感覺進行寫作的。或者說，曹雪芹小說中的思想的精靈，是在他靈動的藝術感覺中、在生活的激流中，作急速眩目的旋轉的。《紅樓夢》中讓你看到的是幽光狂慧，看到天縱之神思，看到機鋒、頓悟、妙諦，感到如飛瀑、如電光般的情緒的速度，而且這情緒一旦迸發就有水銀瀉地、泥丸走阪、駿馬駐坡之勢。可以這麼說，出於一種天性和氣質，從審美選擇開始，曹雪芹就自覺偏重於對美的發現和表現，他願意更含詩意地看待生活，這就開始形成了他自己的特色和優勢。而就小說的主調來說，《紅樓夢》既是一支絢麗的燃燒著理想的青春浪漫曲，又是充滿悲涼慷慨之音的挽詩。《紅樓夢》寫得婉約含蓄，彌漫著一種多指向的詩意朦朧，這裏面有那麼多的困惑。那種既愛又恨的心理情感輻射，確實常使人陷入兩難的茫然迷霧，但小說同時又有那麼一股潛流，對於美好的人性和生活方式的如泣如訴的憧憬，激蕩著要突破覆蓋著它的人生水平面。其中執著於對美的人性和人情的追求，特別是對那些不

含雜質的少女的人性美感中所煥發著和昇華了的詩意，正是作者要表達的詩化的美文學。從《詩經》中的〈黍離〉之怨、屈騷中的澤畔悲吟，一直到《紅樓夢》中「遍被華林」的「悲涼之霧」，從此鑄成了中國文學的典型意緒。

理想使痛苦發光，痛苦卻催人成熟。從這種由於痛苦的磨擦而生長的蒼勁中，我們從《紅樓夢》中窺見了生活的變態和殘忍。曹雪芹能夠把特殊的生活際遇所給予的心靈投影，表現得相當獨特。當他被痛苦喚醒，超脫了個人的痛苦而向他人又伸出了同情之手，他已經不是一般的憐憫，而是同情人生的普遍苦難，但又不止於一般的感慨，這一切都是屬於詩人的氣質特徵。正因為如此，我們把《紅樓夢》稱為詩小說或小說詩。

在具體的描繪上，正如許多紅學家研究所得，曹雪芹往往把環境的描寫緊緊地融合在人物的性格的刻畫裏，使人物的個性生命能顯示一種獨特的境界。環境不僅起著映照性格的作用，而且還具有強烈的感染力。作者善於把人物的個性特點、行動、心理活動和環境的色彩、聲音融合在一起，構成一個個情景交融的、活動著的整體。而最突出的當然是環繞林黛玉的「境」與「物」的個性化的創造。可以說，中國古典小說的民族美學風格，發展到《紅樓夢》，已經呈現為鮮明的個性、內在的意蘊與外部的環境，相互融合滲透為同一色調的藝術境界。總之，在這裏是「情與意會，意與象通」，具有了「象外之象」和「味外之旨」，這是主客觀結合、虛實結合的一種詩化的藝術聯想和藝術境界。所以筆者認為，得以滋養曹雪芹的文化母體，是中國傳統豐富的古典文化。對他影響最深的不僅是美學的、哲學的，而且首先是詩的。《紅樓夢》是詩人的小說，這是當之無愧的。

《儒林外史》和《紅樓夢》是小說宇宙的兩顆最耀眼的星，倘若借用世界小說史中的現成概念闡釋這類小說的品格，那就不妨稱之為「作家小說」，而用中國當前小說家的品格來加以衡量，可以稱之為「學者型小說」。吳敬梓和曹雪芹都堪稱當時的精英階層，他們都具備著較高層次的文化修養和造詣精深的藝術素質。他們思想敏銳，意志堅定，熱情充溢，進取不息，對人生有著超乎常人的藝術感受力和表現力。同時，作為普通人，他們又時常流露出諸如脫俗、孤傲、憂鬱、敏感、疑慮等人格特徵，有的甚至還具有難於被常人理解的種種怪癖。他們的命運，正是那個時代命運的縮影，他們的喜怒哀樂，也緊緊地維繫於他們那個社會的感情神經。因此，這種小說與前出各種小說最大的不同是他們的創作態度大多嚴肅，構思縝密精心，章法有條不紊，語言字斟句酌，很少有嘩眾取寵的噱頭。他們不以敘述一個故事並作出道德裁判為滿足，甚至不十分考慮他的讀者，他們真正注重的是表現自我。大凡對題材的選擇往往在一定程度上取決於作者的生活經歷和藝術旨趣，而《紅樓夢》與《儒林外史》恰恰都是作者經歷了人生的困境和內心的孤獨後的生命感歎。他們不再注重對人生的社會意義和是非善惡的簡單評判，而是

更加傾心於對人生的生命況味的執著品嘗。他們在作品中傾心於展示的是他們的主人公和各色人等坎坷的人生道路行進中的種種甜酸苦辣的感受和體驗。我們研究者千萬不要忽視和小看了對這個視角和視位的重新把握和精彩的選擇的價值。從寫歷史、寫社會、寫人生、寫風俗到執意品嘗人生的況味，這就在更寬廣、更深邃的意義上表現了人性和人的心靈。

用生命咀嚼出的人生況味，不再要求作者隨時隨地居高臨下地裁決生活，而是要求作者以一種真誠、一顆心靈去體察人們生活中的甜酸苦辣，去聆聽人們心靈中的悸動、顫慄和歎息。這就需要作者有一種開放性的精神狀態，而不是一種封閉性的精神攻擊和防禦狀態。後一種精神狀態就是《儒林外史》前出諸作的特點。在這些作品中，作者時不時地跳將出來對小說中的人物和事件表示一番愛恨分明或勸善懲惡的說教。同樣是反映人生的情感困惑和這種困惑給人生帶來的複合況味，《儒林外史》和《紅樓夢》都是懷著真誠的眼光和濕潤的情感，極寫人生無可回避的苦澀和炎涼冷暖的滋味，讓讀者品嘗了人生一種整體性的況味。值得重視的是，他們沒有像他們的前輩那樣在作品中開設「道德法庭」，義正詞嚴地對這些人與事進行道德審判，而是細緻地體察並體現人們處於情感漩渦中的種種心態，從而超越了特定的道德意義，而具有生命意味。

從文藝史來觀照，體驗並體現人生況味，是藝術的魅力所在，也是藝術和人們進行對話最易溝通、最具有廣泛性的話題。讀者面對人生的乖戾與悖論，承受著由人及己的震動。這種心靈的顫慄和震動，無疑是藝術所追求的最佳效應。因為對於廣大讀者來說，他們之所以要窺視不屬於自己的生活流程和生命體驗，不只是出於要學習一種榜樣，而更重要的是通過與書中的世界裏各種殊異的心靈相識，品嘗人生的諸種況味。儘管讀者不一定都會有吳敬梓、曹雪芹那樣獨特的境遇和小說人物的獨特或不獨特的際遇，但小說中的人物在人生歷程中所經歷的痛苦的失敗、艱辛的世態、苦澀的追求都會激起人們一種況味相似的共鳴與共振。所以說，從小說發展史的角度來看，小說從寫歷史、寫人生到寫人生的況味，絕不意味著小說價值的失落，而是增強了它的價值的普泛性。一種擺脫了狹隘的功利性而具有人類性的小說，即使在今天仍有巨大的生命意義和魅力，這就是兩部小說迴異於它們以前的小說的地方。

後來的發展了的歷史，為充分認識前代歷史提供了鑰匙。現在我們的任務該是「從發展過程的完成的結果開始」逆方向地做溯源之考察了。

(四)「小說家」的小說

正如魯迅所說，長篇小說是「時代精神所居的大宮闕」，是衡量一個國家藝術水準的標誌，因此研究它的本體當是題中之義。

　　小說文體是小說家運用語言的某種統一的方式、習慣和風格，不是小說語言本身。因此對小說的文體的描述就不能僅僅是對小說語言的單向描述，而必須配合以小說家創作所涉及的影響文體形成的語言之外的諸種因素，如對時代、社會、流派、題材、主題、觀念等因素的研究。這些影響小說文體形成的語言以外的因素就是「文體義域」[7]。文體是特定的藝術把握生活的方式，按照黑格爾的觀念，人們藝術感知的方式，同時也是藝術傳達的方式，而藝術的內容與藝術形式又將相互轉化。這裏說的藝術內容當然不僅限於生活事件，也包括主體精神、意識及人格。這種從美學—哲學高度對文體的把握——主體精神對象化的認識，是我們所說的文體的最深層次。文體的變化與發展與藝術的追求和自覺緊密相關。它是主體精神新的發展的標誌，當然又是主體與新的對象交互作用、結合的產物。因此，小說文體的研究和批評便不可能是語言修辭的、技巧的、純形式的批評，必然要求包括主體與客體，即作品的生活內容與作家的情感特徵、語言及其意蘊兩個方面。但是，令人非常遺憾的是，我們的古代小說的研究與批評，往往忽視小說文體，特別是長篇小說文體的特徵，而是往往用一般文學的批評方法或一般的小說的批評方法評價長篇小說。結果總有張冠李戴之嫌，令人難以認同。

　　對《金瓶梅》批評得最嚴厲、要求最苛刻的當屬夏志清先生。他在《中國古典小說》[8]一書第五章中評論到《金瓶梅》時，幾乎從思想到藝術都對《金瓶梅》給予了否定性的評價。在提到作者時，這位研究者懷疑：「以徐渭的怪傑之才是否可能寫出這樣一部修養如此低劣，思想如此平庸的書來？」從整體評價來看，他認為《金瓶梅》「是至今為止我們所討論的小說中最令人失望的一部」。從作為結構藝術的長篇小說來看，他認為《金瓶梅》的結構是「如此凌亂」，至於具體的藝術描寫和藝術處理，《金瓶梅》也是最無章法可言的，比如「明顯的粗心大意」「喜歡使用嘲諷、誇張的衝動」「大抄特抄詞曲的嗜好」，其中「莫過於他那種以對情節劇式事件的匆匆敘述來代替對可信、具有戲劇性的情節的入微刻畫的『浪漫』衝動」。凡此種種都可以使人看到夏志清先生的審美標準和藝術態度。對此筆者曾陸續寫過幾篇文章，就夏志清先生的觀點進行商榷，其中《說不盡的金瓶梅》一書就《金瓶梅》的結構藝術發表了我的一些不成熟的意見。然而現在看來這些商榷文章並未能把握夏文的要害。夏文的真正失誤，正像我在本文開始時所說的，是研究者在研究觀念和方法上混淆了不同範疇的小說類型，從而在研究活動中使用了不屬於該範疇的標準。具體地說，夏文完全忽視了中國古代小說的不同類型，結果錯誤地用一般批評小說的標準或用作家型學者型的小說去衡之以「小說家」的小說《金

7　　參見《小說評論》1988 年第 6 期，頁 87。
8　　夏志清著，胡益民等譯《中國古典小說》，南京：鳳凰出版集團，江蘇文藝出版社 2008 年，頁 158-173。

瓶梅》，這就必然導致《金瓶梅》批評上的錯位和重大失誤。

所謂「小說家」的小說，純屬我的「杜撰」。如果讀者看到了我在前一節的敘述，則會理解這裏的小說家的小說是同屬於作家型或學者型的思想家小說與詩人小說比較而言的。這個稱謂的賦予，也是淵源有自。因為宋人說話四家中就有「小說」一家，就小說的內在本質而言，或從古代小說本色來觀照，作為小說家的小說《金瓶梅》確實同說話技藝中的小說家的創作精神一脈相通。儘管前者是長篇小說，而後者當時是專指短篇小說而言的。

為了更好地說明問題，我們有必要從美學的和歷史的角度來考察小說的文體特徵及其演變規律。概而言之，在中國，小說的前身是故事和寓言，並且由此分別開創了兩種不同的小說觀念的發展道路：一種重客觀事件的描述，一種重主觀意識的外化。當小說重在客觀事件的描述時，它是發揚故事的傳統，小說成為再現社會生活的藝術化了的歷史；當小說重在主觀意識的外化時，它是發揚寓言的傳統，小說成為表現人們的情感和願望的散文體的詩。小說就在詩與歷史之間徘徊，構成螺旋上升的曲線。於是我們從探索小說文體發展歷史軌跡中，找到了古代寓言與志怪小說、傳奇小說的相通之處，又找到了故事與宋元話本小說的相通之處。

據南宋耐得翁《都城紀勝》和吳自牧《夢梁錄》載，當時說話四家中，小說家的藝術技巧最為成熟，而且說話的其他幾家「最畏小說人，蓋小說者，能以一朝一代故事，頃刻間提破」。據宋末元初人羅燁《醉翁談錄》中「舌耕敘引·小說開闢」條記載，當時說話人大多博覽群書，學識淵博，具有豐富的知識積累，所謂「幼習太平廣記，長攻歷代史書」，「《夷堅志》無有不覽，《琇瑩集》所載皆通」，「論才詞有歐、蘇、黃、陳佳句，說古詩是李、杜、韓、柳篇章」，所謂「談論古今，如水之流」[9]。可以說，前代的文學藝術財富在藝術上哺育了整整一代說話人的藝術創造力。

比較而言，文人作家創作的文學作品不是以謀生為目的，而是為了抒寫性情，因此無需或不甚考慮他的讀者的要求；可是，說話人在完全職業化以後，他們以賣藝為生，他們創造的小說不僅是精神生產品，而且直接具有商品的性質。他們首先考慮的是他們生產對象的消費者，他們必須善於招徠買主，即吸引他們的聽眾。這樣，他們不僅要使故事首尾畢具、脈絡清晰，而且還要一波三折、娓娓動聽，以便引人入勝。總之，他們必須有為大眾解悶、消遣、娛樂的功能。而說話人力求平易通暢，使「老嫗能解」，「膾炙於田夫野老之口」，或如《馮玉梅團圓》中所談，「話需通俗方傳遠」。這就是將作品社會功能的實現，十分明智地放在尊重讀者審美欣賞的心態上。

9　羅燁《醉翁談錄》，上海：古典文學出版社 1957 年，頁 3。

　　小說家的小說也許應該稱為市民小說。在中國小說藝術發展史上，嚴格意義上的通俗小說，正是因為市民階層的勃興才逐漸形成。現代意義上理解的市民階層已經遠遠超越了古代的涵義，它泛指一切具有閒暇文化背景的城市與鄉鎮居民。因此，市民小說便與人們的閒暇生活有一定關係，它首先滿足的便是人們在閒暇中的消費需要。閒暇文化造成市民小說的消遣與娛樂功能，在藝術上它與純文學正好相反。如果純文學要求真正的閱讀（思考）在整個閱讀過程結束之後，那麼市民小說則要求在閱讀過程之中，過程結束，閱讀也就結束。這就要求它具備「手不釋卷」的閱讀效果。相對來說，市民文化不要求純粹抽象的精神活動，他們更為關心自己身邊的「生活瑣事」，因此家庭背景的小說便風行一時，閒暇生活常常需要一種感官刺激，以此達到平衡神經官能的作用，因此市民小說常常會有暴力和性的內容。正由於此，市民小說常常在無意中迎合讀者消遣需要，庸俗的、粗糙的東西摻雜其間是普遍現象。

　　如果進一步從小說本體來考察和自審，小說家的小說或市民小說的敘事結構往往是程式化的，當然，它不是同一程式。比如三段論式在它的結構體系中就是極為突出的特徵。通常在起始部，明確時間、地點，表明主人公的善惡本質，交代衝突雙方矛盾的起因；發展部，把人物矛盾衝突的態勢加以強化，情節推進到「九曲十八彎」的懸崖上；結束部，歷盡艱險，善才戰勝惡，或是惡摧殘了善，主人公被圓滿、完整地送到幸福或悲慘的彼岸。

　　再有，小說家的小說一般在他們講述的故事中，都具有培養聽眾道德感的功能。這種道德感不管是在「歷史演義」裏探幽思古，還是在「英雄傳奇」中憧憬理想，在「勘案豪俠」中消磨時光，都有不同的寄寓。然而這寄寓又往往是「概念化」的，懲惡揚善是說書人或小說家涵括了道德感的主題。所謂「只憑三寸舌，褒貶是非」，所謂「語必關風始動人」，都是致力於宣揚、讚頌真善美，反對、鄙視假惡醜。所以許多小說家的小說往往均以惡人作惡開頭，善人懲惡獲勝告終。依據這個倫理道德尺度，它必然有自己的愛憎和宣揚什麼反對什麼的依附。這種道德準則，這樣方式的教化規勸，一向是市民和一般百姓輕而易舉地認識社會、認識人生，接受善良人性、寬宏大量、疾惡如仇、忠貞不渝、富有犧牲精神和注重靈魂美等信念的一座橋樑。

　　小說家小說的這一切特色都在《三國演義》《水滸傳》《西遊記》《封神演義》等直接和話本有承襲關係的作品中打上了深深的烙印。而作為個人獨創的小說《金瓶梅》也毫無例外地刻印著小說家小說的標記。究其原因，就在於從宋元話本小說發展而來的小說整體格局，已積漸而成了一種審美定勢和審美習慣。因此上述諸作如從小說本體意義上來考察，都是小說家的小說。在某種意義上講，整個明代，從小說演進軌跡和體現的特色來看，它還是一個小說家小說的時代。只是到了清代，由於吳敬梓和曹雪芹這樣

的文化巨人和小說大家的出現，小說家的小說才開始發生了裂變，成為精英文化的一部分，當然還並沒有改變小說在根本特點上是通俗文化的性質。

明乎此，那麼《金瓶梅》的小說品格及其類型歸屬庶幾可以得到較為理想的解釋。

夏志清先生在評論《金瓶梅》時所列舉的使他失望的地方，我認為與其說是它的缺點，不如說是它的特點。要而言之，所謂「明顯的粗心大意」，「喜歡使用嘲諷、誇張的衝動」，「大抄特抄詞曲的嗜好」是該書的缺點，但也恰恰是這些缺點標誌著《金瓶梅》作為小說家小說的特點。我們已經提到，由於文化性格不同，思想家的小說與詩人的小說在創作態度上比較嚴肅，構思比較精心、縝密，注意全書章法的有條不紊，而在語言上往往千錘百煉，對讀者大多也無嘩眾取寵之意。然而《金瓶梅》則表現了很大的隨意性。如夏文所舉對潘金蓮的陰毛敘述部分和詩贊的矛盾，雖意義不大，但確實可見《金瓶梅》在創作上的隨意性。至於小說中第五十五回寫西門慶送給蔡京的生日禮物也確實有誇大其詞之處，如與《紅樓夢》寫烏進孝交租等相關情節相比，其隨意性是極明顯的。這種隨意性在話本和《水滸傳》等書中可以說比比皆是，絕非《金瓶梅》所獨有。

至於喜歡使用嘲諷、誇張等也恰恰是通俗小說的普遍特點。前文已經指出，這是因為閒暇文化造成了市民小說的消遣與娛樂功能，所以它在藝術上與作家型小說正好相反，它必須滿足人們在閒暇中的消費需要。由此而產生的是小說家的小說大多帶有強烈的俳諧色彩，我認為這是更加重要的特色。中國傳統詩學中講究和提倡「詩莊」，而俳諧主要體現在戲曲小說中。金人元好問在《論詩三十首》中說，「曲學虛荒小說欺，俳諧怒罵豈詩宜」，就是這個意思。元好問輕視小說戲曲是明顯的，但這兩句詩卻說明了中國古代的戲曲小說較之詩歌具有更多的俳諧色彩。俳諧，意思與幽默、滑稽相近。《史記索隱》引隋代姚察的話：「滑稽，猶俳諧也。」王驥德《曲律》說：「俳諧之曲，東方滑稽之流也。」而劉勰《文心雕龍》〈諧隱〉篇中在解釋「諧」字時說：「諧之言皆也，辭淺會俗，皆悅笑也。」這就說明俳諧的重要特點之一是具有逗人笑樂的喜劇性效果。說書和小說家的小說都必須富有娛樂功能才能獲得自身生命力和虜人神色的魅力。因此，滑稽的、可笑的、調侃的、揶揄的、諷刺的都是須臾不可或缺的。筆者近讀《桃花庵鼓詞》，其中寫妙姑與張才偷情做愛，都為糊塗的老道姑所親見，而插科打諢之處甚多。如果鼓詞中沒有這個「傻帽」穿插其間反而顯得枯燥，有了她卻極易出「效果」，具有文學「粘人」的力量。但以「情理」衡之，則又極易挑剔出諸多不合理之處。進一步說，俳諧色彩確為小說家小說本色派的標誌。被夏文著重批評的，在李瓶兒病危時，趙太醫的出現，那一段自報家門的極不嚴肅的文字，如在《紅樓夢》中秦可卿之死和黛玉之死中是絕對不會見到的。我不認為學者型的小說就沒有喜劇性的、滑稽的、可笑的乃至插科打諢的筆墨，相反，我認為通俗小說中這類筆墨都是不可避免的，然而這些筆

墨的使用大多為性格塑造服務。《紅樓夢》中寫薛蟠,那些喜劇性的筆墨是何等傳神,然而小說家小說的筆墨則帶有俳諧色彩,為了插科打諢竟和人物性格及規定情景相遊移了。這種娛人和自娛的特色在眾多的小說家的小說中反復出現。因為歸根結蒂,在他們看來,小說本來就是為了消遣的。

　　作家或學者型的小說的基本藝術精神是反對模仿,反對「千部一腔,千人一面」,他們的小說往往是對前人的發展,並創造性地給藝術增添新的面貌。而小說家的小說往往有兩重性,它們既重創造性,同時又樂意跟著前人規定下來的模式走。雖然傳統的經典的敘事構型,如完整、鎖閉的線性情節鏈,流暢的敘事語言,個性鮮明的人物,爐火純青的對話,是中國古代著名小說的共同特色;但小說家的小說似更願意沿襲、照搬一些讀者們熟悉的敘事方式、熟知的詩詞曲、熟悉的小故事以及熟透了的表達語言的路數。這可能就包括夏志清先生所說的他們有一種「大抄特抄詩詞的嗜好」。其實,這種「嗜好」絕非自《金瓶梅》始。在話本小說中,在眾多的小說家的小說中,甚至一些著名小說中,都很容易找到例證。比如〈碾玉觀音〉開篇入話就是大抄特抄了好幾首詩詞,其中包括王荊公的詩,而這些詩詞本來和正文故事不一定有什麼聯繫,說話人卻總想辦法把它們連接起來。〈西山一窟鬼〉開頭引了沈文述的一首詞加以分析之後,接著便說,「沈文述是一個士人,自家今日也說一士人……」。〈張古老種瓜娶文女〉開頭引了幾首詠雪的詞,最後說,「且說上個官人,因雪中走了匹白馬,變成一件蹺蹊神仙的事……」。前後的關聯只在「士人」和「雪」兩個詞上,這都可以證明《醉翁談錄》所說,說話人都是「白得詞,念得詩」的。作為說話人引以為自豪的就是他們的「吐談萬卷曲和詩」。這種略嫌淺薄的炫耀,不僅是一個優秀說書人的喜歡賣弄學識,同時確也有為聽眾讀者開擴眼界、提供知識的意思。至於這種炫耀和賣弄有時離開書情,當然也就成了不可避免的毛病。

　　另外還有一種情況,即不少詩詞曲往往在不同小說裏反復出現。這更應看作小說家常用的熟套(就如同說話人的套話一樣)。如〈西山一窟鬼〉和〈陳巡檢梅嶺失妻記〉都有一首詠風詩:「無形無影透人懷,二月桃花被綽開;就地攝將黃葉去,入山推出白雲來。」這首詠風詩在〈錢塘夢〉和〈洛陽三怪記〉裏也都引用了,只是個別字句有所不同而已。又比如〈西湖三塔記〉開頭有一大篇描寫西湖的詞語,在〈錢塘夢〉和《水滸傳》第一百一十五回都有大體相同的文字。至於寫男女做愛,一般都是這四句話:「二八佳人體似酥,腰間仗劍斬凡夫,雖然不見人頭落,暗裏催人骨髓枯。」說書人或小說家這種順手拈來或由固定套數加以規範的特點是非常明顯的。

　　從以上的各類情況(即隨意性、俳諧色彩和熟套)可以看出,《金瓶梅》雖然已經過渡到個人獨創的階段,但它仍未完全擺脫話本小說以及前出諸作的格局。被夏志清先生重

點批評的各點，恰恰說明《金瓶梅》帶有通俗小說中小說家小說的固有特色。

由此可見，小說家的小說《金瓶梅》，作為一種敘事文體，實際上充分體現出藝術產品標準化的規範，它還沒有完全躍進到更高層次的小說類型中去，這雖然是它的局限，然而這並沒有掩蓋住它的異彩。

夏文失之於苛刻的批評主要是忽視了中國古代小說文體的特點和規律以及昧於小說類型的明顯區別。我常想，假若夏文換一個角度，不過分強求小說的嚴肅的藝術品性，而把它當作一部通俗讀物，一種「娛樂片」，那就會對《金瓶梅》作另一種解釋和評價。所以，對中國古代小說絕不能固守一種小說觀念進行批評。事實上，在中國古代小說研究者中間，常常有人被一種意識形態上的幻覺自我蒙蔽，認為一本小說就一定應該是這樣而不能是那樣。竊以為，小說本身就不是一種絕對的文體，它在各方面各範疇始終都是處在一個變動的過程。在這個過程中，如果我們固守一種觀念，固守一些舊的衡量標準，那麼就很容易在思維上造成錯位。必須看到國內外中國古代小說研究者太習慣用一把尺規來衡量古代小說，太缺乏健全的真正的類型意識。因此，在這裏引發我們思考的是如何全面公允地評價中國古代小說的標準問題。事實是，我們通常衡量古代小說文體的標準是一種脫離小說本體、小說文體特徵的標準。受這種標準的錯誤驅使，小說家小說自從成為藝術便陷入了藝術與消費的二律背反的怪圈中，如果沒有勇氣承認這一點，我們對於像《金瓶梅》這樣的小說是不可能有較為公允的評價的，也難以達到讀者與批評者的真正認同。

通過以上的分析和比較，我認為從小說文體角度，大致可以劃分小說家的小說與非小說家的小說的幾個基本的界限，從而確立《金瓶梅》的小說類型特點。

首先，小說家的小說比較注意人物的奇特、故事的曲折，而且涉及社會生活的各個角落，鋪陳著流行於民間的各種習俗、風情，關注現實生活中重大的社會矛盾和歷史內容，但又較少探索人物的命運和心理歷程，引起人回味和思索的深刻意蘊少；而非小說家的小說（即作家型小說）雖也有深淺不同，但大多立足於觀照社會矛盾同人物命運歷程和心理演變的關聯，都著力於探索人生的意蘊和人心的奧秘，作者個性化藝術特徵極強，理性思辨意味較濃。

其次，小說家的小說商品屬性較強，而知識精英的小說則以抒寫性靈為主，反思性亦強。前者更加注意小說文法學、讀者心理學、市場學，其對應的智力水準也淺顯低俗一些，它對智慧要求不高使它具有吸收更多層面的讀者的普泛性、融匯雅俗共賞的可能性。而作家型小說絕大部分不是出於謀生的需要，在他們，抒寫性情才是第一位的。他們很少或不甚考慮讀者的需要，他們的小說頭緒紛繁，容許較多暗示，容許刪略生活過程和移植事件的先後，以待讀者自己用想像去捕捉、去推演、去清理頭緒。

第三，小說家的小說在人物安排上也有一套格式：人物性格一次完成，貫穿始終。這些人物身上往往集中著十分明確的善與惡，人物外形分明，絕少模糊或是互相滲透。這是一種二元對立的價值系統，在這裏，真假、美醜、善惡不僅涇渭分明，而且相互對立，相互分裂，相互衝突。所以，善惡分明、人物性格相對單一清晰，是小說家小說類型引誘聽眾、讀者移情認同的保證。《金瓶梅》大體體現了這一類型小說的特點。而人物性格的複雜、多面、變化、發展則是作家型小說的追求目標。《紅樓夢》和《儒林外史》就刻畫了不少既招人恨又招人愛、招人憐的完整的人，而不是只招人恨或只招人愛的人。在這些小說中經常有一些集虎氣與猴氣於一身的、談不上是好人還是壞人、不知該讓人愛還是遭人恨的「這一個」。忽視了這一點勢必造成對不同類型小說的認同困難和認同混亂。

第四，在小說家的小說中，人物中的安排既是這樣的格式，那麼在這種黑白澄明、人妖可辨的「神話」王國裏，正義永遠要戰勝邪惡，光陰永遠要驅散黑暗，英雄永遠要所向披靡，信女永遠要如花似玉，奸臣終將送上絞架，惡霸必將被置於死地。它的因果邏輯是，因為是惡人，所以必然要做惡，又終要遭惡報；因為是好人，所以必將要行善，又終要得善報。而作家型小說很少在作品中概念化地開設「道德法庭」，很少簡單地義正詞嚴地對人對事進行道德審判，而是善於細緻地體察並體現人們處於特定情感漩渦中的種種心態，從而超越了特定的道德意義，而具有生命意味。

總之，一切成功的小說幾乎都注入了作家的靈魂。小說家小說絕不是粗製濫造、聳動視聽、獵奇炫異、向壁胡編、品質低劣的同義語；也並非原始低級、脂粉逗樂、專找噱頭、格調廉價的代名詞。在作家型學者型小說與小說家型的小說中間並沒有一道不可逾越的鴻溝，也絕對不存在誰「雅」誰「俗」的界限，小說《金瓶梅》已成為小說寶庫中的珍品，而一些賣弄學問的掉書袋者小說，如《野叟曝言》《鏡花緣》很難進入一流作品行列，等而下之的一些小說也完全可能掉入連俗文學也不如的被貶斥的聲浪中。類似的例子在國外也屢見不鮮，像卜伽丘的那一百個「俗到家」了的故事集《十日談》，像大仲馬的《基度山伯爵》不也在小說家的小說領域裏矗立起和其他文藝傑作同樣光彩耀眼的豐碑嗎？

還應當著重指出，從話本小說到《金瓶梅》的演變，說明小說家的小說是一種應變能力極強的小說，它的形態可以多姿多彩，它的內涵可以常變常新，它的發展更不易為理論所固化。對小說家的小說研究，對《金瓶梅》的研究將是一個長期的生動的廣泛的課題。

三、鏡子：墮落史、罪惡史和毀滅史

當下，我們的青少年大多很熟悉中國古典小說中有「四大名著」，即《三國演義》《水滸傳》《西遊記》和《紅樓夢》，但卻較少知道明代的「四大奇書」，至於對「四大奇書」中的《金瓶梅》大多更是只聽其名，而不一定瞭解它的內容和價值。我想這也和歷代統治者實行文化專制主義、把它列入「誨淫」之類而加以禁毀有關，而其中的性描寫又常為人們所詬病，青少年不宜過早閱讀，這可能都是這部書難以走入更廣大的讀者群中間去的原因吧！

其實，《金瓶梅》一經誕生就引起了當時文學界的關注，而且是「熱議」的焦點。沈德符在他的《萬曆野獲編》中一連串地用了「奇快」「驚喜」「駭怪」等驚人之語，在嘖嘖之聲中已經給《金瓶梅》定了性：這是一部奇書。到了清順治刊本的《續金瓶梅》卷首，有西湖釣叟的序言，明確地提出：「今天下小說如林，獨推三大奇書，曰《水滸》《西遊》《金瓶梅》。」這時李漁為他評點的《三國演義》作序，他把馮夢龍請出來，讓這位通俗小說巨擘作證，李漁說：「嘗聞吳郡馮子猶賞稱宇內四大奇書，曰：《三國》《水滸》《西遊》及《金瓶梅》四種，余亦喜其賞稱為近是。」《金瓶梅》此時已名正言順地獲得了「奇書」的美譽。到了張竹坡評點《金瓶梅》，索性把這部略晚出的小說竟凌駕於它的前輩之上，公開稱之為「第一奇書」。此後出版的滿文本《金瓶梅》序中也堅持了這種說法：「如《三國演義》《水滸》《西遊記》《金瓶梅》四種，固小說中之四大奇也，而《金瓶梅》余以為尤奇焉。」滿文本序中的話，也不是誇大其詞，後來魯迅先生就在他的《中國小說史略》中說：「同時說部，無以上之。」

把《金瓶梅》推向「奇書」的第一位，無疑有評論者的藝術發現和審美趣味在起作用。但是從宋元以來圖書的商品化是不是也是一個原因呢？當時的「商業精英」們的可愛之處就在於他們也發現了《金瓶梅》有絕對的賣點，於是他們完全可能借助文人們的交口稱奇而大加炒作，因為他們都明白，這種炒作是可以換錢的。

也許，這就是通俗小說的一種進步！？

如果你承認了《金瓶梅》是一部奇書，而且又是和《水滸》《三國》和《西遊》並列。那麼，它奇在何處？顯然，它的「奇」絕非傳奇之「奇」了。《金瓶梅》不像它以前的《水滸》《三國》《西遊》那樣以歷史人物、傳奇英雄和神魔為表現對象，而是一部以家庭日常生活為題材的小說。其實，在《金瓶梅》以前宋元話本小說中已經有那些以家庭生活為描寫中心的內容了。所以《金瓶梅》之所以被稱為「奇」書，乃是奇特、「另類」、不同凡響等意思，真正給《金瓶梅》這部奇書作學術性的科學定位的，還是魯迅。魯迅在《中國小說史略》第十九篇中把它列入「明之人情小說」，推崇它是「世情

書」之最，魯迅明確地說：

> 不甚言靈怪，又緣描摹世態，見其炎涼，故或亦謂之「世情書」也。

好了，通常所說的「奇書」是重在出奇，而「世情書」則重在寫實，我們讀者時而稱《金瓶梅》是「世情書」，時而又把它看作「奇書」，似乎這是一個小小的悖論，其實，奇書和世情書是個加法，現在為學界所認同的就是如下的稱謂「世情奇書」。

有趣的是，《金瓶梅》這部世情奇書的故事又是從英雄傳奇《水滸傳》中西門慶與潘金蓮私通的情節枝生出來的。「金學」家中就有人曾提出，從《金瓶梅》的成就和創作水準來看，蘭陵笑笑生完全具備獨立構思這樣一部小說的能力。可是，作者為什麼偏偏要從《水滸傳》借鑒這則情節呢？

北京大學劉勇強教授在他的力作《中國古代小說史敘論》中對此有一段很有學術見地的意見：

> 潘金蓮、西門慶的故事提供了既為讀者熟悉、涉及的社會背景又廣泛的情節基礎，這是《金瓶梅》的作者取材於此的重要原因。因為讀者熟悉，順勢發揮即可贏得社會大眾的認可，這對小說從世代累積型向文人獨創的過渡非常重要；因為涉及的社會背景廣泛，又便於作者的加工、改造。[10]

我是很同意劉勇強教授的意見的。蘭陵笑笑生把武松殺嫂的一段情節作為引子，而書中實際的豐富的精彩的內容並不和《水滸傳》相干，這可以從《金瓶梅》敘述的故事看得非常清晰：

小說開頭寫西門慶、潘金蓮皆未被武松殺死，潘金蓮小經曲折就嫁給西門慶為妾，由此轉入小說的主體部分。故事情節大致是講：

山東省清河縣破落戶財主西門慶原是個開生藥鋪的，他不讀書，只是「終日閒遊浪蕩」，又在縣前管些公事，交通官吏，因此，滿縣人都懼他三分。而一些幫閒如應伯爵、花子虛、常時節、謝希大等人，趨炎附勢、推波助瀾，並結為十兄弟。一日，西門慶在街上偶遇金蓮，很快即勾搭成姦，並合夥鴆殺了潘金蓮的丈夫武大郎。武松出差回來，要為兄長報仇，卻誤殺了李外傳，被發配孟州。幾經周折，西門慶將潘金蓮納為妾，稱「五娘」。接著又姦騙了十兄弟之一花子虛的妻子李瓶兒，將花子虛活活氣死。西門慶順水推舟又娶了李瓶兒，人稱「六娘」。與此同時，西門慶的親家被抄家，女婿陳經濟帶來了許多箱籠，再加上李瓶兒所帶來的大宗家財，數筆橫財，使西門慶迅速發跡。於是

10　劉勇強《中國古代小說史敘論》，北京：北京大學出版社 2007 年，頁 285。

他賄賂當朝太師蔡京，竟被提拔為山東提刑所理刑副千戶。後又借蔡京生日，他親自帶了二十擔厚禮入京拜壽，做了蔡京的乾兒子，就此升為正千戶提刑官。前後腳，李瓶兒又生了兒子。生子加官，西門家族真是百事亨通，氣焰萬丈。而西門慶更是放開手腳，貪贓枉法，霸占他人妻女，無惡不作。而在自己的家中，妻妾爭寵，矛盾層出不窮。金蓮因嫉生恨，設計驚嚇了官哥，終使一個小生命在爭風吃醋中作了犧牲品，而李瓶兒也抑鬱而死。潘金蓮則加倍獻媚，致使西門慶過量服用春藥，最終縱欲暴亡，樹倒猢猻散，眾妾風雲流散，李嬌兒、孫雪娥、孟玉樓等逃的逃，嫁的嫁，而潘金蓮與春梅又與西門慶的女婿陳經濟通姦，後被吳月娘發現，於是被「斥賣」。潘金蓮在王婆家待嫁時，被遇赦回來的武松殺死。春梅被賣給周守備為妾，十分得寵，生子以後又冊封為夫人，仍與陳經濟、周義等人淫亂，陳經濟後來也被人殺死。此時天下大亂，金兵南下，吳月娘帶著遺腹子孝哥欲奔濟南，路上遇到普靜和尚，經其點破迷津，知孝哥乃是西門慶托生，吳月娘終於讓其出家，法名明悟，以贖前愆而乞得超生。總之，整部小說可以說就是西門家族和西門慶的發跡史、罪惡史和敗亡史。

笑笑生寫出了一部罪惡史，一部家庭的毀滅史。然而，他又不是在寫歷史，而是寫人生，他又不是寫人生的悲喜，而是寫人性被扭曲後的蒼涼。笑笑生是在體味人性的蒼涼。人，無論是誰，都是在轟轟烈烈以後，復歸蒼涼。

《金瓶梅》乃是借《水滸傳》武松殺嫂的故事作為引子展開情節的，這使人們已感到了這部小說是不是寫的真是宋代的故事？小說第三十回，有一段概括宋徽宗朝政黑暗腐敗的話：

> 看官聽說，那時宋徽宗天下失政，奸臣當道，讒佞盈朝。高、楊、童、蔡四個奸黨，在朝中賣官鬻獄，賄賂公行，懸秤升官，指方補價。夤緣鑽刺者，驟升美任；賢能廉直者，經歲不除。以致風俗頹敗，贓官汙吏，遍滿天下，役煩賦重。民窮盜起，天下騷然。

關於《金瓶梅》這段社會背景的說明，很容易使人以為這部小說就是反映宋朝時期的故事了。其實作者採用的是「借古諷今」的常用手法。魯迅先生在《中國小說史略》中談及《金瓶梅》的題旨時已說得很明白，它是借宋朝發生的故事來暴露、反映明代的現實生活，具有鮮明的明代尤其是明中葉以後的時代特徵。對此我曾經在〈小說新觀念的萌生〉一文中曾這樣概括《金瓶梅》的現實性的：

《金瓶梅》是一部人物輻輳、場景開闊、佈局繁雜的巨幅寫真。腕底春秋，展示出明代社會的橫斷面和縱剖面。《金瓶梅》不像它以前的《三國演義》《水滸傳》那樣以歷史人物、傳奇英雄為表現對象，而是以一個帶有濃厚的市井色彩、從而同傳統的官僚地

主有別的惡霸豪紳西門慶一家的興衰榮枯的罪惡史為主軸，借宋之名寫明之實，直斥時事，真實地暴露了明代後期中上層社會的黑暗、腐朽和它的不可救藥。作者勇於把生活中的負面人物作為主人公，直接把醜惡的事物細細剖析來給人看，展示出嚴肅而冷峻的真實。《金瓶梅》正是以這種敏銳的捕捉力及時地反映出明末現實生活中的新矛盾、新鬥爭，從而體現出小說新觀念覺醒的徵兆。

當然這是一個總的概括，如果我們想從《金瓶梅》這面鏡子透視作者生活的時代和創作構思的成因，就不能不對明代中晚期的社會、思想、文化、文人心態有所瞭解。

《金瓶梅》產生於明代嘉靖、隆慶、萬曆年間，而小說集中反映的社會生活則是正德以後到萬曆中期，特別是嘉靖年間的社會現實狀態。這一時期，也正是明王朝急遽地走向衰落、世風澆漓的時期。社會矛盾的激化，統治集團的腐敗無能，特別是武宗的荒淫、世宗的昏聵、神宗的怠荒，使朝政完全陷入了不可收拾的局面。《金瓶梅》真實而深刻地反映了這個時代的方方面面。

小說第三十回一段富有概括性的話：「那時……天下失政，奸臣當道，讒佞盈朝……」高、楊、童、蔡四個奸黨把持朝政，狼狽為奸，賣官鬻爵，殘害忠良，魚肉人民，欺壓良善，無惡不作。僅僅一個當朝宰相蔡京就像一根無形的黑線，把出現在《金瓶梅》中那些從中央到地方的大大小小的貪官污吏全部串聯起來。現在我們來看小說的具體敘述：蔡京因為其生日時西門慶送來大量禮物，便隨即拿了朝廷欽賜的幾張空名誥身劄付，安排西門慶在山東提刑所做個理刑副千戶，使西門慶一下子從一介鄉民躋身於「官」列。後來蔡京又認西門慶為乾兒子，並提升他為掌刑正千戶。這是一齣典型的官商勾結、權錢交易的醜劇。這還不說，西門慶的夥計吳典恩、奴僕來保也為此沾了光，竟被分別安置為清河縣驛丞和郡王府校尉！真是妙不可言。

把小說描繪的情節拉回來和當時嘉靖朝一經對照就非常有趣了。據《明史》記載：在嚴嵩專權二十一年期間，「儼然以丞相自居……百官請命奔走，直房如市……凡文武升擢，不論可否，但衡金之多寡而界之」。這就使我們在讀《金瓶梅》時深切地感到蘭陵笑笑生對他生活的時代的腐敗是如此深刻地瞭解和準確地把握，不同的只是作者是用形象、用情節、用文學語言，生動鮮明地將其表現出來罷了。

明代政治的黑暗和腐敗還突出地表現在宦官的專權。成祖在其奪權時曾得到內監為內應；英宗時的王振、曹吉祥等，憲宗時的汪直，武宗時的劉瑾，神宗時的馮保，直到熹宗時的魏忠賢，都是有明一代臭名昭著的竊權誤國的太監。可以說宦官專權乃是明代黑暗腐朽政治的一大特色。

《金瓶梅》中關於宦官的氣焰沖天和他們的醜行、陰毒、貪婪就有很細緻的描寫，小說中第三十一回、六十四回、六十五回和七十回都有不同程度的敘述。比如清河就有一

個專管皇莊的薛太監，他和專管磚廠的劉太監狼狽為奸，與西門慶互相勾結，在當地聲勢煊赫，宴會時座次都在地方軍政長官之上。用周守備的話說：「二位老太監齒德俱尊。常言三歲內宦，居於王公之上，這個自然首位，何消泛講。」小說還寫了一個叫黃太尉的欽差大臣，在他路經山東時，可稱之為八面威風，以山東的巡按、巡撫為首的一省高官全都圍著他「顛倒奉行」。至於太監出身的童太尉，不僅自己被「加封王爵」而且「子孫皆服蟒腰玉」，真是「何所不至」。小說在寫到內府匠作何太監，因內工完畢，被皇上恩典，將侄男何永壽升授金吾衛左所副千戶，分在山東提刑所與西門慶成為同僚。由此可以看出明代這架封建的國家機器，從上到下，唯有權勢、人情、金錢成了它運轉的潤滑劑。比如山東巡按宋喬年，因任職期間常受西門慶的接濟，差滿時舉劾地方官員，要西門慶推薦人，西門慶乘機立即推舉了送過他二百兩銀子的荊都監和自己的妻兄吳鎧。而宋巡按立即上本竟稱荊都監「才猶練達，冠武科而稱儒將」，說西門慶這位大舅子是「一方之保障」，「國家之屏藩」！人們看了這樣的文字，大致可以清楚明代的吏制已經腐敗到什麼地步了。

通常說，晚明已經出現了資本主義經濟萌芽。處於這一時代的剝削者，除了依靠商業投機和放高利貸而大發橫財以外，也會千方百計地剝削農民。這時傳統的實物地租減少了，貨幣地租卻在逐漸發展。《金瓶梅》雖然沒有正面地描寫這個時代的農村和農民生活，但它在描繪豐富的市民生活時卻也涉及這個方面的問題。比如小說第三十回寫到西門慶家墳地隔壁趙寡婦家，莊子連地要賣，價錢三百兩銀子，但西門慶只給她二百五十兩銀子，就強買了；到了第三十五回又說到沒落貴族向皇親家「向五被人告爭土地，告在屯田兵備道打官司」一事。這些雖然在小說中只是一筆帶過，但還是把權豪勢要「逼取民田」勾畫了一幅清晰的面影。這裏我們要著重談的倒是明代這一特殊歷史時期下，為什麼政治的腐朽現象竟推演成為一種文化思潮。

《金瓶梅》所著重寫的是明世宗嘉靖以降的社會現實。而這一時期的重要性恰恰是明代文化思潮變易和轉捩的前奏。明世宗在位長達四十五年，這個沉迷於方術的皇帝，在四十五年的統治中有三十年是在齋醮中度過的。齋醮的目的就是為了求長生不老。當時的佞臣朱隆禧、盛端明、顧可學等紛紛以進「藥」而獲得世宗的寵幸。其實所謂的「藥」也就是俗稱的房中秘方。它與其說可以使使用者求得「長生」，不如說只是專供「秘戲」，以滿足皇帝的荒淫的欲望。可怕的是，房中術居然成了權力交換的一種公開的手段。其中最有名的是一個小庶僚譚綸因為向內閣首揆張居正獻了房中秘方，竟然擢升為兵部大員，就連抗倭名將戚繼光也從各地搜羅秘方獻給張居正，以求其歡心。

而更可怕的是，在這種氛圍中的士大夫文人對於縱欲主義的認同。當下，研究晚明文化思想的學者就深刻地看到，縱欲主義是如何成了明代文人精神異化的最好的溫床

了。這些文人就是在這樣的欲望的狂歡中竟然感到了墮落的快意！

《金瓶梅》固然不是專寫士大夫文人的縱欲主義，而是寫市民階層及其世俗的享樂生活，然而正如魯迅所說，「當時，實亦時尚」。於是有的學者就發現《金瓶梅》實在是明代文人的「寫心」之作。事實證明，《金瓶梅》橫空出世，士大夫文人爭相求索《金瓶梅》，以求一睹為快。這是一個太值得研究的社會文化現象了。豐富的物質和精神的頹廢竟然如此交纏在一起。一方面人們追求物質生活，而且中上層有了財富，但物質生活和消費社會卻沒有使人們的精神昇華。相反，精神財富、精神底蘊、精神土壤卻處於一個日漸貧瘠化的狀態。

《金瓶梅》通過對西門慶瘋狂的性生活的描寫，真實地反映了這個墮落時代的不可救藥。我很難同意一種意見，即認為蘭陵笑笑生對於縱欲主義採取了「欣賞」態度，作者在小說中津津樂道，「仿佛要讀者和他一起欣賞」！不錯，這些露骨的性描寫，確實有一些粗鄙和庸俗的表現形態，但是如果我們不是孤立地、「零星」地看，《金瓶梅》何嘗沒揭示出這樣一種人性弱點的事實呢？即：縱欲主義，畢竟是短暫的，欲望的滿足，並不能帶來生命的滿足，反而要以生命的毀滅作為代價。於是有的研究者明快地說：《金瓶梅》是一部警世之作。陝西師大文學院王志武先生在《光明日報》上撰文即論述了《金瓶梅》在寫法上的先揚後抑，先寫性自由的快感，後寫性自由的後果。快感到了極致，後果才會震撼人心，貪欲必自斃。理解了這一點也就不會埋怨作者對性關係的細膩描寫了。王先生的意見還是很有說服力的。

《金瓶梅》是一部百科全書式的作品，而它對古老的社會作了一次最深刻的描寫，就像在歷史的新時代將要到來之前，給舊時代作了一個總的判決一樣。他詛咒了那些黑暗腐朽的事物，在他的心底必定有一個美的夢想。

為此，我們可以明確地說：《金瓶梅》不能算時代的奇聞，而是時代的縮影。

笑笑生對中國小說美學的貢獻

　　明代中後期長篇白話小說又有了重大進展，其表現特徵之一是小說文體觀念的強化，或者說是小說意識又出現了一次新的覺醒，小說的潛能被進一步發掘出來。《金瓶梅》的出現，在最深刻的意義上是對《三國演義》和《水滸傳》所體現的理想主義和浪漫洪流的反動，它的出現也就攔腰截斷了浪漫的精神傳統和英雄主義的風尚。然而，《金瓶梅》的作者卻又萌生了小說的新觀念，具體表現在：小說進一步開拓新的題材領域，趨於像生活本身那樣開闊和絢麗多姿，而且更加切近現實生活。小說再不是按類型化的配方演繹形象，而是在性格上豐富了多色素，打破了單一色彩，出現了多色調的人物形象，在藝術上也更加考究新穎。更為重要的是他們以清醒的、冷峻的審美態度直面現實，在理性審視的背後，是無情的暴露和批判。

　　我們看到，《金瓶梅》是一部人物輻輳、場景開闊、佈局繁雜的巨幅寫真。腕底春秋，展示出明代社會的橫斷面和縱剖面。《金瓶梅》不像它以前的《三國演義》《水滸傳》那樣，以歷史人物、傳奇英雄為表現對象，而是以一個帶有濃厚的市井色彩、從而同傳統的官僚地主有別的惡霸豪紳西門慶一家的興衰榮枯的罪惡史為主軸，借宋之名寫明之實，直斥時事，真實地暴露了明代後期中上層社會的黑暗、腐朽和不可救藥。作者勇於把生活中的負面人物作為主人公，直接把醜惡的事物細細剖析來給人看，展示出嚴肅而冷峻的真實。

　　蘭陵笑笑生發展了傳統的小說學，他把現實的醜引進了小說世界，從而引發了小說觀念的又一次變革。

市民社會的工筆長卷

　　蘭陵笑笑生是我國小說史上最傑出的小說家之一，是中國市民階層最重要的表現者和批判者。他所創造的「金瓶梅世界」，經由對自己的獨特對象——市民社會的生動描繪，展現了一個幾乎包羅市民階層生活各個重要方面的藝術天地，顯示出他對這一階層的百科全書式的知識，從而使諸如經濟的、政治的、宗教的、社會的、歷史的、心理的、生理的、婚姻的、民俗的、藝術的知識等等，都在「金瓶梅世界」中得到鮮明的顯現，

可以把它稱為這個時代的一面鏡子。應當承認，在中國小說史上，特別是明代說部中，笑笑生提供的百科全書式的知識的豐富性和生動性，幾乎在當時文壇上還找不到另一位作家與之匹敵。

在中國，作為一種文類的小說藝術，如果和歐洲文學史上的小說相比，則是早產兒。在歐洲文學史上，14世紀的卜伽丘的《十日談》是劃時代之作，開始了小說的新紀元；而同樣作為市民文藝式樣的「宋元話本」，則早於《十日談》兩個半世紀。事實是，自從平凡而富有生氣的市民進入小說界，小說王國的版圖便從根本上改觀了，恰如哥倫布發現新大陸，使世界地圖必須重新繪製一樣。作為市民文藝的宋元話本在中國小說史上承前啟後，獨樹一幟，自成一個新階段。

歷史進入明代，我國小說已蔚為大觀。《三國演義》《水滸傳》標誌著一種時代風尚，其剛性的雄風給人以力的感召。明代中後期，小說又有了新的發展，神魔小說《西遊記》俏比幽托，揶揄百態，折射出當時社會上的種種弊端和醜惡現實。世情小說《金瓶梅》則為我們展現了一幅色彩斑斕的市民社會的風俗畫。

在社會中，人是活動的中心，而描寫了人，也就是描寫了社會。世情小說最大的特點就是寫常人俗事，而《金瓶梅》並不是以帝王將相、達官貴人作為自己創作的主要對象，在作者的筆下，他的全部興趣、他最熟悉的人物和創作對象恰恰是市民社會的凡夫俗子。我們不妨把前人對這部小說所寫人物進行的簡評做一點梳理，讓大家看看《金瓶梅》是如何展現這幅市井風俗畫的：

1.《金瓶梅》東吳弄珠客序，說：

　　借西門慶以描畫世之大淨，應伯爵以描畫世之小丑，諸淫婦以描畫世之丑婆淨婆。

2.《新刻繡像批評金瓶梅》評點者指出小說一號主人公西門慶乃是「市井暴發戶」。提到西門慶的舉止行為和語言談吐都不脫「本來市井面目」（參見第十六回評、五十五回評）。

3. 夏曾佑在〈小說原理〉中指出：《金瓶梅》乃是一部「立意」寫小人的作品。

4. 曼殊在〈小說叢話〉中說：《金瓶梅》是一部「描寫下等婦人社會之書」。

5. 狄平子在〈小說叢話〉中說：《金瓶梅》由於寫了「當時小人女子之慘狀，人心思想之程度」才獲得「真正一社會小說」。

……

根據我的授業恩師朱一玄先生編著的《金瓶梅資料彙編》中的〈金瓶梅詞話人物表〉的統計，可能更有說服力地證明《金瓶梅》建構的乃是一個前無古人的市民王國。朱一玄先生指出：「《金瓶梅詞話》中人物的數目，尚無人作過精確的統計，本人物表列男553人，女247人，共800人。」這真是一個龐大的數字。如果我們進一步根據朱師的

指引，可以瞭解到「西門慶一家人物關係」「西門慶奴僕」「西門慶商業夥計」「城鄉居民」，包括醫生、裁縫、接生婆、媒婆、優伶娼妓、和尚、尼姑、道士等。是他們構成了小說的主體，而上至皇帝下至文武官吏往往是穿插性、過渡性和背景性的人物，他們全然沒有成為小說的主體部分。關於這些，讀者不妨翻閱一下朱一玄先生的《金瓶梅資料彙編》，他將引領我們更順利地進入這個市民王國。

是的，從《金瓶梅》的描寫對象來看，不僅僅在於寫了哪一階層的人，而且還要看它寫了哪些事。

我們說《金瓶梅》堪稱中國中世紀封建社會的百科全書，就在於這部小說的作者極其關注世風民俗。在這一百回的大書中，在刻畫自然環境與社會環境時，小說家常常懷著濃厚的興趣揮筆潑墨描寫出一幅幅絢爛多彩的風俗畫面，使之成為刻畫人物、表現題旨的文化背景。人世間眾多的民風世俗，舉凡禮節習俗、宗教習俗、生活習慣、山野習俗、江湖習俗、市場習俗、匪盜習俗、城市習俗、鄉間習俗、娛樂場所習俗、行會習俗、口語習俗、文藝習俗，乃至格鬥習俗等等，幾乎都可以從這部小說中找到，它為我們積澱著生動形象、豐富多彩的風情習俗大觀。

在這裏不妨舉一些零星例證，讓我們感受一些當時市民社會的風習。

在第十五回中，寫正月十五元宵節，李瓶兒邀請吳月娘等人去她樓上看燈市，街上幾十架燈架，掛著千奇百異的燈。此外，正月十五還有「走百病」的民俗。小說第四十四回也寫吳大妗子說吳月娘從她們那裏晚夕回家走百病。二十四回還捎帶寫出陳經濟走百病，和金蓮等眾婦人調笑了一路。

第十三回寫了重陽節，花子虛請西門慶賞菊，「傳花擊鼓，歡樂飲酒」，這當然和孟浩然「待到重陽日，還來就菊花」不同。西門慶和花子虛等人只是附庸風雅而已。這件事和薛太監請西門慶「看春」一樣，都是表面裝風雅。花子虛的可悲也正在這裏，他只知道遊樂娼家，哪裏知道西門慶早已瞄上他的妻子。所以《金瓶梅》的寫節日，也正是用以映襯出人物的面貌，有時是對人物的調侃，有時則是對人物的揭露和抨擊。

從小說的描寫中還可以看到山西潞州，浙江杭州、湖州以及四川等地，由於紡織業發達，這些地區顯得十分富足。其中像浙綢、湖綢、湖錦、杭州縐紗及絹、松江闊機尖素白綾、蘇絹等，均係當時的名產品，故必冠以地名。《金瓶梅》中西門慶為行賄，借蔡太師生辰派來旺專程到杭州織造置辦壽禮，由此就可以想見一斑了。

《金瓶梅》以山東清河、臨清一帶作為故事背景，小說第九十二回寫道：

> 這臨清閘上，是個熱鬧繁華大碼頭去處，商賈往來，船隻聚會之所，車輛輻輳之地，有三十二條花柳巷，七十二座管弦樓。

小說家言不免誇張，但絕非毫無根據。人們知道，臨清位於大運河畔，是北方重要的水陸碼頭。周圍各縣的商人都在這裏轉站，遠方商人更是在這裏長期駐足。小說就寫了陳經濟在這裏開過大酒店，樓上樓下，有百十間閣兒，每日少說也能賣上三五十兩銀子。劉二的酒店也有百十間房子，兼營妓館，「處處舞裙歌妓，層層急管繁弦，說不盡看如山積、酒若流波」，每天接待過往商人，花天酒地。其繁華綺靡的景象可以依稀想見。

令人觸目驚心的還有《金瓶梅》為我們展示的妓女世界，據研究者的統計，在小說中有姓名居處可稽的妓女便有三十九人之多。《金瓶梅》研究專家陶慕甯教授在他的《金瓶梅中的青樓與妓女》一書中翔實地解剖了這個妓女世界，他指出：《金瓶梅》中涉及的妓女不外三種類型。第一種為麗春院系統的上等青樓，她們身著錦繡，口饜肥甘，享受貴族化生活。第二種類型為下等妓院，她們比不得麗春院中名妓的待價而沽，她們是妓女世界中的底層人物。第三種類型就是私窠子了，這種暗娼的大量出現，正是當時社會衰朽的一個小小的旁證。

陶慕甯教授還生動地指出：

> 一幕幕笙歌縱飲的侈靡場景，一縷縷目挑心招的冶蕩風情，一個個流波送盼的色中「尤物」，一樁樁謀財陷人的陰謀交易，繪成了一幅明代社會後期青樓生活的長篇畫卷。

通過以上的簡單介紹，再聯繫「金瓶梅世界」，我們可以看到，也許這裏未必能夠得到多少可以考證的歷史事實，但是《金瓶梅》所展示的五光十色的社會圖景和豐富多樣的人物形象卻有助於我們認識當時社會生活的某些本質方面，具有一般歷史著作和經濟著作不能代替的作用，特別是具有被許多歷史學家所忘記寫的民族文化的風俗史的作用。

總之，蘭陵笑笑生不是一個普通藝匠，而是一位心底有生活的獨具隻眼的大小說家。他真的沒有把他的小說僅僅視為雨窗寂寞、長夜無聊的消閒解悶之作。他的小說是出於市民的思想意識和市民的視角。從這個方面來說，他展示的市民社會的風俗畫正是市民階層日益強大並在小說領域尋求表現的反映。

化醜為美

這裏不得不借用一點美學理論談一下《金瓶梅》藝術世界的特色。

現代西方有一門很流行的「審醜」學，我們中國的學術界和文學界還未能獨立地建構類似的「審醜學」。

　　但是中國卻在 16 世紀就以自己的藝術實踐建構了具有中國民族審美特色的審醜學了。令我們驚詫的是，晚出於蘭陵笑笑生三百年的偉大的法國雕塑家羅丹也是在創作實踐中才自覺地感悟到：

> 在藝術裏人們必須克服某一點。人須有勇氣，醜的也須創造，因沒有這一勇氣，人們仍然停留在牆的一邊。只有少數越過牆，到另一邊去。[1]

羅丹的藝術勇氣，從理論到實踐破除了古希臘那條「不准表現醜」的清規戒律，所以他的藝術創造才發生了質變，並使他成為雕塑藝術大師。

　　笑笑生所創造的《金瓶梅》的藝術世界之所以經常為人所誤解，就在於他違背了大多數人的一種不成文的審美心理定勢，違背了人們眼中看慣了的藝術世界，違背了常人的美學信念。而我們認為笑笑生之所以偉大，也正在於他沒有以通用的目光、通用的感覺去感知生活。

　　觸碰醜惡，寫小說有兩種方法，一是選取典型事件，不留情面、不留死角、不加忌諱地表現，讓人看得心驚肉跳、五內俱焚、悲憤交加，這是批判現實主義。另一種是暴露醜惡的同時，不忘人類的愛心，讓人物在黑暗中閃現人性的光輝，這是煽情主義的方法。

　　《金瓶梅》的藝術世界之所以別具一格，還在於笑笑生為自己找到了一個不同一般的審視生活和反思生活以及呈現生活的視點與敘事方式。對於明代社會，他戴上了看待世間一切事物的醜的濾色鏡。有了這種滿眼皆醜的目光，他怎能不把整個人生及生存環境看得如此陰森、畸形、血腥、混亂、嘈雜、變態、骯髒、扭曲、怪誕和無聊呢？因為對於一個失去價值支點而越來越趨於解體的文明系統來說，這種「瘋狂」的描寫，完全是正常的。然而，《金瓶梅》中的幾個主要人物的性格塑造畢竟是極具時代特徵而又真實可信的。對於這一點，至今尚無人提出疑義。

　　蘭陵笑笑生創作構思的基點是暴露，無情的暴露。他取材無所剽襲依傍，書中所寫，無論生活，無論人心，都是昏暗一團，雖然偶爾透露出一點一絲的理想的微光，也照亮不了這個沒有美的世界。社會、人生、心理、道德的病態，都逃不出作者那犀利敏銳的目光。在那支魔杖似的筆下，長卷般地展出了活靈活現的人物畫像。它以官僚、惡霸、富商三位一體的西門慶的罪惡家庭為中心，上聯朝廷、官府，下結鹽監稅吏、大戶豪紳、地痞流氓。於是長幅使人看到的是蹐蹐蹌蹌的各色人物，他們或被剝掉了高貴的華袞，或抉剔出他們骨髓中的墮落、空虛和糜爛。皮裏陽秋，都包藏著可恨、可鄙、可恥的內

---

[1]　引自〈羅丹在談話和信札中〉，《文藝論叢》第 10 輯，頁 404。

核。《金瓶梅》正是以這種敏銳的捕捉和及時地反映出明末現實生活中的新矛盾、新鬥爭而體現出小說新觀念覺醒的徵兆，或者說它是以小說的新觀念衝擊傳統的小說觀念。正因為如此，對於它的評價也不是任何一個現成的美學公式足以解釋的。

按照一般的美學信念，藝術應當發現美和傳播美。《金瓶梅》的作者，在我看來，不是他無力發現美，也不是他缺乏傳播美的膽識，而是這個世界沒有美。所以他的筆觸在於深刻地暴露這個不可救藥的社會的罪惡和黑暗，預示了當時業已腐朽的封建社會崩潰的前景。魯迅在《中國小說史略》中說得非常深刻：

> 作者之於世情，蓋誠極洞達，凡所形容，或條暢，或曲折，或刻露而盡相，或幽伏而含譏，或一時而並寫兩面，使之相形，變幻之情，隨在顯見，同時說部，無以上之。

又說：

> 至謂此書之作，專以寫市井間淫夫蕩婦，則與本文殊不符，緣西門慶故稱世家，為搢紳，不惟交通權貴，即士類亦與周旋，著此一家，即罵盡諸色。

魯迅的這些論斷是符合小說史實際的，也是對《金瓶梅》的科學的評價。

我們必須拋棄一切成見。《金瓶梅》是中國章回小說中的精品。它雖然屬於「另類」「異類」，但是，《金瓶梅》是小說藝術，而藝術創作又是人的一種精神活動，所以它也需要追求人性中的真善美。複雜的只是因為世界藝術史中不斷揭示這樣的事實，即：描繪美的事物的藝術未必都是美的，而描繪醜的事物的藝術卻也可能是美的。這是文藝美學中經常要碰到的事實。因此，不言自明，生活和自然中的醜的事物是可以進入文藝領域的。

問題的真正複雜還在於，當醜進入文藝領域時，如何使它變成美，變成最準確意義上的藝術美。《金瓶梅》幾乎描繪的都是醜。正如德國偉大的美學家、詩人席勒在他的《強盜》序言中所說：

> 正因為罪惡的對照，美德才愈加明顯。所以，誰要是抱著摧毀罪惡的目的……那麼，就必須把罪惡的一切醜態在光天化日之下暴露出來，並且把罪惡的巨大形象展示在人類的眼前。

試看，《金瓶梅》展示的西門慶家族中那些人面獸類：西門慶、潘金蓮、陳經濟以及幫閒應伯爵之輩，醜態百出，令人作嘔。但是，正如上面所說，《金瓶梅》畢竟是藝術。它在描繪醜時，不是為醜而醜，更不是像一些論者所說《金瓶梅》作者是以醜為美。

不！他是從美的觀念、美的情感、美的理想上來評價醜、否定醜。《金瓶梅》表現了對醜的否定，又間接肯定了美，描繪了醜，卻創造了藝術美。這樣，人們就很容易提出一個問題：《金瓶梅》是怎樣來打開人們的心扉，使之領悟到自己所處的環境呢？回答是：否定這個時代，否定這個社會。蘭陵笑笑生筆下的所有主人公們都是以其毀滅告終的。他把他的人物置於徹底失敗、毀滅的境地，這是這個可詛咒的社會的罪惡象徵。因為一連串個人的毀滅的總和就是這個社會的必然毀滅。讀者透過人物看見了作者的思想。笑笑生就是以他那新穎獨特的文筆，深刻地反映了社會的真面目。嶄新的文筆和嶄新的作品思想相結合，這就是《金瓶梅》！這就是作為藝術品的《金瓶梅》！這就是笑笑生以一位洞察社會的作家的膽識向小說舊觀念的第一次有力的挑戰。

　　偉大的藝術家羅丹還曾說：一位偉大的藝術家，或作家，取得了這個「醜」或那個「醜」，能當時使它變形……只要用魔杖觸一下，「醜」便化成美了……一位真正藝術家的功力就表現在這一「化」上。一般地說，文藝家把生活中的醜昇華為藝術美，除了靠美的情感、完美的形式，可信的真實性來完成這個藝術上的昇華，最根本的還是要根據美學規律的要求，通過藝術典型化的途徑，對醜惡的事物進行深刻的揭露，有力的批判，使人們樹立起戰勝它的信念，在審美情感上得到滿足與鼓舞。這就是盧那察爾斯基所說的對生活中的醜，要「通過昇華去同它作鬥爭，即是在美學上戰勝它，從而把這個夢魘化為藝術珍品」[2]。

　　《金瓶梅》中的西門慶是一個負面人物，這是毫無異議的。但是，他的美學含義，卻應該是真正「典型」的。我們老一輩的美學家蔡儀先生就認為「美即典型」。如果說「典型」就是美的，那麼負面人物如同肯定性人物一樣，它作為「某一類人的典範」（巴爾札克語）集中了同他類似的人們的思想、性格和心理特徵，從而給讀者提供了認識社會生活的形象和畫面，這就是作為負面人物的西門慶的美學價值。《金瓶梅》所塑造、刻畫的一系列人物，力求做到人物典型化，從而給負面人物以生命。羅丹說：

　　當莎士比亞描寫亞果或理查三世時，當拉辛描寫奈羅和納爾西斯時，被這樣清晰、透徹的頭腦所表現出來的精神上的醜，卻變成極好的美的題材。

所以，羅丹又說：

　　在自然中一般人所謂「醜」，在藝術中能變成非常的「美」。[3]

2　盧那察爾斯基《論文學》，北京：人民文學出版社 1978 年，頁 243。

3　羅丹《羅丹藝術論》，天津：天津社會科學院出版社 2009 年，頁 25。

顯然，笑笑生這位天才的小說家在表現生活的醜時，智慧地用手中的「魔杖」觸了一下，於是生活的醜就「化」成了藝術的美了。

由此可證明：藝術上一切「化醜為美」的成功之作都是遵照美的規律創作的，都是從反面體現了某種價值標準的。

當然，我們也無須否認，《金瓶梅》作為世情小說的開山之作，它沒有能完全「化醜為美」。也就是說，作者未能把生活中的醜完全藝術地轉化成藝術美，這表現在《金瓶梅》中對兩性間的性描寫的直露和瑣細。這種描寫雖然是受社會頹風影響所致，目的又在於暴露西門慶等人的罪惡，而且也不是沒有分寸的，但它畢竟給這部不朽的小說帶來了一些負面的影響，以至影響了它的流傳，因為《金瓶梅》對性生活的描寫畢竟不同於它以前的《十日談》。《十日談》貫穿著強烈的反宗教、反教會、反禁欲主義的精神。一方面是因為剛從宗教禁欲主義的束縛中衝出來，物極必反，難免由「禁欲」而到「頌欲」，另一方面也是市民資產階級的愛好。但歸根結底是對偽善而且為非作歹的教會、淫邪好色的神父、嫉妒成性的丈夫進行揭露、諷刺和批判。

「化醜為美」是有條件的。作家內心必須有自己的崇高的生活理想和審美理想之光。只有憑藉這審美理想的光照，他才能使自己筆下的醜具有社會意義，具有對生活中的醜的實際批判的能力，具有反襯美的效果。如果是對醜持欣賞、展覽的態度，那麼醜不但不能昇華為藝術美，反而會成為藝術中最惡劣的東西。

生活裏有美便有醜。美和醜永遠是一對孿生的兄弟。所以表現醜的藝術也永遠相應地有它存在的價值。但是這裏有一個分寸感，一個藝術節制的問題。《金瓶梅》的審美力量在於，它揭露陰暗面和醜惡時，具有一定的道德、思想的譴責力量，這就是為什麼《金瓶梅》中均是醜惡的「壞東西」形象，連一個嚴格的肯定性人物都沒有，卻能引起人們美感的原因！而另一方面，這位笑笑生的某些失誤也在於他在揭露腐朽、罪惡和昏暗時缺乏藝術化的提煉。忠實於生活，不等於呈現生活。《金瓶梅》一些地方缺乏的正是這種必要的藝術提煉。

總之，《金瓶梅》不是一部令人感覺到溫暖的小說。灰暗的色調擠壓著看客們的胸膛，讓人感覺到呼吸空間的狹小，我們似乎真覺得到那個社會的黑暗無邊。

人原本是雜色的

當我們走進《金瓶梅》的藝術世界時，我們的「第一印象」和特殊感受已如前節所說，那是一個人欲橫流、世風澆漓的「醜」的世界。然而我們在面對小說中的主要人物時，我們又會發現這位蘭陵笑笑生在寫人物時真的是一位傳神寫照的高手。

一個普遍的藝術真理是：只有描寫出各種各樣的鮮明的人物形象，才能全面地反映出社會的風貌。我國現代著名作家老舍先生在總結他一生的創作和縱觀了世界文學史以後，在《老牛破車》中說了這樣一段話：

> 憑空給世界增加了幾個不朽的人物，如武松、黛玉等，才叫做創造。因此，小說的成敗，是以人物為準，不仗著事實。世事萬千，都轉眼即逝，一時新穎，不久即歸陳腐；只有人物足垂不朽。此所以十讀《施公案》，反不如一個武松的價值也。

如果說《金瓶梅》的成就也是給世界小說史上增加了幾個不朽的人物，我想也是符合實際的。如西門慶、潘金蓮、李瓶兒、應伯爵等人，堪稱典型環境中的典型人物。但是如果進一步地說在《金瓶梅》的人物畫廊中十多個不朽的典型人物，首先是形象上的傳神和不拘一格。這種「不拘一格」就是指，它打破了它之前那種寫人物性格好就好到底、壞就壞到底的寫法，這可以包括《三國演義》《水滸傳》和《西遊記》等名著。因為這些名著在塑造形象、刻畫性格時，還不能突破既有的規範，缺乏性格描寫上的藝術辯證法。而《金瓶梅》則在人物性格、行動和心態上已經萌生了一種新的小說審美意識——現實生活中的人是複雜的，不是單色素的，小說應把這種複雜性表現出來。

事實上，在現實社會生活中，正如俄國作家高爾基在談及創作心得時所說的，人「是帶著自己的整個複雜性的人」。因此他在〈論劇本〉中明快地說出他的體會：

> 人是雜色的，沒有純粹黑色的，也沒有純粹白色的。在人的身上摻和著好的和壞的東西——這一點應該認識和懂得。[4]

因此，美者無一不美，惡者無一不惡，寫好人完全是好，寫壞人完全是壞，這是不符合多樣統一的藝術辯證法的。在中國小說的童年時代，這種毛病可以說是很普遍的。在中國戲曲中，紅臉象徵忠、白臉象徵奸的審美定勢，一直和小說交互作用，打破這種模式和樊籬的正是笑笑生。

《金瓶梅》在小說觀上的突破就在於它所塑造的負面形象，不是膚淺地從「好人」「壞人」的概念中去衍化人物的感情和性格行為，而是善於將深藏在負面人物各種變態多姿的聲容笑貌裏，甚至是隱藏在本質特徵裏相互矛盾的心理性格特徵揭示出來，從而將負面人物塑造成活生生的有血有肉的人物，因此《金瓶梅》中的人物不是簡單的人性和獸性的相加，也不是某些相反因素的偶然堆砌，而是性格上的辯證的有機統一。

4　高爾基《高爾基選集・文學論文選》，北京：人民文學出版社 1958 年，頁 249-250。譯文有出入。

人不是單色的,這是《金瓶梅》作者對人生觀察的一個極為重要的心得。過去在研究《金瓶梅》的不少論著裏有這樣一種理論,即將人物關係的階級性、社會性絕對化、簡單化,只強調社會性和階級性對負面人物思想性格、心理的制約,而忽視了他自身的心理和性格邏輯。於是,要求於負面人物的就是「無往而不惡」。從思想感情到行為語言,應無一不表現為赤裸裸的醜態。反乎此,就被認為人物失去了典型性和真實性。有的研究者就認為「作者在前半部書本來是襲用了《水滸》的章節,把他(指西門慶——引者)作為一個專門陷害別人的慳吝、狠毒的人物來刻畫的。後來又『讚歎』起他的『仗義疏財,救人貧困』⋯⋯這種變化並沒有性格發展上的充分根據⋯⋯這種對於人物前後矛盾的態度,使作者經常陷入不斷的混亂裏」。另外,在中國社會科學院文學研究所編寫組編寫的《中國文學史》中,在談到李瓶兒的性格塑造時也認為不真實,他們說:「李瓶兒對待花子虛和蔣竹山是兇悍而狠毒的,但是在做了西門慶的第六妾之後卻變得善良和懦弱起來,性格前後判若兩人,而又絲毫看不出她的性格發展變化的軌跡。」在談到春梅的形象時,也認為「龐春梅在西門慶家裏和潘金蓮是狼狽為奸的,她刁鑽精靈,媚上而驕下,是一個奴才氣十足的形象;然而在她被賣給守備周秀為第三妾,又因生子金哥扶正為夫人之後,她在氣質上的改變竟恂恂若當時封建貴族婦女,也是很不真實,缺乏邏輯和必然過程的」。

對《金瓶梅》人物塑造的簡單化的批評已有文章提出了質疑。我是同意他們的意見的,但從理論上來說,以上的一些說法,實際上是否定人物身上的多色素,而追求單一的色調。事實是,小說並沒有把西門慶寫成單一色調的惡,也不是把美醜因素隨意加在他身上,而是把他放在他所產生的時代背景、社會條件、具體處境上,按其性格邏輯,寫出了他性格的多面性。在中國小說史上有不少作品不乏對人物性格簡單化處理的毛病,比如醜化否定性人物的現象,這往往是出於作者主觀臆想去代替否定性人物的自身性格邏輯的結果。這種藝術上的可悲的教訓,不能不記取。我們不妨聽聽契訶夫的寫作體會:為了在七百行文字裏描寫偷馬賊,我得隨時按他們的方式說話和思索,按他們的心理來感覺,要不然,如果我加進主觀成分,形象就會模糊。契訶夫說得多好啊!要求負面人物的性格的真實性,不能憑主觀臆斷,只能通過作者描寫在特定環境中所呈現出的個性、靈魂和思想感情。可以這樣說,獲得負面人物的美學價值的關鍵,就在於讓他按照自己的性格邏輯走完自己的路。

從小說藝術自身發展來說,應當承認,《金瓶梅》對於小說藝術如何反映時代和當代人物進行了大膽的、有益的探索,打破了或擺脫了舊的小說觀念和舊模式的羈絆,這是值得我們重視的。因為這種新的探索既是小說歷史賦予的使命,也是現實本身提出的新課題。這意味著《金瓶梅》的作者已經不再是簡單地用黑白兩種色彩觀察世界和反映

世界了，而是力圖從眾多側面去觀察和反映多姿多彩的生活和人物。小說歷史上那種不費力地把他觀察到的各式各樣的人物硬塞進「正面」或「反面」人物框子去的初級階段的塑造性格的方法已經受到了有力的挑戰。多色彩、多色素地去描寫他筆下人物的觀念已經隨著色彩紛繁的生活的要求和作家觀察生活的能力的提高而提到小說革新的日程上來了——尋求一種更為高級、更為複雜的方式去塑造活生生的雜色的人。

應當說，這就是《金瓶梅》以它自身的審美力揭示出的小說觀——小說的潛能被進一步開掘出來，他昭示給我們，他的「人物是他們的時代的五臟六腑中孕育出來的」[5]。關於小說中的人物刻畫我將在〈《金瓶梅》六人物論〉一文中作詳細的分析。

令人感慨繫之的是，中國小說發展史上卻總是打上這樣的印記，即在一部傑出的或具有突破性的小說產生以後，總是模仿者蜂起，續貂之作迭出。它們以此為模式，以此為框架，結果一部部公式化、模式化的作品一湧而出，填充著當時的整個說部，把小說的藝術又從已達到的水準上強行拉下來。這種現象一直要等到另一位有膽有識的小說家以其傑出的作品對抗這一逆流，並在站穩腳跟以後，才能結束那不光彩的一頁。此種情況往往循環往復，於是構成了中國小說的發展軌跡始終不是直線上升的形式，而是走著螺旋式上升的發展道路。對於這種現象曹雪芹已經以他藝術家的特有敏感和豐富的小說史知識，發現並提出了中肯的批評和很好的概括，而且力圖用自己的作品來結束小說史上的這種局面，他在《紅樓夢》第一回中說：

> 況且那野史中，或訕謗君相，或貶人妻女，姦淫兇惡，不可勝數；更有一種風月筆墨，其淫穢汙臭，最易壞人子弟，至於才子佳人等書，則又開口「文君」，滿篇「子建」，千部一腔，千人一面，且終不能不涉淫濫。在作者不過要寫出自己的兩首情詩豔賦來，故假捏出男女二人名姓，又必旁添一小人撥亂其間，如戲中的小丑一般，更可厭者，「之乎者也」，非理即文，大不近情，自相矛盾。竟不如我這半世親見親聞的幾個女子，雖不敢說強似前代書中所有的人，但觀其事蹟原委，亦可消愁破悶；至於幾首歪詩，也可以噴飯供酒，其間離合悲歡，興衰際遇，俱是按跡循蹤，不敢稍加穿鑿，至失其真。[6]

對於曹雪芹的這段評論，學術界尚有不同看法，但是我認為曹雪芹的批評並非是「牢牢地壓住了那麼多作品致使它們不得翻身」。不可否認，在過去古典小說研究領域確實存在過那種「一醜百醜」的簡單化批評的弊端，時至今日，我們確實不應再那麼粗暴了，

5　巴爾扎克語。

6　曹雪芹、高鶚《紅樓夢》，北京：人民文學出版社 2005 年，頁 5。

而是要對具體作品進行具體分析，對每一部作品做出科學的評價。然而，不容否認，從作為一種小說思潮來看，明末清初之際的小說，讀起來何嘗沒有似曾相識之感呢？才子佳人小說，大都寫一對青年男女，男的必定是聰明才子，女的必定是美貌佳人，或一見鍾情，或以詩詞為媒介，頓生愛慕，雙方私訂終身；當中出了一個壞人，挑撥離間，多方破壞，使男女主人公經歷種種波折磨難；最後，才子金榜題名，皇帝下詔昭雪冤屈，懲罰壞人，奉旨完婚，皆大歡喜的結局。生活畫面和人物塑形，幾乎雷同，模式化的傾向極為嚴重，「千人一面」和「千部一腔」的批評並非過分。因為或是模仿，或是續貂，可以說都是對《金瓶梅》已經開創的寫出「雜色的人」的小說觀的倒退，其消極作用也不容低估。我視野極窄，僅就所看到的《好逑傳》《賽紅絲》《玉嬌梨》《平山冷燕》等作品來看，雖「有借愛情與婚姻的外殼而抨擊社會生活」的，「有因正義美行而導致姻緣的」一面，但是人物的塑形幾乎都是皮相的，缺乏我們所要求的「典型環境中的典型人物」。比如《玉嬌梨》裏兩位小姐白紅玉、盧夢梨與《平山冷燕》裏的山黛、冷絳雪兩位小姐，從外貌到精神狀態都極為相似。她們的美貌、才情和際遇、團圓以及模範地恪守封建規範都如出一轍。像《平山冷燕》中燕白頷和山黛、平如衡和冷絳雪的愛情關係，《玉嬌梨》中蘇友白和白紅玉、盧夢梨的愛情關係，乃至《好逑傳》中鐵中玉和水冰心的愛情關係，都成了欲愛不休、心是口非、情感與行動矛盾的不正常關係。學術界已經有人看到這是宋明理學對明清之際小說的模式化起了很大作用。因為宋明理學以性抑情，於是抹殺了小說形象的個性，使得人物形象越來越概念化、公式化和臉譜化。小說中的人物，往往吟風弄月，而不離孔孟之道，真情實意歸於理學。這說明了理學教條主義對人物形象塑造的破壞性。這種看法，是耶？非耶？還有待研究。但從創作實踐去總結藝術規律，我們卻可以明確地說，從某種格式出發的公式化、概念化的作品，或帶有這種傾向的作品，人物都是單一的，沒有豐滿的血肉，沒有可信的心靈世界和鮮明的個性，而是類型化的角色，這就是俗話所說：從一個模子裏鑄出來的人。當然難免要產生千部一腔、千人一面的平庸乏味的作品了。

在我們走進《金瓶梅》的藝術世界時，也許它的故事並沒有使我們不忍釋卷。在我看來，它的十幾個甚至二十幾個活生生的形象卻吸引我們關注他（她）們的命運，同時又去領略他（她）們是如何在命運的軌跡上行走著、旋轉著，這就是《金瓶梅》藝術魅力之所在。走筆至此，陡然想起德國偉大作家歌德，他在自己的談話錄中，不無感慨地說：

　　藝術的真正生命在於對個別特殊事物的掌握和描述。此外，作家如果滿足於一般，任何人都可以照樣模仿；但是，如果寫出個別特殊，旁人就無法模仿，因為沒有

　　首先讓我們看看書中著墨不多的小角色。小說開篇不久，王婆出場了。西門慶向她打聽潘金蓮是誰的娘子。她張口便說：「他是閻羅大王的妹子，五道將軍的女兒。」西門慶稱讚她的梅湯做得好，有多少在屋裏。她裝瘋賣傻地回答：「老身做了一世媒，那討得一個在屋裏！」西門慶請她為自己做媒，她便有意捉弄他，讓西門慶感興趣的那位「生得十二分人才，只是年紀大些」的娘子竟然是「丁亥生」、屬豬的、「交新年恰九十三歲」的老婦人。這種調侃，把西門慶拿捏得急不得、惱不得，只能厚著臉皮求她幫忙。

　　而到了下一步，在為西門慶定下十件挨光計時，王婆的精細和老謀深算則發揮到了極致，她一口氣竟然說了 1016 個字，這真不能不佩服這個媒婆的語言「功力」。後來西門慶踢傷武大郎，怕武松回來算賬，只是「苦也」「苦也」地歎息。而王婆卻在關鍵時刻冷靜沉著，她對著哭喪著臉的西門慶說：「我倒不曾見，你是個把舵的，我是撐船的，我倒不慌，你倒慌了手腳。」西門慶聽了這番話，承認自己「枉自做個男子漢」！本來王婆和西門慶是兩個地位、身分很不相同的人，然而現在西門慶有求於王婆，只好放下身段，一句硬話也不敢說，被王婆反復調侃、捏弄，「唯命是從」。王婆的幾次「發言」，只有出自她之口。從開始對西門慶的油腔滑調到後來對潘金蓮囑咐時所說的狠話，我們真的感到還是金聖歎說得正確，「一樣人，便還他一樣說話」。此話雖然是說的《水滸傳》的語言藝術，但也可用於《金瓶梅》中的人物語言。

　　人物之間的對話最易顯示人物性格，這是生活中的邏輯，而在小說文本中，通過人物之間的對話表現人物的性格特點，同樣是藝術上的邏輯。

　　在這個基礎上，我們還可以考慮考慮《金瓶梅》的語言藝術是不是在寫人物時已經超越了「性格」。我認為笑笑生不大寫一般意義上的「性格」，他甚至連人的外貌都寫得很少，幾筆吧。他寫的是人的內在西門慶觀戲動深悲的東西，人的氣質，人的「品」。笑笑生寫人物，所用的語言往往是得其精而遺其粗。他的語言風格，看似隨意，實則謹嚴，即使是通俗小說難以避免的造噱頭，吸引眼球，你也會感到他是如何以寫人為中心，而且寫的是生活中真實的人。最經典的例子是小說第七十五和第七十六回吳月娘與潘金蓮的合氣鬥口：

> 當下月娘自知屋裏說話，不妨金蓮暗走到明間簾下，聽覷多時了，猛可開言說道：「可是大娘說的，我打發了他家去，我好把攔漢子！」月娘道：「是我說來，你如今怎麼的我？本等一個漢子，從東京來了，成日只把攔在你那前頭，通不來後邊傍個影兒。原來只你是他的老婆，別人不是他的老婆？行動題起來：『別人不知道，我知道。』就是昨日李桂姐家去了，大妗子問了聲：李桂姐住了一日兒，如何就家去了，他姑父因為甚麼惱他？教我還說：誰知為甚麼惱他。你便就撐著頭

兒說：『別人不知道，自我曉的』。你成日守著他，怎麼不曉的！」金蓮道：「他
不來往我那屋裏去，我成日莫不拿豬毛繩子套他去不成？那個浪的慌了也怎的？」
月娘道：「你不浪的慌，你昨日怎的他在屋裏坐好好兒的，你恰似強汗世界一般，
掀著簾子硬入來叫他前邊去，是怎麼說？漢子頂天立地，吃辛受苦，犯了甚麼罪
來，你拿豬毛繩子套他？賤不識高低的貨，俺每倒不言語，只顧趕人不得趕上。
一個皮襖兒，你悄悄就問漢子討了，穿在身上，掛口兒也不來後邊題一聲兒。都
是這等起來，俺每在這屋裏放小鴨兒，就是孤老院裏也有個甲頭。一個使的丫頭，
和他貓鼠同眠，慣的有些摺兒，不管好歹就罵人。倒說著你，嘴頭子不伏個燒埋。」
金蓮道：「是我的丫頭也怎的？你每打不是？我也在這裏還多著個影兒哩。皮襖
是我問他要來，莫不只為我要皮襖，開門來也拿了幾件衣裳與人，那個你怎的就
不說來？丫頭便是我慣了他，我也浪了圖漢子喜歡。像這等的，卻是誰浪？」吳
月娘乞他這兩句觸在心上，便紫漲了雙腮，說道：「這個是我浪了，隨你怎的說。
我當初是女兒填房嫁他，不是趁來的老婆。那沒廉恥趁漢精便浪，俺每真材實料
不浪！」被吳大妗子在跟前攔說：「三姑娘，你怎的？快休舒口。」饒勸著，那
月娘口裏話紛紛發出來，說道：「你害殺了一個，只少我了。」孟玉樓道：「耶
嚛耶嚛，大娘，你今日怎的這等惱的大發了。連累著俺每，一棒打著好幾個人，
也沒見這六姐，你讓大姐一句兒也罷了，只顧打起嘴來了。」大妗子道：「常言
道：要打沒好手，廝罵沒好口。不爭你姊妹們攘開，俺每親戚在這裏住著也羞。
姑娘，你不依，我去呀。嗔我這裏，叫轎子來，我家去罷。」被李嬌兒一面拉住
大妗子。那潘金蓮見月娘罵他這等言語，坐在地下就打滾打臉上，自家打幾個嘴
巴，頭上髻都撞落一邊，放聲大哭，叫起來說道：「我死了罷，要這命做什麼！
你家漢子說條念款說將來，我趁將你家來了？彼時怎的也不難的勾當，等他來家，
與了我休書，我去就是了。你趕人不得趕上！」月娘道：「你看就是了，潑腳子
貨！別人一句兒還沒說出來，你看他嘴頭子就相准洪一般。他還打滾兒賴人，莫
不等的漢子來家，好老婆，把我別變了就是了。你放恁個刁兒，那個怕你麼？」
那金蓮道：「你是真材實料的，誰敢辨別你？」月娘越發大怒，說道：「好，不
真材實料，我敢在這屋裏養下漢來？」金蓮道：「你不養下漢，誰養下漢來？你
就拿主兒來與我！」玉樓見兩個拌的越發不好起來，一面拉起金蓮：「往前邊去
罷。」卻說道：「你恁的怪剌剌的，大家都省口些罷了。只顧亂起來，左右是兩
句話，教他三位師父笑話。你起來，我送你前邊去罷。」那金蓮只顧不肯起來，
被玉樓和玉簫一齊扯起來，送他前邊去了⋯⋯

下面還有很多精彩的段子，我很捨不得刪去，但受篇幅限制，留待讀者去閱讀吧！不過僅就我抄錄的還不到兩千字，人們是不是可以有窺其全豹的感覺呢？這裏不僅僅是吳月娘和潘金蓮兩個人的合氣鬥口，孟玉樓和吳大妗子也參與其中了。這種對話的形式是非常出色的，它屬於多人立體交叉式的對話。是「七嘴八舌」的多聲部，是「眾聲喧嘩」。因此，這裏的場面就不再是平面化的兩級對壘，而是多極交叉的立體化的多聲部的對話，這才是從生活中來又進行了提煉、昇華的，它已成為中國古典小說運用對話寫人物的經典例證。

以上是從形式上講，那麼，如我上文所言，這種寫法還有一個更內在的作用，即寫出人的氣質、素質和人的「品」來。

小說第七十五回以前，吳月娘和潘金蓮的矛盾還未公開化，大部分矛盾都不是她們之間的正面衝突，而是因他人他事引出來的摩擦。到了第七十五回，兩個人的矛盾正式進入公開化。這一次的大爭吵，從事情的內容來說，並不新鮮，無非是將陳年老帳重新翻出來進行一次總清算。吳月娘一反常態，和潘金蓮你來我往，唇槍舌劍，針鋒相對，好不熱鬧。兩個人圍繞到底是誰把攔漢子，該不該尊重大老婆當家理財的權力；是不是縱容了丫頭使性子罵人；誰是真材實料，誰又是趁來的老婆；連李瓶兒之死的根由也一併提出。吳、潘的這次對決，歸根結底是個名分的問題。吳月娘早已感到她的主婦地位在潘金蓮面前與心中屢屢受到挑戰。潘金蓮從開始對吳月娘的奉承，到後來的有恃無恐，吳月娘看得一清二楚。她幾次都覺得潘金蓮是有意衝撞她的大老婆尊嚴，也曾想鉗制一下潘金蓮的得意忘形。機會終於來了，吳月娘的一反常態其實是有根據的，她不能不在這個關鍵時候出手，殺殺她的威風，旗幟鮮明地維護自己的妻權。而潘金蓮的劣勢恰恰被吳月娘當眾揭了個底兒掉，原來妻權這個幽靈還是隱隱地制約她的行為，而現在吳月娘連表面文章也不做，直斥她是殺人的兇手，是趁來的老婆。這對於潘金蓮是無法忍耐的，一番撒潑打滾，絲毫沒有挽回自己的頹勢，如果不是孟玉樓幫忙，她是很難下這個台階的。所以我說，這裏是有「性格」，但更是寫了兩個人的「品」。吳月娘這位一向舉止持重、性格溫柔敦厚的人，這次也一反常態而「紫漲了雙腮」，決意要爭個高低了。後續的故事正是證明了這一點，你聽吳月娘在大局已定以後說：

無故只是大小之分罷了……漢子疼我，你只好看我一眼罷了。

後來孟玉樓勸潘金蓮向吳月娘道歉，潘金蓮終於「插燭也似與月娘磕了四個頭」，忍氣吞聲地說道：

娘是個天，俺每是個地。娘容了俺每，俺每骨禿叙著心裏。

笑笑生把人物寫到這份兒上，讀者不能不承認他追魂攝魄、白描入骨的功力了。在性格的潛隱層次的開挖上，讓我們今天的讀者真的領略、享受了小說大師的藝術腕力，他實在太有實力了。

《金瓶梅》在小說語言藝術上的成就和貢獻是多方面的。自它誕生不久，諸多名家就有過很高的評價。當時針已撥到 21 世紀，在對它一讀再讀的過程中，我們的體會也更加深入了。因篇幅所限，我們不能展開來說。然而有一點，我想談談自己的看法。

《金瓶梅》確實有粗俗的那一面，其中人物語言的粗俗就是一個很顯眼的毛病。然而在諸多原因外，小說的規定情境已經決定了它的語言運用，比如男女床笫間、閨閣中的私語、以淫詞打趣他人、以淫詞咒罵他人、說性事以取樂等確實有些過火，缺乏一種語言的文學轉換。可是總觀《金瓶梅》的語言藝術，它給我的最深刻的印象是它的「活」。「活」是鮮活，不是已死的語言；是活動，所以不是僵化的語言；是活潑，不是用濫了的套話，「活」更在於它全然是生活中富有個性的、有情趣的、形象鮮明的語言。一經它的運用，就又在生活中流行了起來。它稍作修飾就還給了生活。於是我們從後來人們說的話中得到了印證，更從小說、戲曲、講唱文學和野史筆記中看到了它的存在，看到了它依然那麼鮮活，看到了它強大的生命力。我們不妨再舉一個經常被人們引用的吳月娘說破姦情用的例子。小說第八十五回，西門慶死後，潘金蓮肆無忌憚地與陳經濟勾搭，不巧被吳月娘撞見。吳月娘此時再無任何顧忌，直截了當地和潘金蓮攤牌，然而又如此講「策略」，她說：

> 六姐，今後再休這般沒廉恥！你我如今是寡婦，比不的有漢子。香噴噴在家裏，臭烘烘在外頭，盆兒罐兒都有耳朵，你有要沒緊和這小廝纏甚麼！教奴才們背地排說的磣死了！常言道：男兒沒性，寸鐵無鋼；女人無性，爛如麻糖。其身正，不令而行；其身不正，雖令不行。你有長俊正條，肯教奴才排說你？在我跟前說了幾遍，我不信，今日親眼看見，說不的了。我今日說過，要你自家立志，替漢子爭氣。

這是吳月娘在西門慶死後對潘金蓮一次很重要的「訓詞」。前面我對第七十五回做過一些分析，吳、潘的關係是很緊張的。而西門慶死後，作為一家之主，吳月娘面臨著太多太多的困難。此次發現潘金蓮來旺兒醉中謗訕的醜事，她既沒有暴跳如雷，也沒有幸災樂禍，更未落井下石、大肆宣揚，而是在「訓詞」中充滿了曉之以理、動之以情和又打又拉的味道，在語言運用上確實有可圈可點之處。說蘭陵笑笑生是「爐錘之妙手」（明·

謝肇淛）不是過譽。這番「推心置腹」的言辭仍屬「市井之常談，閨房之碎語」[9]，但出自吳月娘之口也還是「語重心長」的。用語之妙，是比乾巴巴的說教更靈動的鮮活的家常口語，像「香噴噴的在家裏，臭烘烘的在外頭」，這話用得極貼切又形象。又如「盆兒罐兒有耳朵」的比喻更是活潑潑的俚語。《金瓶梅》中的這些例子在書中是俯拾即是，都體現了作者力求口語化的功力。這種鮮活、真切、自然、生動、形象的特點大大有助於塑造個性化的人物形象。

《金瓶梅》語言的世俗化、平民化特點是樸實無華，有些近似現實生活的實錄，人們很難看出雕琢乃至加工的痕跡，你也許覺得很粗糙，但它帶著原生態的野味。比如第二十五回，來旺聽說妻子宋惠蓮與西門慶勾搭成姦，又見到箱子裏的首飾衣服，便問宋惠蓮是從哪兒弄來的，下面是宋惠蓮的一番精彩的言辭：

> 呸，怪囚根子！那個沒個娘老子？就是石頭狢刺兒裏迸出來，也有個窩巢兒；棗胡兒生的，也有個仁兒；泥人下來的，他也有靈性兒；靠著石頭養的，也有個根絆兒；為人就沒個親戚六眷？此是我姨娘家借來的釵梳！是誰與我的？白眉赤眼，見鬼倒死囚根子。

用曹煒教授的評論，「這種話語在經史子集中看不到，在書房裏、貴族世家的深宅大院裏聽不到，若不接觸下層平民，斷然寫不出」。確實《金瓶梅》經常給我們耳目一新的感覺，它一掃文人辭彙的呆板、僵化的毛病，給人的是真切、生動的感覺。

民間的俗語、諺語、歇後語是民眾口語的精華，是人民智慧的結晶。《金瓶梅》中，把這些語言精粹運用起來得心應手，它為整部小說的敘事抒情對談生姿增色，讀來令人神往。

僅從歇後語來看，《金瓶梅》用量之多、表現之準確也是很多小說難以匹敵的。如「促織不吃癩蛤蟆肉——都是一鍬土上人」（二十四回），「東淨裏磚兒——又臭又硬」（二十回），「甕裏走風鱉——左右是他家一窩子」（四十三回），「賣蘿蔔的跟著鹽擔子走——好個閑嘈心的小肉兒」（二十回）。像民間諺語的運用，如「吃著碗裏，看著鍋裏」（十九回），「母狗不掉尾，公狗不上身」（七十六回），「急水裏怎麼下得椿」（三十六回），「籬牢犬不入」（第二回），「船載的金銀，填不滿煙花寨」（十二回）。這些諺語凝練、生動、形象，大大加強了語言的感染力、表現力，產生了風趣、簡潔、化抽象為具體的藝術效果。

《金瓶梅》中更有大量方言辭彙，這些辭彙當然有地方特色，然而小說作者在提煉和

9　欣欣子序。

篩選時，大多易於把握其內容。如「胡說」，則稱「咬蛆兒」（二十七回），「隱瞞」則稱「合在缸底下」（二十回），「幹老行當」則稱「吃舊鍋裏粥」（八十七回），「不正經」則稱「不上蘆席」（七十六回），「貪圖小利」則稱「小眼薄皮」（三十三回），「根本不存在的事情」則稱「三個官唱兩個喏」（七十三回）……這些原本顯得抽象的意義，經由方言詞語道出，就變成可以聽到、可以看到、可以觸摸到的具象化的東西了。

　　《金瓶梅》語言藝術研究的專家一般認為《金瓶梅》的敘述語言顯得雜亂，對此我有同感。我認為《金瓶梅》的人物語言確實優於它的敘述語言。曹煒教授把《金瓶梅》的敘述語言比喻為：「是一個萬花筒，又是一盤大雜燴。」他說：

> 萬花筒云云，是說她文字表達往往錦團花簇，氣象萬千，具有較高的藝術水準和較強的藝術表現力；大雜燴云云，乃是說她泥沙俱下，良莠混雜，有精華，也有糟粕。因此，評價《金瓶梅》的敘述語言，需堅持實事求是的原則，一切從文本出發，一味褒揚固然不足取，全盤否定更是要不得。[10]

我想他的這些意見值得我們看這部奇書時參考。

最難的還是現實主義

　　當你走進「金瓶梅世界」，又對它的場景、人物、故事情節和各種矛盾衝突有了大致的印象和體驗以後，你會很自然地思考、叩問這部作品是怎樣創作出來的？作者在面對現實生活、各色人等和人物的心靈流變時是一種什麼樣的感情、什麼樣的心態？如果你還是一位有文學理論知識的讀者，你會很快地問道，作者遵循的是什麼藝術原則？他又是採用了什麼樣的創作方法來構建他的長篇小說，並引領你進入這座大廈？

　　搞清這個問題不僅有理論意義和實踐價值，同時也可以更好地把握《金瓶梅》的文化蘊涵和審美形態。

　　關於《金瓶梅》藝術方法的評論大致有三種意見：一種意見認為《金瓶梅》沒有理想，沒有一絲光明，沒有寫出正面人物，而且還有大量對性生活的淫穢猥褻的描寫，因此是自然主義作品；一種意見認為它是一部現實主義藝術巨著；還有一種意見認為《金瓶梅》是一部帶有濃厚自然主義色彩的批判現實主義作品。

　　從一定意義上說，現實主義和自然主義都是我們從外國文藝思潮和藝術創作方法中借用來的概念。在我國傳統文藝史上本來並沒有形成過嚴格的現實主義文學思潮和自然

10　曹煒、甯宗一合著《金瓶梅的藝術世界》，臺北：文史哲出版社 2002 年，頁 181。

主義思潮，這是不言自明的事。比如自然主義作為一種文藝思潮就是產生於 19 世紀中葉的歐洲，而實證主義則是自然主義的哲學基礎。但是，我們今天在運用這些概念時，已經有了自己獨立的解釋。比如我們今天談到的自然主義，大致是指那些排斥藝術的選擇和提煉、摒棄藝術的虛構和想像、片面強調表面現象和細節的精確寫照，而作家則又以冷漠的客觀主義者、以「局外人」的態度嚴守中立，對描寫對象，不作出理性的判斷和評價等等，這一切，我們往往看作是自然主義的表徵。如果上面的論述還是符合我們今天對自然主義的理解的話，那麼《金瓶梅》顯然是放不進這個框框中去的。不錯，《金瓶梅》比起它的早出者《三國演義》《水滸傳》等長篇小說來，更著重客觀地描寫人物和事件，不像它的先輩作家們通常採取的手法那樣，在刻畫人物時加進那麼多的主觀色彩，或褒或貶，溢於言表。《金瓶梅》不是這樣，作者冷靜地甚至無動於衷地表現人物的命運，讓人物按照現實生活的邏輯發展自己並走向自己的歸宿。總之，他給他筆下的人物的存在以極大的自由，絕不對人物的命運「橫加干涉」。他的這種寫作風格在他所在的時代是過於突進了（即它帶有近現代小說創作理念），於是難得時人的公評，甚至招來非議，這也是可以理解的，但是，《金瓶梅》自有它打開人們心扉的力量。是它，使人們在讀到這部作品時，領悟到自己所處的時代和社會環境，從而引導人們否定這個可詛咒的社會，使人們認識到這是一個失去了美的世界。因此，他把小說中的主要人物都寫成了沒有好下場。《金瓶梅》並非用生物主義觀點來看這個社會和人。按照一般理解，自然主義總是把社會的人「化」成生物學或病理學的人，否認「人是一切社會關係的總和」，把人和整個社會關係脫離開來，甚至把人寫成遠離社會的動物。《金瓶梅》則不，它並不認為自己的人物是脫離社會而存在的孤立的人，而是把他們當作社會的人。他之所以要把主人公置於毀滅的境地，是社會、是這個沒有美的世界決定讓他如此下筆的。《金瓶梅》鐵心冷面地對待自己的人物，原來正是他鐵心冷面地對待這個該詛咒的社會。於是，那個對人物的長短似乎可置可否的《金瓶梅》的作者，卻通過人物的連續不斷的毀滅的總和對社會發言了。讀者透過人物看見了作者的思想和作者的感情傾向。

事實上，我們在《金瓶梅》中不難看出，作者是用廣角鏡頭攝取了這個家庭的全部罪惡史的。作者以冷峻而微暗的色調勾勒出一群醉生夢死之徒如何步步走向他們的墳墓。因此，《金瓶梅》具有歷史的實感和特有的不同於很多長篇小說的藝術魅力，它是隱約地透露出潛藏於畫屏後面的作者的愛憎。

《金瓶梅》善於細膩地觀察事物，在寫作過程中追求客觀的效果，追求藝術的真實，這絕不是自然主義。有的研究者認為它「終究暴露了小說作者對於生活現象美醜不分、精蕪無別的自然主義傾向，暴露了作者世界觀和生活情趣落後庸俗的一面」。這樣的論斷多少是委屈了《金瓶梅》作者的苦心和創作意圖，同時也是遺忘了這部小說產生的基

礎和時代環境：在笑笑生的審視下，這是一個墮落的時代，這是一個沒有美的世界。既然如此，那麼怎能去粉飾這個社會，寫出並不存在的美來呢？《金瓶梅》作者沒有忘卻自己作為一個作家的藝術良心，他沒有背離現實。

如果我們縱觀一下世界小說史，也許會對這個問題有個更明確的認識。

記得當代的一位作家曾這樣分析過世界小說史，他大致表述了這樣的一種意見：我們面前擺著兩類公認的現實主義大師們的作品：

一種像巴爾札克的《人間喜劇》那樣的作品。在這樣的作品中，很難看到作家的影子。他的興趣偏向於廣闊的、紛亂的、多層次的、多側面的社會景象。他的意旨是展開一幅與社會生活一樣複雜、一樣寬廣無邊的畫卷。他的人物多是有血有肉，輪廓分明，好像都同他打過交道、深深諳熟的，而對你又是陌生的，但惟獨難於找到作家自己。他仿佛在用冷靜而犀利的目光，觀察著他身邊形形色色的人。但細看之下，在這些篇章、段落以及字裏行間，無處不滲透著他對生活精闢的見解和入木三分的觀察、體驗；他寫的是「別人的故事」，卻溢滿著自己濃烈的感情。

另一種便是明顯地帶著作家本人痕跡的作品。有時人們甚至稱之為「自傳性」和「半自傳性」的小說。我國的《紅樓夢》不用說了，他總應該是屬於那種「半自傳性」的小說了吧！外國的狄更斯的《大衛·科波菲爾》，傑克·倫敦的《馬丁·伊登》，高爾基的《童年》《在人間》和《我的大學》三部曲等等。這些作品的主人公大多數以作家自己為原型。他們都有過不幸的童年和少年時代，有過曲折和多磨的經歷，對人生的價值早有所悟。寫這些作品時，往往憑回憶，少靠想像，多種細節隨手拈來，生活和人物都富於真實感。更由於作品飽含著作家深知的感受與心靈體驗，作家寫得分外動情，作品的感染力也會異常強烈。難怪屠格涅夫對自己的作品，最喜愛的便是他的自傳性的中篇小說《初戀》。每當我們一捧起這薄薄的小書，便會覺得一股春潮般的深摯的感情湧上心扉，跟著也把我們的心扉打開，我們的心即刻融入他的漾動著的感情之中了。

如果我們能在基本觀點上給予認同，那麼就可以在這種比較和印證中審視《金瓶梅》的品位了。我想我們是有理由把《金瓶梅》這樣的巨著，列於世界小說史中現實主義的行列中去，而且毫無愧色。

俄羅斯的偉大短篇小說家契訶夫在寫給瑪·符·基塞列娃的信中談到現實主義文學藝術原則時說：

按生活的本來面目描寫生活。他的任務是無條件的、直率的真實。

而高爾基同樣是結合自己的創作，談到他對現實主義的理解，在〈談談我怎樣學習寫作〉中說：

對於人和人的生活環境作真實的、不加粉飾的描寫的，謂之現實主義。

這些觀點往往出於富於創作經驗的優秀作家，而他們提出的理論原則大多為中外作家所認同，那麼以這些原則和理念去衡之以《金瓶梅》，我想應當是大致不差的。《金瓶梅》正是以它對於人和人的生活環境所作的「真實的、不加粉飾的描寫」，以它「無條件的、直率的真實」，顯示了鮮明的現實主義特色。

誠然，乍看起來，小說《金瓶梅》的色調是灰暗的，有的研究者在評論《紅樓夢》時曾經進行過對比，認為《紅樓夢》是富於詩意的小說，而《金瓶梅》缺乏的恰恰正是這種詩意。對此我的看法是一貫的，我多次談到，一部作品的色彩是和它的題材、主題以及作家的心靈體驗乃至寫作風格密切聯繫在一起的。《金瓶梅》的作者為了和這一題材相協調、相和諧，同時也為了突出題旨，從而增加作品的藝術說服力，而採用了這種色彩、這種調子，這又有什麼不可理解的呢？

《金瓶梅》自然主義說，最主要的根據是說西門慶這一人物沒有任何審美價值，認為作者只是塑造了一個淫棍色鬼的形象，毫無典型意義。實際上，在《金瓶梅》中作為一個藝術形象的西門慶是充分典型的。寫到這裏，我陡然想到馬克思的女婿保爾·拉法格在〈回憶馬克思〉一文中提及的一件事，他說他的岳父非常推崇巴爾札克，曾經計畫在完成他的政治經濟學著作之後，就要寫一篇關於巴爾札克的最大著作《人間喜劇》的文章，拉法格引用他岳父的話，說：

> 巴爾札克不僅是當代社會生活的歷史學家，而且是一個創造者，他預先創造了在路易·菲利浦王朝還不過處於萌芽狀態，而直到拿破崙第三時代，即巴爾札克死了以後才發展成熟的典型人物。

這段話對我們啟發很大。我們也可以這麼說，笑笑生也是一個創造者，《金瓶梅》何嘗不是寫出了集官僚、富商、地方惡霸於一體的西門慶這個典型人物，這個人物何嘗不是《金瓶梅》作者預先創造了當時還處於萌芽狀態、笑笑生死後才發展成熟的典型人物呢？

毋庸置疑，《金瓶梅》的創作思想與藝術方法又不是充分的現實主義的，這也和他的小說審美意識的局限有關，小說在很多方面都有所表現。比如為很多人所詬病的過分直露的性描寫，比如俯拾即是的乾巴巴的道德說教，還有就是過分脫離實際的宿命意識。

我認為，在一定意義上，這說明《金瓶梅》摻和著許多雜質，需要進行藝術的典型提煉。這是因為，現實主義的真實應當是美的，即便是表現醜的事物也需要經過精心的藝術處理，正像高爾基在給伊·葉·列賓的信中說：

> 人在自己一切的活動中，尤其是在藝術中，應該是藝術的。

既然這樣，不應因為否定《金瓶梅》的過於直露的性描寫和小說中的宿命意識以及令人無奈的道德說教，同時也否定了它的現實主義內容。我們應該以歷史主義的觀點去看待尚帶有很多非現實主義成分的這種現實主義藝術。

當然，這絕不是說藝術不應當表現醜而是要求生活中的醜必須在崇高的審美理想的光照下，昇華為藝術美。只有心中充滿理想之光的現實主義藝術家們，才能用光明去驅逐黑暗，用美去撕破醜。這是從《金瓶梅》開始發展的、到明末清初形成了的小說藝術思潮給予我們的深刻啟示。

從上面所說可以看出，作為一部現實主義巨著的《金瓶梅》還是帶著一些非現實主義的成分的。現實主義小說發展的歷史，也就是對這些非現實主義成分克服的過程。隨著社會的發展，近代文明的曙光使現實主義文學也逐漸地向高級階段過渡，從而揚棄它在初級階段時存在的穢物。

《金瓶梅》在小說審美意識上的突破，進一步讓我們摸索和「猜測」到小說的一些辯證法和發展規律。現實主義在經過一段一段坎坷的道路後，直到《紅樓夢》的出現才結束了一個文藝時代，而又開關了一個文藝的新時代。

當代作家劉震雲先生在接受媒體採訪時，就他的新作《我叫劉躍進》感慨繫之地說：

最難的還是現實主義。

這是深諳藝術創作和進行形象思維的知心之言。當代作家如此，古代作家何嘗不是這樣呢？

《金瓶梅》呼喚對它審美

　　關於《金瓶梅》的價值儘管眾說紛紜，但我們仍然執著地認為，無論是把它放在中國世情小說的縱坐標還是世界範圍內同類題材小說的橫坐標中去認識和觀照，它都不失為一部輝煌的傑作。只是由於過去那舊有的狹窄而殘破的閱讀空間，才難以容納它這樣過於早熟而又逸出常軌的小說精品。

　　值得慶幸的是，近十多年來，隨著學術氣氛的整體活躍，《金瓶梅》研究才開始沿著復蘇、建構、發展的軌跡演進，其研究方法才由單一走向多樣，由封閉走向開放，課題也由狹窄走向寬闊，小說文本與美學也不斷勾連整合，於是《金瓶梅》研究才真正建構成一項專門的學問了，這就是今人泛稱的「金學」。

　　縱觀對小說文化的研究，流別萬殊，而目的在於探求社會、文化藝術的共同規律與特殊規律。學術研究非陳陳相因，而在於生生不息。隨著社會的變革，文藝觀念和小說美學的研究模式的更新也就將同步前進。對於《金瓶梅》這樣一部駭俗驚世的奇書，我們需要創造性的美學研究，而且應該顯示出新時期審美和歷史眼光的新光芒。所謂《金瓶梅》研究的審美發現，就是要以敏銳的哲理和美學的眼光，透視複雜的內容和它的小說藝術的形式革新，見前所未見，道前所未道，「炒冷飯」式的議論，是不足以稱之為《金瓶梅》高品位的美學研究的。因為任何真正科學意義上的《金瓶梅》的研究，其成果都應成為指引讀者進入新的境界的明燈。

　　首先在關於《金瓶梅》的作者問題上，近年來頗有令人矚目的突破。我們看到了不少文史大家以檢驗師的敏銳目光與鑒別能力，審視著歷史上、古籍中和作品裏的一切疑難之點，對此作了精細入微的考證、汰偽存真的清理，儘量做到梁啟超在《清代學術概論》中所說的「論事必舉證，尤不以孤證自足，必取之甚博，證備然後自表具所信」。其沉潛往復，頗有乾嘉學派大師們的餘韻。當然，在作者的問題上至今還未獲得共識，可是，這些學者的精耕細作的收穫是不容忽視的。

　　不可否認，在《金瓶梅》作者的研究中，也有個別學者用力雖勤，但其弊在瑣屑冷僻、無關宏旨的一事之考，儘管可以竭研究者之精思，而小說著作者背後的藝術現象往往被有意或無意地置之腦後。這倒不是說我們對於作家本身行狀注意得太多，而是感覺到我們忽視了本不應忽視的對作家心理狀態的研究和追錄。現在學術界越來越認識到小

說很重要的一面在於情感性，而情感性又和作家的心理有著密切的聯繫，不瞭解作家的心理，我們對於小說作品中的許多情感現象就會莫名其妙。而過去我們不十分熟悉的心理批評在這方面恰恰可以補充我們的不足。這種批評模式強調文學是作家心理欲望的表現，因此它選擇的批評途徑是直指作家內心，揣摩作品中蘊含的作家個人的心理情緒，尋求作家個人經歷在作品中的印記，挖掘作家塑造人物形象的深層微妙意圖。人們完全可以不同意這一批評模式的理論根據——「聲名狼藉」的佛洛德精神分析學說，但是卻完全有理由借鑒這一模式所採用的方法。如果僅僅因為佛洛德學說「毒素」太多，而拒絕借鑒心理分析手法，那很可能不是一種明智之舉。過去我們有些有關《金瓶梅》作者的考據文章常常和作家本人的生活道路、特殊心態、創作意圖對不上號，同文學文本幾乎沒掛上鉤。這說明只憑對作者的一星半點兒的瞭解，類似查驗戶籍表冊，那是無以對《金瓶梅》文本做出全面公允的評價的。因為事實是，作品是作家特定心境下的產物，後來人不經心理分析的想當然議論，往往不如作家的朋友的一些「隨意」評論來得貼切，比如欣欣子的一篇序，他的某些揭示，不時令人拍案，至於張竹坡等人的「讀法」和評點，其精彩處也非一般考據所可比擬，它們對我們瞭解小說作者的心態，特別是創作心緒是大有裨益的。

從另一種意義來說，一部長篇小說往往就是作者的一部「心史」。魏列薩耶夫在《果戈里是怎樣寫作的》一書中引用果戈里的話說：「坦率地說出一切，所有我最近的著作都是我的心史。」羅貫中、施耐庵、吳承恩和笑笑生的傑作的紙底和紙背，大多蘊藏著人民的鬱勃心靈，同時又表現了他們個人感情的噴薄和氣質的涵茹。當然這一切又都是時代狂飆帶來的社會意識在傑出作家身上的結晶。但是，如果我們不透過其作品追溯其心靈深處，又如何能領會這些傑出作家以自己的心靈所感受的時代和人民的心靈呢？彭·瓊生說莎士比亞為「本世紀的靈魂」，那麼我們可以說，眾多的優秀小說家的傑作也是他們所處時代的「靈魂」。因此，從最深微處說，中國小說也是一門中國社會心理學，一門形象的社會心理學，對待具有心史性質的小說，我們必須深入小說家的靈魂，把握他們的心理脈搏，同時還要透過作家的感情深處乃至一個發人深思的生活細節作為突破口，去縱觀時代風尚和社會思潮。所以有必要看重心靈史這個側面，這樣，我們對作者生平行狀的考察就可以得到進一步的深入，我們就可以從那紛紜呈現的歷史表象的背後發現一些新的東西，而且必定有助於真正把握《金瓶梅》的精髓。

至於對《金瓶梅》文本，我們當然也不能說研究得很充分了。我們目前的《金瓶梅》研究注意的熱點還是集中在它的認識價值上，這可能和這樣一種不十分全面的論斷有關。比如一位「金學」研究者就曾斷言：「《金瓶梅》的價值在認識方面，而不在審美方面。」其實這也是一種誤解。僅從敘事學的角度去審度《金瓶梅》的敘事法的審美變

革及其審美價值，就是一個重要課題。《三國演義》《水滸傳》《西遊記》都堪稱是對經典敘事規則的嫺熟運用。所謂經典敘事具有引導讀者向小說同化的內容和形式，即表現主觀願望與客觀現實之間的衝突，展示懷有願望的主體對願望客體的永恆的追求，然而客觀現實總是阻礙和拖延願望的實現。《水滸傳》中一百單八將的逼上梁山是如此，《西遊記》西天取經，遭遇八十一難更是如此。它們一開始，敘事就總是打破主體的平衡狀態，讓主體與其願望對象之間存在一段「最初距離」，在主體實現願望的過程中，設置一系列障礙、假象、破壞、不幸等中間環節，主體總是一步一步地克服困難，越過障礙，最終達到目標。情節的發展儘管一會兒奇峰千仞，一會兒跌落平陽，但仍然還是從不平衡狀態恢復到平衡狀態。故事中主體願望與客觀障礙之間的衝突和張力是經典故事的推動力，願望主體追求願望客體的過程，對於讀者的深層心理具有一種深深的魅力，它吸引著讀者向主人公認同，向故事同化，並參與故事的發展過程。

可是，《金瓶梅》卻打破了這種經典敘事故事模式，這當然同《金瓶梅》的題材有別於上述諸傑作有關，並決定了它不可能採取那些作品運用的經典敘事模式，同時我們也應看到《金瓶梅》創造性地選取了吸引讀者把自己投射於故事中去的敘事方式，這就是在平凡的生活中「看」出獨特的故事來，而其技法則是根據普通生活塑造出故事角色，故事創作者的本事就體現在通過角色一目了然地「公開經歷」，於是，西門慶、應伯爵、陳經濟、潘金蓮、李瓶兒、龐春梅等人物，一步追一步、一層深一層地被開掘、發現，提出其人生未知領域的疑問。在這裏全然沒有經典敘事模式中懷有願望的主體對願望客體的永恆追求，沒有一連串客觀現實阻礙和拖延願望的實現，也沒有敘事開始打破主體的平衡狀態，讓主體與其願望對象之間存在「最初距離」，情節發展似也沒有太大的升降，甚至令人感到「平鋪直敘」。進一步說，它也沒有《三國演義》《水滸傳》《西遊記》數百個故事中可以概括出來的「諸葛亮式」「曹操式」「劉備式」「林沖式」「武松式」「李逵式」「唐僧式」和「孫悟空式」那種性格類型和情節類型。它似空無依傍，又都一個個地生成為獨特的人物，構築為一個個性格的歷史——情節。因此，《金瓶梅》的藝術創造的精髓恰恰在於創作者對活生生的現實的切身體驗和獨特感悟。總之，笑笑生自覺或不自覺地並未完全運用或者說他在關鍵處幾乎改變了經典小說敘事常見的引導方法。這種引導方法實際當屬當今小說美學中所說的控制審美距離的方法，即在作者、敘述者、人物和讀者之間拉開距離。如果我們從研究者的角度來審視，這種審美距離控制主要有如下幾種：理智的距離，即指四者對事件理解上的差別；道德的距離，指四者道德觀念上的差距；情感的距離，即指上述四者對同一對象厭惡、同情等不同情感的區別；時間的差距，指作家寫作、敘述者敘述、人物的活動及讀者閱讀之間時間上的差距；身體的差距，指作品中人物與讀者形體上的差異，如西門慶的偉岸、潘金蓮的淫蕩，與

一般讀者顯著不同。這種在審美距離上的反差越大，在價值、道德與理智上造成的「間離效果」就越大。所以我們認為這種審美距離控制模式具有現代性。它再不是簡單地套用經典敘事模式引導讀者全方位地介入，而是讓讀者既介入又不完全介入。無疑，這當然和《金瓶梅》寫的是醜和惡而不是美與善有關。不過，我們認為用距離模式來分析《金瓶梅》中作者與讀者之間的複雜關係以及發現其敘事法的審美特色，確實是一個很有實踐價值的參照結構。我們現在國內的《金瓶梅》研究還停留在總體研究水準上，進入這些微觀層面，採用審美距離控制作為參照系來細緻分析上述描述，還有待提高和注意。因此，我們想，審美距離理論也許真的會給我們的《金瓶梅》研究帶來新的生機和有益的啟發。

以上所言，實際上涉及了在《金瓶梅》的研究領域，如何首先拓寬閱讀空間和調整閱讀心態這樣一個極普遍又亟待解決的理論和實踐的問題，從實際出發，創制小說研究的理論範式，無論是外國的，還是中國的，莫不始於閱讀。有識之士已經明確指出：閱讀空間的重建是文藝批評和研究完成蟬蛻和更新的內在動因。「兩難之境」的發現和確認，實際上是對重建閱讀空間的一種覺醒和要求。例如，意識到「以文本為中心」的必要，使英美新批評提出「細讀法」；以「讀者意識和作者意識的相遇」為前提，意識批評的代表人物喬治·布萊建立並發展了認同批評法；把佛洛德的精神分析學作為認識文學的基礎，夏爾·莫隆力圖在作品中發現從頑固比喻到個人神話之間的通道；為了尋求終極的結構模式，茨維坦·托多洛夫可以把一本書當做一個句子來加以分析；試圖打破羅各斯中心主義，雅克·德里達可以拆散本文的結構而實現意義的多元化；為了在藝術創作中起用久被忽視的讀者，接受美學中的康斯坦學派反復強調作品的召喚結構等等。諸如此類導致文學研究一次又一次完成蟬蛻的努力，無一不起源於一次比一次強烈的重建閱讀空間的願望。批評的問題，研究的問題，歸根結底是一個閱讀的問題。因此，要拓展「金學」研究者的思維空間，首先要重建「金學」研究者的閱讀空間。

《金瓶梅》閱讀空間的狹小與殘破，早已使讀者和研究者有窒息之感了。且不說過去那種以階級鬥爭為綱的閱讀方式，使多少「金學」研究者竭力在作品中調查西門慶的財產、給人物劃成分、或者千方百計地追尋作者的階級歸屬與政治派別，以為如此即可綱舉目張，抓住作品和人物本質；也不說經濟決定論使多少研究者四處搜羅資料以構築所謂時代背景，以為生藥鋪的產量和吞吐量中隱藏著小說的秘密；也不說機械反映論使多少「金學」研究者形成牢不可破的思維定勢，把「通過什麼反映什麼」當成萬古不變的公式，死死地套住任何落在眼中的小說。他們忽視了作家的政治觀點和他的作品可以是互相矛盾的，不懂得聰明的作家往往不在想像的作品中直接表述其政治立場和哲學觀念，也不願承認成功的作品中的人物一定是自由的、不肯輕易接受作者主觀意圖的擺佈。

因此，一些研究者在遇到矛盾時，不承認矛盾、分析矛盾，而是挖空心思甚至牽強附會彌合矛盾，其結果，要麼以「局限」之名從輕發落，要麼一廂情願地修改文本的內涵。這種現象在《金瓶梅》研究中不是毫無表現，究其原因，閱讀空間的狹小與殘破，當在考慮之列。

我們有必要再一次說明，面對《金瓶梅》這樣驚世駭俗的奇書，面對這早熟而又逸出常軌的小說精品，必須進行主動的、參與的、創造的閱讀，從而才有可能產生出一種開放的、建設的、創造的研究和批評。

在這裏，我們應作說明的是，拓寬閱讀空間只是吸收了接受美學對文本閱讀再創造的觀念，不同意把作品封閉起來排斥任何外緣的瞭解，但絕非贊成無限度誇大批評與閱讀的主體性發揮。我們希望的是切實而又開放的批評眼光，並不主張獵奇式的「玩批評」或「新名詞轟炸」。我們是把解讀《金瓶梅》作為一門嚴肅的學問來看的。現代的解讀小說學應是開放式的文本細讀與有限度的審美接受的結合。解讀《金瓶梅》乃是克服困難，從而給讀者一把體味與理解《金瓶梅》的鑰匙。

寫到這裏，我們又要涉及「金學」研究的一個熱門話題，即「金學」研究是否真有「溢美傾向」？一個普通常識是，對待任何一部作品都應有一個客觀標準，但這個客觀標準並不排斥中國俗語中所說的：「仁者見仁，智者見智。」其實在外國的文學研究中也有類似情況，自法國大詩人波德賴爾以降，不少批評家力倡一種「有所偏袒」的批評，不再以全面、公正、成熟相標榜。這「偏袒」自然不是盲目的吹捧或粗暴的踐踏，而只是情有所鍾、意有所會所產生的一種心態。小說作為人的精神創造物，是一種特殊的對象，若要接近並掌握它，也許局部的、片面的、不成熟的、未完成的閱讀行為要比任何「深入」或「窮盡」的企圖更為忠實，這是研究者應有的明智，因為他始終處於斯塔羅賓斯基所說的那種「不疲倦的運動」之中，他一旦停下來，閱讀行為即告結束，閱讀空間也隨之瓦解。所謂「深入」、所謂「窮盡」，都可以不論了。因此，我國有的批評家徑直地提出「深刻的片面」，實在是一種深諳文心的真知灼見，而不僅僅是對寬容的一種呼喚。倘若批評家果然於沉潛往復中情有所鍾，或出現溢美傾向，那就盡可以不斷地擴大「深刻的片面」，而不必擔心會受到嘲諷。在小說批評史上，無論是中國的還是外國的我們都極少見過深刻的全面，如能有一、二乃至更多的「深刻的片面」，已經可以讓讀者感到滿意了。當然我們也不是提倡任何的「片面」，只是深深感到，對文學研究來說，「全面」和冷峻的不偏不倚的面孔永遠是一種幻想，更不用說「深刻的全面」了。遺憾的是，這幻想至今還盤踞在某些個別「金學」研究者的頭腦中，並使他寧肯追求膚淺的全面而不去接受「深刻的片面」，這裏我們倒要呼喚寬容了。

批評《金瓶梅》研究的「溢美傾向」還值得商榷的是，提出這一問題的研究者曾有

意無意地規定了小說作者應當怎麼寫不應當怎麼寫。這一論述顯然與文藝創作規律不符。杜勃羅留波夫有句名言：「我們不應該指責作家為什麼不那樣寫，我們只能分析他為什麼要這樣寫。」所以對於一個小說家來說，描繪任何一個時期的歷史，都可以使用明亮和陰暗兩種色調，因為歷史的面貌本來就是由這兩種色調構成的，光明中有黑暗，黑暗中有光明，只是不同時期主次關係不同而已。一段光明的歷史，不會因為有人抹了幾筆陰影就失去了光明，一段黑暗的歷史，也不會因為有人投下幾道光亮就會令黑暗遁去。作家的筆觸是有自由的，他觀照的角度也是自由的，他人很難干預。重要的是，在一片斑斕駁雜的色彩中，人們是否看到一個真實的世界。

小說創作的生命是真實，這個道理不言自明，實行起來卻並不容易，既要避免刻板式的照搬生活，也不能藉口「主流」「本質」而回避生活的陰暗面，給讀者一個廉價而虛偽的安慰。對於古代作家和作品更應如此要求。不錯，《金瓶梅》的色調是陰暗的，結論也近乎悲觀，令人頗感不快。這種不快所包含的感情是憤怒和不平。近乎悲觀的結論居然是正確的，是因為它來源於環境和人物的真實性，而人物的真實在於環境的真實，環境的真實又取決於賴以生存的歷史背景的真實。

可貴的是，笑笑生深入到人的罪惡中去，到那盛開著「惡之花」的地方進行探險。那地方不是別處，正是人的靈魂深處。他遠離了美與善，而對罪惡發生興趣，他以有力而冷靜的筆觸描繪了一具身首異處的「女屍」，創造出一種充滿變態心理的忧目驚心的氛圍。作家在罪惡之國漫遊，得到的是絕望、死亡，其中也包括他對沉淪的厭惡。總之，蘭陵笑笑生的世界是一個陰暗的世界，一個充滿著靈魂搏鬥的世界，他的惡之花園是一個慘澹的花園，一個豺狼虎豹出沒其間的花園。小說家面對理想中的美卻無力達到，那是因為他身在地獄，心向天堂，悲憤憂鬱之中，有理想在呼喚。然而在這殘酷的社會裏，詩意是沒有立足之地的。這一切才是《金瓶梅》的獨特的小說美學色素，它無法被人代替，它也無法與人混淆。這裏用得著布呂納吉埃的一句名言了：「不是巴爾札克選擇他的主題，而是他的主題抓住了他，強加於他。」

我們也不妨把傑出的小說看做是一個有許多視窗的房間。《金瓶梅》就是一個有許多視窗的房間，讀者從不同視窗望去，看到的是不同的天地，有不同的人物在其中活動。這些小天地之間有道路相通，而這道路是由金錢和肉體鋪就的，於是讀者面前出現了一個完整的世界。

從一個視窗望去，我們看到了一個破落戶出身的西門慶發跡變泰的歷史，看到了一個市井惡棍怎樣從暴發到縱欲身亡的全過程。

從這個視窗，我們看到西門家族的日常生活：妻妾的爭風吃醋，幫閒的吃喝玩樂，看到了一幅市井社會的風俗畫。

　　換一個視窗，我們看到了賣官鬻爵、貪贓枉法的當朝太師蔡京等市儈化了的官僚群的種種醜態。

　　再換一個視窗，我們看到了……不，在所有的窗戶外面，我們幾乎都看到了潘金蓮的身影。她是《金瓶梅》中的特殊的人物：一方面，她完全充當了作者的眼睛，邁動一雙小腳奔波於幾個小天地之間，用她的觀察、分析、體驗，將其聯結成一個真實的世界。她又是一個發展中的人物，開頭她被西門慶占有，而後西門慶的生命終點又是她製造的。因此，潘金蓮這個形象在一定意義上又比西門慶更顯得突出。

　　總之，《金瓶梅》的許多視窗是朝著這些「醜惡」敞開著的，讀者置身其中，各種污穢、卑鄙、殘忍、悲劇、慘劇、鬧劇，無不歷歷在目，盡收眼底。

　　《金瓶梅》也許是最讓那種善貼標籤的研究者頭疼的一部小說了。在我國，批判現實主義、現實主義、自然主義等等都曾被當做標籤使用過。然而，這除了讓笑笑生變成周遊列國的旅行家那被貼得花花綠綠的手提箱之外，並不能使我們全面、深刻地把握住他筆下的那個世界。面對莎士比亞，研究者有「說不盡」之歎，難道《金瓶梅》就是說得盡的嗎？當你說「現實主義者笑笑生」的時候，立刻就會有人出來說「自然主義者笑笑生」；當你說「笑笑生是位觀察者」的時候，立刻就會有人出來說「笑笑生是位洞觀者」。

　　觀察者乎，洞觀者乎，二者並非不能相容，分歧的焦點是何者為重，何者為輕：是寫實為重創造為輕，還是創造為重寫實為輕？笑笑生通過他的小說告知我們的首先是社會的現實還是人生的奧秘？首先是鏡中的影像還是神秘的象徵？換句話說，我們面對這部奇異的小說，首先應作歷史的理解還是哲學的領悟？

　　在這裏，我認為讀一讀波德賴爾的〈論泰奧菲爾·戈蒂耶〉這篇文章是非常有益的。他說：「我多次感到驚訝，偉大光榮的巴爾札克竟被看做是一位觀察者；我一直覺得他最主要的優點是：他是一位洞觀者，一位充滿激情的洞觀者。他的所有人物都秉有那種激勵著他本人的生命活力。他的所有故事都深深地染上了夢幻的色彩。與真實世界的喜劇向我們顯示的相比，他的喜劇中的所有演員，從處在高峰的貴族到處在底層的平民，在生活中都更頑強，在鬥爭中都更積極和更狡猾，在苦難中都更耐心，在享樂中都更貪婪，在犧牲方面都更徹底。總之，巴爾札克的作品中，每個人，甚至看門人，都是一個天才。所有的靈魂都是充滿了意志的武器。這正是巴爾札克本人。」我們無意把巴爾札克與笑笑生作膚淺的類比，我們只是感到波德賴爾的這番言論對我們研究一位小說大師的作品是頗有啟示意義的。

　　波德賴爾把巴爾札克的人物比做槍膛裏壓滿了意志的武器，極生動地刻畫出他們的震懾人心的性格力量。波德賴爾所列舉的五個方面：生活、鬥爭、苦難、享樂和犧牲，看似不經意，實際上絕非信手拈來，而是對巴爾札克筆下的人物的命運的高度概括，那

　　五個「更」字既顯示出對現實生活的超越，又透露出其中所交織的千絲萬縷的聯繫。這些人物的活動是建立在細節真實的環境中的，而細節之真實甚至準確，當然是觀察的結果，但是他們之成為生氣灌注的人，則非僅僅得力於觀察。把波德賴爾分析巴爾札克的言論消化溶解，是有助於我們更好地理解笑笑生和他的《金瓶梅》的。試看《金瓶梅》中的人物，他們已經不僅僅是現實生活中的人了，他們在某種意義上也已超越了平凡的現實生活，在人生舞台上，他們個個都是出色的「天才」演員。他們都在具體的情欲中煎熬，人人又都變成了「怪物」，正因為如此，他們一方面能使人感到驚奇甚至害怕，一方面又能讓人們信以為真，承認其強大的「生命活力」。這些絕非僅僅得力於笑笑生的一般觀察，而是洞觀者笑笑生的創造物。

　　波德賴爾把巴爾札克稱為「夢幻的偉大追求者」，這顯然不適用於蘭陵笑笑生。然而，他們二人相似的卻是，他們都洞悉每一個人物，在透視每一件事情時，在他們的「精神的眼睛」前面，世界的每一個凸起變得更加強烈，社會的每一種怪相變得更加驚人，也就是說，在他們的「精神的眼睛」的觀照下，世界既是一個被放大了千百倍的世界，又是一個被剝去了種種表象的全然裸露的世界。本來是一個肉眼所能觀察到的實在的世界，現在變成了一個只有精神之眼才能看見的變態了的世界。

　　在一定意義上說，波德賴爾論巴爾札克的一些言論給我們開闢了把握蘭陵笑笑生的傑作《金瓶梅》的第二戰場。假如我們再證之以巴爾札克本人的言論，可能更會有新的發現，巴爾札克在《驢皮記》初版序言中寫道：「在詩人或的確是哲學家的作家那裏，常常發生一種不可解釋的、非常的、科學亦難以闡明的精神現象。這是一種第二視力，它使他們在各種可能出現的境況中猜出真象，或者說，這是一種我們說不清楚的力量，它把他們帶到他們應該去、願意去的地方。他們通過聯想創造真實，看見需要描寫的對象，或者是對象走向他們，或者是他們走向對象。」巴爾札克在這裏提出的「第二視力」是一個很深刻的藝術見解，他所說的「第二視力」正是洞觀者所獨具的那種洞察力，那種透過現象直達本質的能力。巴爾札克本人就具有這種「第二視力」，蘭陵笑笑生也不乏這種「第二視力」。

　　毫無疑問，波德賴爾和巴爾札克一樣，在他們的言論中帶進了不少神秘主義的成分，但我們畢竟不能把這一切視為謬說。當我們去掉「主義」而只保留「神秘」的時刻，我們會更深刻地領會「洞觀者」或「第二視力」的含義，甚至會感到某種親切。劉勰《文心雕龍》說：「寂然凝慮，思接千載；悄焉動容，視通萬里。」陸機〈文賦〉說：「觀古今於須臾，撫四海於一瞬。」不就是說「洞觀者」的「第二視力」嗎？對於我們這些習慣於簡單貼標籤的人來說，借助於這種「第二視力」是很有必要的。歌德在和他的秘書聊天時也說：「經驗豐富的人讀書使用兩隻眼睛，一隻眼睛看到紙面上的話，另一隻

眼睛看到紙的背後。」是的，「第二視力」也好，用兩隻眼睛看書也好，它都可以幫助我們突破已有的研究格局，把《金瓶梅》研究從狹窄的視野中解放出來，在不同的層次上對它進行審美的觀照和哲學的領悟。

　　《金瓶梅》呼喚對它審美！

睜大瞳孔找出《金瓶梅》的藝術

前不久收到畫家陳丹青先生在美國聽著名學者木心先生講課所記筆記的整理本《文學回憶錄》（上下冊），該書由廣西師範大學出版社 2013 年 1 月出版。打開這兩冊厚厚的書，出於專業的習慣，很自然地看木心講宋元明清的戲曲與小說部分，而重點又讀了他的有關「四大奇書」與《紅樓》《儒林》的論述。讀到木心先生關於《金瓶梅》的論述真有一種耳目一新的感覺，並為他獨闢蹊徑的認知和藝術化的發現而折服。比如，他說：「托爾斯泰、陀思妥耶夫斯基完成了藝術」，而「《金瓶梅》要靠你自己找出它的藝術」[1]。他甚至不無誇張地說，你要睜大你的瞳孔！而木心先生正是睜大他的瞳孔發現了《金瓶梅》的藝術。他說，《金瓶梅》對婦女性格的刻畫，極為精細，近乎現代的所謂心理小說。他把《金瓶梅》與《紅樓夢》進行了多層面的比較。他說《紅樓夢》書明朗，《金瓶梅》書幽暗，要放大瞳孔看，一如托爾斯泰明朗，陀思妥耶夫斯基幽暗。這種對文心與風韻的把握，確實對我認知《金瓶梅》的藝術創造性大有啟示。

讀木心先生的論《金瓶梅》又讓我想起吉伯特與庫恩合著的《美學史》一書。著作者醒目地引用了 16 世紀義大利批評家卡斯特爾維屈羅的一句名言：「欣賞藝術就是欣賞對困難的克服」[2]。是的，我們欣賞和解讀《金瓶梅》是否欣賞到笑笑生對藝術追求的艱苦行程？而我們又是否用堅毅的閱讀心態對《金瓶梅》的藝術進行了既愉悅又痛苦的追索？我們是不是還沒有睜大自己的眼睛去看，是不是還在瞇糊著眼睛去看？

我讀木心先生的論《金瓶梅》，引發的思考有這樣幾點：

1. 《金瓶梅》為什麼是屬於現代的，又是一部心理小說。無論你是否同意此說，我們只有一句老話，還得回歸文學本位，還得從文本中求得解答。因為我們必須牢牢地把《金瓶梅》作為小說藝術來讀。我們研究小說萬不可把小說研究成非小說，把《金瓶梅》研究成非《金瓶梅》。

2. 我想套用馮友蘭先生談人生的三境界說，我們的《金瓶梅》研究目前已達到的是：A.價值發現；B.精神提升，即徹底否定了淫書說，而看到了他對假惡醜的審美批判，從

1　木心講述、陳丹青整理《文學回憶錄》，桂林：廣西師範大學出版社 2013 年，頁 348。

2　〔美〕吉伯特著，夏乾豐譯《美學史》，上海：上海譯文出版社 1989 年，頁 223。

而從另一角度，肯定了真的善的美的，也就同時肯定了小說是真正捍衛人性的，但是，C.我們似乎還未達到第三個境界，即感悟天地！《金瓶梅》在當下的意義，迫使我們通過它，把我們的智性、靈性、悟性真正調動起來去真誠地感悟天地。對於這一點我們似乎還有著或長或短的距離。

　　3.有三句外國大師、名家的話：

　　A.柏拉圖說：「藝術是前世的回憶。」

　　B.紀德說：「藝術要從心中尋找。」

　　　他又說：「藝術是沉睡因素的喚醒。」

對於這三句話如何理解，見仁見智。我認為這三句話中說的「藝術」，無疑是藝術創作，或是藝術這種形態，那麼我們不妨把這裏的「藝術」暫時轉化為「藝術化」，「藝術性」，同樣有意義；這樣就成為：「藝術性要從心中尋找」，「藝術性是沉睡因素的喚醒」，當然，「藝術性也是前世的回憶」。這樣做也許很幼稚，但是不是也很有意味呢？

　　接著這個話題，那就是我們的精神同道都關注的一個問題：《金瓶梅》研究現狀的評估，《金瓶梅》研究是否處於困境？

　　我曾經說過，《金瓶梅》的文獻學、歷史學、美學、哲學的研究已取得可觀的成果，這也決定了《金瓶梅》的研究難度更大了，因為起點已被大大墊高。於是我們每一位從事「金學」研究的同道，都在調整閱讀心態，並努力拓展自己的研究空間，於是《金瓶梅》的文化研究成為研究的熱點，這是很自然的事。事實證明，「金學」的文化研究的成果已不能小覷了。在座的幾位文化研究的實績令人豔羨。

　　從實際情況出發，正如西諺曰：「趣味無爭辯。」任何一位學人的學術追求、學術趣味不能受到絲毫干預，因為這是一個自由度最廣闊的園地。所以我鄭重聲明，我無意否認任何方法論意義的、研究流派意義的、研究層面意義的《金瓶梅》研究，更從心底接受他們成果的事實存在。然而我也不得不承認，我心中的一個「痛」，即感到我們小說研究的審美感覺越趨弱化！並且還逐步發現了小說審美與文化研究所發生的牴牾。

　　縱觀幾部經典小說文本的研究，審美的認知力、審美的體驗與判斷，越趨遲鈍，越發弱化，越發偏離小說的藝術性。在《金瓶梅》研究領域，文化研究的半壁江山的態勢已成定局，這是對這部小說研究空間被拓寬的最好證明。然而我也看到個別「金學」研究者卻在不滿足純文學研究時，把「文化研究」拉向了極端。他們不把小說當小說研究，而且認為今天再去像過去的純小說的解讀就是一種倒退，就是「老土」，就是抱殘守缺，就是對「金學」的封閉式的、僵化的研究。這種偏激雖然發生在個別在讀研究生中，卻讓我有一種隱憂。

　　不錯，過去的文學研究，包括我們的《金瓶梅》研究，曾有過教條化的，模式化和

缺乏新意乃至詩意的論述，比如我就是其中之一。

但是，術業有專攻，要真正進入文化史的研究和思想史的研究的堂奧，那是需要綜合性的學識的整體把握。就我碰到的有限的幾篇《金瓶梅》與《紅樓夢》的文化研究和思想史研究的論文來看，就缺乏有關學科的訓練。我們自己也不能否認，出身於中文系的學人欠缺的也恰恰是這方面的訓練，這是我們的弱項。可是，邯鄲學步的結果往往是文化沒研究成，文學的詩意也不見了。

在文學被邊緣化的情況下，我們的「金學」研究領域可否有一部分堅守者，即把自己的審美的靈性、感悟、體驗重新張揚起來，讓我們的《金瓶梅》的藝術研究成為一個流派，讓我們打破目前潛隱著的一種文學研究與文化研究相互抗衡的尷尬，讓我們各行其道，又互相參證，互補相生吧！

總之，不要「走出文學」，不要「離開經典」，讓我們深信，《金瓶梅》的審美研究有著廣闊的空間。這個領域時時刻刻檢驗我們的耐性和真功夫。我們可以大展身手的領域可能就是最有魅力的小說藝術，讓我們睜大眼睛找出《金瓶梅》的藝術！讓我們通過一部小說的研究提升我們的靈性、悟性和詩意。

贅語：不知是否我的錯覺，我感到馬克思、恩格斯學說在今天有一種被淡化的趨勢，其實我覺得馬克思、恩格斯的哲學中的美學雖不能說已成龐大的體系，但其中的一些觀點極為重要。比如被人忘卻的恩格斯在致拉薩爾的信中，就提出小說研究的「美學的歷史的觀點」的理論。請注意恩格斯是把「美學觀點」置於「歷史觀點」之前。根據我的膚淺體會，恩格斯就是要求考察一部文學作品在美學上的優劣程度，即審美化、藝術化的程度應當是第一步的工作。而「歷史觀點」則是觀照作品時對歷史深度和廣度的認知程度。總之，對《金瓶梅》的各種各樣的解讀，要求我們的首先只能是也「必須是一個有藝術修養的人」。

《金瓶梅》六人物論

  一部優秀的小說，首先是它寫出了具有獨特性格、獨特心靈、獨特命運的人物，德國的那位大名鼎鼎的美學家黑格爾在他的《美學》第一卷中開宗明義就提出：

> 每個人都是一個整體，本身就是一個世界，每個人都是一個完滿有生氣的人，而不是某種孤立的性格特徵的寓言式的抽象品。[1]

他推崇莎士比亞而貶低莫里哀，原因就在前者作品中的人物（如哈姆雷特、奧賽羅）是「完滿有生氣的人」，而後者作品中的主人公（如《偽君子》和《慳吝人》中的主人公）則是「某種孤立的性格特徵」的「寓言式的抽象品」，後來的典型論者，包括恩格斯、別林斯基無一不受黑格爾的影響。

  我們十分看重小說中的人物性格的塑造。文學中的人物的性格，就是指人物的個性，二者是同義語。恩格斯關於典型的名言，過去譯為「典型環境中的典型性格」，後來朱光潛先生參照各種譯本改譯為「典型環境中的典型人物」，這是一個很重要的更正。所謂典型性格，如果真正存在的話，那也只存在於文學發展的初級階段。在生活中，我們說某人「性格急躁」，某人「性格開朗」，是就其性格中的某一方面而言，就某一方面而言人們彼此間是存在共性的。但是，文學中的人物性格是就整個人而言，因此必須因人而異。如寫《文心雕龍》的劉勰就說「其異如面」，所以典型性格不能亂說，寫人不能只寫人的一方面，而應寫多方面的，寫出個性本身的豐富性。

  至於我們在小說評價中常劃分正面人物和反面人物，那是對於人物的道德評價，而不是指人物的性格。性格不能分正面反面，但性格與品格又是有聯繫的。有人認為，人就是人，無所謂正面反面，人人都有優點和缺點，這是一種無可置疑的人性論觀點。當然人性是絕對存在的，但對人的道德評價是永遠需要的。生活中如此，文學中也是如此，作家塑造他的人物時，或明或晦，總要表現某種道德評價。但這種評價通常並不是把人分成好人與壞人兩大類，這倒是真的。

  上面談了這麼多的「文學常識」，有小兒科之嫌。但我的本意就是有了這人人皆知

---

1 黑格爾《美學》第一卷，北京：商務印書館 1979 年，頁 303。

的「文學常識」，可以更好地、更科學地理解《金瓶梅》中的人物，並進一步把握笑笑生在人物塑造方面的創造性以及從中體現出的民族審美特色，質而言之，笑笑生在人物創造上確實有一種新思維。以上這些鋪墊的話，就是為了和讀者進行交流時有個準則。

情欲、權勢欲和占有欲構成性格發展槓桿的西門慶

在對西門慶這一形象進行剖析之前，有一件有趣而又值得我們思考的事。據 2007 年 5 月 9 日《北京青年報》上評論員張天蔚先生介紹：

> 據媒體報導稱，黃山當地「學者」辛苦研究十年，終於「考證」出《金瓶梅》故事發生地實為安徽省西溪南鎮（村），西門慶原型則為當地大鹽商吳天行。只是由於《金瓶梅》當時名聲不佳，恐為「當時當地的輿論所鄙視」，作者才未敢言明。豈料世事變遷、白雲蒼狗，當初的「鄙視」，如今卻成了仰慕，需要花費「學者」十年工夫，才為家鄉爭得半個「西門故里」的美譽。
>
> 略感遺憾的是，「西門大官人」的後代似乎並不領當地政府和「學者」的情，辛苦考證出的「西門原型」吳天行的第三十幾代後人，堅決否認自己的祖先與西門慶和潘金蓮有任何瓜葛，並稱這樣的考證結果「令吳氏宗親蒙羞」。看來，在尋常人那裏，並未失卻尋常的羞恥之心，只是在某些自認對振興當地經濟負有責任的人那裏，常識、常理、常態，才讓位於某些堂皇卻又不計廉恥的突發奇想。

評論還指出，網上可以搜索出的數百條相關報導、評論，幾乎無一例外地對這一大膽而又離奇的「創意」，給予激烈的抨擊或尖銳的嘲諷。

近來各地「文化搭台，經濟唱戲」的戲碼奇招迭出，連番不斷。但是幾百里外甚至上千里去找西門慶的「原型」，並進行十年考證，真是令人瞠目。

我們必須看到，《金瓶梅》中的西門慶形象是笑笑生原創性的「熟悉的陌生人」。筆者曾分析過，西門慶「這一個」人物是笑笑生的重大發現，也是這部特異的小說所取得成就的主要標誌。如果我們確切地把握西門慶這一藝術形象所對應的時代大座標，我們會更敬佩笑笑生的這一重大發現。西門慶生活的時代，正是中國封建社會由興盛走向衰亡的轉折的時期，資本主義經濟萌芽，在如磐的夜氣中萌發，笑笑生對新思潮有特殊的敏感，他不知不覺地對八面來風的新鮮信息已有吸收，他觀照當代的意識極強，所以他既把握住了西門慶性格中凝聚著的那個時代統治集團心態中積澱的最要不得的貪欲和權勢欲，同時又在西門慶身上發現了市民階層的占有欲——占有金錢，占有女人（即「好

貨好色」，這種對金錢與肉欲的享受與追求畢竟帶有中國中世紀市民階層的特色）。所以西門慶的性格正是對應著新舊交替時代提出的新命題所建構的思想座標，此時此地，他應運而生了。

藝術形象總是在比較中，才能顯現其獨特的美學價值和思想光彩。我在一次系列講座中比較系統地梳理過中國小說中具有代表性的「反面人物」，與西門慶做了一些比較，但是，給我們帶來的難題和困惑是，從縱向上考察西門慶性格在形象塑造發展鏈條上的位置和突破極其困難。因為在西門慶的形象誕生之前，還沒有發現西門慶式的人物（這是因為時代使然，同時也與作者的視點不同有關），往前追溯，張文成的《遊仙窟》只是自敘奉使河源，在積石山神仙窟中遇十娘、五嫂，宴飲歡笑，以詩相調謔，止宿而去。小說寫的是遊仙，實際上反映了封建文人狎妓醉酒的風流生活。蔣防的《霍小玉傳》中的李益是墮落了的士大夫的典型，他對霍小玉實行的是一個嫖客對妓女的不負責任的欺騙，小說點染出了進士階層玩弄女性的冷酷虛偽的靈魂。只有傳奇小說《任氏傳》中鄭六的妻弟韋崟是個好色之徒、無恥的惡棍，有一點點西門慶的影子。至於話本小說《金主亮荒淫》中的完顏亮，如剝掉其華袞，則是一個典型的淫棍，這一點頗類似西門慶。然而他們都沒有也不可能具有西門慶形象所包蘊的豐富社會生活內容。無論是張文成、李益、韋崟，還是完顏亮，他們的性格內蘊，主要止於展示形成這種性格和行為的外在因素，即小說家觀照人物性格及其行為的視角，僅止是一種社會的、政治的、道德的視角。這樣的視角當然是重要的，作為中國古代小說的初步成熟期，做到這一點已屬不易，但僅止於此又是不夠的。因為形成人物性格即心理現實的基因，除外在的社會政治因素之外，還有更為深層的內在的文化心理因素。《金瓶梅》中的西門慶已經表明笑笑生觀照人物命運的視角有了新的拓展，不僅注意了對形成其性格的外在基因的開掘，也開始著意於對形成其性格的內在基因的發現。西門慶性格塑造之高於以上諸作中的好色之徒和流氓惡棍性格塑造，就在於西門慶具有深刻的歷史真實。就其藝術造詣而言，他具有更鮮明的個性真實。更可貴的是，在這種歷史真實與個性真實之中，滲溶著豐富的社會內涵和人的哲學真實。正是在這一點上，應當充分估價西門慶性格的典型意義。

從橫向上相比，我們很容易就想到明代擬話本〈蔣興哥重會珍珠衫〉中的陳商和〈賣油郎獨占花魁〉中的吳八公子，同時也可以把《金瓶梅》中的陳經濟與西門慶相比。陳商不過是個登徒子，具有明代商人特有的「好貨好色」的情調，而吳八公子則是個具有惡棍作風的紈絝子弟，兩個人相加也僅有一點點西門慶的性格。至於陳經濟至多是個偷香竊玉的無恥之徒。他們當中沒有一個人可以和西門慶相「媲美」，他們完全缺乏西門慶的「創造精神」，同樣，他們都缺乏西門慶的形象所包蘊的社會生活與時代精神的豐富蘊涵，因此，他們都稱不上是典型人物。

　　對西門慶的性格的典型塑造始終是圍繞著他的性生活而展開的。這是笑笑生為了揭示西門慶的性格蘊涵最本質的特徵而作出的獨特的選擇。

　　本來，愛情的最初動力，是男女間的性欲，是繁衍生命的本能，是人的生物本質。生活在任何社會裏的正常的人都迴避不了性行為，因此，對在文藝作品中，尤其在小說藝術中出現的性描寫，完全不必採取宗教式的詛咒。不是麼？早在一百多年前像奧爾格・維爾特那樣耽於「表現自然的、健康的肉感和肉欲」的詩人就為恩格斯所首肯。笑笑生的同時代人馮夢龍所編著的「三言」和稍後一點的凌濛初所編著的「二拍」，就主要表現了兩性關係中封建意識的褪色。「三言」「二拍」裏也有性愛描寫，對偷情姑娘、外遇妻子大膽行為的肯定。這無疑是封建道德意識剝落的外部標記。而更為深層的內涵在於，馮夢龍、凌濛初以他們塑造的杜十娘、花魁等一系列文學女性向社會表明：婦女是能夠以自己的人格、平等的態度和純潔的心靈去擊敗附著在封建婚姻上的地位、金錢和門閥觀念，從而獲得真正的愛情的。

　　因此，作為人類生存意識的生命行為的一部分，性應該在藝術殿堂裏占一席之地。而《金瓶梅》則是通過對西門慶的性生活的描寫展示了性的異化。應當看到，笑笑生並沒有把西門慶的性意識、性行為作為一種脫離其他社會行為的靜態的生存意識和生命行為，有意誇大出來。在作者的筆下，人的動物性的生理性要求也沒被抬高到壓倒一切的位置，成為生活的唯一的內容。恰恰相反，西門慶對女人的占有欲是同占有權勢、占有金錢緊緊結合在一起的，並且達到了三位一體的「境界」。笑笑生通過對西門慶床笫之私的描寫，不僅有人們所指出的那種性虐待的內容，而且更有著豐富的社會內涵——通過「性」的手段達到攫取權勢和金錢的目的。所以，作者寫出了西門慶的床笫之私，實際上也就是寫出了這個時代的一切黑暗，揭開了一個專門製造西門慶時代的社會面。

　　另外，毋庸否認，作者確有性崇拜的一面。作品有不少地方把性看作是萬物之軸、萬事之核心，也將其當作了人物性格發展的內驅力，並且特別注重其中性感官的享樂內容。所謂「潘驢鄧小閑」的「驢」不僅被表現為西門慶「人」格有無的衡器，也是支配家庭糾葛、掀起人物思想波瀾、推動作品情節展開的槓桿。人們對此往往持有異議，認為這是誇大了性的作用。不錯，在兩性關係中，區別於動物的人的標誌，是精神成分。換言之，性吸引力是男女愛情的低級聯繫，精神吸引力是男女愛情的高級聯繫。如果用「精神吸引力」去衡之以西門慶的「愛情」，那就太荒唐了。笑笑生筆下的西門慶是個潑皮流氓，是個政治上、經濟上的暴發戶，也是個占有狂，理所當然地從他身上看不到絲毫的「精神吸引力」，也不存在具有「精神吸引力」的真正愛情。

　　事實是，在塑造西門慶時對他的性生活的描寫，即肉的展示過程是不存在靈的支撐的。作者所承擔的使命只是宣判西門慶的劣行，所以他才寫出了一個代表黑暗腐敗時代

的占有狂的毀滅史。

以上我們從「尋找」西門慶的「原型」中看到了一場鬧劇，我們又認真地梳理了中國小說史中與西門慶「類似」的人物狀態，也捎帶為這部書做了一個簡明的「定位」，現在我們不妨具體分析一下西門慶這一個典型人物。

西門慶「原是清河縣一個破落戶財主，就縣門前開著個生藥鋪。從小兒也是個好浮浪子弟，使得些好拳棒，又會賭博，雙陸象棋，抹牌道字，無不通曉。」「他父母雙亡，兄弟俱無，先頭渾家是早逝，身邊只有一女。新近又娶了清河左衛吳千戶之女，填房為繼室。房中也有四五個丫鬟婦女。又常與勾欄裏的李嬌兒打熱，今也娶在家裏。南街子又占著窠子卓二姐，名卓丟兒，包了些時，也娶來家居住。專一飄風戲月，調占良人婦女，娶到家中，稍不中意，就令媒人賣了，一個月倒在媒人家去二十餘遍。人多不敢惹他。」前前後後，他陸續娶了六個老婆。

西門慶由一個破落戶，連發橫財，成了地方上的首富；由一介平民，平步青雲，做了錦衣衛理刑千戶，還當上了蔡京的乾兒子，從此以後就成了炙手可熱的權豪勢要。有錢有勢，貪財好色，巧取豪奪，橫行霸道，淫人妻女，無惡不作。小說真實地生動地敘寫了他的發跡變泰，又寫了他淫欲無度而敗亡。因此《金瓶梅》全書就是以西門慶的發跡到敗亡為主軸，為我們提供了一個集富商、官僚、惡霸三位一體的人物的發跡史、罪惡史和毀滅史。

先哲早就說過，貪欲和權勢欲是歷史發展的槓桿。西門慶的貪欲和權勢欲是緊密結合的。

人們早就看得分明，西門慶絕非一般的登徒子式的色鬼，雖然他以低標準納妾、偷情，但他自有他的標準和要求。從小說的大佈局而言，第一回至第六回寫西門慶與潘金蓮私通，並謀殺了武大郎，接下去應該是他們兩個合作一處了。但卻有薛嫂說媒，西門慶反而先娶了孟玉樓，把潘金蓮擱在一邊。到第八回又接上了潘金蓮的故事。孟玉樓一回書不僅藝術上奇峰突起，更重要的是它成為全書的畫龍點睛之筆。小說寫得極為分明，使西門慶內心激動不已的不是愛情，而是情欲。他的情欲可以隨時隨地為女色所點燃。但是，錢物財產更使他內心熾烈。潘金蓮在他身上引起一次次的色欲，這種色欲可以強烈到使他殺人而不顧後果。但是，當潘金蓮和孟玉樓的上千兩現金、三二百筒三梭布以及其他陪嫁相比時，潘金蓮的誘惑力就會暫時黯然失色。直到孟玉樓正式進門以後，她的陪嫁的所有權全部轉到西門慶手中，潘金蓮的肉體才又成了他不可須臾離開的對象。

至於西門慶和李瓶兒的關係，也是經西門慶多方策劃，把這位生得「五短身材」、枕上好風月的女人用花轎抬進家門。孟玉樓和李瓶兒這兩件婚事都在很大程度上有把對方的財產轉移到自家手中的因素。必須看到，西門慶的發跡過程，始終貫穿著一條黑線，

即漁色的成就和不斷發財的事業穿插在一起的。西門慶之所以在女人中非常寵愛李瓶兒，並在她死時痛哭流涕——這一直被很多人看作是西門慶真動了感情——其實在情欲和諧的因素外，那是和李瓶兒給他帶來眾多箱籠資財有著太大的關係的。對於西門慶的這份感情，西門慶的僕人玳安看得最清楚，說得更是切中肯綮：「為甚俺爹心裏疼？不是疼人，是疼錢。」這就讓我們看到財產實利在婚姻中所起的決定性作用。

總之，當不涉及財產實利時，西門慶的貪欲的砝碼是在女色上；而當波及財產實利時，他的貪欲的砝碼又會向財產實利一邊傾斜，這是絕不含糊的。因為西門慶懂得有了錢財，一切女色是不難被他擁有的。在審視這個關係時，我們可以這樣說：西門慶是一個不十分重才貌而重色欲的人；而財產實利又在色欲之上。西門慶「這一個」形象絕不同於中國小說戲曲中的才子佳人那一套，也不同於一些文人學士的風流韻事，西門慶的貪欲似有一架調控器在那兒自動處理這兩種既不相同又永不分離的欲望的先後和輕重。

財產實利當然更不可能和權勢和權勢欲分開，而權勢又和女人有什麼關係呢？像孟玉樓和李瓶兒這樣財富充盈的寡婦，如果沒有有權有勢的男人做靠山，手中的財產很快就會落到家族和地方勢力之手。像西門慶這樣的「打老婆的班頭，坑婦女的領袖」，為什麼孟、李甘心情願尋求他的「保護」？一言以蔽之，在一個權勢支配一切的社會中，男人占有女人的程度更多地取決於他的社會地位的高低和權力的大小，而往往不是他個人的魅力。於是，在這部以貪欲和權勢欲為主軸的長篇小說中，淫亂與官場和權勢夾纏在一起。西門慶縱欲身亡，他生前占有的女人、占有的財富、占有的權勢就會立即轉移到其他有權勢的人的手中。

關於西門慶的真實身分，現在學術界仍有分歧，大體上說有四種意見：一、地主、惡霸、商人三位一體；二、新興商人；三、官商；四、官商與新興商人的混合體。這四種意見，其實有一個共同點，即西門慶還是一個商人，他的全部活動是以經商為基礎，官僚的身分不過是屏障輔助而已，面對眾說紛紜，我始終傾向於三位一體說。如果僅就西門慶的經商活動來說，西門慶所經營的工商業都是非生產性的；再者，西門慶在獲得利潤以後，少見其擴大再生產；而是把金錢用於買官行賄和過著窮奢極欲的糜爛生活。西門慶的政治投資數額巨大，所以他的發跡，完全是靠賄賂權奸、交結官府，以錢權交易為手段得來的。而一旦有了更大的權勢，他的經商活動就越來越超出商業活動的最底線，比如偷稅漏稅、投機鹽引，從而進行更大規模的掠奪。他發的幾筆大橫財，實質上是用錢買權，以權養商。比如西門慶獲知朝廷有一筆利潤很大的古董生意，他立即花錢買通山東巡按，將這筆生意攬到手裏。正是由於手中有錢，於是手中也就有了權，而有了權，他的財富就越聚越多。據小說記載，在他死前，除了那最早的生藥鋪以外，還開了好幾椿生意，緞子鋪、綢絨鋪、絨線鋪等等，資產多的有五萬兩銀子，少的也有五千

兩。總之，從西門慶這個人物身上我們可以看到，中國封建社會發展到明代中後期，在商品經濟發展過程中，封建勢力是如何與商人結合在一起的，而市儈主義也就是這樣一步一步又是很自然地誕生了。

笑笑生在對西門慶的性格創造上是有貢獻的。我們在前面提到笑笑生的藝術理念已不是把人物簡單化地去理解，他在直面各色人等時，感悟到了人是雜色的。因此笑笑生並沒有把西門慶簡單地寫成單一色調的惡，也不是把美醜因素隨意加在他身上，而是把這些放在他所產生的時代背景、社會條件、具體語境中，按其性格邏輯，寫出了他性格的多重性，他沒有鬼化他筆下的人物，包括他狠狠暴露的西門慶。比如西門慶的「仗義疏財，救人貧困」就被一些人看作「沒有性格上的充分依據」。事實是，西門慶確有慳吝的一面，他對財產、實利的占有欲實在驚人，但有時也肯拿出錢來接濟一些窮哥們兒；而在修永福寺時他一次就捐銀五百兩，也算大方得很了。再有，作為地方一霸，他可以為所欲為，兇狠異常，可是親家陳洪家出了事，他惟恐受到牽連，竟然停工閉戶，足不出戶。另外，在他的身上人性與獸性交替出現，有時人性與獸性還雜糅在一起。最典型的例子是我們提到過的李瓶兒之死及當時西門慶的表現，這是很多研究者和讀者質疑的焦點之一。

情節是這樣的：李瓶兒將死時，潘道士囑咐西門慶「今晚官人切忌往病人房裏去，恐禍及身。慎之，慎之！」但西門慶不聽勸告，還是進了李瓶兒的房間，他這時想到：「法官戒我休往房裏去，我怎坐忍得！寧可我死了也罷，須得廝守著，和他說句話兒。」到李瓶兒一死，西門慶不顧污穢，也不怕傳染，抱著李瓶兒，臉貼著臉大哭說：「寧可教我西門慶死了罷，我也不久活於世了，平白活著做什麼！」後來，他還拿出鉅資給瓶兒辦喪事，並在她房中伴靈宿歇，於李瓶兒靈床對面搭鋪睡眠，這是真情，還是假意？我的回答是，真情。這一切表現就是西門慶人性一面的流露，既合理又合情。但有的論者則認為這充分表現了西門慶的虛偽，是他的假意兒，理由有二：一個是我在前文引過玳安的話「不是疼人，是疼錢。」此話看怎麼解釋了。李瓶兒嫁給西門慶是傾其所有，都給了西門慶，如果說是疼錢根本不存在這個問題，如果拿錢辦喪事，仍然是兩個人的感情所致，也不是心疼錢；玳安的話的真實性只有一點，愛錢如命，但這並不等於西門慶對李瓶兒沒有絲毫的感情。他的哭，他的守靈是真情，我不懷疑。另一個是，西門慶為李瓶兒伴靈還不到「三夜四夜」就在李瓶兒靈床對面的床鋪上，又和奶子如意兒發生性關係，因此人們很容易判定西門慶根本不是真正的悲痛，對李瓶兒之死是假情假意，是做給人看的。這是很有力的質疑。但我則認為，第一，這件事再一次暴露了西門慶的好色；第二，對李瓶兒之死他的感情表現是真的，但更多的是「此情此景」不可抑制的感情流露。他不可能像多情種子，永不能釋懷。即使是「一時感情衝動」，也說明他傷

心過、痛苦過、動情過，儘管短暫，儘管稍縱即逝，儘管又去尋歡作樂，但不應該否定前者表現的真實性。這就是作者笑笑生對西門慶性格、品質、情愫的真實的藝術把握，也是我所說的，西門慶的人性和獸性經常交替出現，經常夾纏在一起，於是一個活生生的人物形象才具有了可信性。黑格爾在他的《美學》第一卷中指出：

> 性格的特殊性中應該有一個主要的方面作為統治方面，但是儘管具有這個定性，性格同時必須保持生動性與完滿性，使個別人物有餘地可以向多方面流露他的性格，適應各種各樣的情境，把一種本身發展完滿的內心世界的豐富多彩性顯現於豐富多彩的表現。[2]

黑格爾美學中的性格論應成為我們分析人物的參照系。不錯，西門慶的品質與性格，其主導性當然是他的貪欲、權勢欲和占有欲，是他的兇殘、冷酷與無情，甚至我們可以按老托爾斯泰說的「人作惡是出於自己的肉欲」[3]。可是我們必須看到，作為小說家的笑笑生在塑造人物時，他的審美追求肯定是要求他筆下的形象是真實的、生動的、立體的，所以我們無須懷疑作者為何把「反面人物」寫得如此富有人性！然而生活告訴我們，作為一個人，都會有自己的情感生活。文藝理論上的「人物性格二重組合原理」並非不適用於古典小說的創作。笑笑生的傑出正在於他沒有撰離生活的真實，沒有忽略人物性格的複雜性。對於我們讀者來說，無論是「正面人物」還是「反面人物」，從人性的角度來觀照都絕不是單一的。也正因為如此，西門慶不是扁形人物而是圓形人物。

總之，笑笑生之偉大就在於他沒有把西門慶塑造成小丑，他絕對排斥臉譜化，絕對不是把他簡單地當作一個抨擊的對象。笑笑生告知我們的是：人，一旦涉入色欲和貪欲的怪圈，就難以逃脫命運的惡性循環。

用罪惡證明自己存在的潘金蓮

道德家們最頭痛的社會問題，是文學家們最好的素材。此話用來去說男女之間的性愛更為準確。

《水滸傳》中潘金蓮與西門慶的故事，嚴格地說，屬於「過場戲」，兩個人也是穿插性人物。寫這個「俗」故事乃是為寫武松的大義和逼上梁山做鋪墊。然而就是這樣一個故事，不管看過《水滸傳》還是沒看過這部小說的，都有點家喻戶曉的味道，當然這也

2　黑格爾《美學》第一卷，北京：商務印務館 1979 年，頁 304。

3　列夫·托爾斯泰著，王志耕譯《生活之路》，北京：中國人民大學出版社 2006 年，頁 235。

許是和很多劇種搬演《武松殺嫂》這齣戲有關吧！至於《金瓶梅》，如上文所說，一經把潘金蓮和西門慶的那些事兒，編成了百回大書，我們可以想像它的影響會多大！衛道士口誅筆伐；看熱鬧的嘖嘖稱奇；愛偷情和窺私癖者則暗自羨慕；而學者或言不由衷，或做玄虛的理論推演，潘金蓮、西門慶和這段故事，就成了最吸引人眼球的奇異對象了。戲劇界，在現代戲劇史中，歐陽予倩先生寫劇本為潘金蓮翻案，那是受新思潮影響，有點提倡婦女解放的味道。而在當代，改革開放了，文禁稍開，川劇編劇名家魏明倫先生以開放的眼光，巧妙地把古今中外的名女人們都抬出來，讓她們站在女人的立場評說潘金蓮，此一舉也竟使藝壇大大熱鬧了一場。由於從內容到形式的改革幅度頗大，熱議的文章數百篇。時過境遷，現在仍感到往事並不如煙，對潘金蓮到底怎麼個評價，仍存在著太多太大的空間。但是擺在評論者面前的問題仍有一個沒分割清楚的事：一個是到底怎樣評價潘金蓮這樣的人物，一個是到底怎麼評價笑笑生創造的潘金蓮這一形象。這兩個問題，看似是一個問題，實則應加以區分。在我看來，已經流行於社會的潘金蓮這些事兒，即這些現象，應當如何評價，純屬社會學的範疇。另一種是要回歸文本，看看笑笑生是怎樣塑造潘金蓮這個人物的，成功？失敗？這就需要花一點時間來考慮了。

我是屬於回歸小說文本一派的，所以還是讓我們順著潘金蓮的命運軌跡去審視這一形象所含蘊的心理的、生理的和社會文化的內涵吧！

潘金蓮是個裁縫的女兒，她從七歲上了三年女學，九歲即賣在王招宣府裏，「習學彈唱」，她長得極為俊俏，所謂「臉襯桃花眉彎新月」，而王招宣府的女主人就是後來和西門慶勾搭成姦的林太太。身處這樣一個人家，潘金蓮很自然地學得「描眉畫眼，傅粉施朱，梳一個纏髻兒，著一件扣身衫子，做張做勢，喬模喬樣」，難怪後來西門慶一見到她，「先自酥在半邊」，吳月娘見了也驚歎「生的這樣標緻」，這雖然是後話，但潘金蓮很早就富有一種誘人的媚態和風騷的情致，是肯定無疑的。但是，命運不濟的潘金蓮還沒被主子注意到時男主人就身亡了，她立即被賣到了張大戶家裏。她十八歲時即被張大戶收用，事發後為家主婆所不容，一頓毒打後，把潘金蓮像一個物件似的塞給了被人稱為「三寸釘，谷樹皮」的武大郎。命運的不公，使金蓮從內心發出了怨恨：「端的那世裏晦氣，卻嫁了他，是好苦也」，她想改變現狀，然而此時此刻還沒給她提供客觀機會。她不甘寂寞，經常趁武大外出賣炊餅之機，打扮光鮮，招蜂引蝶，眉目傳情，以便打發無聊的日子。精神上的空虛和苦悶，竟使她不擇手段去勾引自己的小叔子武松，碰壁後，一齣巧合的「挑簾裁衣」的小戲竟成了後來的大軸戲的前奏。她和西門慶一拍即合，但劇情的推進竟然演變為合謀毒殺武大郎的慘劇，潘金蓮終於跟隨著西門慶走上了邪惡的犯罪的道路。從手上染上第一道無辜者的鮮血後，潘金蓮的整個命運也就發生了質變。潘金蓮再不是一個受害者，從此開始了她的罪惡的一生。

　　幾經周折，潘金蓮終於如願以償，成了西門家族的一員。然而，西門家族可不是她的一個安樂窩。嚴格地說，潘金蓮在這個家裏既是主子又是奴隸。西門慶稍不順心，就可以對她「趕上踢兩腳」；她和正妻吳月娘口角，西門慶也會毫不猶豫站在吳月娘一面，不給她留一點面子。這種既貴又賤、不高不低的身分地位，以潘金蓮的人生閱歷，她不僅可以理解，而且完全可以安之若素。但對於潘金蓮的性格而言，最難的是，她依傍的這個人不僅妻妾成群，而且是一個見女人就上的花心男人，潘金蓮當然無力改變西門慶的這個天性，於是她把自己的全部聰明才智，在妻妾爭寵中發揮得淋漓盡致。

　　潘金蓮深諳軟硬兼施之道。在吳月娘面前低聲下氣，百般奉承。在掌握了吳月娘的心理弱點後就去挑撥她和西門慶的關係，結果兩個人還都認為潘金蓮是大大的好人。在爭寵中，她還能分清敵友，對孟玉樓採取拉的策略，對孫雪娥則採取打的戰術。外圍掃清以後，她把李瓶兒和宋惠蓮作為爭寵的重要對手，採用了陰毒的手段，制強敵於死地。從此，潘金蓮在已有的邪惡和犯罪的道路上進一步陷入罪惡的深淵。

　　妒忌是人性中的惡德。妒忌催化著一個人的情欲、貪欲，而情欲和貪欲又激化妒忌的強烈程度。潘金蓮是一個「只要漢子常守著他便好，到人屋裏睡一夜兒，他就氣生氣死」（五十九回）的人。然而，她又知道自己沒有能力阻止西門慶對女人的占有欲，因為她明白只要這樣做就會自討沒趣。不過，潘金蓮卻有充分的信心和能力，相信自己在和對手較量時，勝利會屬於她。果然，她剛剛騰出手來就對準在地位身分上本潘金蓮算命謀固寵構不成太大威脅的宋惠蓮下手了。因為她既不能容忍宋惠蓮把攔著她的漢子，又不能容忍宋惠蓮私下說她壞話和把她本有的優勢比了下去。

　　開始，潘金蓮聽到了西門慶與宋惠蓮偷情只是氣得胳膊軟了，半日移腳不動，卻未大發作。但當她知道宋惠蓮竟敢在背後說她的壞話，而且這壞話是如此嚴重！從宋惠蓮方面說，她千不該萬不該，在得意忘形之時竟然對西門慶說潘金蓮「是個意中人兒，露水夫妻」；再加上她在西門慶面前顯擺她的腳比潘金蓮還小，所謂「昨日我拿他的鞋略試試，還套著我的鞋穿」。是可忍孰不可忍！潘金連終於出手了。當宋惠蓮知道潘金蓮聽到了她所說的話，嚇壞了，雙膝跪下，表示自己沒有欺心時，潘金蓮立即用她的兩面派手法，因為她懂得欲奪之先予之的道理，她強壓著心裏的怒火，表現得十分大度，竟然對宋惠蓮說：「傻嫂子，我閑的慌，聽你怎的？我對你說了罷，十個老婆買不住一個男子漢的心。」結果讓頭腦簡單的宋惠蓮覺得真是對她「寬恩」！

　　潘金蓮深知「若教這奴才淫婦在裏面，把俺每都吃他撐下去了」。所以她緊跟著實施了她的第二步計畫：借刀殺人，即假西門慶之手置宋惠蓮於死地。潘金蓮抓住宋惠蓮丈夫來旺兒酒後失言，開始了無情的報復。經過一番周折，她調唆西門慶恨上來旺兒，收到了讓西門慶「如醉方醒」的效果。此後就是西門慶親自出馬設計陷害了來旺兒。結

果宋惠蓮夫婦「男的入官，女的上吊」。宋惠蓮之死真的應了潘金蓮先前賭咒發誓說的話：「我若教賊奴才淫婦與西門慶做了第七個老婆，我不是喇嘴說，就把潘字吊過來哩！」是啊，宋惠蓮不僅沒有當上「第七個老婆」，而且慘死於潘金蓮的陰謀詭計之下。如果說潘金蓮在罪惡的道路上，留下什麼「業績」的話，那麼可以這樣說，武大之死是她直接親手用毒藥害死的，而宋惠蓮之死是她由妒忌而產生的歹毒心腸間接地害死的。

潘金蓮出場不久就自詡「是個不戴頭巾的男子漢，叮叮噹噹響的婆娘」（第二回）。這種女強人性格如果走正道確實不得了，必會做一番大事業，但可怕的是，她走的是邪路。真的是「性格即命運」。她企圖改變自己命運所用的手段，確實令人髮指。於是，敢作敢為、機變伶俐等強人的性格竟然轉化為一種惡德，即陰險、狠毒、妒忌、不擇手段、無所不用其極……接下來的兩條人命又跟她有著直接和間接的關係。當然，這也為她一生罪惡的命運，增添了更多的血腥味。

宋惠蓮一死，潘金蓮和李瓶兒的矛盾完全突顯出來了。潘金蓮深知自己不如李瓶兒有錢，小廝和丫環們都受過李瓶兒的好處，她因此頗得人心，甚至潘金蓮的母親也接受過李瓶兒的禮品，乃至經常在女兒面前稱讚李瓶兒。物質方面的東西既然無法跟李瓶兒相比，那麼美色就會成為較量的本錢和條件了。儘管潘金蓮擁有妖嬈的體態、風騷的情致、高超的枕上風月，但在翡翠軒竊聽到西門慶誇讚李瓶兒皮膚白以後，在自我挫敗的心態下，她更加妒忌李瓶兒，並且不惜花很多時間研製增白劑，以便在「白」膚色上爭個高下。與此同時，挫敗感激發瘋狂性的規律也在她的內心和行動上一一顯現出來，醉鬧葡萄架和蘭湯午戰都是潘金蓮內心壓抑不住的妒忌催化成的縱欲活動。

更使潘金蓮難堪的是，在眾妻妾中，李瓶兒竟然第一個給西門慶生了一個兒子。李瓶兒的地位也因之又升一級。從此她眼睜睜地看著「西門慶常在他房宿歇」，這就更刺中了她的神經末梢。為了理順潘金蓮的心理流變，我們清清楚楚地看到了她由妒生恨的三部曲。

開始，李瓶兒懷孕鬧肚子疼，全家人都來問候，只有潘金蓮拉著孟玉樓在旁邊冷眼相看，並說風涼話：「也不是養孩子，都看著下象膽哩！」後來真的有了孩子，又說這是李瓶兒的「雜種」。孩子快生下來了，潘金蓮自我解嘲地說：「俺每是買了個母雞不下蛋，莫不殺了我不成！」李瓶兒終於順利地生下一個白淨娃娃，這時潘金蓮竟一反常態，全然沒有了嘲諷和詛咒，卻「自閉門戶，向床上哭去了」。這種從妒忌到無奈的心理流程寫得真是入木三分。但是令人毛骨悚然的是潘金蓮即將實施的陰謀就此也開始了。

在潘金蓮看來，李瓶兒「生了這個孩子把漢子調唆的生根也似的」。於是按照她的推理，要想整垮李瓶兒，就要從西門慶與李瓶兒的命根子上開刀！

官哥兒滿月時，潘金蓮就找了個機會擺弄孩子，那麼點娃娃，她竟然把他高高舉起，

結果孩子受了驚嚇，發起了寒潮熱來。有時潘金蓮故意打丫頭秋菊，使丫頭殺豬也似地號叫，嚇得娃娃根本無法入睡。更有甚者，一次李瓶兒讓潘金蓮暫時看管一會兒孩子，而潘金蓮急於和女婿陳經濟去調情，就把孩子單獨放在了席上，不料一隻大黑貓跑到孩子身邊，又把孩子嚇得連打寒戰、口卷白沫。豈料，這件事竟啟發了潘金蓮罪惡計畫的進一步實施。

潘金蓮精心餵養著一隻「雪獅子」貓，每天不吃魚肝一類，只吃生肉，雪獅子訓練有素，潘金蓮對它是呼之即來、揮之即去。上次大黑貓嚇著了官哥，潘金蓮也深知孩子特怕貓，同時還知道官哥喜穿紅色衣服。因此，潘金蓮平日就「用紅絹裹肉，令貓撲而搠食」，對它進行反復訓練。一天，官哥病情好轉，李瓶兒給孩子穿上紅緞衫兒，放在外間炕上，「動動的頑耍」。沒想到雪獅子正巧蹲在護炕上，看見官哥兒穿著紅衫兒在炕上玩，「只當平日哄餵他的肉食一般，猛然望下一跳，撲將官哥兒身上，皆抓破了」。官哥當場被嚇得「倒咽一口氣，就不言語了，手腳俱被風搐起來」，不久就一命嗚呼了。

一歲多一點的孩子竟然在爭寵鬥爭中做了犧牲品。而孩子的離世，對李瓶兒本來已很脆弱的神經不啻是致命性的打擊。潘金蓮在初戰告捷後，乘勝追擊，千方百計地折磨李瓶兒，想一舉徹底擊垮這個她心中的最強的對手。

此前，潘金蓮已經使盡渾身解數，無事生非地和李瓶兒鬥氣。李瓶兒又沒有潘金蓮那一副伶牙俐齒，所以經常氣得「半日說不出話來」。忍氣吞聲更給潘金蓮猛攻的機會。一旦官哥兒死了，她更是肆無忌憚地用惡言毒語刺激李瓶兒，她得意忘形地、連珠炮式地、指桑罵槐地說：「賊淫婦！我只說你日頭常晌午，卻怎的今日也有錯了的時節！你斑鳩跌了彈，也嘴答谷了！春凳折了靠背兒，沒的倚了，王婆子賣了磨，推不的了！老鴇子死了粉頭，沒指望了！卻怎的也和我一般！」著了「暗氣暗惱」的李瓶兒病上加病，終於斷送了年輕的生命。可悲的是李瓶兒只是在咽氣之前才有所悟，她對吳月娘說得十分沉痛：「休要似奴心粗，吃人暗算了。」

潘金蓮似乎勝利了，但與此同時，她也就永遠地被釘在了恥辱柱上。《金瓶梅》這部小說之所以偉大，就在於作者對人性幽暗面的洞察之深，這不能不使人深感震撼。潘金蓮一直要通過各種手段證明自己的「存在」，她不惜用毀滅別人來證明自己的「存在」，然而，她的所有行為都是用罪惡證明了自己的「存在」。那一樁樁一件件為毀滅他人所用的極端手段，都在向公認的善惡標準、是非標準挑戰，也即對人性禁忌的底線挑戰。在妻妾成群的大家庭進行爭寵並不存在「成王敗寇」的結局，妻妾的生死博弈、女人的真正悲劇，往往是兩敗俱傷。

關於潘金蓮這一人物形象，評論界一直有悲劇人物論和「淫婦」論的研討。我在上面的剖析，已說明我是不贊成潘金蓮是一個悲劇人物的。理由並不複雜。潘金蓮為了給

自己的生命留下一些印記（一直想出人頭地），不是要用結束自己的生命作為代價，相反，她是讓其他人為她的生命付出代價，她生命中一個一個的血腥記錄是為證明，這是一。第二，潘金蓮是一個有勇氣彎下腰去拾取滿足情欲的人，但也可以製造血案，用殺死一個又一個她不喜歡的人的方法，來證明自己是最可愛的。而這裏用得著俄羅斯的心靈雕刻大師陀思妥耶夫斯基在《罪與罰》中所說：「只消有膽量！」對，潘金蓮製造的一個個血案都源於她有膽量，為了滿足自己的一己私欲，她什麼都敢幹，這怎能是一個悲劇人物呢？她每害死一個人都沒有過良心的譴責。

關於「淫婦」論，我的所有分析，從沒把潘金蓮稱為「淫婦」。請問何謂「淫婦」？從《水滸傳》開始，她因為和西門慶私通，所以被作者和讀者稱為「淫婦」，此後又被列為四大「淫婦」之首。是因為她是「肉欲狂」，是她隨時隨地有著「情欲衝動」，是她的不可遏制的「性亢奮」，是她的「枕上風月」令男人銷魂，是她「色膽包天」，是她的「性妒忌」，還是她的無休止的「放縱」……應當說這一切潘金蓮都具有，可以毫不含糊地說，她有太強烈的性要求。但是，人們隨之要問：女性的性要求的強烈程度是否有一個固定尺度可以來衡量？我們只能說，因人而異。這在現代性學書籍中早已說得很明白了。我們必須看清「情欲」是個灰色的東西，它作為自在之物時，沒有黑白之分、對錯之分。如果情欲瘋狂地衝擊了人性禁忌的底線，那就是罪惡，才是應該給予否定的。再有一點，潘金蓮被人稱為「淫婦」大多是從男人的視角審視和感受的結果，對於性能力強的男人來說，他們不會把同樣性欲強的女人稱為「淫婦」，只有性能力低弱的男人才懼怕性亢奮性欲太強的女人。總之，情欲強弱和性能力的高下似沒有科學的尺度。潘金蓮的罪惡是那些血腥的命案以及人性中最可怕的嫉妒，嫉妒才是萬惡之源。性欲的強弱，我看倒也不是萬惡之源吧！當然，古代小說中在男女「床笫之私」時把女方稱為「小淫婦」不是昵稱，就是調侃了。

最後我想引用義大利偉大詩人、《神曲》的作者但丁的一句很流行的話：

驕傲、嫉妒、貪婪是三個火星，它們使人心爆炸。

這是對貪婪、情欲、嫉妒的巨大危害最準確的描繪，它給予我們的啟示更是多方面的。

渴望走出陰影，卻始終走不進陽光的李瓶兒

20世紀60年代初，一部權威性的中國文學史著作在介紹《金瓶梅》時提到小說文本在塑造李瓶兒的形象時「性格前後判若兩人，而又絲毫看不出來她的性格發展變化的軌跡」。這裏所說的「性格前後判若兩人」，就是說李瓶兒對待花子虛和蔣竹山是兇悍

而狠毒的，但是在做了西門慶的第六妾之後卻變得善良和懦弱起來。對這一觀點直到20世紀80年代初才有研究者提出質疑。這樣的研討雖然只是對李瓶兒性格的邏輯發展的真實性各自表述自己的意見，但是就我的理解，它還涉及對這部小說的中心人物之一的李瓶兒社會的、心理的、特別是審美的準確的把握的問題。

事實勝於雄辯。還是讓我們回歸小說文本，一塊兒考察李瓶兒命運和性格的發展軌跡吧！

李瓶兒長得漂亮，五短身材，肌膚白淨，瓜子面皮，「細彎彎兩道眉兒」，「身軟如棉花」。在她還沒正式登場時，作者就介紹了她的部分身世。她原是大名府梁中書的小妾，但「夫人性甚嫉妒」，婢妾多被她打死。李瓶兒在梁夫人的監視下「只在外邊書房內住」，總算沒被埋進後花園中。政和三年正月上元之夜，梁山英雄攻打大名府，梁中書與夫人倉皇出逃，李瓶兒趁機帶了一百顆西洋大珠、二兩重一對鴉青寶石，隨養娘逃到東京，被花太監納為侄兒媳婦。她名義上嫁給了花子虛，但實際上「和他另一間房裏睡著」，而被其叔公花太監霸占。

花子虛是個習性浮浪、醉生夢死的紈絝子弟，他對李瓶兒這樣如花似玉的妻子並不在意，卻貪戀於嫖娼狎妓、眠花宿柳、撒漫用錢，時常三五夜不回家。可以想見李瓶兒內心的孤寂，生活的無聊。就在這當口，西門慶乘虛而入。她背著花子虛同西門慶偷情，而西門慶的「狂風驟雨」又給予她遲遲得不到的情欲以充分的滿足。於是她迷戀於、也想委身於他，甚至一而再再而三地傾其所有來倒貼他。就在這時，事情發生了戲劇性的變化，花子虛因房族中爭家產而吃了官司，此時的李瓶兒並未落井下石，在惶惑矛盾的複雜的心情下，她去求西門慶幫助搭救自己的丈夫，跪著向西門慶哀告：

> 大官人沒耐何，不看僧面看佛面。……我一個女婦人，沒腳蟹，那裏尋那人情去！發狠起將來，想著他怎不依說，拿到東京打的他爛爛的不虧！只是難為過世老公公的名字。奴沒奈何，請將大官人來，殃及大官人，把他不要題起罷。千萬只看奴之薄面，有人情，好歹尋一個兒，只休教他吃凌逼便了。

這裏正是寫出了李瓶兒為人妻的一面，也應了俗語所說「一日夫妻百日恩」了。然而人性的複雜還在於，她確實沒做落井下石的勾當，更沒有幸災樂禍，她真心誠意想把丈夫救出來。然而她對花子虛再沒什麼更多的感情了。即在情感的層面上，她認為自己屬於西門慶了。比如她拿出三千兩銀子求西門慶打點官府，西門慶認為無須這麼多銀子，她還是強要西門慶收下，這說明她除了身體、情感以外，在錢財上已經和西門慶不分彼此了。從情感的邏輯發展來看，早先李瓶兒還多次請西門慶勸說花子虛少在妓院中胡行，早早回家，確有盼望花子虛回心轉意的心願。然而花子虛處處不爭氣，真的讓李瓶兒心

灰意懶了，情感意向倒向西門慶，不能說花子虛的軟弱無能、不成器以及臥花宿柳的墮落與此無關。

設身處地地想，一個有血有肉而且有過獨特命運遭際、又有著本能追求的李瓶兒，此時此刻的心理和行為產生諸多矛盾不是不可理解的，甚至我們可以說在這個時間段上，李瓶兒的行為和意念有其合理性。只是後來事情發生了變化。

花子虛經歷了一場官司，從東京回到家裏，房地產已分成四份，三千兩銀子也沒了，甚至想買一所房子安身都遭到李瓶兒的拒絕。無能孱弱的花子虛整天在李瓶兒的羞辱、嘲罵聲中生活，很快著了重氣，人財兩空，又雪上加霜，得了傷寒，李瓶兒竟然斷醫停藥，不久就氣斷身亡了。這確實是李瓶兒人性的異化的開始。她對未來生活的選擇沒有錯，她想越過花子虛這層障礙也沒有錯，錯就錯在花子虛病重期間李瓶兒從冷漠到坐視他挨延而死。有人說這是「情迷心竅」，這當然很有道理，但花子虛令她失望何嘗不是一個原因呢？我感到李瓶兒在內心深處實際上是希望有一個可以依託的男人。不然的話，她不會幻想花子虛可能改邪歸正，不再過那荒唐的生活；也不會以厚金求西門慶救助花子虛。這一切都或多或少透露出一個女人起碼的需求和不失為善良的心地。不容否認，性、情欲成了西門慶和李瓶兒的強力膠粘劑，但那首先是因為花子虛沒在意過她，當然也就有了不能滿足其情欲的缺失。花子虛在方方面面使她失望以後，才讓她產生又一個幻想，希望西門慶真的在意她，所以才一步緊一步靠近西門慶。

沒想到，「好事多磨」，風雲突變。朝廷內部政治鬥爭，楊提督被治罪下獄，西門慶深知這是危及身家性命的大禍，而且他更清楚自己民憤甚大，很怕「拔樹尋根」，於是忙不迭地龜縮避禍，潛蹤斂跡。李瓶兒對這場禍事毫無所知，而且對西門慶突然從生活中蒸發，也不知底細，好端端的一件事就這樣被擱置下來了。這以後才有了「李瓶兒招贅蔣竹山」的故事。與其說李瓶兒輕率招贅只是因為欲火中燒，沒有男人不成，不如說她的頭腦過分簡單，完全沒考慮到後果。後來她和蔣竹山產生情感裂痕也不僅僅是蔣竹山的性無能以及性格軟弱，主要是因為她心中一直有著一個「偉丈夫」西門慶的影子在纏繞著她的情感。李瓶兒何嘗不像大部分婦女一樣，希望有一個在意她的男人陪伴，她之所以放下身段嫁給蔣竹山，難道不能證明她的一種樸素的願望嗎？我們真的不能再簡單化地把一個人的所有行為都看作是受情欲的驅使了，李瓶兒的招贅不是她的「迫不及待」，而是後面有著太多太多主客觀的原因。西門慶的突然失蹤，確實讓她大惑不解。進一步說，她雖然對西門慶存有一份強烈的癡情，但是她難道真的不瞭解西門慶到底是怎樣一個人、西門家族到底是怎樣一個家庭嗎？

上層的內鬥稍一平息，西門慶也躲過了一劫，化險為夷，重新趾高氣揚地走上了街市，當然很快也就知道了李瓶兒招贅蔣竹山的事，他現在已無所顧忌，立即騰出手來去

懲罰蔣竹山和李瓶兒了，於是就上演了一場「草裏蛇邏打蔣竹山」的鬧劇。其實，此刻李瓶兒已對蔣竹山產生了厭惡之意。而西門慶的惱羞成怒，主要原因卻是後來責問李瓶兒的話：

> 你嫁了別人，我倒也不惱，那矮王八有甚麼起解？你把他倒踏進門去，拿本錢與他開鋪子，在我眼皮子跟前開鋪子，要撐我的買賣！

這就再清楚不過了，西門慶雇人打蔣竹山，砸了生藥鋪，還要告蔣竹山欠賬不還。這絕非單純的吃醋，而是他絕不允許在他眼皮子底下開鋪子，奪他的買賣。

李瓶兒的可悲是在這場鬧劇中，她只能是啞巴吃黃連有苦說不出。她開始先是拿蔣竹山撒氣，舀了一盆水趕著潑去，攆走了蔣竹山。接著厚著面皮拉來玳安吃酒，請玳安轉告西門慶求娶之意。西門慶拿腔作勢，最後一頂轎子把李瓶兒抬了過來，然而「轎子落在大門首半日，沒有人出去迎接」，好容易進了西門府第，西門慶一連三日都不到她房裏去，她大哭了一場之後只得含羞負氣自盡，被救了下來，西門慶又給她劈頭來了個下馬威。到了第四天晚上，西門慶提著馬鞭子，氣勢洶洶進了李瓶兒的房間，要她脫衣跪下。雖然李瓶兒的軟語柔情感動了西門慶，但她受辱的所有情節已為府裏上下都知道了，甚至那些有點身分的丫鬟也敢當面拿她打趣。直到西門慶全家一次聚會，論尊卑列序坐下，她才算有了正式的名分。刁鑽的潘金蓮還在李瓶兒腳跟尚未站穩之時壓她一頭，給她難堪。總之，從此以後，李瓶兒對西門慶俯首貼耳，死心塌地，甚至對其他妻妾也顯得十分謙恭，比如一進門見到吳月娘就「插燭也（似）磕了四個頭」，見了李嬌兒、孟玉樓、潘金蓮也是磕頭禮拜，一口一聲叫「姐姐」，甚至見到不受待見的孫雪娥，也慌忙起身行禮。見到被西門慶寵幸的春梅，立即送她「一副金三事兒」。即便對小廝玳安也是寬厚體貼。至於對西門慶更是曲意逢迎，並說：「休要嫌奴醜陋，奴情願與官人鋪床疊被，與眾位娘子做個姊妹，隨問把我做第幾個的也罷。」李瓶兒只要一面對西門慶，性格就會變得被動，就會逆來順受，智商也不高了。當然，這種甘願屈居人下的心態，真的不是僅僅指望西門慶滿足她的情欲（事實上，小說文本在寫西門慶和李瓶兒的性活動中，幾乎沒有寫李瓶兒過分不堪的舉動，這是和作者寫潘金蓮和王六兒截然不同的地方），而是經過三番兩次的大大小小的折騰，李瓶兒有一種安生過日子的念頭。無論是甘於屈居人下也好，或是忍辱負重也好，李瓶兒確實看開了很多。她自個兒有財富可以自由支配，她經常拿出錢物進行公關，唯一的願望就是求得上下左右能認可她。也許不是貪圖她的錢物，而是她沒像別人的刁鑽，也不像有些人的吝嗇，她在這個家口碑越來越好，這一切從性格發展以及規定情境中的具體表現，應該說是非常合乎邏輯的。我們看不到她在性格上的判若兩人，我們只是體會到作家在塑造這個獨特的女性時在藝術辯證法運用上的高

妙。笑笑生作為小說創作大師，他不是一個藝匠，他是一個心底有生活的人，他能準確地把握人的心靈辯證法。他堅持用自己的視角去選擇那些有說服力的細節，用人的命運來記錄這個特定環境，又通過這個環境來解讀這個人物內心和他（她）的精神氣質。於是作者筆下的人物，特別是像李瓶兒等重要人物都是「標本性」的人物，我想這才能稱之為典型環境中的典型人物吧！其實後面的故事和李瓶兒的性格表現更可深一層次地證明這個人物塑造上的成功。

李瓶兒進了西門府，她曾有過的稍許的清醒頭腦，只因西門慶對她的一點寵愛，不僅忘記了蔣竹山對他講的西門慶是打老婆的班頭、降女人的領袖等真心話，而且完全錯誤地低估了西門府內上上下下對她存有的戒心、嫉妒乃至敵視。她雖然討好吳月娘，但她第一個得罪的恰恰是吳月娘，這中間雖和潘金蓮的挑撥有關，但吳月娘嫉妒她漂亮、有錢，因此早就為李瓶兒進門和西門慶鬧翻過，後來雖有所緩和，但也是面和心不和。她又特沒頭腦，竟然把她的第一對手潘金蓮視為知己，還要求把自己的房子蓋在潘金蓮旁邊，說「奴捨不得她，好個人兒」，這簡直是一大笑話！一個一心把攔漢子的人，一個把任何女人都可以當作眼中釘、肉中刺的女人怎麼可能和她的情敵坐上一條船呢？果然，李瓶兒雖然處處忍讓潘金蓮，但都無濟於事，一場李瓶兒意料不到的殘酷鬥爭就此開始。李瓶兒完全不能認識到她越是得寵，她在潘金蓮的眼中就越是一個必須置之死地而後快的敵人。顯然，李瓶兒就在陰險毒辣、步步緊逼的潘金蓮一系列有計劃的陰謀行動中敗下陣來。這就又一次證明了一條顛撲不破的真理：在以男權為中心的一夫多妻制度下，妻妾之間的爭寵是必然的，誰要是最受丈夫的愛憐，就會成為眾矢之的，就會成為集中打擊的對象，其對抗的形式又多半是你死我活的，這裏面沒有絲毫溫良恭儉讓。李瓶兒的悲劇下場是必然的。

我在分析潘金蓮的形象時已經提到，命運又安排李瓶兒生了一個兒子，這幾乎使潘金蓮瘋狂，就在官哥兒呱呱落地時，潘金蓮竟跑到自家房中失聲痛哭，也就是在這種全然失控、失態的情況下，一系列陰毒計畫實施了。她讓官哥兒不是受涼就是受驚，最後終於放出「雪獅子」嚇死無辜的小生命。本來李瓶兒已經逐漸瞭解到潘金蓮和助紂為虐的孟玉樓對她不懷好意，但是從性格上來說，李瓶兒的懦弱和「稟性柔婉」，以及見事則迷、頭腦簡單也使她在烏眼雞似的環境中失去自我保護的意識。再加上她自認為西門慶對她很寵愛，現在又為他生了兒子，於是總是抱有幻想，覺得西門慶會保護她，因此很長時間裏所受的委屈和一些真相都沒有告訴西門慶。直到官哥兒死了，她的精神崩潰了，而身體在西門慶的另一種形式的糟蹋下也徹底毀了，血崩症已無藥可治，再加上潘金蓮整天价的叫罵，使李瓶兒再也沒有精神和力量與死神爭鬥了，她對繼續生存下去已經徹底絕望了！

　　小說文本寫得最深刻的地方是對李瓶兒在心靈衝撞下的夢境和幻覺的精彩描繪。這些夢境和幻覺的共同特點是，它出現的人物都是她的前夫花子虛，夢幻的內容又幾乎都是花子虛發誓絕不寬容她。在夢幻之中，花子虛拿刀動杖找她廝鬧、算賬，這一切在夢境中反復出現。第五十九回寫李瓶兒做夢，「見花子虛從前門外來，身穿白衣，恰活時一般……厲聲罵道：『潑賊淫婦，你如何抵盜我財物與西門慶！如今我告你去也！』」李瓶兒一手扯住他衣袖，央告他：「好哥哥，你饒恕我則個！」這場夢境真實地反映了她心中的痛苦。小說第六十二回，李瓶兒曾先後四次向西門慶敘述這些夢境的內容。李瓶兒的夢境和幻覺無疑是一種生前的恐懼感，但也是一種罪孽感、負疚感的表現，甚至我們可以說是李瓶兒的良心發現。如果把她此時的心態和潘金蓮相比較，潘金蓮親手害死了那麼多人，小說從來沒提到過一次，說她受良心的譴責。而對李瓶兒的這種罪孽感和恐懼感無論如何我們都應當看作是她的自我譴責，乃至有著懺悔的意味。然而，潘金蓮從未陷入良心的懲罰之中，她只知道用罪惡證明自己的「存在」，而在對李瓶兒的這種心靈衝突的展開中，作者揭示了人性的複雜性。這裏我們不得不引用一句名人的經典文字來加以說明，俄國文藝批評家車爾尼雪夫斯基在對托爾斯泰的小說進行評論時說：

> 心理分析可以採取不同的方向：有的詩人最感興趣的是性格的勾描；另一個則是社會關係和日常生活衝突對性格的影響；第三個詩人是感情和行動的聯繫；第四個詩人則是激情的分析；而托爾斯泰伯爵最感興趣的是心理過程本身，它的形式，它的規律，用特定的術語來說，就是心靈的辯證法。[4]

我認為，蘭陵笑笑生不僅是一位對性格勾描有著濃厚興趣的小說家，同時也是關注他筆下人物的心理過程本身，它的形式，它的規律，他同樣是深諳心靈辯證法的大師。

　　以上的文字我幾乎都是一邊分析一邊敘述，目的只是要申明一點，李瓶兒的性格真的不是前後判若兩人。因為在李瓶兒的性格中原本就存在悍厲和柔婉的兩面，而因時間和環境以及對象的不同，她性格的其中一面可以而且必然突現出來，因此在李瓶兒身上完全證實了性格組合論中的矛盾統一的規律。

　　故事的繼續發展是李瓶兒生命的終結。

　　李瓶兒獲得西門慶的寵愛經歷了一波三折，而一旦獲得了西門慶的寵愛，隨之而來的就是遭禍。實事求是地說，李瓶兒進到西門慶家以後，似乎沒有太大的奢望，她指望和西門慶「團圓幾年」，「做夫妻一場」。但是好景不長，潘金蓮像幽靈一樣糾纏著她，明裏暗裏折磨著她。甚至西門慶到她屋裏，她都不敢收留，硬是把西門慶推到潘金蓮那

4　《古典文藝理論譯叢》第 5 冊，北京：人民文學出版社 1963 年第 1 版，頁 161。

邊去睡，事後又忍不住地哭了起來。一個從來把西門慶視為「醫奴的藥」的李瓶兒竟然怕到這種程度，不敢讓西門慶在自己屋裏呆上一夜，冥冥中，她知道她的生命已走到了盡頭。

人們在讀小說文本時，一個重要場景恐怕是任何人都不會忘卻甚至被感動的吧。

在彌留之際，她躺在齷齪的床上，西門慶要來陪她，但她還是拒絕了，她不願髒了西門慶。在生命最後一刻，還雙手摟抱著西門慶的脖子，有太多的話要傾訴，也有太多的叮囑：

> 我的哥哥，奴承望和你並頭相守，誰知奴家今日死去也。趁奴不閉眼，我和你說幾句話兒：你家事大，孤身無靠，又沒幫手，凡事斟酌，休要那一沖性兒。大娘等，你也少要虧了他的。他身上不方便，早晚替你生下個根絆兒，庶不散了你家事。你又居著個官，今後也少要往那裏去吃酒，早些兒來家，你家事要緊。比不的有奴在，還早晚勸你。奴若死了，誰肯只顧的苦口說你？

人們讀到這裏，如果你還熟悉《紅樓夢》的話，那麼《紅樓夢》第十三回秦可卿給王熙鳳托夢，你會感到一切都太相似了。秦可卿語重心長，而李瓶兒的這番肺腑之言，可能更令你動容！難怪連西門慶也被感動得悲痛欲絕。是的，李瓶兒跟西門慶的其他所有妻妾都不同。臨死都撇不下西門慶，那眷戀之情，那種撕心裂肺地傾訴，是對西門慶最後的體貼、最後的關心！

寫到這兒，我認為我們可以大致瞭解了李瓶兒的性格和更內在的精神世界了。在此基礎上，我們也可以試著商榷一個在《金瓶梅》評論界太流行的說法，即李瓶兒是情欲害了她，甚至也有評論者說她「情迷心竅」。前面我們已經指出李瓶兒不同於潘金蓮。潘金蓮害死人也不會受到自己良心的譴責，李瓶兒卻一直被花子虛的陰影縈繞著腦際。至於情欲、性欲等，也如前文所言，這是一個沒有標準尺度可以衡量的。李瓶兒雖然說西門慶「一經你手，教奴沒日沒夜只是想你」，這也只能說李瓶兒對西門慶的癡情，似乎還不是對西門慶的性崇拜。

我認為，生活中的任何一個人的行為、心態絕不能歸結為一種內驅力。如果說李瓶兒的一切行為都是來自於她的情欲旺盛，這就把一個人物看得太簡單了。進一步說，李瓶兒的悲劇性的死亡，既有癡情，也有頭腦的過分簡單；既有外界的逼壓和陷害，也有內心的恐懼；她既有人不可能沒有的情欲，也有苦苦想獲得真正的愛的願望……對花子虛和蔣竹山的寡情其實也不單是李瓶兒一方的罪過。因此，把一個活生生的人物的所有行為都歸結為「情欲」，不僅失之於簡單化，而且不符合人物內心世界的複雜性。事實是，一個人的行為的內驅力只能是各種因素的合力。「情欲」絕不是決定人的行為的唯

一動因。

我對李瓶兒的評價之所以不同於潘金蓮，就在於她不是不渴望走出陰影，而是她走不進陽光。那個社會的女人的尷尬正在於此。

臨下驕、事上諂的龐春梅

春梅本來是一個丫頭，但在「金瓶梅世界」中，卻是第三號女主人公，從《金瓶梅》的小說命名的第一層面來看，她也是三分天下有其一。而在小說的後十五回中，春梅不僅成了主子，更是扮演著主角的地位，「戲份」很重。無論從作者的創作構思來看，還是從我們讀者的閱讀行為來看，這是一個很值得玩味的現象，而春梅形象的塑造也有不少可圈可點之處，笑笑生是很認真地把他對生活、人和藝術的理念貫徹到這個人物上了。

如果看得仔細，《金瓶梅》還是交代了她的身世。小說講北宋政和二年黃河下游發大水，當時只有十五歲的龐春梅，原是龐員外的四侄女，可是很不幸，周歲死了娘，三歲死了爹。龐員外從洪水中救出了春梅，可是自己卻被洪水沖走。幸好春梅被好人救出滄州地界，過南皮，上運河，到臨清，進入清河縣城，後被薛嫂用十六兩銀子賣給西門家，原為吳月娘房中丫環，後被派到潘金蓮房中，侍候潘金蓮。在月娘的房裏，她不是「大丫頭」，小說第一回交待得十分明白，大丫頭是玉簫，所以春梅肯定是個普通丫頭。被派到潘金蓮房中後，先是得到這個新主子的喜愛，後來又被西門慶「收用」了。據笑笑生介紹，春梅「性聰慧，喜謔浪，善應對，生的有幾分顏色」。對這些特點，小說並沒有一一給予展現，然而，見女人即不放，而又是潘金蓮房中的丫環，西門慶「收用」可能既有春梅的姿色、聰明、謔浪等原因，肯定又和潘金蓮為了籠絡西門慶、強化自己房裏的力量，有著太多的關係。因為西門慶剛剛流露有意「收用」春梅，潘金蓮就順水推舟，二話沒說，痛痛快快答應了，並討好西門慶說：「既然如此，明日我往後邊坐，一面騰個空兒，你自在房中叫他來，收他便了。」（第十回）這對於一個妒忌成性、絕不肯任何女人分其一杯羹的女人來說，是不可思議的。而潘金蓮卻和西門慶也和春梅達成了默契，當然也是一筆交易。

值得注意的是，作者在寫西門慶「收用」春梅的過程中，並沒有一筆描寫二人的性活動，只用了十四個字稍作點染：「春點杏桃紅綻蕊，風欺楊柳綠翻腰。」而且以後從未過多說明和渲染西門慶和春梅的性活動，即用的是隱筆和簡筆，而這又是和小說「以淫說法」，大肆描寫春梅與陳經濟、周義的性行為截然不同了。我想，可能是笑笑生有意騰出筆墨在春梅出場後先集中地刻畫她的性格特色吧！

春梅被西門慶「收用」後，潘金蓮對她更是另眼相看，極力抬舉她，「不令他上鍋

抹灶，只叫他在房中鋪床疊被，遞茶水，衣服首飾揀心愛的與他」。至於西門慶就更不用說了，一直把她「當心肝肺腸兒一般看待，說一句聽一句，要一奉十……」，這雖然是潘金蓮吃醋說的話，但是還是很逼真地反映出西門慶對春梅的寵愛。事實是，「收用」前後真的是春梅「氣性」不同的分水嶺。「收用」前，春梅頗懂得韜晦，不顯山不露水，充分顯示出她是一個很有心計的人。因為我們起碼沒有看到作者鋪陳她怎麼譎浪、聰慧和善應對的性格優勢。然而一旦被「收用」，春梅的自我感覺顯然更好了，因為她知道自己已經是一個「準」妾了，同時她內心潛藏著的心比天高、自傲和陰狠的品格也得到了異乎尋常的膨脹。她甚至懂得該出手時就出手，為了顯示自己的地位變化，為了滿足自己的虛榮心，她首先瞄準了孫雪娥作為打擊和報復的對象，這也是她第一次扮演潘金蓮的馬前卒。

一天早晨，西門慶要到廟裏去給潘金蓮買珠，叫春梅到廚房告知孫雪娥操辦早餐。潘金蓮便陰陽怪氣地調唆：

> 你休使他，有人說我縱容他，教你收了，俏成一幫兒哄漢子。百般指豬罵狗，欺負俺娘兒們。你又使他後邊做甚麼去！

這裏的「有人說」當然指孫雪娥背後說的話，一是挑起西門慶對孫雪娥的不滿和厭棄，另一方面就是提示她和春梅二人與孫雪娥的舊恨新怨。想當年春梅在吳月娘屋裏時，孫雪娥曾在灶上用刀背打過春梅。可是，現在的情況發生了根本的變化，沒心沒肺的孫雪娥在廚房看到春梅氣不順，「捶台拍盤」，於是故意戲弄她一句：「怪行貨子，想漢子便別處去想，怎的在這裏硬氣。」春梅聽了立刻暴跳起來。孫雪娥見她氣不順，再不敢開口。這次為了給西門慶做早點，孫雪娥因對潘金蓮和春梅不滿，心懷抵觸有意拖延，在西門慶「暴跳」之下，潘金蓮打發春梅去催促。春梅大吵一通後，「一隻手擰著秋菊的耳朵」，「臉氣得黃黃的」，回到房裏，有枝添葉地對潘金蓮和西門慶訴說了一遍。西門慶在兩個人的挑撥下，使孫雪娥慘遭怒罵痛打而告終。從此孫雪娥算是清醒地認識到了春梅「可哥今日輪他手裏，便嬌貴的這等了」！

一場以潘金蓮和春梅取得勝利、占了上風的風波雖然過去了，但是春梅陰狠、惡毒的心機還留在後面。

春梅的專橫跋扈還表現在對秋菊的欺凌壓迫上。著名的「醉鬧葡萄架」後，潘金蓮丟了一隻鞋，於是讓秋菊去找，找不到，潘金蓮就讓春梅掇了塊大石頭頂在秋菊頭上，跪在院子裏，後來又叫春梅拉倒打了十下。本來這種行為已經夠狠毒的了，春梅竟然還覺得不過癮，對潘金蓮說：「娘惜情兒，還打的你少。若是我，外邊叫個小廝，辣辣的打上二三十板，看這奴才怎麼樣的？」從身分上說，本來都是買來的丫頭，但是只因為

春梅受寵，就立即失去人性，殘害同樣受苦的人，成了惡人的幫兇。

　　春梅的地位不斷上升，不但潘金蓮讓她三分，甚至西門慶對她也是言聽計從。比如潘金蓮因與琴童私通，被孫雪娥和李嬌兒告發，西門慶怒火萬丈，拿著皮鞭拷問潘金蓮。唯一在場的只有春梅，而且坐在西門慶懷裏說了一番讓西門慶心動的話：

> 這個爹，你好沒的說！和娘成日唇不離腮，娘肯與那奴才？這個都是人氣不憤俺娘兒們，作做出這樣事來。爹，你也要個主張，好把醜名兒頂在頭上，傳出外邊去好聽？

真是伶牙俐齒，幾句話把西門慶說得心服口服。而我們這些讀者也是從這樣不小的事件中，第一次領略春梅「性聰慧」和「善應對」的才能。當然這件事也反映了春梅和潘金蓮非同一般的親密關係。她沒趁機落井下石，而是保護潘金蓮安全過關，化險為夷。春梅潛意識裏何嘗沒有一損皆損、一榮俱榮的認知，這就是為什麼潘金蓮的母親，也說春梅和她女兒是穿一條褲子的。春梅的「聰慧」就在於該韜晦即隱而不發，該出擊就絕不心慈手軟，該制服對手就會狼狽為奸，在西門氏家族中，春梅的角色是絕對不可小覷的。

　　春梅的春風得意是慢慢顯現出來的，但是心比天高、身為下賤又往往使她感到鬱悶。為了化解這種鬱悶，更為了證明她的地位「今非昔比」，她千方百計尋找機會說明她高人一等。明明是西門慶的掌上玩物、泄欲工具，也要裝腔作勢，顯出她的非同一般。小說第二十二回寫春梅罵李銘的一場戲充分說明了這個有心計的女人是怎樣抬高自己的身價的。

　　樂工李銘是李嬌兒的弟弟，西門慶請他來教春梅、迎春、玉簫、蘭香四個丫鬟學琵琶、箏、弦子、月琴。一天，迎春等三個丫鬟正與李銘打情罵俏，一起廝混，「你推我，我打你，頑在一塊」，「狂的有些褶兒」，她們幾個出去玩鬧了，屋裏只剩下春梅，李銘教她彈琵琶時，把她手拿起，略微按重了一些，假裝正經的春梅立刻怪叫起來，把李銘罵得個狗血噴頭：

> 好賊王八！你怎的撚我的手？調戲我？賊少死的王八，你還不知道我是誰哩！一日好酒好肉，越發養活的那王八靈聖兒出來了！平白撚我手的來了。賊王八，你錯下這個鍬撅了！你問聲兒去，我手裏你來弄鬼？等來家等我說了，把你這賊王八一條棍撺的離門離戶。沒你這王八，學不成唱了？愁本司三院尋不出王八了來？撾臭了你這王八！

這一通千王八、萬王八的臭罵，不僅是小題大做、大造聲勢，不外是要顯示她的尊貴，她在西門家的不同尋常的地位，從而把她和其他幾個丫鬟區別開來。可笑的是，春梅這

齣假撇清的小鬧劇，還要在潘金蓮、孟玉樓、李瓶兒、宋惠蓮等人面前再搬演一番。正是這一鬧，達到了一石三鳥的作用：一是罵走了她不喜歡的李銘；二是打擊了玉簫、迎春、蘭香等三個丫鬟；三是再次自抬身價，表明「我春梅不是那不三不四的邪皮行貨」。

春梅的這些行為，實際上潛隱著一種想改變自己地位的心態。她聰明、好逞強、又潑辣，而且在西門慶與潘金蓮的寵愛下，已經逐步形成了對和其地位相同或相似的人的輕蔑，甚至歇斯底里地發洩她的淫威，殘忍地欺凌地位更為低下的丫鬟，這就為春梅後來越趨喪失人性埋下了伏筆。笑笑生即使寫這樣一個人物也不敢稍有懈怠。苦苦經營，目的就是想寫出一個圓形的人，一個絕非單色調的人，春梅後來的行徑，更可以看出這位小說家的筆底春秋。

西門慶的暴卒，沒能來得及滿足她的虛榮心，潘金蓮與陳經濟的骯髒勾當東窗事發，春梅也被遣送出去。她在被賣到周守備家後，命運之神卻把她推上了「夫人」的位置。

解讀小說八十五回後的春梅，有兩個極為重要的關鍵話語，不可不注意。一個是她在教育秋菊要懂得上下尊卑時說的話：「做奴才，裏言不出，外言不入」，絕不能「騙口張舌，葬送主子」。另一句話就是在西門家族樹倒猢猻散後，她似乎若有所悟，「人生在世，且風流了一日是一日」。這兩個關鍵話語都是她親口說的，她也的的確確這樣做了。這兩個關鍵話語大大幫助了我們更好更準確地把握春梅「這一個」典型的真實心態的底蘊。

春梅先是做了周守備的妾，後來因生子得寵扶了正。而潘金蓮被逐後，又「荒唐」短短一段時間，就遭到武松的兇殺。春梅聽了這個消息以後整整哭了三天，茶飯不進。潘金蓮死後沒人收屍，她給春梅托夢。春梅拿出十兩銀子、兩匹大布，打發家人張勝、李安將其裝裹下葬，埋至永福寺的白楊樹下，並且逢年過節去燒紙上墳。春梅對潘金蓮這一系列行動，基於舊情是十分合乎邏輯的。但是對舊時主子潘金蓮的忠義之心是不是也是左右她行為的一種原因呢？春梅就曾對吳大妗子說過：「好奶奶，想著他怎生抬舉我來！」這說明春梅自知是一個地位卑下的丫頭，但她又不甘人下，那種強烈要求改變自己地位的心態與日俱增，真正略微滿足她的這種願望的只有潘金蓮和西門慶。潘金蓮被殺前，春梅曾哭泣地請求周守備把金蓮娶來，並表示「他若來，奴情願做第三的也罷」。所以春梅和潘金蓮既有同病相憐、恩義不絕的一面，也始終有著主尊奴卑的思想觀念在支配著她的行動，不能說春梅的態度和感情是虛偽的。

我們承認，春梅對潘金蓮的感情是符合情理的。但是根據春梅的性格，特別是她那種陰毒、報復性極強乃至動不動就撒潑的性格，為什麼卻對吳月娘有了匪夷所思的行為呢？是她的大度，使她能怨將恩報，還是另有原因？

想當初，吳月娘打發薛嫂發賣春梅時態度極為堅決，春梅想在西門慶家再住一夜，

也不被允許，而且原價拍賣，甚至「教他罄身兒出去」，不准帶衣服。當時的情景很讓潘金蓮大大難受了一番。可是春梅在跟潘金蓮說了「自古好男不吃分時飯，好女不穿嫁時衣」以後，竟「跟定薛嫂，頭也不回，揚長決裂，出大門去了」。春梅倔強的性格包孕著很複雜的感情。就一個底層出身的丫頭來說，人們是不能否認春梅的這份骨氣的。當然被逐的憤怒、氣惱以及對潘金蓮下場的絲絲擔心，肯定會對吳月娘構成一種強烈的怨恨。

無巧不成書。西門慶死後第二年的清明節，吳月娘等「一簇男女」到五里原給西門慶上墳，路過永福寺，而春梅也恰至永福寺，這真是狹路相逢。出乎吳月娘等人意料的是，春梅「花枝招颭磕下頭去」。明確表示「尊卑上下，自然之理」，拜了大妗子，又向月娘、孟玉樓「插燭也似磕下頭去」。這說明，天經地義的封建等級觀念，已深入春梅之骨髓，並左右其言行。事實是，她被月娘逐出家門，出自自我人格價值的本能，她可以義無反顧，「頭也不回，揚長決裂」。一旦地位變化、壓力減輕，其情感化的對主尊奴卑禮數的反撥和衝擊就又會逐步消失，她永遠記住的是，「奴那裏出身，豈敢說怪」。出身卑賤者就要永遠對出身高貴者表示謙恭。春梅以主奴之禮拜見，聲明自己「不是那樣人」，就是要遵守「做奴才，裏言不出，外言不入」，春梅的人身依附意識、等級觀念和奴才性是很鮮明的。

其實，對春梅的「出身論」和奴才性又可以從對孫雪娥猛下毒手看得更加分明。因為她深深瞭解孫雪娥的出身也不過是個丫頭。為了除掉孫雪娥這個「眼前瘡」，她尋死覓活，大耍無賴，硬是把孫雪娥褪下小衣，打得皮開肉綻，再賣給妓院。這裏不僅可見春梅報復心之重，也可見她小人得志、奴才逞威的醜陋面目和骯髒的靈魂。於是我們得到了這樣的啟迪：奴才一旦做了主子，比主子要更生猛更兇殘更陰毒。魯迅在他的〈墳・論照相之類〉中說：「中國常語常說，臨下驕者，事上必諂。」我們也可以反過來說，事上諂者，臨下必驕。對於奴性和奴才，魯迅恨得最切、揭得最深。而我們也正是從春梅的形象中看得分明：奴才都有兩重人格。對上是奴，對下是主。學會了當奴才也就學會了當主子，學會了服從也就學會了統治，學會了治於人也就學會了治人。

從藝術創作角度來看，通過春梅的形象，我們又一次認知到笑笑生以性格雕刻大師的筆法，在心靈衝突和性格衝突中，揭示了人性和性格的複雜性。笑笑生突破了前人類型化、臉譜化的寫作模式。就春梅對吳月娘和孫雪娥兩個地位不同的人的態度，充分顯示了性格多重組合的藝術力量以及那追魂攝魄、傳神寫照的審美效果——人性中的惡是何等可怕！

第二個關鍵話語就是「人生在世，且風流了一日是一日」。這是春梅的人生觀的表述。這種人生觀不可謂不超前，時至今日不是也有不少人持有這種風流一日是一日的人

生態度嗎！

對於春梅來說，當她還是一個丫頭時，她的「風流」應當說是在主子面前的百依百順，似還沒有怎樣主動追逐過。比如，西門慶有意要「收用」她，她二話沒說就被她主子「收用」了；到了後來潘金蓮與陳經濟私通，被她撞見，潘金蓮為了不被張揚出去，拉她入夥，叫她「和你姐夫睡一睡」，她也順從地脫下湘裙，讓陳經濟「受用」了。雖然春梅不斷聲言「我不是那不三不四的邪皮行貨」，暗示他人不要將自己同那些卑賤的奴婢輩一視同仁，但在主子面前，她的靈魂深處隱藏的仍然是自卑自輕自賤的心態。

小說寫到八十五回，從情節上來看，春梅雖然又被賣了出來，但好運卻也隨之而來。然而，春梅不僅僅因為地位發生了變化而無限制地放縱自己；在我看來，春梅人生態度的變化，其實更與她親眼目睹西門家族的敗亡毀滅有關。西門慶的暴卒對她打擊很大，起碼她失去了靠山，而面對西門家中的各色人等，她內心更有太多的不平，至於最後皆作鳥獸散，這種人世變遷，這種烈火烹油後的慘澹，不可能不對春梅的人生態度有著太大的影響，所以在第八十五回裏，她就感慨繫之地說了「人生在世，且風流了一日是一日」。

春梅嫁給周守備時，守備已是四十開外的年紀，所以小說寫守備「在她房中一連歇了三夜」之後，從此再無一處提及他們之間的性生活。從小說描寫來看，春梅雖然「每日珍饈百味，綾錦衣衫，頭上黃的金，白的銀，圓的珠，光照的無般不有」，但是「晚夕難禁孤眠獨枕，欲火燒心」。於是，她下狠手清除了孫雪娥，緊跟著又把她的老情人陳經濟引進家中，重溫舊夢。在瘋狂做愛時卻被周府家人張勝發現，陳經濟為張勝所殺。陳經濟死後，春梅又與老家人周忠十九歲的兒子周義濫交。終因縱欲過度，得了骨蒸癆症，最後死在周義身上。春梅之死是作者藉以表達這部小說「懲淫」的主旨。正如黃霖先生所說，她的死象徵著金、瓶、梅一類的淫婦們死了，西門慶死了，以淫為首的萬惡社會必將趨向死亡[5]。

如果我們再進一步思考，仍有很多可玩味的思想內涵。

小說八十回前極寫西門慶的暴發，小說後二十回又極寫作為奴婢的春梅的奇遇和暴發。然而他們都是在生命之旅上因縱欲而迅速走向死亡。西門慶死時僅三十三歲，而春梅則只是一個二十九歲的少婦，就這樣以極荒唐的形式結束了自以為很風流的生命。羅德榮教授早在 1992 年出版的《金瓶梅三女性透視》一書中就深刻地指出：

人類對於情欲的本能衝動，屬於生命的主觀方面，是無限的；而生命的載體，即

5　黃霖《黃霖說金瓶梅》，北京：中華書局 2005 年，頁 59。

客觀方面的七尺之軀，從時間和空間來說，則都是有限的。以有限的客觀來負載無限的主觀，就會失去平衡，造成崩潰。人類如不通過自律的辦法來自我調節，便會如無限自我擴張的暴發戶商人西門慶和婢作夫人龐春梅一樣，導致生命內在平衡的破裂，釀成亡身敗家的人生悲劇！

信哉斯言。

符合封建規範的賢德女人——吳月娘

吳月娘是西門慶續娶的正妻，在封建大家庭的特殊結構中是大婦主母，同時在「金瓶梅世界」裏是貫穿全書的重要人物。吳月娘的結局是除孟玉樓以外最好的了，「壽年七十歲，善終而亡」。但她們的性格和活動顯然含有另外的意義，主要的已經不是表現「以淫說法」和強調「戒淫」的主旨了。

對於吳月娘這個人物，讀過《金瓶梅》的人都是不會忘記的。但在我們的生活裏，她的名字遠遠不像金、瓶、梅那樣流行，這或許是這個人物的性格特點不像金、瓶、梅那樣突出。因此，對她的看法是曾經有爭論、而且現在也仍然可能有爭論的。

比如崇禎本批評她具「聖人之心」，是一位「賢德之婦」。可是到了清代，那個把《金瓶梅》作了仔細、翔實評點的張竹坡卻指責吳月娘是一個愚頑貪婪、奸詐以及縱容西門慶做壞事的婆娘。當今研究《金瓶梅》的一些學者也還是把她看作是一個有心計、很陰險的人物，「只是披了一張假正經的畫皮而已」。當然也有人對吳月娘持基本肯定的態度。

而我對於小說中的人物和作家的傾向以及讀者的態度，始終堅持一種理念，即：建立在細讀文本的基礎上，從作家創造的藝術世界來認識小說人物的性格特性，又從作家對人物情感世界帶來的藝術啟示去評定人物在作家藝術創造中的地位，最終落腳到作家比前人做出了什麼新的貢獻。如果這一理念和方法尚能成立的話，那麼，我們可以說，對吳月娘的這種截然不同的道德判斷，雖然帶有批評者強烈的主觀性，卻從客觀上反映出這一形象內涵的複雜性。

吳月娘是左衛吳千戶的女兒，家庭的出身，使她深受封建道德的教養，「舉止溫柔，持重寡言」，事事處處以三從四德約束自己。小說借吳神仙之口稱讚她：「面如滿月，家道興隆」，「聲響神清，必益夫而發福」，「乾薑之手，女人必善持家」，「照人之鬢，坤道定須秀氣」。這雖然是相面，而且又是出於吳神仙之口，誇大其詞是顯而易見的，但是，這些話也隱含著作者對她的褒揚。因為在西門慶這個被人稱為「淫窩子」的

家庭，吳月娘以順為正，恪盡婦道，實屬不易。

然而，也有一些研究者和讀者認為吳月娘「虛偽」「自私」「奸險」「盲目自大」，等等。當我看到說吳月娘「奸險」時，我立即想到 20 世紀 50 年代何其芳先生為《紅樓夢》寫的那篇長序，他在分析薛寶釵這一人物的複雜性時，即針對有的人說薛寶釵「奸險」時說：

> 曹雪芹如果要把薛寶釵寫成個女曹操，為什麼不明白寫她的奸險，卻讓我們來猜謎呢？

緊跟著他又指出：

> 是有那樣一些讀者，他們把小說當作謎語來猜。他們認為書上明白寫的都沒有研究的價值，必須刁鑽古怪地去幻想出一些書上沒有寫的東西出來，而且認為意義正在那裏。[6]

這些話已經過去了整整半個世紀了，然而我至今還認為它有很重要的現實意義。我們是不是也應從小說中明白的形象描寫看清楚吳月娘的思想、性格和行為呢？

現在我們先不妨選一則典型的事例，看看笑笑生是怎樣寫吳月娘的。

由於潘金蓮的挑撥，吳月娘同西門慶兩人連話都不說了。吳月娘的哥哥來勸她說：

> 你若這等，把你從前一場好都沒了！自古癡人畏婦，賢女畏夫，三從四德，乃婦道之常，今後姐姐，他行的事，你休攔他……才顯出你賢德來。

我們可以肯定，除了她受著家庭的教育以及信奉的三從四德外，僅從身分來說，她作為西門慶正式娶過來的妻子，在那個社會，她必然要順從丈夫乃至是忠誠於丈夫，只有這樣才符合「賢德」的標準。進一步說，在西門慶這樣的家庭裏，她能潔身自好，西門慶死後又不受物欲與情欲的引誘，保持清清白白到最後，這就與西門慶的幾個妾形成鮮明對比，即使和孟玉樓也很不同。

按照書中的描寫，吳月娘主要是一個忠實地信奉封建正統思想，特別是信奉封建正統思想給婦女們所規定的那些奴隸道德，並且以她的言行來符合它們的要求和標準的人，因而她好像是自然地做到了「四德」俱備。如果我們不喜歡在她身上的虛偽，那也主要是由於封建主義本身的虛偽。她受到西門家族上上下下的敬重，主要是她這種性格和環境相適應的自然的結果，而不是她的虛偽與「奸險」。認為吳月娘的一切活動都是

6　何其芳《論紅樓夢》，北京：人民文學出版社 1958 年，頁 95-96。

有意識地實施她的奸險的計畫，不符合小說中的描寫，又縮小了這個人物的思想意義。當然，她的言行也不可能完全沒有矯揉造作、妄自尊大和虛偽之處，但這和奸險還是有程度上的差別。

當然，最為讀者詬病的是她幫助西門慶出主意如何拐騙李瓶兒的財物，她提出：

> 那箱籠東西，若從大門裏來，教兩邊街坊看著不惹眼？必須如此如此：夜晚打牆上過來，方隱密些。

後來西門慶果然就是按照吳月娘這個法兒辦的。而且吳月娘領頭並且親自接運，運來的箱籠財物又藏在吳月娘的房裏。這件事，吳月娘有助紂為虐之嫌，但是西門慶與李瓶兒關係的發展，吳月娘事先對西門慶是有過提醒的，可是作為西門慶的妻子，她的「賢德」的「忠誠」，只能讓她和西門慶一塊兒坑人。對這一類事無須為她辯解。

作為西門慶這個大家庭的大婦主母，我看她主要做兩件大事：一是在經濟上助夫理財；二是協調各房的關係。在理財上不用多說，吳月娘一直掌控西門慶的家財，西門慶送件衣服，也得先向吳月娘打招呼。一次潘金蓮向西門慶要皮襖沒有事先告知吳月娘，結果惹她老大的不高興。不過西門慶每遇大事都是要和她商量，李瓶兒財產轉移一事處處是按照吳月娘的主意辦的，而蔡京府中的大管家翟謙要西門慶幫助買妾，也都是吳月娘出主意，妥善地解決的，儘管餘波未盡，但還是顯示出吳月娘的心計，應當說她是個有頭腦的人。在那個社會，那樣的家庭，讓她這樣的主婦大公無私是不可能，她只能做到為西門慶這個家的財產「自私自利」。她的人生哲學也如一般管家之人和當妻子的人一樣，「逢人且說三分話，未可全拋一片心。老婆還有個裏外心兒，休說世人」。聽了這些話，你也許很不喜歡這樣的女人，但是西門家族後來還能堅持一段時間，和吳月娘的治家有方不無關係。

關於協調各房的關係，這可是個大藝術。西門慶可算是妻妾成群了，可是他仍不滿足。包占妓女李桂姐，一下就花五十兩銀子，他又一個接一個地迎娶新妾，吳月娘也只能睜一眼閉一眼，有時加以規勸，提醒他要保重身子。與五妾相處，「親親噠噠說話兒」，也算夠大度了。對於李瓶兒，原來她反對西門慶把她迎娶家中，後來娶進來了，還懷上了西門慶的孩子，後來又生了下來，吳月娘真是關懷備至，如同己出；她對潘金蓮的態度矛盾，也是因為潘金蓮常給她下絆子，弄得她非常生氣，西門慶死後，潘金蓮越發不堪，吳月娘忍無可忍，才把她打發出去；而孫雪娥受了潘金蓮的氣以後，也是向吳月娘哭訴。這都證明吳月娘在協調幾個妾的關係上還是很有辦法的：後來西門慶和奶媽如意兒通姦，潘金蓮又去告發，她下定決心不聞不問，至於西門慶和林太太的臭事她竟渾然不知！總之，你無須把「正面人物」的桂冠戴在吳月娘頭上，但我們也無須把她看成是

個品質很壞的人，我們看到了吳月娘有心機，從她身上也看到了封建主義的虛偽，但她在這樣的時代、這樣的家庭，在多重複雜的關係裏，保清白於最後，也算不容易了。作者對她的寬容，更讓我們看到這位符合封建道德規範的賢德的女人，是一個很真實的、有說服力的現實「存在」！

列夫·托爾斯泰為了總結自己對生活的思考，並把這一思考傳達給眾人，寫了一本非常有趣的書——《生活之路》。其中有一段話很值得我們玩味：

> 任何一個人都有自己的思想和自己的話語。在一個人看來是不好的，在另一個人看來就是好的；對你來說是毒藥，而對另一個人來說則是甘甜的蜂蜜。話這樣說無所謂。我看的是那找我來的人的心。[7]

《生活之路》是托爾斯泰的絕筆之作。生命經驗和人生體驗是他創作智慧的基石。他言簡意賅的話語讓我們感到太多的文化蘊涵、哲理。上引的話，我覺得對我們理解人生、藝術和人物形象大有裨益，對一部始終有爭議的小說包括其中的人物，我們有必要思考他的話。

社會的毒瘤，人性的腐蝕劑，前無古人的幫閒——應伯爵

笑笑生在他的小說裏最不齒的一個人就是應伯爵。也許出於他的深刻的人生體驗，他對應伯爵之流的諷刺之尖刻簡直不留絲毫情面。應伯爵式的人物，千百年來在社會生活中真是不絕如縷，時至今日仍然可以看到此類人物的面影。

笑笑生的《金瓶梅》，對中國小說史的貢獻是多方面的，而在人物塑造上，應伯爵這一典型的創造在明代小說之林中是首屈一指的，說「前無古人」絕非誇張之語。也許熟悉文藝理論的讀者認為作者對此類人物的批判不應由作者直接出面，而應是自然流露的「傾向性」。然而我們還是看到作者那溢於言表的憤激之情，也許應伯爵這樣的人傷害過作者？但是，我想，作者絕不會如此心胸狹窄，而是看到應伯爵式的人物，或是應伯爵之流，乃是社會的毒瘤。「幫閒」這一特殊稱謂和他們的行徑，其危害性也許不僅僅限於對某一個人、某一個小集團的腐蝕，其實，它對整個社會有著太大的破壞力，這一點，具體到《金瓶梅》還不可能全面表現出來。但一經把這種應伯爵現象延伸、延續地來看，他真的是生活和人性的腐蝕劑。

應伯爵在小說中確實沒有自己獨立的故事，這不是因為他不是小說中的主角，而是

7　列夫·托爾斯泰著，王志耕譯《生活之路》，北京：中國人民大學出版社 2006 年，頁 49。

因為他扮演的角色不可能構成自己獨立的故事。

幫閒就是幫主子消閒。主子要吃喝玩樂，主子要顯擺自己的富有、權勢，就不可能沒有幫閒分子去「打托兒」。應伯爵是一個把一份家財都嫖沒了的傢伙，為了生存他很自然地追隨有權有勢有錢的子弟幫嫖貼食，「在院子中頑要」，這個破落戶就獲得了一個「雅號」——應花子。一般地說，幫閒人物多不是蠢材，而是往往有不可小覷的聰明勁兒，且奇技淫巧樣樣皆通。但是，幫閒必須具備一種品性，這就是厚顏無恥。正是在這一點上，笑笑生把應伯爵的醜行勾畫得真是淋漓盡致。

既然應伯爵沒有自己獨立的故事，我們就不妨取其片段，看看這位幫閒人物是何等模樣。

應伯爵傍西門慶，主要是在妓院，他既可打諢湊趣，也可以揩油抽頭。他第一次亮相就是隨西門慶到麗春院去梳攏李桂姐。第二次是元宵夜，和西門慶逛燈後又到麗春院。西門慶出錢擺酒，應伯爵則搖那如簧之舌營造歡笑氣氛，他臨場發揮，講了一個關於老鴇的笑話，逗得大家哄堂大笑。這段情節之所以重要，是因為應伯爵第二次出場就把一個幫閒的複雜心情表現出來。他既嘲諷了老鴇兒的趨炎附勢以映襯自己家勢敗落後人情冷暖帶給他的心酸，同時也透露了笑笑生對他的諷刺只因為他不過是為有錢有勢的主子插科湊趣，為他們墮落的生活再添加點佐料。幫閒的哲學就如應伯爵所說：「如今時年尚個奉承。」這是認識他的關鍵字。「奉承」乃是時尚。應伯爵的全部聰明才智就是為西門慶尋歡作樂服務的，而他竟也在這一場場逢場作戲中求得一點點滿足。在陶醉於自己的小聰明發揮得很成功時，也要揩點油，補償一下他可鄙可悲的無聊付出。

應伯爵的幫閒生涯，還有一個很突出的特點，即為了諂媚求生而不惜糟蹋自己。最典型的例子是他在妓女鄭愛月面前的表演。一天他跟隨西門慶到鄭愛月處，倒上酒後請鄭愛月喝，而鄭愛月故意刁難他：「你跪著月姨兒，教我打個嘴巴兒，我才吃。」應伯爵幾經周折還是「直撅兒跪在地下」。而鄭愛月卻乘勝追擊說：「賊花子，再敢無禮傷犯月姨兒？……你不答應，我也不吃。」最後應伯爵徹底投降，挨了鄭愛月兩個嘴巴，還要連聲說：「再不敢傷犯月姨了。」這雖然是幫閒與妓女打情罵俏的小小鬧劇，但應伯爵真是醜態百出。從中我們深切瞭解到一切幫閒都是為了博得主子的歡心而自輕自賤，這種為了精神和物質揩點油的行為，只能付出作為人的最後一點點尊嚴。

幫閒之流更讓人不齒的可能是他們的背叛意識和背叛行為，這也許是他們從事這類行當的必然性格。因為「地位決定性格」[8]，從事幫閒這份「職業」的幾乎沒有不懂「背叛經」的。以奉承、拍馬、揩油等為生的人，一當失去舊主子必然千方百計投靠新主子，

8　培根語。

這是符合幫閒的人生邏輯的。不同的是，在「金瓶梅世界」裏，應伯爵是眾幫閒的帶頭人，出謀劃策的是他，下手最狠的是他，當然最無恥的也是他。

西門慶死了，到了「二七光景」，就以應伯爵為首，糾集了西門慶的生前好友，為西門慶搞了一次別開生面的祭奠活動。他們每人出一錢銀子，經仔細核算，仍可以從死鬼身上揩出一點油水，而且深表遺憾的是西門大官人怎麼只「沒了」一次！這些諷刺雖失之油滑，但勾勒應伯爵之流的無恥倒也是入木三分。

西門慶屍骨未寒，應伯爵就投奔了張二官，「無日不在他那邊趨奉，把西門慶家中大小之事，盡告訴他」。他知道李嬌兒又回到妓院，立刻告訴張二官，一手促使張二官花了三百兩銀子，把李嬌兒娶到家中，做了二房娘子。緊跟著，他又重點介紹潘金蓮生得如何標緻，如何多才多藝，如何好風月，把個張二官忽悠得想馬上把潘金蓮娶到家中，為自己受用。想當初，他在西門慶面前「百計趨承」，而今卻是「謀妾伴人眠」，說明新主子挖舊主子牆腳的奴才。

應伯爵卑劣的背叛行徑其實更重要的是坑害西門家庭中的弱婦寡女，這就是民間指斥的那種缺德行為了。

事情是這樣的：西門慶死前，由李三、黃四兩個人牽線，做一筆古董生意，由家人春鴻、來爵和李三到兗州察院找宋御史討批文。可是在帶回批文的路上，他們就聽說西門慶已死。李三頓生歹意，他和來爵、春鴻商議，想隱下批文去投張二官。如來爵、春鴻不去，就給他們十兩銀子，讓他們回去後隱瞞實情。來爵見錢眼開，同意了。而春鴻則不肯欺心，但迫於形勢，含糊地應承下來。到家後，春鴻把真情告知吳大舅。吳大舅和吳月娘，也告訴了應伯爵，提到李三、黃四在西門慶死前尚欠本利六百五十兩銀子，準備通過何千戶告李三、黃四的狀。應伯爵得知這個情報後，先穩住了吳大舅，回過頭來找到了李三、黃四，通風報信，並出謀劃策，巧施詭計，提議先收買吳大舅，孤立吳月娘。應伯爵的這個「一舉兩得」，「不失了人情，又有個終結」的主意讓人聽後真是不寒而慄。本來投奔張二官，既是應伯爵的自由，也是他的身分、性格的必然，然而，一旦反過來成為一種破壞力量，那就真真是人們所說的「中山狼」了。

作者笑笑生似乎還是壓不住他的義憤以及對幫閒者的厭惡，終於發表了一大段議論，表達他對幫閒者的認知：

> 看官聽說：但凡世上幫閒子弟，極是勢利小人。見他家豪富，希圖衣食，便竭力承奉，稱功誦德。或肯撒漫使用，說是疏財仗義，慷慨丈夫。脅肩諂笑，獻子出妻，無所不至。一見那門庭冷落，便唇譏腹誹……就是平日深恩，視如陌路。當初西門慶待應伯爵，如膠似漆，賽過同胞弟兄，那一日不吃他的，穿他的，受用

他的？身死未幾，骨肉尚熱，便做出許多不義之事。正是：畫虎畫皮難畫骨，知
人知面不知心。

笑笑生這番話，說不上多深刻，但正如前面我所說，似乎作者有一種切膚之痛！本來，
世態炎涼並不僅僅見於幫閒小人。本來「火裏火去，水裏水去，不求同日生，只求同日
死」的誓言還在耳邊迴響，然而一轉眼就會視若陌路之人。難怪有人感慨萬端地說：只
要天下還存在財富、權勢、地位之懸殊，就免不了大大小小的應伯爵式的人物滋生漫延，
並在社會上成為最活躍的角色。

《金瓶梅》文本思辨錄

《金瓶梅》的正題和反題

關於《金瓶梅》的價值儘管眾說紛紜，但我們仍然執著地認為，無論把它放在中國世情小說的縱坐標還是世界範圍同類題材小說的橫坐標中去認識和觀照，它都是一部輝煌的傑作。只是由於過去那舊有的狹窄而殘破的閱讀空間，才難以容納它這樣過於早熟而又逸出常規的小說精品。

值得慶幸的是，近三十年來，隨著學術氣氛的整體活躍和廣大讀者閱讀空間的拓寬，對《金瓶梅》的閱讀和研究開始沿著復蘇、建構、發展、品味的軌跡演進。而在研究方法上也由單一走向開放，課題也由狹窄走向寬闊，小說文本與審美也不斷勾連整合，於是《金瓶梅》的研究才真正建構成一項專門的學問了，這就是現在人們泛稱的「金學」。

一位作家，一部作品，被讀者和研究者提升到「學」的位置就標誌著它已向縱深方向發展了。君不見，與《金瓶梅》同樣享有盛譽的金庸的武俠小說，就被稱之為「金學」。至於《紅樓夢》早就被定格在小說閱讀與研究的最高也是最顯眼的位置——「紅學」。「紅學」的確立主要是研究學派的紛呈，以及作為其基礎的廣大讀者不同的閱讀傾向和審美趣味。那麼作為《金瓶梅》研究深入的標誌，即「金學」的建構，同樣也是由紛呈的流派所決定，不能想像，已經進入了「顯學」，還是一言堂、一種聲音、一種觀點？事實是它必定是五音雜陳、「眾聲喧嘩」的。於是，我在這各唱各的調又有交叉的聲音的基礎上，做了一點爬梳的工作，歸納出幾組有趣的論題。這些論題就像哲學上的那個「二律背反」似的，有了「正題」，就會引來「反題」，讓你看了不能不感到想介入，有一種也想去參加這種有趣的討論的衝動，請看：

(一)關於《金瓶梅》的思想傾向

1. 正題：《金瓶梅》具有反封建傾向，它通過對一個典型的豪紳惡霸家庭的興衰的描寫，以批判的筆觸，深刻地暴露了封建社會的種種罪惡與黑暗，並預示了當時業已腐朽的封建社會必然衰亡的前景。

2. 反題：《金瓶梅》對理學沒有正面的抨擊，西門慶是經商發跡，潘金蓮是妓女（？）出身，被作者當作肯定形象的吳月娘，則是封建思想灌注的典型，又何談反封建傾向？它只不過表現了封建社會「世紀末」的淫蕩，我們從《金瓶梅》中看到的，是這個「社會還是那麼根深蒂固的生活著」[1]。

(二)關於西門慶

1. 正題：西門慶是一個集官僚、惡霸、富商三位一體的封建勢力的代表人物。
2. 反題：西門慶是 16 世紀中國的新興商人。

(三)小說對西門慶及其時代的基本評估

1. 正題：《金瓶梅》的主人公西門慶，正是在朝向第一代商業資產階級蛻變的父祖。如果中國的歷史繼續按照自己的方向正常運轉，他就將是兩千年封建社會的掘墓人，他的暴發致富和縱欲身亡的歷史，是一齣人生的悲劇[2]。
2. 反題：說《金瓶梅》具有反封建的傾向、反映了明代資本主義的萌芽，那是把日薄西山的一抹晚霞當作東方欲曉的晨曦了。西門慶掙斷了「天理」的韁索，同樣也失落了人性，膨脹了的是動物性的原始情欲。

(四)關於小說中性的描寫

1. 正題：《金瓶梅》關於性行為的描寫恐怕不僅僅是封建統治者荒淫無恥的反映，而應當是與當時以李贄為代表的、把「好貨好色」作為人類自然要求加以肯定的進步思潮有關。《金瓶梅》寫這些，雖然是一種歷史局限，但其中卻也包含著暴露成分。
2. 反題：作者以猥褻的筆墨作了赤裸裸的色情描寫。這些描寫對刻畫人物、反映時代毫無必要，完全是為了迎合當時淫靡腐朽的社會風氣和一些讀者的低級趣味。應當指出，這些文字是格調卑下的，給小說蒙上了一層只能稱之為淫穢的色調[3]。

(五)關於創作方法

1. 正題：《金瓶梅》是一部現實主義的小說。或曰，作為一部現實主義巨著的《金

1　包遵信〈色情的溫床和愛情的土壤〉，《讀書》，1985 年第 10 期。
2　盧興基〈16 世紀一個新興商人的悲劇故事〉，杜維沫、劉輝編《金瓶梅研究集》，濟南：齊魯書社 1988 年。
3　蔣和森〈一件有意義的工作〉，《文藝報》，1988 年 3 月 26 日。

瓶梅》還是帶著一些非現實主義的成分。

2. 反題：《金瓶梅》是一部自然主義作品。或曰，它更近似自然主義，正像《三國演義》之近似古典主義，《水滸》之近似現實主義，《西遊記》之近似浪漫主義一樣。

如果時間允許，當然可以繼續列舉下去。比如李瓶兒、春梅的性格前後是否統一、西門慶能否稱得上是雜色的人，《金瓶梅》的結構是否凌亂，等等……

應當承認，關於《金瓶梅》的這些「爭議」，與《金瓶梅》本身的矛盾有著深刻的聯繫。從文藝思潮史看，16 世紀末，笑笑生步入文壇，是時浪漫主義的小說出現了裂縫，古典主義有回潮之勢，唯美主義打出了旗幟，現實主義尚在混亂之中。這是一個流派蜂起、方生方死的時代，既是新與舊更替的交接點，又是進與退匯合的漩渦。笑笑生正是站在這樣一個十字路口上，瞻前顧後，繼往開來，他是小說創作上的伊阿諾斯（羅馬神話中的兩面神）。他的文藝思想在時代思潮的衝突中形成。又反映了時代思潮的變化，有卓見，也有謬誤，豐富複雜，充滿矛盾，其中既有傳統的觀念，又蘊藏著創新的因素，既表現出繼承性，又顯露出獨創性，成為後來許多新流派的一個有跡可尋的源頭。事實是，《金瓶梅》的作者在藝術構思和藝術傳達的過程中也有自相矛盾之處。而在一定意義上，閱讀和研究中的「二律背反」不過是小說作者創作心理及小說本身固有的矛盾的某種反映。正題反題，言各有據，對立的審美判斷在深入剖析小說本身的矛盾過程中不難發現彼此之間的調和和統一的可能性。熱鬧的爭論以後必將使人們對《金瓶梅》本身進行冷靜、清醒的反思和總結。

但是，如果把關於《金瓶梅》的「二律背反」完全歸結為小說創作上的矛盾，恐怕也有點簡單化。如果認為小說的閱讀受著小說創作中的矛盾的左右，必然貶低當前小說理論意識的整體水準。事實上，關於《金瓶梅》的熱議又是同《金瓶梅》的優點聯繫在一起的。這部小說一反中國古典小說長期停滯在逐奇獵異和神鬼怪誕的陳舊格套之中，它不把小說當作隨意瞎編的非常之人的傳奇，而是把筆觸伸向了日常的普通的現實生活，並對封建社會的世態人情作了細緻的和頗為生動的藝術描寫。這就是說，由於《金瓶梅》更接近生活常態，更能直面生活的複雜性，因而有更強烈的生活實感，這在客觀上使廣大讀者和研究者在評議時往往不像是面對小說，而像是面對生活。而面對生活會產生無窮系列的思辨爭論。小說的生活實感越強，讀者產生多義理解的可能性也越大，小說研究和評論的天地也就越寬廣。如果我們不去管什麼正題反題，而是索性把這種現象看作視閾和視角不同，可能也是一種明智之舉，這就是詩人早就指點、啟示我們的方法：橫看成嶺側成峰。應當說這是一種拓寬閱讀和研究空間的最佳方式，也是學術寬容的姿態。

其實，根據我六十多年從事文學史、戲曲、小說的教學和科研的經驗和教訓，我逐

漸摸索到一條認知文學文本,特別是認知名著和經典文本的路徑或曰一種理念:無須共同理解,但求各有體驗。

從第一個層面來看,像《金瓶梅》這樣的「奇書」,企盼大家立即理解,那它就不是「奇書」。沒有爭議的名著,肯定不是具有創造性的。如果《金瓶梅》的價值不是對原有模式的背離、對傳統意識的突破、對一般讀者閱讀習慣的挑戰,只是指望眾人理解,《金瓶梅》的原創性必然會大大降低,而平庸正在前面招手。事實只能是我們不能「共同」理解這部「奇書」,因為它創造了我們還不能全然理解而需逐步把握、詮釋的內涵,這便是小說發展史和小說批評的進步。

從第二個層面來看,一切讀者,不管是過去的還是現在的,對文學文本的理解都不是消極和被動的。讀者在自己的頭腦裏有一套原存的「程序」。這套程序就是他自己的文化知識、思想意識、學識修養和道德觀念的「資料庫」。一個人憑藉這個「程序」來理解他所看到的一切文本。所以,對於一個文學文本的解讀肯定會因為讀者頭腦中的程序不同而各異。所以,當人們面對像《金瓶梅》《紅樓夢》這樣的鴻篇巨制時,每個讀者眼中就更加仁智相異了,而且進一步有了「說不盡」和「一百個觀眾就有一百個哈姆雷特」之說。

用這種姿態來認識和解讀《金瓶梅》,我們在尋求這部小說的意蘊時,會是一種開放的、多種多樣的心態。然而光有這種心態是遠遠不夠的。我以為將心比心,以心會心或許更能準確地把握一位作家的心路歷程和一部作品的真髓。因為以心靈解讀心靈是一種真切的體驗,是一種平等的對話關係。因此我說心靈體驗是解讀經典名著的一把鑰匙,當然也是打開奇書《金瓶梅》的一把有效的鑰匙。

價值思辨

關於《金瓶梅》的價值以及關於《金瓶梅》價值的評價,近年有的學者提出了警告。並批評了《金瓶梅》的評論中的「溢美傾向」[4],指出對《金瓶梅》評論不能由大罵一變而為大捧,甚至捧得可與《紅樓夢》比肩。對這樣的提醒,我認為是很及時的,這裏確實需要我們有一個「真正的科學態度。」[5]

但是,如下的一些見解是否也屬於「溢美傾向」呢?——「書中所寫,無論生活,

---

[4] 宋謀瑒〈略論《金瓶梅》評論中的溢美傾向〉,徐朔方、劉輝編《金瓶梅論集》,北京:人民文學出版社 1986 年。
[5] 同註 3。

無論人心，都是昏暗一團」，「不是他無力發現美，也不是他缺乏傳播美的膽識，而是他所生活的社會過分齷齪。所以他的筆觸在於深刻地暴露那個不可救藥的社會的罪惡和黑暗，預示當時業已腐朽的封建社會崩潰的前景。至於偶爾透露出一點一絲的理想的微光，也照亮不了這個沒有美的世界。」[6]批評者認為這就是「溢美傾向」的一種表現，理由則是：「怎能把全書的『昏暗一團』委過於作者所生活的社會背景『過分齷齪』呢？《西遊記》的作者與《金瓶梅》的作者幾乎生活在同一個時代，為什麼《西遊記》又沒有那樣『昏暗一團』呢？就是吳敬梓、曹雪芹所生活的雍乾時代，其齷齪程度也不見得比《金瓶梅》最後寫定者所生活的隆萬時代遜色多少，《儒林外史》和《紅樓夢》也都極深刻地暴露了他們那個社會的『過分齷齪』，但他們的書卻絕不是『昏暗一團』的。」[7]這段批評文字寫來十分蹊蹺，也頗令人困惑。

眾所周知，《西遊記》與《金瓶梅》的作者雖然「幾乎生活在同一時代」；但是，一寫神魔，一寫世情；一個是把興趣放在非現實情節上，一個是追求紀實性；一個是浪漫色彩極濃，一個則是寫實精神極強。嚴格地說，二者完全是兩種類型的書，可比性並不大，它們只是分別代表當時小說創作的「兩大主潮」[8]。即使如此，也不能忽略魯迅在《中國小說史略》中評價《西遊記》時說的「諷刺揶揄則取當時世態」的特點和內容。在《西遊記》兩種類型的故事中，在切近現實的問題上有深、淺、明、隱不同的表現。比如一類故事明顯帶有影射明代黑暗政治的內容，如特別耐人尋味地在取經路上直接安排了九個人間國度，指明其中好些都是「文也不賢，武也不良，國君也不是有道的」國家。吳承恩在這裏只是撩起了幕布的一角，讓人們看到所謂人間諸國到底是什麼貨色。而另一類型的故事則是屬於涉筆成趣、信手拈來的諷刺小品，這些故事是封建社會徇私舞弊、貪贓枉法等黑暗腐敗現象的折射，它因超越了題材的時空意義而具有了象徵意蘊。這就是說，即使是作為神魔小說，《西遊記》也沒有忘情於對其生活的時代的暴露。至於說到「無論生活，無論人心，都是昏暗一團」，其實魯迅先生早就有言在先，即所謂《金瓶梅》「描寫世情，盡其情偽，又緣衰世，萬事不綱，爰發苦言，每極峻急」[9]。看來，「昏暗一團」正是當時社會的產物，何來「溢美之詞」？

不錯，文藝是對社會生活的反映，但有了這個大前提之後，我就要說，一部文學藝術作品在相當大的程度上又是個性和性靈的直率流露和表現。這種流露和表現得越多，

---

6 甯宗一〈《金瓶梅》萌發的小說新觀念及其以後之衍化〉，甯宗一《中國古典小說戲曲探藝錄》，
   鄭州：中州古籍出版社 1986 年，頁 91-112。

7 同註 4。

8 魯迅：〈中國小說的歷史的變遷〉。

9 魯迅《中國小說史略》，北京：人民文學出版社 1973 年，頁 155。

獨立性越強;而獨立性即藝術創造性,獨立性即超越時空的能力。常識說明,一顆樹上沒有兩片相同的葉子。在同一時代背景下,也絕沒有兩種完全相同的個性、性靈、內外閱歷、感受和體驗。因此,對於一部傑作來說,與其說是對象主體的魅力,不如說是創作主體的個性、性靈和氣質的魅力。丹納在《藝術哲學》一書裏,對藝術家有這樣一段描述:

> 藝術家在事物面前必須有獨特的感覺,事物的特徵給他一個刺激,使他得到一個強烈的特殊的印象……他憑著清醒而可靠的感覺,自然而然能辨別和抓住這種細微的層次和關係,倘是一組聲音,他能辨出氣息是哀怨還是雄壯;倘是一個姿態,他能辨出是英俊還是萎靡;倘是兩種互相補充或連接的色調,他能辨出是華麗還是樸素;他靠了這個能力深入事物的內心,顯得比別人敏銳。[10]

丹納對藝術家素質的論述完全適用於一切有獨創性的作家,其中當然也應當包括蘭陵笑笑生。

進一步說,對於一個研究者來說,面對一部作品,首先要承認它的作者審視生活的角度和審美判斷的獨立性,我們無權也不可能干預一位古代作家對他生活的時代採取的是歌頌還是暴露的態度。事實是,在古代,歌頌其生活的時代,其作品未必偉大,暴露其生活的時代,其作品未必渺小。我曾經說過:《金瓶梅》的作者不願寫出像人們已寫出的那樣眾多的樂觀主義的詩,他沒有流於唱讚歌的幫閒文人的行列。試想,彼時彼地,而且又是一個生而有才的人,只要寫出了樂觀主義的詩,就意味著他加入了現實中的醜的行列,那麼,《金瓶梅》就再也不屬於他所有,而說部也就會抹掉了這位笑笑生的光輝名字。正因為他不願趨於流俗,在《金瓶梅》的藝術世界裏才體現出蘭陵笑笑生創作個性和經由他的藝術感覺,放大和改變了的一個獨立王國。笑笑生所創作的《金瓶梅》的藝術世界之所以經常為人所誤解,就在於他違背了大多數人們的一種不成文的審美心理定勢,違背了人們眼中看慣了的藝術世界,違背了常人的美學信念。而我們則認為笑笑生之所以偉大,正在於他沒有以通用的目光、通用的感覺感知生活。因此對於一個失去價值支點而越來越趨於解體的文明系統來說,這種把生活、人心描寫成「昏暗一團」完全是正常的,如果笑笑生沒有把他所見到的醜的事物寫成「昏暗一團」,倒是不可思議的事了。法國作家福樓拜有句名言:「一個人一旦作為藝術家而立身,他就沒有別人那樣生活的權利了。」[11]按照我的理解,福樓拜指的是社會、人類賦予了藝術家一種高

---

10 〔法國〕丹納著,傅雷譯《藝術哲學》,北京:人民文學出版社 1963 年,頁 27。

11 李健吾《福樓拜評傳》,長沙:湖南人民出版社 1980 年。

尚的使命,需要一種對人類社會負責的精神,不能在生活上搞「隨意性」。既然明代中後期已成「衰世」,而且達到了「萬事不綱」的程度,一個忠實於生活的作家為什麼沒有權利去把所見到的一切寫成「昏暗一團」呢?笑笑生可不是一個失職的作家!

沃爾波夫有一句常被稱引的話:「這個世界,憑理智來領會,是個喜劇;憑感情來領會,是個悲劇。」[12]這就一針見血地說明了作家的主體意識是多麼重要了。作家的審視生活、感知生活、體驗生活不同,藝術感覺、內在氣質不同,就會建構起不同的藝術世界。真正偉大的作家是不會按一種模式來進行藝術創造和建構他的藝術世界的,因此他們和他們的作品也是難以被任何人模仿成功的。

歌德有言:「藝術的真正生命在於對個別特殊事物的掌握和描述。此外,作家如果滿足於一般,任何人都可以照樣模仿;但是,如果寫出個別特殊,旁人就無法模仿,因為沒有親身體驗。」[13]今天再不會有哪一家文藝理論愚蠢地要求不同的作家在同一社會環境和人文環境中都必須寫出一個樣式、一種傾向、一種色調的作品了。這是古典文學遺產之大幸,文藝研究的大幸,也是我們的大幸。

總之,竊以為,《金瓶梅》建構的藝術世界——「無論生活、無論人心,都是昏暗一團」——是蘭陵笑笑生對他所生活於其中的現實深深凝視的結果。而在這種深深的的凝視裏,讀者隨著他的筆鋒的運轉,每讀一句,停頓一下,發現一點新意,領略一下情志,於是,讀者滿有興味地一直讀了下去,合起來感受一個藝術世界,一個有著作者自己的發現的藝術世界!

藝術思辨

和「溢美」說相表裏的是對《金瓶梅》建構的藝術世界採取貶抑的態度。有人認為《金瓶梅》要講藝術成就「恐怕只能歸入三流」。在文章的註腳中說:「我翻閱了近年一些《金瓶梅》論文,大都肯定它在文學史上的地位,對它的藝術成就的褒揚很多。最近讀到美籍學者夏志清《金瓶梅新論》,對它的結構的凌亂、思想上的混亂以及引用詩詞的不協調,均有論列。」[14]對一部作品的藝術作審美判斷,因論者的文化修養和鑒賞眼光不一、評價標準殊異,作出的結論差異極大,這是司空見慣的事,我們無需糾纏,論

---

12 轉引自楊絳先生〈有什麼好——讀小說漫論之三〉,《關於小說》,上海:三聯書店 1986 年。
13 愛克曼輯錄,朱光潛譯《歌德談話錄》,北京:人民文學出版社 1978 年,頁 10。
14 同註 1。

個高下[15]。問題是，在對《金瓶梅》的藝術未做任何具體分析的情況下，就輕率地把它打入「三流」，也頗難以使人心服。而結論之根據似又與夏志清的一篇向西方英語讀者介紹《金瓶梅》的文章有關，這就不能不引起人們重新思考這個問題的興趣。

夏志清先生評價《金瓶梅》的文章，還是近年才從胡文彬先生編的《金瓶梅的世界》中看到的，後來又在徐朔方先生編的《金瓶梅西方論文集》出版時重讀了一遍，還看到了徐先生的介紹，而且特別關注這一段文字：夏文「對小說的藝術成就談得少了一些，可能美中不足，但對過高的評價《金瓶梅》藝術成就的流行傾向可能引起清醒劑的作用」。

如果從實際情況出發，縱觀一下古典小說研究領域，可以發現，幾部經典的大書中，《金瓶梅》是研究得最不充分的一部。時下雖有「金學」熱的趨勢，但對《金瓶梅》的文本研究是很薄弱的，而薄弱中最薄弱的環節又恰恰是對《金瓶梅》的審美價值缺乏實事求是的評估。因此，對《金瓶梅》的藝術成就有沒有「溢美」傾向、要不要糾偏、是否給一副清醒劑以冷卻一下發熱的頭腦，我以為還為時過早。時賢已經指出，對《金瓶梅》的文學分析難度是很大的[16]。因此，現在的問題是如何發現《金瓶梅》的藝術成就，細緻地分析它的藝術成就及其不足，以及通過比較研究，正確評估它的審美價值，而這其中發現和認識《金瓶梅》提供了哪些新的東西，則是最根本的。要而言之，對《金瓶梅》的藝術成就，在今天，還不是什麼評價過高過低的問題，而是需要深入研究其藝術成就以及對其藝術成就做出有說服力的分析的問題。

截至目前，我還沒有看到一篇文章認為《金瓶梅》是至善至美、無可挑剔的。似乎人們都看出了《金瓶梅》在思想上和藝術上的缺陷（其實其他幾部大書也無如此）。比如在人物、場面、情境和結構、細節處理上就確實存在不少瑕疵。但是，問題是不是到了「結構上凌亂」「思想上混亂」的程度呢？是不是就是一部「令人失望」的小說呢？這是需要做出明確的、有分析的回答的。

關於這部百萬字的小說的思想和審美的價值，上面已作了必要的申述，不再重複，這裏重點談一下《金瓶梅》的結構藝術。

張竹坡評點《金瓶梅》從系統論的觀點來看，一部小說就是一個由諸多元素組成的有機整體，而小說的結構實際上就是因這個有機整體內部各元素之間聯繫的性質和方式不同，使實現結構整體性的方法和途徑也就不同，由此產生的結構類型也必然多種多樣。

15　〔美〕萬·梅特爾·阿米斯著，傅志強譯《小說美學》，北京：北京燕山出版社 1987 年，頁 88。
16　何滿子〈《金瓶梅的思想和藝術》小序（代卷首語）〉，吳紅、胡邦煒《金瓶梅的思想和藝術》，
　　成都：巴蜀書社 1987 年，頁 4。

縱觀小說藝術發展史，沒有一部小說與另一部小說的具體結構形態是完全相同的。從這一意義上說，小說結構不可能也不應該被納入某種單一的固定模式。如果將千姿百態的生活強行納入某種固定的結構模式，必然會使生活發生畸變，從而歪曲生活的本來面貌。

但是，小說結構又不是無規律可循的。所謂小說結構類型，實際上就是小說結構規律的具體體現。在中外小說藝術發展史上，有兩種比較流行的小說結構類型，一為順敘式，一為時空交錯式。然而，嚴格地說，所謂順敘式和時空交錯式指的都是外在的小說敘事方式，而非人物性格和人物關係內在的結構類型。優秀的、大型的長篇小說，就人物結構和事件結構類型來說，大多是立體網絡式結構。結構類型雖然可以依據整體和部分、部分和部分之間的關係的性質來確定和劃分，但這種劃分只有相對的意義，實際上，純屬一種結構類型的長篇小說是絕無僅有的。絕大多數小說都是混合型的，只不過混合的程度不同而已，而立體網絡式結構，就是指那些混合程度比較高、包容結構類型比較多的結構形式。《金瓶梅》應屬此結構範疇。

《金瓶梅》的結構正是契合大家庭固有的生活樣式，抓住各種矛盾的相互影響和因果關係，歸結到大家庭由盛而衰終至崩潰這個總趨勢上。全書組織得既主次分明，又和諧均衡，這是得力於笑笑生開創的長篇小說結構形式，它適合於表現頭緒紛繁、事件錯綜、人物雜陳的內容。

富於創造性的是，《金瓶梅》把人物的隱顯過程作為結構線索，通過視覺的強化和淡出給人一種生活實感。從結構的整體來看，《金瓶梅》以遒勁的筆觸，在眾多的生活細節中，道出了西門氏家族中人與人之間複雜錯綜的關係，道出了每個人性格和心靈深處的隱微、震顫和波瀾。笑笑生的貢獻首先在於他找到了與小說內容相適應的非戲劇式的生活化的開放性結構。一方面，小說運用寫實性的手法，把活潑的、凌亂的生活形態如實地展現出來。另一方面，小說又不停留對在生活化效果的追求上，作者透過生活現象的表層，觸摸到暗伏在尋常的生活長流下、這個家庭成員之間激烈的較量與搏鬥。小說裏著重提煉的西門慶占有潘金蓮和李瓶兒的全過程，為西門氏家族的全體成員在心理上造成衝突；以李瓶兒之死為軸心形成人物心理情緒線，把所有人物結成了一張互相維繫、互相牽扯的網絡。人物之間既沒有簡單地構成前因後果的矛盾，又不是簡單地用層層鋪陳、環環相扣的情節演繹主題，所以人物的心態變化也不是簡單地、直線性地、單線條地呈現，而是像生活那樣在貌似關聯不大的零散的生活片段中，相互交錯、相互影響、相互滲透著向前推進。吳月娘、孟玉樓、李嬌兒、孫雪娥對西門慶占有潘金蓮、李瓶兒有著各式各樣的態度、心理和行為。除了和西門慶與潘金蓮這條主線有關聯外，他們每個人又因各自的生活經歷而鋪衍出一段段插曲。那些看似和小說主線無關的枝蔓，卻和主線交織起來，真實地展現出社會生活中人與人之間的關聯性，於是在一個開闊的

層次上體現出這個社會、這個家庭對人的潛移默化的塑造。小說如是的結構佈局、敘述方式和總體構想，既保有生活固有的「毛茸茸」的原生美，又比生活更集中、更典型。它多層次、多側面地攝取視角，盡可能追求形象的「雜色」「全息」和「立體」，顯示出人物性格、思想、感情、情緒、心理的全部複雜性。可以說，小說在一定程度上比較準確地把握了藝術和生活的審美關係。

具體地說，西門氏家族的興衰為圓形網狀結構中縱的主軸，西門慶與金、瓶、梅幾個主要人物以及其他人物的命運則是一條條橫的緯線；而這個家庭與社會的上上下下的聯繫則又構成了一條條經線，在編織任何一條緯線的同時，又順手把經線穿插於其間，其他緯線同時跟上，於是這張網就被托了起來，向四周擴展。這種錯雜，恰恰是作者追求的圓形網狀結構。

總之，從人物關係來看，《金瓶梅》的總體結構屬於立體網絡式。小說將線性因果結構進行了一次新的開拓性的試驗。一方面，小說通過主人公西門慶從暴發到毀滅這條貫穿線，展示了當時業已腐朽的封建社會的必然衰亡。另一方面，小說又沒有局限於僅僅圍繞西門慶一個人的命運，直線式地發展情節，而是以此為貫穿線，串起了一系列當時社會生活的生動場面和片段，如李瓶兒與花子虛、蔣竹山，王六兒與韓道國兄弟，宋惠蓮與來旺等的糾葛，從而多方面地展示了市民社會的生活面貌和風俗。就西門慶的命運這條線來說，小說各部分、各段落之間具有明顯的線性因果關係，從而保證了小說具有較強的向高潮發展的衝力。而就當時市民生活的各種場面和片段來說，各部分和各段落之間則是作為同一主題的不同變奏部出現的。這些具有相對獨立性的變奏部，不僅使小說的題旨含義更加豐富，也使整部小說充滿了鮮明的時代感和濃郁的生活氣息，而從整個小說的結構來看，則無論是具有線性因果關係的段落，還是具有主題變奏關係的段落，最後都有機地融合在一起，形成了一種立體交叉式的格局，儘管這個格局還不夠嚴密完整。

那麼，《金瓶梅》的結構是靠什麼來獲得整體性和統一性的呢？同樣，它和其他幾部著名的中國古典長篇小說一樣，也是靠整體、具體的題旨含義。題旨含義、思想骨架，作為結構整體性的基礎，作為吸引、凝聚各部分和細節的基石，作為小說中普照一切的太陽，對任何小說結構類型都是一樣的，正如先哲所說：「這是一種普照的光，一切其他色彩都隱沒其中，它使它們的特點變了樣。這是一個特殊的乙太，它決定著它裡面顯露出來的一切存在的比重。」[17]

探討《金瓶梅》的結構藝術及其他諸藝術的元素，本應從縱向和橫向兩個方面同時

17　馬克思〈政治經濟學批判導言〉，《馬克思恩格斯全集》第二卷，北京：人民出版社 1957 年，頁757。

進行，限於篇幅，我們只能從以上一個角度來論證《金瓶梅》的結構藝術並非如某些論者所談的那樣已達到凌亂的地步，並應歸入「三流」。而在我的這篇文稿中，對小說的情緒結構、畫面結構同深層結構、表層結構則未曾涉及，而小說結構的整體性與開放性的關係這個既具有實際意義又具有理論價值的美學課題，也只能留待以後有機會再去探討和交流了。

性：美好和邪惡的雙刃劍

歷史久遠的沉默，往往是一種久遠的期待，期待著公平、客觀的認知和耐心的品味。

現代文學史上的著名作家林語堂先生在他那部《生活的藝術》一書的自序中，列舉了十來位他認為是中國文化史上傑出的人物的名字。他讚揚這些人，「全是不依傳統的人，這些人因為具著太多的見解，對一切事物具著太深的感覺，所以不能得到正統派批評家的喜悅，這些人因為太好了，所以不能遵守『道德』，因為太有道德了，所以在儒家的眼中是不『好』的」。

我不知道林先生是有意回避那位更富有「獨立見解」、更具有挑戰性的人物——蘭陵笑笑生，還是同樣漠視這位小說巨擘的巨大存在。因為在我的印象中，笑笑生要比林先生提到的張潮更「感覺敏銳」、更「熟悉事故」；比袁中郎更「戲謔詼諧、獨出心裁」，即同樣「不依傳統」，而富有更強的叛逆性。令人遺憾的是，早在 1937 年林先生做出的預言，在他提到的人物畫廊中，確實在今天一個一個地開始被證實又都成為現實。而蘭陵笑笑生和他那部給他招來無窮災難的《金瓶梅》，卻始終不為更多的人認同，笑笑生仍然是一個「孤獨者」，一個被看作是「另類」的人物，他的書還被一禁再禁，一刪再刪！

如果你打開張竹坡批評第一奇書的《金瓶梅》第一頁，就會赫赫然看到純陽真人的七絕：

> 二八佳人體似酥，
> 腰間仗劍斬愚夫。
> 雖然不見人頭落，
> 暗裏教君骨髓枯。

這是「色箴」，還是「色戒」？不過我們卻驚奇地發現，這首詩和以後寫男女交歡的很多詩一樣，都像是戰場上你死我活的廝殺！這就又和房中書的告誡完全相反了。

「金瓶梅世界」令人瞠目的是，人人色膽包天，個個淫心熾盛。性行為已成了一種隨時隨地都在發生的日常活動。對於小說主人公西門慶來說，處理公務家事和應酬賓客中的片刻空閒、午睡醒來的困懶、澆完花木後的無聊等等，性行為都成了他最重要的，甚

至是唯一的享樂方式。小說另一位主角潘金蓮日日把攔著漢子，仍不滿足她的性要求，間或還要拿琴童和陳經濟來解渴。李瓶兒好風月，對蔣竹山不滿的原因之一也是蔣竹山滿足不了她的性欲。而春梅也因淫欲過度，得了「骨蒸癆」，最後死在了姘夫的懷中！

主子不分男女都無節制地性放縱，奴才中通姦偷情的事也是連綿不斷。書童與玉簫、玳安與小玉、來興與如意兒等等，都在釋放他（她）們的「性壓抑」。

綜觀《金瓶梅》全書的每一處性描寫，我們可以清晰地看出，傳統小說中常見的情愛與美感的因素已經完全被排除在外。但現在的關鍵是「性」描寫並不可怕，問題倒是以什麼筆法來描寫。《金瓶梅》的性描寫的最大特點是露骨，即直接的、不加掩飾的、毫不含蓄地寫性交場景和諸多細節，這就成了批評者反復批評的「穢筆」，也是《金瓶梅》在各個時期被刪被禁的根本原因。我們通常看到的 1985 年人民文學出版社的《金瓶梅詞話》刪去了 19161 字；齊魯書社 1987 年版的《張竹坡批評第一奇書金瓶梅》刪去了10385 字；人民文學出版社出版的「世界文學名著文庫」本的《金瓶梅詞話》刪去的字數較少，但也是把特別露骨的性交場面和「穢筆」刪去了四千多字，而對描摹性情景的詞曲則大部分給予了保留；作家出版社 2010 年出版的卜鍵《雙舸榭重校評批金瓶梅》，刪去性描寫三千字，這是迄今我們看到的「通行本」刪去字數最少的一部了。

但是，人們要問，性，真的是洪水猛獸嗎？性描寫，在「金瓶梅世界」真的是多餘的「穢筆」嗎？對此，可以見仁見智，但是一個不可否認的事實又確實存在，即我們即使閱讀刪得非常乾淨的「潔本」，只要是一位認真的讀者也都會感到「性」在全書中如幽靈一樣無處不在，它融入到小說描寫的所有日常生活和細節刻畫之中。性心理、性情趣、性話語也幾乎滲透於各個人物和情節之中，這一切是我們在閱讀《金瓶梅》時無法回避的一個大問題。

實事求是地說，從這部小說的整體藝術結構來看，笑笑生對性交場面的安排，比如詳略、顯隱、疏密、冷熱，似乎都有所考慮。但值得注意的是，作為西門慶生活中的最大的享樂方式和最大樂趣，性活動始終是和他的其他貪欲的追求緊密地聯繫在一起，並同樣被納入到由盛到衰的總體趨勢之中，這一點就顯得很重要了，因為它們既有渲染色情的效果，但也可能或就是另有寓意了。這是「金瓶梅世界」的一個方面。

另一方面，我們還要看到，在西門慶的成群妻妾中，很必然地產生一種性氛圍，一種有時看得見、有時看不見的那種性競爭的「場」。一人竟擁有六個固定的女人，外面還有頗具威脅性的對手，這就必然形成性競爭。在「金瓶梅世界」中潘金蓮就扮演著這樣一個最活躍也最露骨的角色。笑笑生針對這種情況發表了他的意見：

　　看官聽說，世上婦人，眼裏火的極多。隨你甚賢慧婦人，男子漢娶小，說不嗔，

> 及到其間，見漢子往他房裏同床共枕，歡樂去了，雖故性兒好煞，也有幾分臉酸心歹。

事實上，在「金瓶梅世界」中，我們分明看到了那熱火朝天的爭奪男人的拼搏。在性競爭中，有的人丟了面子，有的人挨了打，有的人甚至連命都送掉。

主子內部如此，參與這種性競爭的還有奴才和夥計的老婆，如王六兒、賁四嫂、來旺媳婦等；除此之外就是更有色與欲實力的妓女，如李桂姐、鄭愛月兒等一批女人。三種勢力，有分有合，有打有拉，於是「金瓶梅世界」給你展示的除「性」以外，其背後就是「利」的交易了。比如西門慶一貫在枕席間同他的女人們搞肉體和財物的交易。或為了獎勵這個女人「枕上好風月」，立刻就交付一件價值不菲的衣服。比如王六兒滿足西門慶性的怪癖時，就可以得到她想要的財物。就是在這些性描寫中，我們的作者如此巧妙地把男人的好色與女人的貪財並置在一起。這種設色佈局大大沖淡了性交描寫的刺激效果，而讓人們感受到女人為了「物」而供他人享用的悲哀。這就是繡像本《金瓶梅》的評點者所說的那句名言：

> 以金蓮之取索一物，但乘歡樂之際開口，可悲可歎。

另外一個最典型的例子當然是王六兒和西門慶的私通。王六兒在獲得性滿足時也獲得了財物的滿足。只是一切都在性交過程中，這倒也是令人匪夷所思了。

總之，從王六兒和如意兒一直到非常霸道的潘金蓮，幾乎都是把自己的身體作為換取錢財或地位的工具。妙不可言的是，這些女人在和西門慶進行性交以後，作者就會很仔細很耐心地記錄西門慶付給她們什麼樣的衣服、什麼樣的首飾、多少銀兩。由此可以看出，這種性交易的關係並非是陽具，並非是春藥，而是實實在在的錢與物。對這樣的敘述和描寫，我們怎麼能簡單地說笑笑生只是單純地寫或庸俗地欣賞呢？

還是聶紺弩先生說得好，他認為笑笑生之所以偉大，就在於他寫性並不是不講分寸，他是「把沒有靈魂的事寫到沒有靈魂的人身上」[1]。

從道理上講，文學作品中描寫性愛，就不可避免接觸到自然的、社會的和審美的三個層次，純生理性的描寫，往往容易墮入庸俗污穢的色情，而社會性的描寫則是有一定意義的，《金瓶梅》的性描寫，我認為屬於第二層次，它唯一的缺陷，就是沒作第三層面的審美的處理，或者說它還沒有把這三個層次結合得完美。

中外文學名著中，都不乏因「性」的描寫而引起的紛擾，以致有打不完的筆墨官司。

1　聶紺弩〈談《金瓶梅》〉，《讀書》，1984 年第 4 期。

一個時期以來，國內外一些研究《金瓶梅》的學者，又用了比較文學的方法把《十日談》
和《查泰萊夫人的情人》進行比較。而這種比較研究似乎無不立足於幾部書都有較多的
性的描寫。其實這是一種誤讀。從嚴格意義上講，它們之間的可比性並不大，且不說社
會背景、文化走向不同，就是幾部書的主旨也大相徑庭，因為它們的美學前提就是不同
的。《十日談》中的一百個故事，內容是很駁雜的，而且良莠不齊。但總體傾向則是貫
穿著強烈的反宗教、反教會、反禁欲主義的精神。如前所述，一方面是因為剛從宗教禁
欲主義的束縛中沖出來，物極必反，難免由「禁欲」而到「頌欲」；另一方面卻也是市
民資產階級的愛好，但歸根結底是對偽善而且為非作歹的教會、邪惡好色的神父、嫉妒
成性的丈夫進行揭露、諷刺和批判。然而，《金瓶梅》則與此迥然不同。笑笑生筆下的
小說主人公西門慶是個潑皮流氓，是個政治上、經濟上的暴發戶，也是個占有狂（占有權
勢、占有金錢、占有女人），理所當然地從他身上看不到絲毫的「精神吸引力」，也不存在
具有「精神吸引力」的真正愛情。道理是如此簡單，西門慶與他的妻妾之間和情婦之間，
連起碼的忠貞也沒有。進一步說，《金瓶梅》從來不是一部談情說愛的「愛情小說」，
如果用愛情小說的標準來要求它，那簡直是天大的誤會。當然，它也不是以後出現的「才
子佳人」小說。如果說它是「穢書」，那就是因為笑笑生從沒打算寫一部「乾淨」的愛
情小說，他可不是寫愛情故事的聖手！所以他也不可能像真正的愛情小說那樣，在性的
描寫中，肉的展示有靈的支撐，也就不存在本能的表現必須在審美的光照下完成。所以
它只能處於形而下而不可能向形而上提升。因為他承擔的使命只是宣判西門慶的罪行，
所以他才寫出了一個代表黑暗時代精神的占有狂的毀滅史。因此，用「愛情與色情」這
一對命題去評價《十日談》與《金瓶梅》，是無法真正看到《金瓶梅》的價值的。

《金瓶梅》是一部「奇書」，但「奇」在哪裏？有的研究者就斷言：作者用了那麼多
的筆墨，對兩性生活作了那樣淋漓盡致的鋪陳，這不是唯一恐怕也是重要的原因。

不錯，有的讀者對《金瓶梅》就是抱有「神秘感」「好奇感」，而其所「感」，可
能包括對其中兩性生活的描寫的獵奇心理。但是如果《金瓶梅》的本質和特點僅止於對
性和性行為的直露描寫，這種「神秘感」「好奇感」以及帶來的轟動與喧嘩只能是短暫
的一瞬，因為它可以被更有「神秘感」的黃色書刊代替。而事實是，從這部小說於 16
世紀末問世以來直到現在，世界各國文學愛好者和研究者對它的熱情一直未減。這就在
一定程度上向我們證實了一個問題，這部小說的意義遠不是由於它的對性的描寫，而是
它的真正屬於文藝的價值，是這部小說的故事、人物所包含的豐富的社會內容使它具有
彌久不衰的魅力。

也有的研究者認為《查泰萊夫人的情人》是一部好書，《金瓶梅》是一部不道德的
書，因為《查泰萊夫人的情人》是從女性的角度、以女性為本位的，它和《金瓶梅》那

種以男子的性狂暴為本位的描寫完全不同，它是對女人的敬意、一種對性的尊重。我覺得這種說法同樣是對兩部名著的誤讀。

在我看來，勞倫斯主觀上絕對沒有以女性為本位的思想，他明明標出了男子和女子都能自由地、純正地思想有關性的行為。其次，我們不妨引用作品的具體陳述來加以印證。該書第十四章麥勒斯向康妮回憶他和他原妻白莎·庫茨的性關係。他們之間的性關係是地道的以白莎·庫茨為本位的，而結果是給麥勒斯帶來無盡的痛苦。

由此可以看出，勞倫斯寫這部小說從來沒有劃分以女性為本位和以男性為本位以及孰優孰劣的問題。事實證明，以女性為本位和以男性為本位都是片面的。對於性來說，只能是以男性與女性的共同和諧為最高標準。

寫到這裏，我突然想起聞一多先生在〈艾青和田間〉一文中的一句話，他說：

　　一切價值都在比較上看出來。

但是，比較絕不是簡單地揚此抑彼，而是為了作出科學的價值判斷。我認為《金瓶梅》不應成為人們比較研究的陪襯和反襯或是墊腳石。把它置於「反面教材」的位子上進行任何比較，都是不公平的。

下面我想正面地談談我對「金瓶梅世界」中性描寫的意義以及我們應有的價值尺度。

從《金瓶梅》的全部內容來觀照，我們既看到了裙袂飄飄，也看到了佩劍閃亮。這場關於情欲的奇異之旅在語言的糾纏裏達到了最充分的展現。西門慶對潘金蓮、李瓶兒和王六兒等的性愛是瘋狂的，更是毀滅性的。這也許正暗含了不朽之經典所能具備的元素。

這也就從一個側面證明了「性」是一把美好和邪惡的雙刃劍。而將「性」淪為卑下抑或上升到崇高，既取決於作家也取決於讀者的審美與德性。

說句實在話，圍繞《金瓶梅》中的「性」人們已經說了幾百年，（是不是還要說下去？）但是，當我們把這個問題置於人性和人文情懷中時，對它的解讀就真的會是另一種面貌了。人們認為最羞恥、去極力隱諱的東西，其實恰恰是最不值以為恥、去隱諱的東西。大家以為是私情的東西，其實也正是人所共知的尋常事。真正的私情的東西恰恰是每個具體人的內心感情和心靈體驗，那是最個性化的、最秘而不宣的東西。而事實上，歷史的行程已走到了今天，性對人們而言已失去了它的神秘性、隱諱性。人們在閒談中帶些性的內容，都已變成司空見慣的了。但是，誰又會將心靈深處和感情隱秘一一流露和輕易告知他人呢？為什麼對性，就不能以平常心對待呢？性，不需要任何理由，它只是存在著。在我們以往對《金瓶梅》的解讀中，對性的態度與行為往往是一種道德評判的標準，其實，這對於小說的本質而言是徒勞的。小說最應該表現也難以表現的是人的複雜

的感情世界和遊移不定的心態。人的道德自律在於要正視純粹、自然和真誠。評論界開始明智地指出：勞倫斯將性的負面變為正值。公然提出性就是美，並把筆下的主人公的性關係以浪漫的詩意來表現。而像已故的青年作家王小波在《黃金時代》裏對以往的道貌岸然的反諷中，將性價值全然中立化，他讓人們在淨化中理解兩性關係的意義，於平淡中體味人的溫情，人性之美自然溢出。我當然理解，笑笑生不是勞倫斯、王小波；《金瓶梅》也非《查泰萊夫人的情人》和《黃金時代》。我只是希望我們從中能得到這樣的基本啟示：在未來的生活和文學作品中，將性的價值儘量中立化；在淨化中理解兩性關係的意義，並以平常心對待，這也許會變得可能。

　　現在我們把話題再拉回到《金瓶梅》文本中的性描寫，這裏我想引用當代著名作家阿城在他的一本很有意思的書中的兩段話，作為我們思考該問題的參考：

> 《金瓶梅》歷代被禁是因為其中的性行為描寫，可我們若仔細看，就知道如果將小說裏所有的性行為段落摘掉，小說竟毫髮無傷。
> 「潘金蓮大鬧葡萄架」應該是蘭陵笑笑生的，寫的環境有作用，人物有情緒變化過程，是發展合理的邪性事兒，所以是小說筆法。[2]

2　阿城《閒話閒說——中國世俗與中國小說》，北京：作家出版社 1997 年，頁 106。

回歸文本：
21 世紀《金瓶梅》研究走勢臆測

　　時下文化人似乎都有一點世紀之交的「情結」和對 21 世紀的激情。對此季羨林先生於幾年前即撰文解嘲式地說：「所謂『世紀』是人為地創造出來的，如果沒有一個耶穌，也就不會有什麼世紀，大自然並沒有這樣的劃分。」[1]真的，如果國人仍按干支紀年，是不是就減弱了這份激情，或鬆弛了這份情結，就真不好說了。

　　解嘲也好，消解也罷，一旦面對即將來到的 21 世紀，人們似乎就有了幾分嚴肅，有了幾分使命感。事實是，20 世紀 90 年代已經過去了八個年頭，我們卻從中發現在人文學科特別是小說文化領域一批頗有水準、頗有意味的研究成果。文化環境的日漸寬鬆，學術氣氛的日漸平和，使這一段時間裏的學術研究呈現出花開數朵，各表一枝的多元局面。具體到《金瓶梅》，從微觀研究到中觀與宏觀的研究，從重頭的專著到「金學」的構想與實施，都有令人耳目一新之感。是的，最為引人注目的是，雖然 20 世紀 80 年代到 90 年代的《金瓶梅》研究不乏共同對象的選擇與總體趨勢，然而，這個時期的《金瓶梅》研究比以往的研究更帶有研究者鮮明的主體精神和個性色彩，從而使《金瓶梅》的研究成果獲得了某種獨特的學術風貌。而中國小說學的進一步發展與成熟，正需要這種鮮明的個性色彩。這種局面的出現自然值得我們高興，並期盼它能得到更為深入的發展。而「使命感」在「世紀之交」，就越來越使這一研究領域的學人感到任重而道遠。而 21 世紀畢竟是一塊還沒掛出來的匾，匾上的字是什麼，誰也說不準。因為這不是僅憑激情可以預測出來的，而《金瓶梅》研究的走勢，甚至用理性的思考，也是很難準確道出個究竟，世界文化走向的複雜性和某些不可預測性，完全適用於《金瓶梅》的研究。在這種尷尬的局面下，列出這個題目，其本身就把自己置於極為被動的地位上，因此臆測也好，臆說也好，都是出於一種積極的期待而已，除此之外，別無他意。

1　季羨林〈跨世紀中國人該讀什麼書〉，《中華讀書報》，1995 年 5 月 17 日。

一

在文學領域，一個不爭的事實是，無論古今，作家得以表明自己對社會、人生、心靈和文學的理解的主要手段就表現在文本之中，同時也是他們可以從社會、人生、心靈和文學中能夠得到最高報償的手段。所以一個寫作者真正需要的，除了自身的人格與才能之外，那就是他們的文本本位的信念。因此，對於任何一個真誠的研究者來說，尊重文本都是第一要義。換句話說，要想探求未知的知識，第一步必須建立在細讀文本的基礎上，不然任何「規律性」的現象，都會缺乏實在性。具體到我對《金瓶梅》的研究，我是在進行了理性的思考以後，選擇了回歸文本的策略。這是因為，歸根到底，只有從作家創造的藝術世界來認識作家，從作家對人類情感世界帶來的藝術啟示和貢獻，去評定作家的藝術地位。比如笑笑生之所以偉大，準確地說，他的獨特貢獻，就在於他的創作方式異於他同時代和以前時代的作家，因為他找到了一個典型的世俗社會作為他表現的對象，並且創造了西門慶這個角色：粗俗、狂野、血腥和血性。他讓他筆下的人物呈現出原生態，所謂毛茸茸的原汁原味。這是一個嶄新的前所未有的敘事策略。而這一切卻被當時大多數人所容忍所認同，以至欣賞。而且由於這部小說的誕生，竟然極為迅猛地把原有的小說秩序打亂了。從此很多作家都不同程度地捲到這一場小說變革的思潮中來，並和當時的主流意識形態遠遠隔離開來。毋庸置疑，這一切都是小說文本直接給我們提供出來的。

這裏，我絕對無意排斥占有史料和考據功能。過去在這個問題上，我的一些言論曾招到某些誤會，這次借機會再加必要的說明。

文史之學是實學，不能離事言理。因此，充分占有材料，乃是從事研究的必要手段。一些文史家長於以檢驗師的敏銳目光與鑒別能力，審視著歷史上和古籍中的一切疑難之點，並以畢生之精力對此做精細入微的考證，汰偽存真的清理，其「沉潛」之極至頗有乾嘉學派大師們的餘韻。但是我也發現，個別研究者囿於識見，只見樹木，不見森林，用力雖勤，其弊在瑣屑蒼白。無關宏旨的一事一考，甚至一字之辨，儘管可以竭研究者之精思，但重大的文學現象往往被有意無意地置於腦後。比如曹雪芹祖籍的考證，比如我們《金瓶梅》研究中的作者的考證，我就發現，它們很少或幾乎沒有和小說文本掛上鉤。這說明，只憑對作者的一星半點的瞭解，類似查驗戶籍表冊，那是無以提供對這些名著和經典文本做出全面公允評價有力證據的。我欣賞德國優秀詩人和理論家海涅的一段精彩文字，現摘引如下，以饗讀者：

……藝術作品愈是偉大，我們便愈是汲汲於認識給這部作品提供最初動機的外邵

事件。我們樂意查究關於詩人真實的生活關係的資料。這種好奇心尤其愚蠢，因為由上述可知，外部事件的重大性和它所產生的創作的重大性是毫不相干的。那些事件可能非常渺小而平淡，而且通常也正如詩人的外部生活非常渺小而平淡一樣。我是說平淡而渺小，因為我不願採用更為喪氣的字眼。詩人們是在他們作品的光輝中向世界現身露面，特別是從遠處觀望他們的時候，人們會給眩得眼花繚亂。啊，別讓咱們湊近觀察他們的舉止吧！⋯⋯[2]

海涅下面還有較為刻薄的話，我不想抄引了，免得無意間又傷害了人。如果從「求新聲於異邦」的角度來看海涅這番話，其深刻含意我是能夠認同的。

如果允許我進一步直言不諱的話，我認為整天埋頭在史料堆中鉤稽不著邊際的史實，對文學研究者來說，並非幸事。因為它太容易湮滅和斲傷自己的性靈，使文筆不再富於敏感性和光澤。也許它僅有了學術性而全然失去了文學研究必須有的靈氣、悟性和藝術性。試想，如果真要到了不動情地審視著發黃發黴的舊紙堆，我想那就成了今日多病的學術的病症之一了。或者應了一位學者的明智之言，「學問家凸現，思想家淡出」，然而學者的使命畢竟是在追求有思想的學術和有學術的思想這一層次上的。

學術研究是個體生命活動，生命意志和文化精神是難以割裂的。《金瓶梅》研究中的「無我」是講究客觀，「有我」則是講究積極投人，而我們的理想境界則在物我相融。過去，《金瓶梅》研究中的考據與理論研究往往相互隔閡，甚至相互排斥，結果二者均得不到很好的發展。我們的任務是把二者都納入到歷史與方法的體系之中並加以科學的審視，只有這樣才能體現考據、理論與文本解讀的互補相生、互滲相成的新的學術個性。為此，《金瓶梅》研究。庶幾在新世紀中可以得到健康發展。

二

選擇《金瓶梅》文本的回歸策略，乃是小說本體要求。我承認，我從不滿足「文學是人學」的命題或界定，而更看重文學實質上是人的靈魂學、性格學，是人的精神活動的主體學。是的，心靈使人告別了茹毛飲血的生存方式，心靈使人懂得了創造、美、理想和價值觀，也是心靈才使人學會區分愛與恨、崇高與卑瑣、思考與盲從。而一切偉大的作家最終關懷的恰恰也是人類的心靈自由。他們的自救往往也是回歸心靈，走向清潔

2　海涅：〈莎士比亞的少女和婦人〉，見《莎士比亞評論彙編》（上），北京：中國社會科學出版社1979 年，頁 328。

的、盡善盡美的心靈。所以對於一個真正的作家來說，他都是用心來寫作的。《金瓶梅》像一切偉大小說文本一樣是「我心」的敘事。僅就這一點，人們即很容易看到，中國的作家和外國作家在文學觀念上確有同中之異。還是在莎士比亞時代，他們幾乎多認為「文學是一面鏡子」，而今天有的現代派作家就又公然說「小說是在撒謊」[3]。而我們的小說家一方面雖不說自己的作品是「鏡子」，但總是信誓旦旦地言說他的作品都是「實錄」，「不敢稍加穿鑿，至失其真」，而另一方面，又呼喚「誰解其中味」。時至今日，我們幾乎都把文本看作是作家心靈獨白的外化，是作家心路歷程的印痕。在這一點上，長篇小說更具有心靈史的意義。不管作家意識還是沒意識到，它的使命特點，只能是召回生活史和心靈史的內容。而一旦回憶生活、回憶心靈歷程，長篇小說就有了反思的特色。

我們不妨把眼光向《金瓶梅》稍前和以後的幾部經典進行一番最簡括的掃描。《三國》《水滸》一寫割地稱雄，一寫山林草莽，都把英雄豪氣作了深刻而有社會意味的描寫。其美學風格，如深山大澤吹來的一股雄風，使人頓生凜然蕩胸之感。然而它們同樣是歷史反思之作。《三國》是通過展示政治的、軍事的、外交的鬥爭，並熔鑄了歷代統治集團的統治經驗，思考以何種國家意識形態治國的問題，關注政治文化思維的反思性是明顯的。《水滸》突出體現了民間心理中的俠的精神以及對俠的崇拜。然而從深隱著的民間文化心理來觀照，讓我想起了那種叫社會人格、社會群體心理反應和民族心理結構這類課題。因此「逼上梁山」「亂由上作」的民眾抗暴鬥爭的思維模式是《水滸》進行反思的重心。至於《儒林外史》則是通過對舉業至上主義的批判所進行的百年文化反思。《紅樓夢》寫的雖是家庭瑣屑，兒女癡情，然而它的搖撼人心之處，其力度之大，卻又絕非拔山蓋世之雄所能及者，它的反思常常把我們帶人一種深沉的人生思考之中。說到《金瓶梅》則完全是另一道風景線。笑笑生在生活的正面和反面、陽光和陰影之間驕傲地宣稱：我選擇反面與陰影！這是他心靈自由的直接產物和表徵。所以他才有勇氣面對權勢、金錢與情欲諸多問題並進行一次深刻的人生反思。

與許多名著不同的是，《金瓶梅》在反思人生的基礎上，還巧妙地採用了應屬今日小說理論中的所謂反諷模式：自嘲和自虐。按理論家的說法，反諷是讚美的反撥，是對異在於己的歷史人生的清醒的嘲弄、諷刺和幽默。它是一種否定，一種近乎殘酷的否定。《金瓶梅》的作者之所以偉大，就在於他沒有輕率地把反諷停留在表層上，即以勝利者、說教者的姿態，對對象進行居高臨下的嘲弄。而是推進一層，用我們當下的俗話，就是把自己也「擺進去」。小說中的對對象的嘲弄開始被自我嘲弄所取代：原來作為反諷主體的「我」，這時走向了對象的位置，他不再是裁決者而是失意者。諷刺者在嘲弄了現

3　巴爾加斯・略薩在談創作的文集《謊言中的真實》中就說過這樣的話。

實以後驀然回首：「我」同這現實一樣是嘲弄對象，真正需要和可以嘲弄的，不僅是「你們」，恰恰是「我們」。酒、色、財、氣在「我」的身上一樣揮之不去！由此看出，笑笑生的感知是有品質的，而他的反諷更是深刻的，是入木三分的。這一切使《金瓶梅》的反思性才有了更為巨大的歷史感和時代性。竊以為能得笑笑生《金瓶梅》真傳者只有吳敬梓和他的《儒林外史》，他的反諷力度更是無與倫比的，這一點只有魯迅看得最為分明。

　　無論是反思還是反諷，其實都是心靈化的。這一點，今天的不少文學評論家也給予了充分的關注，開始把批評重心置於「發皇心曲」之上。他們坦言：文學評論越來越傾向於心靈的探尋了。在昇華作品的同時昇華自己，在批判作品的同時批判自己。

　　其實，心靈史的被看重，我們可以一直追溯到莊周和屈原，他們的作品同屬心靈史詩。而宋之遺民鄭思肖索性把自己的著作稱之為「心史」。這證明了一點，文本都是作家心靈的凝聚物。而我自己尤其偏愛與凝聚為文本的作家心靈進行對話與潛對話。因為這種對話，其實也是對自我魂魄的傳達──對文學、對人生、對心靈、對歷史的思考。

　　一個不算短的日子，我不斷斟酌一個問題：文化史被大師們曾稱作心靈史。所以文化無疑散落在大量典章制度中、歷史著作中；但是，它是不是更深刻地沉澱在古代作家的活動環境中，沉澱在他們的身上，尤其是沉澱在他們的心靈中？因此，要尋找文化現場，我認為首先應到作家的心靈文本中去勘察。令我們最感痛心的和具有永恆遺憾意味的是，歷史就像流沙，很多好東西都被淹沒了，心靈的文化現場也被烏雲遮蔽得太久了！

三

　　對《金瓶梅》研究，選擇回歸文本的策略，乃是在一個新的層面上對經典的擁抱和真正走進名著。在關於名著與經典的多重含義下，我特別看重「劃時代」這一點。從外顯層次看，「劃時代」是指在文學史上起過重大作用的作品，這些作品標誌了中國文學發展的一個特定討期，具有「劃時代」的意義。但從深隱層次來觀照，名著和經典在某種意義上都具有藝術探險的意味。從屈騷開始，經漢之大賦、唐之近體詩、直到詞曲和章回小說等等，哪一個藝術現象不應看作有史以來文學家在精神領域進行最廣泛、最自覺、最大膽的實驗？而實驗又是以大量廢品或失敗為代價的，但經過時間的磨洗，必然有成功的精品存留下來，成為人類藝術發展長河在這個時代的標誌或里程碑而載入史冊。所以像《金瓶梅》這樣真正走進了文學史的偉大作家的精神產品，就具有了這樣的品格：由於其不可複製性和不可替代性而具有永恆的魅力。因此文學從來不以「古」「今」論高低，而以價值主沉浮。正是在這個意義上，我才說《金瓶梅》這部小說文本是說不

盡的。歌德在談到莎士比亞的不朽的時候說：「人們已經說了那麼多的話，以致看來好像再沒有什麼說的了，可是精神有一個特徵，就是永遠對精神起著推動作用。」[4]事實是，像明之四大奇書，也將對我們的精神和思維空間不斷起著拓展的作用。進一步說，一切可以稱之為偉大的作家都具有創造思想和介入現實的雙重使命感，這充分體現於他的作品的字裏行間。他們每一部可以稱之為名著的又無不是他們嚴肅思考的內心筆記。比如《金瓶梅》儘管是笑笑生個體生命形態的摹本，然而對於我們來說，它的文化蘊涵確實隨時間的推移，而富有更廣大的精神空間，而後世的每一個解讀者對它都不可能做出最終的判定。解讀名著本身就具有動態的特徵，這是由於知識本身就是流動的。它不可能是小學中學乃至大學課本上那幾行已經變得發黑的字體和乾巴巴的結論。這裏我不妨借用古希臘先哲赫拉克利特的一句名言：「靈魂的邊界你是找不出來的，就是你走盡了每一條大路也找不出；靈魂的根源是那麼深。」雖然我們還不能完全找出《金瓶梅》及其作者的全部靈魂，但我們仍然在鍥而不捨地找，變換著方式去找，我們畢竟能逐步接近它的深邃的靈魂邊界。

解讀名著是提升自己的靈魂的一劑良藥。要解讀《金瓶梅》就需要一個開放而智慧的頭腦，同時還需要一顆豐富而細膩的心靈。進一步說，它還需要營造一種自由精神氣氛、一種人文情懷。具體到《金瓶梅》，圍繞書中的性，已經說了幾百年。但是，當我們把這個問題置於人性和人文情懷中去，對它的解釋就會是另一種面貌了。人們認為最羞恥、去極力隱諱的東西，其實恰恰是最無須以為恥、無須隱諱的東西。大家以為是私情的東西，其實也正是人所共知的尋常事。真正的私情是每個具體人的感情，那是最個性化的、最秘而不宣的東西。事實是，歷史行程走到今天，人們對性已失去了它的神秘性、隱諱性。人們在閒談中帶些性的內容都已變成司空見慣的事，但誰又會將感情深處的東西輕易流露呢？為什麼對性，就不能以平常心對待呢？性不需要任何理由，它只是存在著。在我們以往的《金瓶梅》研究中，對性的態度與行為往往成為一種道德評判的標準，其實，這對於小說的本質而言是徒勞的。小說最應該表現也難以表現的是人的複雜的感情世界和遊移不定的心態。人的道德自律在於要正視純粹、自然和真誠。評論界已經明智地指出：勞倫斯將性的負面變為正值，公然提出性就是美，並把筆下的主人公的性關係，以浪漫的詩意來表現。而像已故的作家王小波在《黃金時代》對以往的道貌岸然的反諷中，將性價值全然中立化，他讓人們在淨化中理解兩性關係的意義，於平淡中體味人的溫情，人性之美自然溢出。我當然知道，笑笑生不是勞倫斯、王小波；《金

4　歌德：〈說不盡的莎士比亞〉，見《莎士比亞評論彙編》（上），北京：中國社會科學出版社 1979 年，頁 297。

瓶梅》也不是《查泰萊夫人的情人》和《黃金時代》。我只是希望我們從中能得到這樣的基本啟示：在未來的生活和文學作品中，將性的價值中立化，在淨化中理解兩性關係的意義，以及以平常心對待性，這也許會變得可能。到了 21 世紀《金瓶梅》研究中的性描寫問題會不會被人看得淡些呢？

四

　　不可否認，面對大師的經典和名家名著，那是要求有與之水準相匹配的思想境界的。在研究或闡釋作家的思想精神和隱秘心靈時，你必須充當與他水準相當的「對手」，這樣庶幾才有可能理解他的思路和招數。有人把解讀名著比喻為下棋。那麼我得承認自己永遠不會是稱職的對手，因為棋力棋藝相差太遠，常有捉襟見肘的困窘，這是不容否定的事實。

　　我深知，《金瓶梅》所體現的美學價值意義重大，不作整體思考不行。而一旦經過整體思考，我們就會發現笑笑生給找們最大的啟示是如何思考文化、思考人生。歌德說過一段很耐人尋味的話：人靠智慧把許多事情分出很多界限，最後又用愛把它們全部溝通。所以對《金瓶梅》的生命力必須以整體態度加以思考。我正是想努力從宏觀思維與微觀推敲相結合入手研究《金瓶梅》文本的。

　　至於要想找到《金瓶梅》文本的生命動力，多維理論思考和方法論是必須的。我信服德國物理學大師海森伯在說明測不準定律時的那段名言：世界不是一種哲學可以完全解釋的。在描述一種現象時，需要一種理論，在測定另一種現象時，則需要另一種理論和方法，沒有放之四海而皆準的真理。我以為，如果有了這種認識和知識準備，也許有可能在即將到來的 21 世紀，對難以解讀的《金瓶梅》做出突破性的學術發現，從而使我們有可能切身感受到《金瓶梅》等優秀的古典小說那生生不息的生命運動。

【附註】

　　本文係根據 1997 年在山西大同第三屆國際《金瓶梅》學術討論會上的發言補充而成，發表於中國《金瓶梅》研究會編《金瓶梅研究》1999 年第六輯。後以〈選擇回歸文本的策略？——二十一世紀《金瓶梅》研究走勢臆說〉為題發表於《明清小說研究》1998年第 4 期。

「偉大也要有人懂」

——重讀《金瓶梅》斷想

　　《金瓶梅》的文獻學、歷史學、美學和哲學的研究已初步形成多元化格局。這就是說，對它的研究的起點已被墊高，研究的難度也就越來越大。在這種形勢下，我們的《金瓶梅》研究必須面向世界，開闢中外學術對話的通道，注意汲取、借鑒新觀念、新方法，在繼承前賢往哲一絲不苟嚴謹治學態度的同時，隨時代之前進而不斷更新和拓展。事實上，《金瓶梅》這部小說文本已提供了廣闊無垠的空間，或曰有一種永恆的潛在張力。因此，從一定意義上來說，每一部「金學」研究論著都是一個過渡性文本。所以，今天重新審視《金瓶梅》仍是學術文化史的必然。

　　不要鄙薄學院派。學院派必將發揮「金學」研究的文化優勢，即可能將「金學」研究置於現代學術發展的文脈上來考察和思考整個古典小說之來龍去脈，以及小說審美意識的科學建構。黑格爾老人在回憶自己走過的學術道路後在〈1800-11-02 致謝林〉書信中說：「我們必須把青年時代的理想轉變為反思的形式。」[1]所以回顧與前瞻，「金學」的研究，反思規範與挑戰規範是我們不可推卸的責任。

　　《紅樓夢》是我們民族文化的驕傲。但又像一位評論家所說，我們又不能總拿《紅樓夢》說事兒吧！現在，我們暫時把那幾部「世代累積型」的帶有集體創作流程的大書，如《三國》《水滸》《西遊》先擱一下，我們不妨先看看以個人之力最先完成的長篇小說巨制《金瓶梅》的價值是太重要了。美籍華人哈佛大學教授田曉菲女士在她的《秋水堂論金瓶梅》中說：「讀到最後一頁，掩卷而起時，就覺得《金瓶梅》實在比《紅樓夢》更好。」她還俏皮地說：「此話一出口不知將得到多少愛紅者的白眼。」田曉菲的話，我認為值得思考。為了確立我國小說在世界範圍的藝術地位，我們必須再一次嚴肅地指出，蘭陵笑笑生這位小說巨擘，一位起碼是明代無法超越的小說領袖，在我們對小說智慧的崇拜的同時，也需要對這位智慧的小說家的崇敬。我們的蘭陵笑笑生是不是也應像提到法國小說家時就想到巴爾札克、福樓拜；提到俄國小說家時就想到陀思妥耶夫斯基

1　黑格爾《黑格爾通信百封》，上海：上海人民出版社 1981 年，頁 58。

和托爾斯泰；提到英國小說家時就會想到狄更斯；提到美國小說家時就想到海明威？在中國小說史上能成為領軍人物的，以個人名義出現的，我想蘭陵笑笑生和曹雪芹以及吳敬梓是當之無愧的大家。他們各自在自己的時代和創作領域作出了不可企及的貢獻。在中國小說史上，他們是富有無可置疑的三位小說權威，這樣的權威不確立不行。笑笑生在明代小說界無人與之匹敵，《金瓶梅》在明代說部無以上之。至於一定要和《紅樓夢》相比，又一定要說它比《紅樓夢》矮一截，那是學術文化研究上的幼稚病。

當代著名作家劉震雲在對媒體談到他的新作《我叫劉躍進》時說：「最難的還是現實主義。」我很同意。現在的文學界已很少談什麼現實主義、浪漫主義了。其實，正是偉大的現實主義文學才提供了超出部分現實生活的現實，才能幫你尋求到生活中的另一部分現實。《金瓶梅》驗證了這一點。我們有必要明確地指出，《金瓶梅》可不是那個時代的社會奇聞，而是那個時代的社會縮影。在中國小說史上，從志怪、志人到唐宋傳奇再到宋元話本，往往只是社會奇聞的演繹，較少是社會的縮影。《金瓶梅》則絕非亂世奇情，他寫的雖有達官貴人的面影，但更多的是「邊緣人物」卑瑣又卑微的生活和心態。在書中，即使是小人物，我們也能看到那真切的生存狀態。比如丈夫在妻子受辱後發狠的行狀，下人在利益和尊嚴之間的遊移，男人經過義利之辨後選擇的竟是骨肉親情的決絕，小說寫來，層層遞進，完整清晰。至於書中的女人世界，以李瓶兒為例，她何嘗不渴望走出陰影，只是她總也沒走進陽光。

《金瓶梅》作者的高明，就在於他選取的題材決定他無須刻意寫出幾個悲劇人物，但小說中卻都有一股悲劇性潛流。因為我們從中清晰地看到了一個人、一個人以不同形式走向死亡，而這一連串人物的毀滅的總和就預告了也象徵了這個社會的必然毀滅。這種悲劇性是來自作者心靈中對墮落時代的悲劇意識。

冷峻的現實主義精神，對《金瓶梅》來說，絕不會因那一陣高一陣的欲望狂舞和性欲張揚的狂歡節而使它顯得鬧熱。事實上，《金瓶梅》絕不是一部令人感覺溫暖的小說，灰暗的色調一直遮蔽和浸染全書。《金瓶梅》一經進入主題，第一個鏡頭就是謀殺。武大郎被害，西門慶逍遙法外，一直到李瓶兒之死，西門慶暴卒，這種灰暗色調幾乎無處不在。它擠壓著讀者的胸膛，讓人感到呼吸空間的狹小。在那「另類」的「殺戮」中，血肉模糊，那因利欲、肉欲而抽搐的嘴臉，以及以命相搏的決絕，真的讓人感到黑暗無邊，而作者的情懷卻是冷峻沉靜而又蒼老。

於是《金瓶梅》和《紅樓夢》相加，構成了我們的小說史的一半。這是因為《紅樓夢》的偉大存在離不開同《金瓶梅》相依存相矛盾的關係。同樣《金瓶梅》也因它的別樹一幟，又不同凡響，和傳統小說的色澤太不一樣，同樣使它的偉大存在也離不開同《紅樓夢》相依存相矛盾的關係（且不說，人們把《金》書說是《紅》書的祖宗）。如果從神韻和

風致來看,《紅樓夢》充滿著詩性精神,那麼《金瓶梅》就是世俗化的典型;如果說《紅樓夢》是青春的挽歌,那麼《金瓶梅》則是成人在步入晚景時對人生況味的反復咀嚼。一個是通體迴旋著青春的天籟,一個則是充滿著滄桑感;一個是人生的永恆的遺憾,一個則是感傷後的孤憤。從小說詩學的角度觀照,《紅樓夢》是詩小說,小說詩;《金瓶梅》則是地道的生活化的散文。

《金瓶梅》是一部留下了缺憾的偉大的小說文本,但它也提供了審美思考的空間。《金瓶梅》的創意,不是靠一個機靈的念頭出奇制勝。一切看似生活的實錄,但是,精緻的典型提煉,讓人驚訝。它的缺憾不是那近兩萬字的性描寫,而是他在探索新的小說樣式、獨立文體和尋找小說本體秘密時,仍然被小說的商業性所羈絆。於是探索的原創性與商業性操作竟然糅合在一起了。即在大製作、大場面中摻和進了那暗度陳倉的作家的一己之私,加入了作家自己自以為得意卻算不得上是高明的那些個人又超越不了的功利性,文學的商業性。

然而,《金瓶梅》的作者畢竟敢為天下先,敢於面對千人所指。笑笑生所確立的原則,他的個性化的叛逆,對傳統意識的質疑,內心世界的磊落袒露,他的按捺不住地自我呈現,說明他的真性情。這就夠了,他讓一代一代人為他和他的書爭得面紅耳赤,又一次次地說明文學調動人思維的力量。

結語:《金瓶梅》觸及了墮落時代一系列重要問題,即在社會、文化轉型過程中人們的生存狀況和心態流變。小說中的各色人等都是用來表現人世間的種種荒悖、狂躁、喧囂和慘烈。若從更開闊的經濟文化生產的視野來觀照,笑笑生過早地敏感地觸及了縉紳化過程中的資本動力,讓人聞到了充滿血腥味的惡臭。

時至今日,我們重讀《金瓶梅》,我們會發現,對於當下的腐敗與墮落的分子,我們幾乎不用改寫,只需調換一下人物符號即可看到他們的面影。於是我們又感悟到了一種隱喻:《金瓶梅》這部小說中的各色人等不僅是明代的,而且也包括當下那些腐敗和墮落分子今天的自己。

笑笑生沒有辜負他的時代,而時代也沒有遺忘笑笑生,他的小說所發出的回聲,一直響徹至今,一部《金瓶梅》是留給後人的禹鼎,使後世的魑魅在它面前無所逃其形。

【附注】本文是在第六屆《金瓶梅》國際研討會上的發言,2008 年 7 月 14 日成文。

《金瓶梅》研究方法論芻議

　　人類學問的推進和方法之推進是聯繫在一起的。古代單元化的方法論必然向著現代多元化的方法論發展。我們應自覺地對文學研究中的傳統方法和現代方法，不分新與舊，作實事求是的多元化的分析和研究。

　　我國古代的幾部小說經典的文獻學、歷史學、美學和哲學的研究已經初步形成了多元化的格局。這就是說，對它們的研究的起點已被墊高，研究的難度也越來越大。在這種形勢下，我們的古代小說研究必須面向世界，開闢中外學術對話的通道，借鑒、汲取新觀念、新方法，在繼承前賢往哲一絲不苟嚴謹治學精神的同時，應隨時代之前進而不斷更新和拓展。幾部經典小說文本，已提供了廣闊的空間，或曰有一種永恆的潛在張力。因此，從一定意義上來說，面對每一部小說文本，它的研究也應被視之為過渡性文本，所以，今天我們對每一部小說文本的審視與詮釋，都是學術文化史的必然。

　　當然，小說研究對於一些學人來說，是沒有什麼固定的方法，或曰一位小說研究者肯定有很多方式。比如，有的人擅長復述故事，有的人擅長理論性闡釋，有的人則對一個字詞、典故都要進行細密的考證，有的人只是漫無邊際地與小說人物進行對話和潛對話，當然也有為數很少的人幾樣兼備。而人們也許渴望返璞歸真，只想知道小說作者怎麼想的，又怎麼寫的，也許就是「無為之為」，也就是沒有方法之方法。

　　然而，對於學院派而言，方法論對於其講究的學術規範則是不可或缺的重要一環。

　　不要鄙薄學院派。學院派必將發揮小說學建構的文化優勢，即可能將中國古代小說研究置於現代學術發展的文脈上來考察和思考整個古代小說之來龍去脈，以及小說審美意識的科學建構。黑格爾在回憶自己走過的學術道路後在〈1800-11-02 致謝林〉書信中說：「我們必須把青年時代的理想轉變為反思的形式」[1]。所以，回顧與前瞻小說研究，反思規範與挑戰規範，是我們不可推卸的責任。

1　苗力田譯《黑格爾通信百封》，上海：上海人民出版社 1981 年，頁 58。

一

　　那麼，小說方法論的本體內涵是什麼？一言以蔽之，應是文學本性的展開，而文學的本性又是多重性的，因此，人們所應展開的研究方法必然是多元的。

　　具體到《金瓶梅》的研究，這部小說的作者之謎，理所當然地要被研究者提到首要的議事日程上來，於是陸續提出了王世貞、徐渭、盧楠、薛應旂、李卓吾、趙南星、李開先、屠隆、李漁等說。然而到了後來，「蘭陵笑笑生」本來只是別號或化名，或者說只是這部小說作者的代稱，可是卻被「演繹」成一個多種面孔的人物，直到當下，由於商業行為的介入，一位小說家竟然被多處地方搶來搶去，至今仍不遺餘力地進行「考證」，以便證明「我們」這兒是這位大小說家的誕生地[2]。這種作家研究的無序狀態，就理所當然地被一些研究者所批評，甚至一位批評者把整個《金瓶梅》研究譏誚為「笑學」，這當然會引發一些嚴肅的「金學」研究者的不快。然而，是不是在面對這種譏諷時，我們也應進行一些反思呢？

　　從方法論角度來觀照，我認為有兩個層面應予考慮：

　　第一方面，確實有一些文史家長於從微觀角度研究《金瓶梅》的作者問題，他們以檢驗師的敏銳目光與鑒別能力，審視歷史上或古籍中的一切疑難之點，並以畢生之精力對此作精細入微的考證、汰偽存真的清理，他們「論一事必舉證，尤不以孤證自足，必取之甚博，證備然後自表其所信」[3]。其「沉潛」之極至乃有乾嘉學派大師們的風範。他們的精耕細作的收穫，不容忽視。

　　然而，在《金瓶梅》作者的考證中，我們也看到，有個別研究者往往囿於識見，只見樹木不見森林，用力雖勤，其弊在瑣屑蒼白，瑣細冷僻。無關宏旨的一事一考、一字之辨，儘管可以竭研究者之精思，但重要的小說文化現象往往被置之腦後，這當然是一種偏頗。

　　為了不造成誤解，我們必須指出，史實是治史的基礎，一部小說的作者問題，也必須在具體可靠的史料基礎上方能構築成功。歷史的真實性，同樣是小說作者問題的第一價值尺度。從這個角度看，一切以史實為原則的小說作者的考證，都離不開微觀研究，

2　有趣的是，從笑笑生的考證竟在後來又派生出搶奪小說中的虛構人物和其「故里」等事，二省三市就演出了一場搶奪「西門慶故里」的鬧劇，把小說虛構的人物也搶來搶去。從作者之「謎」到人物之「虛」，弄得烏煙瘴氣。最近我們終於聽到了有關管理部門的聲音：據 2010 年 7 月 14 日《深圳商報》報導，文化部和國家文物局發出通知，嚴禁以負面人物建立主題文化公園。不知政府部門的指示能不能剎住這股「搶」風。

3　梁啟超《清代學術概論》，上海：商務印書館 1930 年，頁 13-14。

也就是說,都必須從小的角度去觀察與考索歷史的局部、細部,這種考察進行得越細緻、越準確,那麼由此構築的歷史大廈就越有可靠的根基。為了促進作家身世的研究,我們只是主張要從大的文化背景和中國小說的特性入手去考察微觀對象,因為這樣才能跳出過去「蘭陵笑笑生」考索的窠臼。

在《金瓶梅》的作者破譯過程的眾說紛紜中,我的看法始終如一。在沒有確鑿的資料和證據面前,我寧肯把「蘭陵笑笑生」這個明顯的作者筆名就認作是一個永遠的天才的象徵,他無須被還原為一個實在的某某人。事實上,中國通俗小說的作者之謎不僅僅是一部《金瓶梅》的作者,甚至婦孺皆知的羅貫中是《三國演義》的作者,吳承恩是《西遊記》的作者,現在也遭到了質疑,論文、專著一大摞,但我至今存疑。原因只有一個,即中國小說特別是通俗小說一直被認為是「邪宗」,是小道,是街談巷議,因此無論作者個人有意地化名,或歷朝歷代的讀者善意地把一部小說安在一位文化名人的名下,我想都是事實。所以與其捕風捉影,進行徒勞的「偽考證」,不如索性把中國的通俗小說家的署名只當作一個文化符號,在不影響理解文本內容、意義和藝術成就的基礎上,給予更寬容的處理。這樣「笑學」之譏也就不會輕易落在我們的「金學」頭上了。

對於我們來說,搜求材料,考據事實的方法,並非毫無用處,關鍵是它能否有助於揭示文學審美的根本問題。借用美國文藝理論家韋勒克在〈比較文學的危機〉一文中所說:真正的文學研究關注的不是惰性的事實,而是價值和品質[4]。他還認為,文學研究是一種系統的知識體系,它有獨特的方法和目的,它的核心問題是要把文學首先定位在藝術上。所以他又在〈反實證主義的潮流〉一文中明確指出:文學既作為藝術,又作為人類文明的一種表達去研究文學文本[5]。韋氏的看法我認為是中肯的,因為在當代世界各國的文藝研究中,這種「實證主義」的潮流並沒有消退和更新,仍然有相當的勢力。因此,就目前研究狀況來說,提倡一下回歸文學本位,強調一下文本細讀是非常必要的。這就是我要論述的第二個層面的問題。

二

一般地說,小說研究和小說學的建構,任何方法論意義上的學術策略和採用的具體方法,都來自小說研究者的學養、路數和興趣。目前文學研究中提出的綜合研究、學術史研究、文化研究和文化詩學研究都提供了新的思路和視角。但是一個不爭的事實是,

---

4 〔美〕韋勒克《批評的諸種概念》,丁泓譯,成都:四川文藝出版社 1988 年,頁 274。
5 〔美〕韋勒克《批評的諸種概念》,丁泓譯,成都:四川文藝出版社 1988 年,頁 264。

每個學科都有自己的界限。我的文化焦慮是,當前的文學研究特別是小說研究有一種取消「文學」取消「小說」的傾向。而對文學性和小說特質的消解,都是對文學性和小說特質的致命戕害。一個時期以來,文學被泛化了,小說也被泛化成無邊無際的「文化」或者別的什麼,那最終是導致文學審美性的消解。我的憂思是:當人們不再沉浸在詩意世界去領略那天才的文學精魂和美學創造,是人類文明之大幸還是不幸?

小說研究直面的是人,是作家,是作家的心靈和心態。既然面對的是人的靈魂,誰又能不帶著自己的感情色彩去審視呢?小說研究者再怎樣客觀、公允,也不可能避免主觀的介入。進一步說,一個小說研究者不投入感情,那又怎能感悟到成人在一路步入晚景時對人生況味的咀嚼,以及那歷經心靈磨難後的滄桑感。《金瓶梅》感傷後的孤憤和《紅樓夢》所述說的人生的永恆遺憾雖然迥異,但它們同樣需要小說研究者詩意的觀照。不然笑笑生的機鋒、頓悟、妙諦和曹雪芹天縱之神思、幽光之狂慧都難以藝術地把握。

我感覺到,我們的精神同道中有人忽略了米蘭·昆德拉最愛引用的奧地利小說家赫爾曼·布洛赫的一句至理名言:「小說唯一的存在理由就是去發現唯有小說才能發現的東西。」[6]雖然米蘭·昆德拉對世界小說史的認識有很多謬誤,但堅信布洛赫一再堅持強調的觀點,對於這一點我們不能否認這兩位外國小說家的真知灼見。細想起來,我們過去何嘗沒發現只有小說才能發現的歷史社會和人生圖像呢?比如歷史,它的寫作多是宏觀的,偏重重大事件的變遷;小說再怎麼宏闊,也多作微觀;許多描述多是史家不屑顧及的百姓生活;歷史關乎外在,小說則注重內在,歷史重形而小說重神;歷史登高臨遠,雄視闊步,小說則先天地富於平民氣質和世俗情懷。作為世情小說開山祖的《金瓶梅》就為我們展現了一幅色彩斑斕的市民社會的風俗畫。是的,《金瓶梅》堪稱中國中世紀社會的百科全書,而其最大特色是笑笑生極其關注世風民俗。在這一百回的大書中,作者常常懷著濃厚的興趣,揮筆潑墨描繪出一幅幅絢爛多彩的風俗畫面,成為刻畫人物、表現題旨的文化背景。人世間眾多的民風世俗,舉凡禮節習俗、宗教習俗、生活習俗、山野習俗、江湖習俗、市場習俗、匪盜習俗、城市習俗、鄉間習俗、娛樂場所習俗、行會習俗、口語習俗、文藝習俗等,幾乎都可以從這部小說中找到,它為我們積澱著生動形象豐富多彩的風情習俗大觀。當然,小說家言不免誇張,但絕非毫無根據。聯繫「金瓶梅藝術世界」,我們可以看到,也許這裏未必都能夠得到多少可以考證的歷史事實,但是,《金瓶梅》所展示的五光十色的社會圖景和豐富多樣的人物形象卻有助於我們認識當時社會生活的某些本質方面,具有一般歷史著作和經濟著作不能代替的作用,特別是具有許多歷史學家所忘記寫的民族文化的風俗史的作用。

6　艾曉明編譯《小說的智慧——認識米蘭·昆德拉》,長春:時代文藝出版社 1922 年,頁 13。

　　總之，蘭陵笑笑生不是一個普通藝匠，而是一位心底有生活的獨具隻眼的大小說家。他真的沒有把他的小說僅僅視為雨窗寂寞、長夜無聊的消閒解悶之作。他的小說是出於市民的思想意識和市民的視角。這從一個重要方面來說，笑笑生發現又展示了市民社會的風俗畫，正是市民日益強大並在小說領域尋求現實主義表現的反映。

　　「金瓶梅藝術世界」的創造，對我們的啟示是，小說的審美的研究必須得到強化，對小說的審美感悟絕不能失去耐心。回想十幾年前「文化研究」熱時，《金瓶梅》確實得到「文化」的綜合研究，然而，眾所周知，《金瓶梅》只剩下了社會歷史的注腳，文學性的研究和審美批評被大大消解。

三

　　其實，「文化研究」在西方也早有爭議。格林布拉特是當今西方學術界對文學進行文化研究和跨學科研究的領袖人物之一。他把自己的新歷史主義方法論稱之為「文化詩學」。但幾年後，他就發現，每個學科都有自己的界限，保留各自的界限是必要的。具體到小說的某些「文化研究」，有一個致命的弱點，即無視小說藝術的界限，脫離了小說文本，結果造成過多的誤讀，或過度詮釋。由此，在小說史和小說學的建構中我想我們的前提仍應是回歸文本，在「細讀」上下功夫。回歸文本之本意就是要求審美的文學性構成不應被消解。給我印象最深的是八年前劉少勤先生之大作《文學評論斷想》，他認為「任何一種批評，都不能脫離『作品』，都必須面向『作品』本身。當代中國的文學批評，一個重大缺陷就是離開了『作品』，瞎扯各種『文化』和各種『主義』。於是劉先生疾呼：「面向作品本身！」[7]還有嚴紹璗先生在為張哲俊先生專著《中日古典悲劇的形式：三個母題與嬗變的研究》所寫的序中同樣精闢地寫道：「在人文學術研究目前的學術狀態中，應該特別提倡文本的解讀和文本的解析，特別提倡建立在充分的文本基礎上的理論研究，從而與歐美的各種主義和論斷共濟互補，從而創造出具有世界性的理論學說。基於這一最基本的認識，我覺得一切對學術和社會承擔責任的稍許年長一些的學者，應該積極地鼓勵年輕的學者，致力於文學文本的研究，並從文本的解讀中引導出具有一般意義的理論來。」[8]觀劉、嚴二位先生的意見，我應引他們為精神同道和學術知己。

7　劉少勤〈文學評論斷想〉，《政策》，2003 年第 1 期。

8　嚴紹璗〈序言〉，張哲俊《中日古典悲劇的形式：三個母題與嬗變的研究》，上海：上海古籍出版社 2002 年。

　　其實，我對《金瓶梅》沒有作過深入研究，只是在學習「金學」專家諸多研究該書的論著後，確實覺得對《金瓶梅》的解讀，回歸文本並非是一個過時或不必要的絮叨的策略。我直覺地感到，在「紅外線」熱潮影響下，現在也有了「金外線」的傾向，所以我才認為，回歸文本是《金瓶梅》的一個重要的研究策略，並試著把自己的一貫的學術追求即文本實證和理論研究相互照應的思路在這裏再作扼要的陳述。我的初衷是想為朋友們的討論提供一個參照，希冀在碰撞和交流中引發更多的思考。因為我思忖，對《金瓶梅》的解讀，永遠是一個不會終結的對話和潛對話的過程。

　　無論從宏觀小說學角度看還是從微觀小說學角度看，《金瓶梅》文本，都是一切讀者關注的對象。這是因為，蘭陵笑笑生得以表明自己對世道人心和小說藝術的理解的唯一手段就表現在他的文本之中，同時也是他可以從社會、人生、心靈和藝術中得到最高報償的手段。所以，具體到一位小說家，他要通過文本證明的是他的人格、才情，特別是審美的道德的傾向。這就是為什麼小說家本人總是有一種文本本位的信念。

　　可以作為參照系的西方文學史中就有一大批文本本位論者。普魯斯特就明快地表明：作家的真正自我僅僅表現在文本之中，而且只有排除了那個外在自我，才能進入寫作狀態。海明威這位硬漢作家索性說：只要是文學，就不用管誰是作者。而福克納更乾脆地告訴他的傳記作者：我的雄心是退出歷史舞台，死後除了發表的作品以外，不留下一點廢物。看到這些言論，也許我們覺得有些偏激，然而你卻不能不承認這些作家把文本確實看作心靈自由的表徵。他們的自救往往是通過文本回歸心靈，從而走向清潔的與美善的人性。具體到笑笑生，誰又能不承認他心底迴旋的仍然是美的信念和美的理想呢？誰又能不承認他是以純真的真善美的心來寫作呢？無論是暴露，無情的暴露，還是孤憤、譴責，不都是笑笑生的「我心」的敘事？時至今日，我們讀者幾乎都把《金瓶梅》文本看作是笑笑生心靈獨白的外化，是他人生體驗的印痕。於是，對於《金瓶梅》文本，我們再不會看到單一的詮釋了；而「一種」解讀也在逐漸從研究論著中消失。事實上，對《金瓶梅》心靈文本的追尋，極大地調動了讀者思考的積極性。每一位讀者都有可能根據自己的生活經驗和審美經驗，思考《金瓶梅》文本提出的問題並且得出完全屬於自己的結論。回顧一下，作為持久不衰的「顯學」的《紅樓夢》研究不是一再證明：對它的心靈文本的追尋，使這部曠世傑作的多義性成了它藝術內涵的常態，而對《紅樓夢》任何單一的解讀都成了它藝術內涵的非常態嗎？《紅樓夢》研究輝煌豐碩的成果，必將鼓舞我們廣大《金瓶梅》文本研究者的信心。它將使我們的審美追求更願與凝聚為文本的作家心靈進行對話和潛對話，並學會探尋在文本內蘊的漩渦和潛流中發現《金瓶梅》文本之偉大。

　　在面對作家和他創制的文學文本時，我寧肯從作家創造的藝術世界來認識作家，從

作家給人類情感世界帶來的藝術啟示和貢獻來評定作家與文本的藝術地位。

學術研究是個體生命活動，生命意志和文化精神是難以割裂的。學術研究包括古代小說研究的「無我」，是講究客觀，「有我」則是講究積極投入。而我們的理想境界則在物我相融。過去，考據與審美的理論研究往往相互隔閡，甚至相互排斥，結果二者均得不到很好的發展。我們的任務是把二者都納入到藝術與方法的體系之中並加以科學的審視，只有這樣才能體現考據、審美研究與文本實證的相互應照、互補相生、互滲相成的新的學術個性。如此，《金瓶梅》研究庶幾可以得到健康發展。

反之，如果我們的「金學」研究隊伍，都在「金外線」上蜂擁而上，埋頭在缺乏可信性的史料中，對《金瓶梅》絕非幸事，因為它最容易湮滅和灼傷研究者自身的性靈，使審美體驗遲鈍，使文筆不再富於敏感性和光澤。也許它僅有了「學術性」，而全然失去了《金瓶梅》研究必須有的藝術審美性。如果真到了不動情地審視那發黃的舊紙時，我想那就成了今日多病的學術的病症之一了，或者應了一位學者的明智之言：學問家凸現，思想家淡出。然而《金瓶梅》等古典小說名著的研究使命畢竟是在追求「有思想的學術和有學術的思想」這個層次上的。

四

強調回歸作家的文本，是看到了唯有文本才能最真實地反映作家的內心世界，而他的生平傳記乃至談話錄不一定就能揭示其心靈的真誠。因此可以說，偉大作家的文本是留給我們的精神遺囑。一部中國文學發展史，在一定意義上說，就是一部形象的、生動的、細膩的「心史」，19 世紀著名文學史家勃蘭兌斯在他的六卷本《十九世紀文學主流》的引言中說：「文學史，就其最深刻的意義來說，是一種心理學，研究人的靈魂，是靈魂的歷史。」[9]這是我迄今看到的對文學史作出的最符合實際、最富有科學意味的界定。這一思想的深刻性就在於他不再是停留在文學即人學的層面上，而是充分認識到文學乃是人的精神主體的歷史。這就是我一再強調的，心理結構乃是濃縮了的人類歷史文明，文學文本，特別是小說文本則是打開時代靈魂的心理學。

然而，在認同必須超越「人學」的基礎上，心靈史的研究又應當是動態的，即作為心靈史的最細微處、最微妙處，乃至稍縱即逝的心態也是研究的對象。心態史的研究應當有別於思想史和性格史的研究。相對而言，思想性格等等在成熟後，具有相對的穩定

---

9 〔丹麥〕勃蘭兌斯：《十九世紀文學主流》第一分冊《流亡文學》，張道真譯，北京：人民文學出版社 1997 年，頁 2。

性，而心態則是一種精神流動體。心靈的流變更受個人遭際、社會精神、時代思潮乃至政治變數的影響而不斷遊移。進一步說，作家之間的差異除思想、性格、氣質、人格之外，最深層最重要的差別往往是心態變異中的特色，因此，在我們認真觀照作家的心態時，往往發現它不是在「過去」就已經成型的，所以，心態乃是「尚未」被規定的精神現象，它當然和思想、性格密切聯繫，但又不能等同，因為它總是處在「製作」之中，「創造」之中。

心態史的敘述是一種「發皇心曲」的研究，它體現在細緻入微的心理分析上，而心理分析中強調的是人物心理的真實性，不大看重人物的完美性。所以通過作家文本中把握心態流動的微妙處，也就道出了一個心態研究的真諦：作家並不是只有一種面孔。這就決定了他的心靈流變往往是社會流變的一面鏡子，或是一個縮影，更是活生生的人的本相的真實顯現。我們在讀《金瓶梅》時會不會有這樣一種感悟：笑笑生在人生旅途中行走著，成長著，也成熟著。身影遠去，留下一道道蹤跡，或深或淺，彙聚一起，你驀然回首竟是一部大書。笑笑生不同凡響處，就在於他把人們經歷過的，又是司空見慣的永恆的人生歷程，以哲人式的思考，又用形象提煉、昇華，演繹了這部百萬字巨著。不同的只是笑笑生把它轉換成純粹市民社會中事和市民中人，而這些事和人又是出於作家個人的藝術虛構，然而讀者一看，其生活底色是活生生的現實世界，一個我們能深切感知的人生與社會。這是一個方面。

另外，作家的心靈世界是複雜的，而這種複雜性就凝聚在他筆下的人物中。笑笑生善於洞悉每一個人物，透視每一件事情，在他的「精神的眼睛」的觀照下，這個社會既是一個被放大了千百倍的世界，又是一個被剝去了種種表象的全然裸露的世界。他的偉大就在於他發現了如巴爾札克所說的：一種文明所產生的怪物及其全部鬥爭，野心和瘋狂。但是，我們更應看到笑笑生內心的隱憂。一般地說，初讀《金瓶梅》故事時，我們注意到了笑笑生注重人生的善惡是非和社會意義的評判，然而當你進入小說的深層意蘊時，你會感悟到笑笑生更傾心於人生生命經驗的況味的執著品嘗。我們讀者千萬不可忽視和小看了生命的經驗和人生的況味這個絕妙的視角和視位的重新把握，以及精彩而又智慧的選擇的價值。從一般的寫世俗之事和家庭之人到執著地品味人生的況味，這就在更寬廣、更深邃的意義上，表現了人性的衝突（其中當然包括笑笑生的人性與書中西門慶和潘金蓮無人性之衝突），表現了豐富的心靈世界。而用小說寫出野心與瘋狂之際，卻又表現了作家內心人性之美，這正是各個時代、各種人都具有的感受和體驗。所以說，從《金瓶梅》的接受史來觀照、體驗和體會人生況味，是這部世情小說的藝術魅力所在，也是笑笑生通過他的奇書與讀者進行對話的最易溝通之處。

對古代小說家的心態史的研究，從小說方法論角度說，應該是多元的、開放的，也

是多視角、多層面、多側面的。竊以為，中國傳統詮釋學中的「以心會心」「將心比心」仍有其鮮活的生命力，仍然可以運用於小說家的心態史和心靈文本的研究。這是因為對他人的理解來自對自己的理解，心理的洞察來自自我意識。易卜生在談到自己的文學創作時曾說：寫作就是坐下來審視自己。那麼研究一部小說，更需要對自己有所理解。研究者的功力應體現在面對一部經典的心靈文本時，能穿透紙背去體驗，把握作家的心靈脈動。正如我們面對《金瓶梅》時，就能發現我們是在面對笑笑生，他的強悍與脆弱，真誠與虛偽，憤激與寂寞，愛與恨，喜與悲，坦蕩與陰鷙……我們幾乎都可以感知。是的，只有抓住作家的內心糾葛，抓住他的自我折磨，抓住他的欲說還休，抓住他的揮斥灑脫和悲劇意識，抓住他的寬容與狹隘，才能對笑笑生這樣的小說巨擘的心靈流變的真實軌跡加以把握。

嚴格地說，以心會心，將心比心，是一種真切的內心體驗，而對閱讀來說還是一種純真的審美體驗。而小說家的心靈正好也是飽含著人生和審美的體驗，他常常能夠與我們的體驗靈犀相通，正是基於這一點，會心與比心才是一種溝通、交流和對話。這，既能貼著自己要探究的心靈脈動律，並盡可能地描述出作家的心理流程，又始終與他們保持一定距離，達到理性與感性相融合的審視。這可能就是一位讀者或小說研究者應具備的既多懷同情之心，抒憐惜之情，又具冷眼旁觀之自覺吧！這也許就是我們的心靈史與心態史研究方法所追求的史筆詩心的理想境界吧！

五

什麼是方法？什麼是文學方法論？什麼又是小說研究方法論？如果明快一點，是不是可以這樣回答：方法就是主體介入客體的工具，同時又是客體的「類似物」。它一方面為主體的目的所推動，一方面又要在發展的客體中找到自己的思維內容，因此，只要客體在發展，方法永遠推陳出新。研究新方法，借鑒新方法是一種合乎規律的必然現象。我們不妨粗略地回顧一下小說方法論的沿革。

中國小說理論批評自成格局，獨標異彩。散見於明清小說裏的序、跋、評、敘、述、引、題辭、凡例、讀法、導語、自記中關於小說創作的論述猶如零金碎玉，營造成中國小說理論批評的主要框架，其中已有今日所說的帶有小說方法論意味的精妙之處，有些是那些大塊文章說不到的靈性感悟，它提出了一系列在他們之前的理論著述中所沒有提出過的更為複雜的小說文類的課題，體現了傳統小說美學雛形期的形態。其中小說評點正是中國古代小說理論批評的主體部分，也是中國古代小說審美鑒賞的主要方式，為別國所罕見。

評點本義乃是評點和圈點。古人讀書對在自己認為精彩之處加以圈點，或因有所感，隨手記下，撮要鉤玄，點睛取髓，乃至借題發揮。其中雖有藝術與人生之理念支撐，但不少評點往往是才情、靈性、頓悟之揮灑。然而評點中的回批、眉批則更側重於對小說藝術創作規律的探索。因此，我們不妨把小說的序、跋和回批組合起來，即會發現它們已經較好地涉及到了審美心理、審美創造、審美欣賞等一系列小說美學上的不少問題。李贄、葉晝、金聖歎、脂硯齋、張竹坡、但明倫的小說評點中議論縱橫，警句迭出。他們觸及到許多藝術的辯證法，比如，真與假，情與理，虛與實，主與客，分與合，起與落，伸與縮，直與曲等等。

小說評點的另一重要貢獻還在於他們開始注意提煉、歸納和小說創作與藝術表現的一些「法」。中國詩論、文論就好談章法、文法。批評家時常以「法」這個概念籠統地指稱藝術創作中的技巧。其實，按嚴格意義來說，「法」很難說就是藝術創作中的技巧。「法」只意味著作家創造某種文學的形式時所依據的規矩、程式和法則而已。小說評點中提出的「法」，一般都認為是總結小說創作的文法。可能是馮夢龍開其先河，「躲閃法」和「捷收法」就是他提出的概念。可稱為評點派大師的金聖歎在前人開拓下總結了《水滸》的十五種技法，脂硯齋在評點《紅樓夢》時提出的作法不下數十種，直到但明倫評《聊齋志異》又總結了前人的法，提出了不少「法」。總之林林總總，不下一百多「法」。實事求是地說，這些「法」的總結並不是十分科學，其涵義也未必很明確。

對於中國小說的評點，今日小說研究界評價不一，有的學者把它們提升到「小說美學」的高度，有的學者則不贊成把小說評點的學術價值刻意提高。然而竊以為，近三十年來對小說評點的研究還是取得了很大成績，對我們汲取其經驗大有裨益。

也許就是「與時俱進」吧，改革開放，文禁初開，迎來了新一波的「西學東漸」。隨歐美小說創作的大量譯介之後，小說研究的花樣翻新的方法論也被一一引進來。西方文學方法論如走馬燈似地變換，我們也幾乎不甚鑒別地一一引入進來，於是上世紀 80 年代才有了方法論之熱潮的湧現。不可否認，小說方法論的新知輸入大大促進中國小說研究觀念和方法的更新。一時間新名詞、新概念鋪天蓋地而來。一方面是小說研究有了日新月異的面貌，但與此同時，「套用法」也比比皆是，後來有的學者調侃這種傾向：中國小說研究成了各種新方法的「試驗田」。

在花團錦簇的各式「方法論」中，小說研究者終於釐清了小說文類還是與敘事學有著「血緣」關係。即我在前面所說，主體介入客體時，敘事學方法論就是小說藝術的「類似物」。於是我們的古典小說真正進入了本體性研究階段。

應當說，我們的敘事學研究雖然仍有爭議（包括敘事學與敘述學概念的運用上還有不同界定），但可以稱之為成績斐然。其標誌是，小說研究者視野被擴大了，小說名作得到了

本體性的闡釋，小說的審美性價值日益明晰。我承認我就是受益者之一。

在試著用敘事學方法論來觀照《金瓶梅》時，我就發現《金瓶梅》在創作時開闢了一條全新的道路。它不斷地模糊著文學與現實的界限，它不求助於既定的符號秩序，它關注有質感的生活。看來笑笑生就是要保持原始的粗糙特徵。對於敘述者來說，生活是一些隨意湧現又可以隨意消失的片段，然而一個個日常生活中最常見的和最微小的元素，被自由地安排在一切可以想像的生活軌跡中。這些元素的聚合體，對我們產生了強烈的心理影響，它使我們悲，使我們憂，使我們憤，也使我們笑，更使我們沉思與品味。這就是《金瓶梅》為我們創造的另一種特異的境界。於是這裏顯現出小說美學的一條極重要的規律：孤立的生活元素可能是毫無意義的，但系列元素所產生的聚合體被用來解釋生活，便產生了審美價值。《金瓶梅》正是通過西門慶、潘金蓮等人物認識了生活中註定要發生的那些事件，也認識了那些俗世故事產生的原因。笑笑生的腕底功力就在於他能「貼著」自己的人物，逼真地刻畫出他們的性格、心理，又始終與他們保持著根本的審美距離。細緻的觀察與精緻的描繪，都體現著傳統美學中「靜觀」的審美態度，這些都說明《金瓶梅》的創作精神、旨趣和藝術立場的確發生了一種轉捩。

竊以為，中國古代小說類型的區分，長期處在模糊狀態，人們往往停留在語言載體的文言與白話之分，或滿足於題材層面上所謂的歷史演義、英雄傳奇、神魔小說和世情小說等等的界定。於是在中國古代小說研究中經常出現一種「類型性錯誤」。所謂「類型性錯誤」，就是主體在研究觀念和方法上混淆了不同範疇的小說類型，從而在研究活動中使用了不屬於該範疇的標準。這種評價標準上的錯位，就像用排球裁判規則裁決橄欖球比賽一樣，即張冠李戴，此類方法論上的錯誤屢屢發生。在價值取向上，諸多的著名小說中，《金瓶梅》的命運可能是最不幸的，它遭到不公正的評價，原因之一就是批評上的「類型性錯誤」所致。因此，需以小說類型理論確立《金瓶梅》研究中亟待解決的問題。

事實是，小說的變革與其說是觀念、手法、趣味、形式的變遷，不如說是這個時期「人群」發生了巨大的變化。而「人群」的差異是根本的差異，它會帶動一系列的變革。《金瓶梅》中的「人群」，當然就是城鎮市民階層的激增及其勢力的進一步擴大，市民審美趣味大異於以往的英雄時代的審美趣味。正因為如此，這種來自於市井階層的小說類型，是順應亞文化群的小說類型，它既然不是專注於故事來製造氣氛，所以它也就沒有明代的那三部屬於「世代累積型」小說的那種具有極純度的浪漫情懷。而相對來說，《金瓶梅》一類的純屬市民的小說，不要求純粹抽象的精神活動，他們更關心自己身邊的「生活瑣事」，因此家庭背景的小說才風行一時。另外，閒暇生活常常需要一種感官刺激，以此達到平衡神經官能的作用。因此以《金瓶梅》為典型例證的市民小說常常會有性與

暴力的內容。正因如此，市民小說常常在有意無意中迎合讀者消遣需要，有庸俗的、粗糙的東西摻雜其間是普遍的現象。這也是毋庸置疑的問題。

還應著重指出，從話本小說到《金瓶梅》，說明市民小說是一種應變能力極強的小說藝術，它的形態可以多姿多彩，它的內涵可以常變常新，它的發展更不易被理論所固化。因此對市民小說和對《金瓶梅》類型的研究將是一個長期的生動的廣泛的課題。

前面已提到回歸文學本位，這是一種本體性的思考。從邏輯關係來看，既然是文學本位就要充分考慮文學本體的核心，即文體。事實是，文體不是一個文學的局部，文學創作都在文體之中，文學的各種形態都被文體浸泡過。因為有了文體意識，才有詩歌思維，散文思維，戲劇思維（形態）和小說思維（形態）等等，無論是詩歌、散文、戲劇、小說，其思維形態既是作家對客體的一種審美認知能力，也是構築形象體系、顯露主體審美理想的一種創造力，所以，它是一種動態過程。前者表現為對認知客體的信息搜集、篩選與歸納，後者則表現為在目的性的引導下，以一定結構形態與表現方式，把諸多形象元素進行組合和生動描述。所以各種文體的思維圖式體現不同作家不同目的性的認知活動和審美表述，所以，分小說、戲劇、詩歌、散文文體，就是以文體的審美特徵為表徵，為指歸。

其實在中國古代關於文體意識是有一個漫長發展的過程的。李清照僅僅以她的創作和審美體驗提出了「詞別是一家」之說，就引發了眾多的爭議和不斷的探討，但李清照的思考是何等深刻呵！到了現代，文體的概念常見，不過作為一種追求和宣導仍很不夠，提出文體家的要求就更少見了。這就讓我記起 1933 年魯迅先生在〈我怎麼做起小說來〉一文中說，他在小說語言上的努力曾得到過有些人的肯定，他說：「只有一個人看出來了，但他稱我為 Stylist（即文體家 Stylist，當時譯作體裁家，現在一律譯為文體家了）。」這說明，魯迅先生是默認了這一點的，儘管他當時也自謙了一番；不過這也說明在我們很講究文體的國家，也曾經忽略了文體和文體意識。

如果不被誤解的話，我認為對文體概念的界定還是應給予明確化的。按我的粗淺的理解，文體應該是特定的藝術把握生活的方式，即黑格爾在他的《美學》一書中多次反復強調的：既是作家的藝術感知方式，同時又是藝術傳達的方式。而藝術的內容與藝術的有意味的形式又將相互轉化——哲學高度對文體的把握——主體精神對象化的認識，是我們常說的文體的最深層次。

進一步說，文體是作家運用語言的某種統一的方式、習慣和風格，不是簡單的語言本身。因此，對於文學類型的各種文體的描述就不能僅僅是對文學語言的單向描述，而必須配合以作家創作所涉及到的影響文體形式的語言之外的諸種因素，如時代、社會、思潮、流派、題材、題旨、理念等等因素的研究。這些影響文學文體形式的語言以外的

因素就是理論界常常提及的「文體義域」。

聯繫《金瓶梅》之文體，我們首先感受到的就是它凸現的三大特色：小說的市井氣、平民化和個性化。在我們沿著小說情節的滾動，逐步看清了這部小說的獨有神韻：正在進行的，打算進行的，已經進行的情節。而對話在這裏起了非常重要的作用：烘染環境、氛圍，指明器物，帶出動作，隱喻表情、心理、性格、人物關係，等等。在笑笑生的筆下，這些描繪容量大而多變，技巧精而繁複。於是，我們發現，在《金瓶梅》中，語言不再是修辭的、技巧的、純形式的運用，而是主體與客體，作品生活內容與作家的情感特徵以及語言意蘊等諸多元素的融合。

在思考這篇小說研究方法論時，使我倍感親切的是，在我閱讀陳平原教授的《文學的周邊》時，他已經在思考和搭建中國小說研究的框架了。陳平原教授在他的長文〈小說史學的形成與新變〉中就作了這樣的告白：「具體到每個研究者，不可能永遠追隨潮流，必須有捨棄，也有所堅持，我的努力方向是，將敘事學、類型學、文體學三者合一。」[10]讀了這樣的文字，我可以說太有同感了。古典小說的研究，特別是幾部小說經典文本，單一的敘事學研究已遠遠不能揭示其文學性審美性的底蘊。敘事學、文體學與類型學以及其他的詩學方法的綜合觀照，「搭建起中國小說研究的基本框架」，庶幾可以把這些大書的文化內涵揭示得更深刻、更明晰一些。總之，對於我們這些從事古代小說教學和研究的人來說，方法論的模式總是在不斷更新，我們的理論思維也應不斷更新。進一步說，小說研究中從未有一個固定的方法論。方法論的多元態勢只能是常態，單一的方法論必定受到文學藝術的新形態的挑戰。現代量子力學創始人海森伯就認為，世界不是一種哲學可以完全解釋的。他在闡發測不準定律時明快地指出：在描述一種現象時需要一種理論，在測定另一種現象時，則需要另一種理論，沒有放之四海而皆準的絕對真理。

總括以上粗疏的意見，我認為在小說研究領域，應該自覺地重視方法論的意義。古代小說研究的新形勢要求於我們的是：縱橫馳騁於中外文學之間，古今貫通，上下左右求索，采摭群言，以廣見聞的態度，熔種種方法於一爐，從而提煉出真知灼見。

10　陳平原《文學的周邊》，北京：新世界出版社 2004 年，頁 186。

整合與發現：
21 世紀《金瓶梅》研究的新起點
——序何香久編注《綜合學術本金瓶梅》

　　我和《金瓶梅》總是通過不同管道結緣。

　　2000 年 10 月下旬，第四屆國際《金瓶梅》學術研討會在山東五蓮召開。根據大會負責人的安排，我有幸和魏子雲先生分別在大會上致辭。就是借著這次世紀盛會和發言的機會，我把十年來的綿長思緒說了出來：「中國《金瓶梅》學會是一個大家庭。在這個來自各地的朋友組成的大家庭中，我感到溫馨。從眾多師友中，我不僅獲得了豐富的人文知識和富有啟示的思想，同時更獲得了真誠的友誼。」這裏說的「真誠的友誼」就包括著香久兄對我的情誼。在五蓮，會議時間不長，我又因故提前返津，但是我和香久還是做了兩次深情的談話。我們的話題很廣泛，並未專注於「金學」。然而，我只是在一個多月後收到香久的散文選集《一壺天地小如瓜》，讀了他的〈一部書的罪與罰〉後，我才真的感到一部小說巨著如何把我倆的心更緊地連在了一起，一種相知相契的感情油然而生。我治「金學」研究付出的並不大，所謂淺嘗輒止而已，因此在沒取得什麼成果的情況下，我的心態始終很平衡。香久兄可就大不同了，為了一部《金瓶梅》，他受到的是大驚、大恐和大委屈，如果換了我，我會一生躲著這部書，免得它給我再招災惹禍。可是香久兄卻不這麼想，他竟以十一年的心血歲月（1989-2000）拿出了一部前無古人、獨標異彩的厚重之作——《綜合學術本金瓶梅》。這是何等頑強的毅力！說他有一股為學術文化獻身的精神絕非過譽。而從另一角度講，香久兄這次在《金瓶梅》研究領域取得的實績也絕非偶然。

　　在新時期青年研究的群體中，香久真是多才多藝。他在北大讀書時即受名師指點，此後依恃著豐厚的文學與史學功底以及敏銳的文化感悟力，在文學創作與文化研究上都取得了顯著成績。舉凡詩歌、散文、小說創作、文藝評論、古典文學研究都有所建樹。比如，他的歷史文化散文就有自己的特點。這突出映示為：行文落墨、佈局謀篇的斜出旁逸，無拘無束而終不失法度，以及對詩文掌故、趣聞軼事的信手拈來，巧妙化用。它

們無形中釀成了作品繽紛洋溢、揮灑自如的敘事風度，貽人以參錯繁富之美。這種文人的真筆真墨在商業時代顯得很珍貴。對於詩，我的理解很膚淺，但讀香久的詩作，仍然感知到它們的靈動高華、精微鬱勃、文采煥然、妙語迭出，如果作什麼「歷史定位」的話，這當屬香久的「性情之書」。

至於香久的「學術之書」則在古典文學研究上。他的幾部代表作讓我感受到的是他善於憑藉他的研究對象（除《金瓶梅》以外還有紀曉嵐）去尋求文化靈魂和人生秘諦，即對中國文化的歷史命運和中國知識分子人格構成的深入探索。

香久關於紀曉嵐年譜之作，涉題廣泛，思想豐閎，富有現代精神，過去，考據和文本與理論研究往往隔閡，甚至相互排斥，結果三者均得不到很好發展。香久卻將三者納入歷史和方法的體系中加以審視，從而體現了文本以及理論的互補相生、互滲相成的新的學術個性。有時明明是一部資料書，卻顯得血肉豐滿，有理有據，無枯燥乏味之弊，而是靈氣十足，富有可讀性。

香久的拿手好戲當然是《金瓶梅》研究。從已出版的三部專著中，似可總結出一點經驗，即小說研究要求相對的穩定性和連續性，需要學識與才情、廣博與精深、新穎與通達等等的平衡與調適。香久兄以過去《金瓶梅》研究中的問題為鑒，在深沉反思的起點上，力求突破長期以來這個領域中陳舊模式，鍥入新的感悟和理解。而在文字上的特色則是敘筆與論筆互呈，敘筆靈俏，論筆機鋒，彼此相映，從容道來，從而深刻揭示了《金瓶梅》在小說文化史上的重要地位和獨特價值。不難看出，香久在三部「金學」研究專著中，更看重的是條分縷析，用之以構築自己的論說框架。比如在情與欲的正負價值上，在美醜的區別上，在中國小說模式的開放性論說中，都貫穿著細緻而新鮮的見地，顯示了他與失去活力的僵化的研究路數的不同思路。

現在我們看到的是香久兄「金學」研究的集大成之作了。作為一種具有整體性的全新文本，《綜合學術本金瓶梅》熔甄別、整理、校注、評點、紀事於一爐。香久傾其心血，發揮其學識之長，真正做到了精勤與博洽、細密與敏銳相得益彰，而細瑣與難考之事亦以求實之精神，做出合理之詮釋。另外全書的注釋常有開掘前人未發之新意，和修正前人的某些謬誤的思維勇氣。

寫到這兒我不能不橫插一筆，談談香久明確標舉的「學術本」的問題。「學術本」三個字無疑是全書的關鍵字，也是香久標新立異、獨闢蹊徑之處，更是他為自己提出的一個大難題，當然還是一個全新的思路。「學術本」不僅意味著全書的學術性，同時更可看出作者極重視學術的規範化。從學界專家的觀點來看，學術首先講究客觀和理性，來不得一點天馬行空、酣暢淋漓，即太多的主觀化；其次，要講「學術本」那就要講究規範。尤其今日之治學術，其中「術」的因素越來越強，而「學」又越來越與特定的技

術、程式與方法（「術」）聯繫在一起，於是也就越來越學科化、體制化，以至於不術便無學，而不是「不學」則「無術」，因而也就越來越需要「訓練」。這部「綜合學術本」的《金瓶梅》是對香久兄國學功底和現代學術規範的一次考驗。就我淺薄之見，他是渡過了道道難關，而又較好地實現了他創制的「學術本」的新規範。

一部書的結構框架是十分重要的，他往往顯示編著者面對研究對象的一種宏觀把握的能力。常有這樣的情況，當你尚未展讀全書，但由它的目次所揭示的體系的概貌便引發你強烈的閱讀興趣。香久的《綜合學術本金瓶梅》正是這樣一本書。可以想見，《金瓶梅》雖是一部小說，但涉及到文化的方方面面，何為大端，從何著筆，乃是操作時頗費斟酌的問題。香久的這部大書稱得上恢宏大度，疏而不漏。所以通觀全書，體系編排，井井有條，有注有評，且有「史」有「論」，亦「史」亦「論」，史論相依，結合成一個縱橫相交的主體坐標軸。於是《金瓶梅》便在其中確定了在一個小說史上的地位，同時，又因這部書屬綜合性學術本，從而顯示出它在學術史上的地位。所以僅從框架建構上來說，作為一部綜合性文本，它顯示了編著者的功底和眼力。於是，我突然想到了陳寅恪先生的一個重要主張。他認為治史要有所「發現」。也就是說，要在歷史的觀察中注入主體獨特的目光，看到別人不曾看到的東西。今天，我們讀到香久的這部新書，從建構到書寫同樣體現了他具備敏銳的「發現」意識。香久因為擁有多年修成的較為深厚的文學功力而顯得睿目炯炯，卓爾不群。從這裏我們還獲得了一個重要啟示：學術研究的意義不僅僅在於成果，也許更重要的是思考。是的，成果是重要的，思考同樣重要，而這又恰恰需要智慧、巧思和責任感。香久兄和許多真正的學者作家一樣，他在默默地為我們做著這些工作。

一篇序言寫得這麼長，早應停筆了。但是當香久兄把電話打過來，又把材料寄過來以後，我就處在極度不安和興奮中。香久兄對我的信任我是有深切體會的，但是為他的大書寫序我是意想不到也是愧不敢當的。我在為一位研究生的專著寫序言時就說過自己曾反復誦習杜牧為李賀詩集所寫的序，並且真的有所領悟：古人對於為人寫序，是看得很重的，是非常負責的，杜牧是謙讓再三才命筆的。我輩才疏學淺，絕對無法與杜牧等大家相比，但看到香久兄的研究成果，特別是他的《金瓶梅》研究與整理的第五部書的出版，欣慰之餘，我才大膽把平日的一點感想寫出，與香久共勉。

2001 年的鐘聲就要敲響了。我有一種衝動，一種像恩格斯說的那種企望「將頭伸到下世紀探望一下」的衝動。就在這神聖的日子立刻就要來臨時，我輕輕放下了筆，為香久兄寫就了這篇上不得台盤卻有紀念意義的序言。

《金瓶梅》評點的新範式
——讀卜鍵《雙舸榭重校評批金瓶梅》

　　當前的《金瓶梅》研究，朱紫交競，異說相騰，這說明「金學」研究已深入到一個新層面，若繼此軌轍以往，必有助於《金瓶梅》研究的新發現和大突破。

　　卜鍵先生[1]在《金瓶梅》研究上成就斐然，其博通精思的特點突出地體現在全方位、多層次地闡述「金學」的重要命題。他從對李開先的生平事蹟的考證，到小說文體及文學精神的探索，又以實證精神與白維國先生合作校點了《金瓶梅》，另外他還熟稔明史，先是出版了《嘉靖皇帝》，最近又經認真修訂出版了《明世宗傳》。這一切都聚焦在《金瓶梅》的闡釋上，在材料、觀點、視角、方法上做了充分準備，就為他的重校評批《金瓶梅》提供了嚴謹扎實的書寫條件。

　　卜兄的《雙舸榭重校評批金瓶梅》與其副本《搖落的風情——第一奇書金瓶梅繹解》，堪稱「金學」研究領域的最新、分量最重的成果，對極富民族文化特色的小說評點學做出了不可小覷的貢獻。如與其他學者的評點本相比，卜著在闡釋文本的價值時，發現和認識到小說評點乃是一個有內在思維理路、深具文化蘊意的批評形式。因此在自覺的文本意識引領下，使他的《金瓶梅》評點顯示出新的特色，為構建嶄新的小說批評提供了一個很值得參考的範式。這是一種詩學文體，其背後的社會文化蘊涵、審美體驗與審美判斷，給予我們以啟示意義。

一、評點，見的是真性情

　　評點作為一種文學批評的形式，必然是以文本為載體為依託，所以它天然地具有文本中心的品格。無論是「因文而起」的探究，還是「隨事而生」的議論，都要依據文本，這是不言自明的事。具體到《金瓶梅》，蘭兄得以表明自己對世道人心理解的唯一手段，表現在他的文本之中，他也是要通過文本證明他的人格、才情，特別是審美的道德傾向。

1　卜鍵先生為簡約作家的名字，把蘭陵笑笑生稱之為「蘭兄」。筆者效仿卜先生，把他也簡稱為卜兄。

時至今日，讀者幾乎把《金瓶梅》文本看作是蘭兄心靈獨白的外化，是他人生體驗的印痕。於是，讀者和批評家天然地願與凝結為文本的作家的心靈進行對話和潛對話，並會努力去探尋文本內蘊的漩渦，於潛流中發現《金瓶梅》文本之偉大。

卜兄的評批雖然也是依據文本的脈絡推進；雖然也是通過對文本的全面接觸、領悟與判斷；雖然在評批中也有或多或少的感悟話語，但是，卜兄首先在「知人論世」上下功夫，直抵蘭兄的文心，為《金瓶梅》文本品格定位。關於這一點，卜兄在《搖落的風情》序言中，開宗明義地提出了他的「哀書」說[2]。

人們熟知的是，對《金瓶梅》的文本品格，幾百年來就有奇書、淫書、才子書之說，以及筆者贊同的憤書說。而卜兄在提挈全書的序中說：

> 《金瓶梅》是一部奇書，又是一部哀書。作者把生民和社會寫得噓彈如生，書中隨處可見人性之惡的暢行無阻，可見善與惡的交纏雜糅，亦隨處可體悟到一種悲天憫人的情懷。他將悲憫哀矜灑向所處時代的芸芸眾生，也灑向巍巍廟堂赫赫宮門，灑向西門慶和潘金蓮這樣的丑類。這裏有一個作家對時政家園最深沉的愛憎，有其對生命價值和生存形態的痛苦思索，也有文人墨客那與世浮沉的放曠褻玩。這就是蘭陵笑笑生，玄黃錯雜，異色成彩，和盤托出了明代社會的風物世情。

這段詩性的書寫是極為重要的文字，筆者把它看做是卜著——評批《金瓶梅》的綱。它貫穿於所有眉批、夾批和回後評中，甚至在調侃、揶揄、反諷的文字中都充滿著「哀書」的音符！

卜兄曾經歷少年漂泊，亦有大悲憫之心，與蘭兄的悲憫之心隔代契合！事實上，明代幾部奇書都有對人事興亡的儒家式感喟，其憂患意識溢於言表。但是，蘭兄與卜兄卻未停留在感喟世風之澆漓，而是更加關注生命意義以及生命價值的被異化。可作為參照系的是張竹坡氏的諸多批評，其「冷熱金針」一說最富說服力。張氏充分看到了人世間的由熱到冷的炎涼，或曰，《金瓶梅》就是要寫一部由熱到冷的炎涼故事。百回大書，前五十回是由冷到熱，後五十回是由熱到冷。卜兄直逼蘭兄之文心：從主人公西門慶、潘金蓮，一直到西門家族的各色人等，都是以各種形式使生命走向毀滅的（他確實是把無價值的撕破給人看）。蘭兄高明之處，就在於他把他的人物置於徹底墮落而又徹底毀滅的境地。他看清了這個可詛咒的社會的罪惡，看清了墮落時代的象徵物——西門大院的不可救藥，於是他以凌厲的筆鋒，冷峻的姿態，具象地摹寫一個又一個人的走向生命終結

2 　十三年前他在他的專著《絳樹兩歌——中國小說文體與文學精神》第一編就把《金瓶梅》直接標示「生命悲歌」。而在第一章論及《金瓶梅》時也是明確提出「哀書」一說。

點,而一連串個人的毀滅,其總和就是社會的必然崩潰和必然毀滅。讀者透過小說畫面看到了陰森可怖的社會剪影,而導讀者又通過一唱三歎強化了我們對人生、對命運、對生命況味無盡的遐思。

是的,卜兄善於在生命價值受到威脅時,發出唏噓不已的感歎。請看,《金瓶梅》一經進入主題,第一個鏡頭就是謀殺!一個懦弱而又無辜的武大郎被害。接下來有宋惠蓮的自殺,一直到官哥兒和李瓶兒之死,再到西門慶的暴卒……這種灰暗的色調幾乎無處不在,擠壓著讀者的胸膛,讓人感到呼吸空間的狹小。武大郎之死,卜兄歎息「可憐的武大郎」,驚呼「可怖」;官哥兒之死,卜兄又說「震驚之餘,心中不免戰慄畏懼,人心之陰毒殘忍竟然於如此乎」;直到六十二回李瓶兒之死,卜兄全然抑制不住對生命的輕拋而感慨萬端:

> 想的最多的是死,懼怕最深的還是死,瓶兒可憐。

評批者的悲憫之心溢於言表!他在回後評中雖說,「真正悲傷、深度悲傷的人,除了老西以外,又有誰呢」,其實卜兄恰恰是為生命的脆弱而感到深度悲傷。這種悲傷當然不僅局限於一個人物的逝去,而是對生命存在的大悲憫之情,他超越了「正面」與「反面」的人物的陳舊模式。「可憐」是卜兄評批中的關鍵字,由此可見其對人生況味不斷咀嚼後的慨歎:原來生命如此脆弱,於是他回到了他自己設置的母題:哀書!

對此,我們不能停留在這個層面上,而應進一步探討卜兄與蘭兄是如何相遇又如何契合的。說實在的,古人當然不同今人,小說作者當然不同於今之評點者;但今之評點者又往往視古之小說家為知己,不可避免地以想當然的態度視古人,視古之小說家,於是就出現了所謂的誤讀和過度詮釋。但是,卜兄與蘭兄的悲憫之心卻在文本中相遇,這種相遇正就是評批者把自己深深沉浸在文本之中。小說家之心,即他的創作動機,文本之心即文本的文學性,而評點者正是穿越小說文本重新認識、探尋、闡發、繹解小說家至隱至微的文心。卜兄在前人的評點基礎上進行再開掘,推究出古人未曾明言的情愫、思緒、心態,顯然有了一番大的超越。一經比較,我們會發現,一般的小說評點多發微於形式層面(這是極必要的),比如意象、結構、修辭等等,這乃是「取其形」,而推究小說家的內宇宙,則需要「傳其神」的功力。

我深切地感受到卜兄對《金》書所投入的感情,不然他怎麼會體驗到偌多偌大的人生況味,以及觸摸到小說家那歷經心靈磨難後的滄桑感![3]《金》書作者的感傷孤憤,與《紅樓夢》所述說的人生的永恆遺憾雖然迥異,但同樣需要小說研究者的詩意的觀照,不

3　在我的心中,總是設想蘭兄一定是一位飽經滄桑,歷經心靈磨難,步入晚景的長者。

然蘭兄的機鋒、頓悟、妙諦和曹氏的天縱之神思，幽光之狂慧，都難以藝術地把握！卜兄乃蘭兄之知音，也必成知己！

與蘭兄神交，卜兄應是淵源有自的。卜兄乃真性情人也，他多情而不濫情，講情講義而又有節制，然而一旦看中真性情者則又能以全部真情相付。我曾讀過卜兄的一則隨筆：《直取性情真》。當時看了就很感動。今天寫文至此，忽然想到卜兄的這篇小文大著，我翻箱倒櫃終於找到了它的影本。文章乃是談他與臺灣著名學者曾永義先生的友誼。他說曾先生是一位重感情、負責任、能擔荷的人，一個充滿激情和活力的人，說：

> 他以己身為獻祭，矢志不渝地投身於華夏精神與文化的求索傳承；復以散文為外傳，不斷記錄著自己的天涯行腳和心路歷程。雪北香南，雪泥鴻爪，人生本來就有許許多多可珍貴的東西，學術人生原也可以綻放出斑爛絢麗，講堂與校園更是永遠真情絡繹的所在。……

這裏是寫曾先生之性情，其實何嘗不是卜兄的自況。生活中我多次觸摸過卜兄的悲憫之心，至於筆端常帶悲劇意識也是常事。「哀書」一說，我深知其內蘊，我知卜兄一旦切入《金》書之底裏，必是「發皇心曲」之傑作。

二、風情，世情小說內涵的應有之義

> 一個時代的歷史，有時竟像那漸漸長成又無奈老去的樹，雪朝雨夕，搖落花葉和枝椏，也搖落一地一地的風情。

這是詩人評點家卜兄在他的《搖落的風情》扉頁上寫下的「題記」。「風情」二字竟被卜兄如此看重！但從理論思維的視角來觀照，這正是卜兄對小說類型的準確把握。

說實在的，把握類型並非簡單易行之事。事實上，在中國古代小說研究領域，科學地把握小說類型還未受到應有的重視。因此，中國古代小說類型的區分，長期處於模糊狀態。人們往往停留在語言載體的文言和白話之分，或滿足於題材層面上的所謂歷史演義、英雄傳奇、神魔小說等等的界定。於是在中國古代小說研究中經常出現一種「類型性錯誤」，所謂「類型性錯誤」就是主體在研究觀念和方法上混淆了不同範疇的小說類型，從而在研究中使用了不屬於該範疇的標準。這種評價標準上的錯位，就像用排球比賽規則去裁決乒乓球比賽一樣，這種「張冠李戴」的現象屢屢發生。在價值取向上，諸多的著名小說中，《金瓶梅》的命運是最不幸的，它遭到不公正的評價幾乎也與此有關。最典型的例子應當是美國學者夏志清教授。他在《中國古典小說導論》一書第五章中評

論《金瓶梅》時，幾乎從思想到藝術都對《金》給予了否定性的評價。筆者思忖，這種判斷除了文化背景不同，審美標準與判斷不同，乃至思想片面外，還有一點，即對中國小說類型還有些陌生，乃至錯誤的理解。比如，提到作者時，夏教授竟懷疑：「以徐渭（？）的怪傑之才是否可能寫出這樣一部修養如此低劣，思想如此平庸的書來？」對具體的藝術處理他更是徹底否定，說什麼「莫過於他那種以對情節劇式事件的匆匆敘述來代替可信、具有戲劇性的情節的入微刻畫的『浪漫』衝動」。凡此種種，人們不難看出，這位小說研究專家的審美取向和藝術態度，我想研究者是否在混淆了不同範疇的小說類型時，也就使用了不屬於該範疇的標準？

其實前賢早已明快地把《金瓶梅》和《紅樓夢》等小說定格為「世情小說」。一般來說，凡世情小說大多離不開「風情」，而沒有了「風情」也就沒有了我們理解的「世情小說」。所以「風情」就成了「世情小說」內涵的應有之義。卜兄的評批的重要貢獻，就在於他十分明晰地框定了它的核心價值：第一位寫出風情的長篇小說[4]的是蘭兄，即如《金》書開篇所言：「引出一個風情故事來」。

果然，蘭兄就用了百回大書寫盡了形形色色的一連串大大小小的風情故事。按照卜兄的詮釋：「風情本是市井的亮色，是生命的一道異彩。」他繼而又說：風情既屬於承平時日，但在走向末世時常愈演愈烈，以至於如《金》書所敘，幾乎所有風情故事都通向死亡！西門慶與金、瓶、梅，宋惠蓮與陳經濟，一個個正值青春，又一個個死於非命！這種人生況味的感喟，與評批者把《金》看作「哀書」首尾相應。卜兄唏噓感歎的是以下十八個字：

　　紅塵無邊，風情萬種，
　　其底色卻是宿命與悲涼。

卜兄的「風情」論還有更細密的話語表述，且看下面的文字：

　　永遠的喧囂，必然的寂寞，顯性的歡快，底裏的悲愴。世情涵括著風情，風情也映照傳衍著世情；世情是風情的大地土壤，風情則常常呈現為這土地上的花朵，儘管有時是惡之花。正因為此，所有的風情故事都有過一種美豔，又都通向一個悲慘的大結局。

4　我手頭只有《現代漢語辭典》《辭源》與《辭海》。經查，《現代漢語辭典》竟無「風情」之辭目。《辭源》的「風情」釋義：(一)風采，神態；(二)抱負，志趣；(三)風月之情。《辭海》與《辭源》大同小異。其釋義：(一)風神；(二)懷抱意趣；(三)風月之情。

這裏，世情與風情的辯證法，卜兄以詩性的筆法，傳達給了閱讀他的評批的讀者。哲理與詩情的交融，智性、靈性與感悟的並舉，確確實實打開了《金瓶梅》既神秘又凡俗的大門，他們（卜兄與蘭兄）的默契與呼應啟迪了我們的智商與情商。噢，原來我們應當這樣領略幾百年來常常被誤讀的風情寶典！

我們不能不折服卜兄的「第二視力」的洞見。

卜兄並未止步於此，我們發現，卜兄的評批智慧與小說家的智慧，以及常變常新的小說智慧，是和諧統一的。卜兄在大量的眉批、夾批中，有著太多詩人氣質的感喟、長太息，而到回後評又能巧妙地把過去那種印象式、情緒化乃至教條八股式的評批的弊病徹底擺脫，使他在回評中呈現出深刻的理性思考，很多文字完全可與詩文批評一爭高下。試看這段文字：

> 西門慶與潘金蓮的私情和姦情，還能夠算是愛情麼？當然不能算。他們之間從一開始就沒有純潔和純正，沒有專一和忠貞，因而也就沒有美。可我們能說兩人之間沒有情麼？能說兩人從來就沒有產生過愛戀、纏綿和思念麼？私情也好，姦情也好，不都也有著一個「情」字麼？
> 這就是「風情」，包蘊豐饒駁雜的風情。
> ……

評批的繹解，完全沒有回避那美好的富於浪漫色彩的通語：「一見鍾情」。在卜兄看來，一見鍾情並不僅屬於才子佳人，有時也會預示一場姦情的開始。理性的思考和警策之語，讓我們看清「一見鍾情」的底裏，感悟到情感世界的駁雜。

此外，評批者在風情上所作文章，又因具體人物具體故事而不同。比如吳月娘的不解風情，孟玉樓不擅風情，妓女們也在風情隔一塵，至於缺少意趣的孫雪娥等也當不起「風情」二字。這一系列的精彩分析，讓我們聆聽了對世情小說中何以為風情的解說，我們從中也看到評批者在直抵小說作者文心以後，亦即回歸心靈層面以後，現在又領略了評點者在鞭辟入裏地解析「風情」時，把風情提升到人性層面的剖析。這就是卜兄的功力。

三、故事，紅塵中的人性花朵

流傳於十六世紀文人創作的「四大奇書」，為十七世紀的中國文學批評帶來新的生命。小說評點不啻為中國文學批評史上的一次大躍進，一次不可小覷的變革。「文體卑下」、不能登大雅之堂的小說戲曲擁有了自己的審美品鑒的姊妹，它竟然也可以「被」

審美,「被」鑒賞了!由此,小說創作與小說審美批評,構成了通俗文化的兩翼而雄視於文壇。研究小說評點的學者甚至把明清之際的小說評點稱之為中國文學思想史上的第二次「文學的自覺」,這無疑是非常符合實際的。

小說評點與小說評點家的出現,是緣自小說已成為獨立文體。事實是,小說文體不是一個文學的局部,小說創作都在文體之中,小說文學的全部都被文體浸泡過。因為有了文體意識才有了小說思維,其思維形態既是小說家對客體的一種審美認知能力,也是築建形象體系、顯露主體審美的一種創造力。所以,它乃是一個動態過程。小說文體的思維圖式,體現不同小說家、不同目的性的認知活動和審美表述,因此小說思維必然以文體的審美特徵為表徵和旨歸。卜兄的評批《金瓶梅》就是憑依著他的小說文體意識,又根據自己的審美體驗,對《金》書作出真正屬於小說美學的評批。對於這一點我們有充分的理由,因為卜兄十三年前就有中國小說文體研究的專著出版。他在《絳樹兩歌——中國小說文體與文學精神》一書中,有四篇論《金瓶梅》的文章,又有兩章論《紅樓夢》,四章論《鹿鼎記》,四章論古龍的文章。這十幾章中的文章,無一不是緊緊圍繞小說文體和文學精神論述的,其文體意識極為鮮明。他置疑雅俗之分,關注的恰恰是類型和章回小說的獨立文體的多樣性、多元性。

聯繫到《金瓶梅》之文體,我們首先感悟到的是卜兄對小說把握的三大重點:市井氣、平民化、個性化。我們隨著卜兄的筆鋒可以看到他是沿著小說故事情節的滾動,讓我們看清這部小說的獨有神韻:正在進行的,打算進行的,已經進行的關目。在這裏人物的話語和敘事話語緊密交織,指點出人物性格、人物關係、隱喻表情,同時又帶出環境、氛圍乃至器物。我們進一步明晰地領略了蘭兄容量大而多變的筆觸,技巧精細而繁複。在我們看似零零星星的眉批夾批中,讀者竟然會發現,在《金瓶梅》中,人物性格、語言動作、敘事話語,不再是以修辭的、技巧的純形式而孤零零地存在,而凝結為生活內容與小說家的心靈心態特徵以及語言意蘊等多種元素的聚合。

故事是滾滾紅塵中的花朵。以上這些當然是小說的敘事功能,因為小說文類本來就與敘事學有著天然的血緣關係,作為理論形態的敘事學是小說藝術的「類似物」。然而當把艱深的理論及其術語進行簡約化,進行敘事,就是講故事。而中國小說尤其重視講故事,其中變幻妖嬈的情節辯證法更是令人驚訝!不過我們又發現,情節的概念在中國敘事美學中的地位顯得有點模糊,相反,評點派更看重「段」,以及「段」與「段」之間的連貫藝術。張竹坡舉的例子就是二十八回圍繞一隻鞋演繹了一大回的故事。卜兄在回後評中充分把握了中國章回體的敘事特色,指出:「此回從金蓮丟失一隻紅繡鞋寫起,一時間亦風生水起,由葡萄架找到藏春塢,由金蓮的紅繡鞋引出惠蓮的紅繡鞋,再由小鐵棍手上到陳經濟袖中,雖是漣漪,卻也層層疊疊,頗有可讀之處。」「於是便有了秋

菊的疑問：怎生跑出娘的三隻鞋來了？」這段小小故事，一經評點者的點撥，我們便能更加明晰地看出《金》書正是通過西門慶、潘金蓮等人物認識了生活中註定要發生的事兒，也認識到了那些俗世故事產生的原因。卜兄發現了蘭兄的腕底春秋，就在於能「貼」著自己的人物，逼真地刻畫出他們的心理、性格，同時又舒展自如地給你講了一段又一段不大不小的俗世故事。

贅語：讀罷卜兄的《雙舸榭重校評批金瓶梅》真是浮想聯翩，它又一次引發了我對小說研究方法論的思考。

中國小說理論批評自成格局，獨標異彩，其中小說評點正是中國古代小說理論批評的主體部分，也是中國古代小說品評、鑑賞、審美的主要方式，為別國所罕見。深一層次地看，正如譚帆教授在他的《中國小說評點研究》一書的「導言」中所說：

> 中國古代小說評點是一個獨特的文化現象，而非單一的文學批評，評點在中國小說史上雖然是以「批評」的面貌出現的，但其實際所表現的內涵遠非文學批評就可涵蓋。[5]

此一觀點極為重要，它促使人們思考，小說研究方法如何從單一的文學批評拓展開來，從而使小說研究具有開放的、多元的、富有新意的格局。

這裏我還是不由得又想起幾年前讀陳平原教授〈小說史學的形成與新變〉[6]一文時的驚喜之情。原來，他很早就已經思考和搭建中國小說研究的框架了。他明確地告白：「具體到每個研究者，不可能永遠追隨潮流，必須有捨棄，也有所堅持，我的努力方向是，將敘事學、類型學、文體學三者合一。」陳平原先生的這番言論，私心確有同感。古典小說的研究，特別是幾部小說經典文本，單一的敘事學研究似已遠遠不能解釋其文學的審美性的底蘊。今讀卜兄大著大開眼界處，就在於，他雖然在形式上仍採用傳統評點方式，但實際操作已經把敘事學、類型學，文體學綜合起來對《金》書進行觀照。是的，這種將三者綜合起來的詩學觀照，才使得這部大書的文化蘊涵被揭示得如此深刻、明快。

我曾感慨繫之地說過，對於我們這些從事古代小說教學與研究的人來說，方法論的模式總在不斷更新，我們的理論思維也應不斷更新。進一步說，小說研究也從未有一個固定的方法和策略。方法和策略的多元態勢畢竟是常態，單一的方法與策略必然受到文學藝術實踐的新形態的挑戰。在這裏，我想重溫現代量子力學創始人海森伯的話：世界不是一種哲學可以完全解釋的。他在闡釋測不準定律時又明快地指出：在描述一種現象

5　譚帆《中國小說評點研究》，上海：華東師範大學出版社 2004 年，頁 10。
6　陳平原《小說史學的形成與新變》，北京：新世界出版社 2004 年，頁 186。

時需要一種理論，在測定另一種現象時，則需要另一種理論，沒有放之四海而皆準的絕對真理。

　　信然。

　　　　　　　　　　　2013 年 7 月 7 日至 9 日，先酷暑濡熱難耐，
　　　　　　　　　　　　　後為清涼大雨，斗室奮筆，寫就草稿。

換個視角去觀照《金瓶梅》
——讀吳存存《明清社會性愛風氣》引發的思考

　　學人必要的品格是應當不斷地反思自己學術思維的缺失和學養的不足。而一旦發現了這種缺失和不足，唯一的補救方法就是充實自己，修正自己的觀點，調整自己的研究方法，其中包括轉換自己審視文本的視角。記得十幾年前我為自己所寫的《說不盡的金瓶梅》[1]那本小冊子的「後記」中就說過：《金瓶梅》無論在社會上、人的心目中和研究者中間，它仍然是一部最容易被誤解的書，而且我自己就發現，我雖然殫精竭慮、聲嘶力竭地為之辯護，我也仍然是它的誤讀者之一。因為，我在讀我現在所寫的這部書稿時，我就看到了自己內心的矛盾和評估它的價值的矛盾。

　　時過境遷，現在一旦檢點這部舊作就真的發現，我確實對《金瓶梅》有過偌多的誤讀和並非全面正確的詮釋。當然我也發現一些精神同道和我一樣，對它有過「過度詮釋」的毛病。當然，這也是文藝研究與批評的正常現象。我信奉歌德的那句名言：「人們已經說了那麼多的話，以致看來好像再沒有什麼可說的了，可是精神有一個特性，就是永遠對精神起著推動的作用。」歌德這段評價莎士比亞不朽的話也可以移用來看待《金瓶梅》，並用於調整我們的閱讀心態。因為作為一部偉大的精神產品的《金瓶梅》，也必將對我們的精神和思維空間起著拓展的作用，回過頭來，又是對它的新解讀。

　　引發我重新打量《金瓶梅》的文化精神還有兩個直接原因：一個是對吳存存的《明清社會性愛風氣》[2]的閱讀所受的啟發；一個是去年我去新加坡參加明代小說國際學術研討會，逼得我去重讀《金瓶梅詞話》，並重新思考《金瓶梅》在小說審美意識演變中的地位與價值。

　　吳著中的一段話對我最有震撼力。她在對張竹坡領悟的那個「真義」進行批評的同時說：「對於一部反傳統的作品，竭力從中找出合乎正統觀點的因素，把這視為一大優

1　甯宗一《說不盡的金瓶梅》，天津：天津社會科學院出版社 2000 年。
2　吳存存《明清社會性愛風氣》，北京：人民文學出版社 2000 年，頁 95。

點藉以抬高這部作品，是我們小說批評中一個卑陋而自以為是的傳統。」[3]這真是說到了點子上了。僅就這一點來說確實值得我們部分「金學」研究者進行深思。

在這種原因的引發下，我對《金瓶梅》的理解多少也有了一些轉變，也想試著換個視角去重新觀照《金瓶梅》這部偉構具有的原創性價值。

中國的小說發展史有它自己繁榮的季節、自己的風景，有自己的起伏波動的節奏。明代小說無疑是中國小說史上的高峰期、成熟期，是一個出大家的時期。要研究這段歷史上的小說審美意識，除視野必須開闊、資料儲備充分以外，最主要的是如何把握中國傳統文化的血脈和中國小說自身的內在邏輯。比如從一個時段來看小說創作很繁榮，其實是小說觀念顯得陳舊而且浮在表層，有時看似蕭條、不景氣，但也可能地火在行動，一種新寫法在醞釀著，所謂蓄勢待發也。如果從《三國演義》最早刊本的嘉靖壬午年（1552）算起，到《金瓶梅》最早刊本的萬曆四十五年（1617）止，這六十年的時間裏，小說的變革與其說是觀念、趣味、形式、手法的變遷，不如說這個時期「人群」發生了巨大的變化。而「人群」的差異是根本的差異，它會帶動一系列的變革。這裏的人群，當然就是城鎮市民階層的激增和勢力的進一步擴大，市民的審美趣味大異於以往的英雄時代的審美趣味。隨著人群和審美意識的變化，小說領域越來越趨向於個人化寫作。而個人化寫作恰恰是在失去意識形態性的宏偉敘事功能以後，積極關注個人生存方式的結果。在已經顯得多元的明中後期的歷史語境中，笑笑生特異的審美體驗應屬於一種超前的意識。

我說的「超前意識」全然不是從技術層面考慮，而是指《金瓶梅》頗富現代小說思維的意味。比如作者為小說寫作開闢了一條全新的道路：它不斷地在模糊著文學與現實的界限；它不求助於既定的符號秩序；它關注有質感的生活。這是一種什麼樣的生活？這種追問已經無法從道德上加以直接的判斷，因為這種生活的道德意識不是唯一重要的，更重要的倒是那個仿真時代的有質感的生活。於是它給中國長篇小說帶來一股從未有過的原始衝動力，一種從未有過的審美體驗。這就是《金瓶梅》特殊的文化價值。

任何文學潮流，其中總是有極少數的先行者，《金瓶梅》就是最早地使人感受到了非傳統的異樣。它沒有複雜的情節，甚至連一般章回小說的懸念都很少。它充其量寫的是二十幾個重要人物和這些人物的一些生活片斷。但每一個人物、每一個片斷都有棱有角。因為《金瓶梅》最突出的敘事就是要保持原始的粗糙特徵。至於這些人物，在最準確意義上說，他們不是什麼「好人」，但也不是個個都是「壞人」。他們就是一些活的生命個體，憑著欲念和本能生活，這些生活就是一些日常性，沒有驚天動地的事蹟，沒有令人崇敬的行為，這些生活都是個人生活的支離破碎的片斷，但這裏的生活和人物都

3　同註2，頁95。

給人以深刻的印象。在作者毫不掩飾的敘述中，這些沒有多少精神追求的人，他們的靈魂並沒有隱蔽在一個不可知的深度，而是完全呈現出來。所以，如果你一個個地去分析書裏面的人物，反而是困難的，而且很難分析出他們的深刻，你的闡釋也很難深刻。因為他們的生活本來就沒有深刻性，只有一些最本真的事實和過程，要理解這些人和這些生活，不是闡釋、分析，只能是「閱讀」和閱讀後對俗世況味的咀嚼。

《金瓶梅》的敘事學是不靠故事來製造氛圍，它更沒有三部經典奇書那樣具有極純度的浪漫情懷。對於敘述人來說，生活是一些隨意湧現又可以隨意消失的片斷，然而一個個日常生活中最常見的和最微小的元素，被自由地安排在一切可以想像的生活軌跡中。這些元素的聚合體，對我們產生了強烈的心理影響：它使我們悲，使我們憂，使我們憤，也使我們笑，更使我們沉思與品味。這就是笑笑生為我們創造的另一種特異的境界。於是這裏顯現出小說美學的一條極重要的規律：孤立的生活元素可能是毫無意義的，但系列的元素所產生的聚合體被用於解釋生活，便產生了審美價值。《金瓶梅》正是通過西門慶、潘金蓮等人物認識了生活中註定要發生的那些事件，也認識了那些俗世故事產生的原因。笑笑生的腕底功力就在於他能貼著自己的人物，逼真地刻畫出他們的性格、心理、又始終與他們保持著根本的審美距離。細緻的觀察與精緻的描繪，都體現著傳統美學中靜觀的審美態度，這些都說明《金瓶梅》的創作精神、旨趣和藝術立場的確發生了一種轉捩。

《金瓶梅》審美意識的早熟還表現在事實意義上的反諷模式的運用。請注意，筆者是說作者事實意義上的反諷而不是有意識地運用反諷形式。反諷乃是現代文學觀念給小說的審美與敘事帶來的一種新色素（我從來反對流行於中國的「古已有之」的說法），但是我們又不能否認，在藝術實踐上的反諷的可能，雖然它還不能在藝術理論上提出和有意識地運用。事實上一個時代以來，《金瓶梅》研究界很看中它的諷刺藝術，並認為，作為一種藝術傳統，它對《儒林外史》有著明顯的影響。但依筆者的淺見，與其說《金瓶梅》有著成功的諷刺筆法，不如說笑笑生在《金瓶梅》中有了事實意義的反諷。一般地說，諷刺主要是一種言語方式和修辭方式，它把不合理的事象通過曲折、隱蔽的方式（利用反語、雙關、變形等手法）暴露突出出來，讓明眼人看見表象與本質的差異。而反諷則體現了一種變化了的小說思維方式：敘述者並不把自己擱在明確的權威地位上，雖然他也發現了認識上的差異、矛盾，並把它們呈現出來，然而在常規認識背景與框架中還顯得合情合理的事象，一旦認識背景擴大，觀念集合體瓦解而且重組了，原來秩序中確定的因果聯繫便現出了令人不愉快的悖逆或漏洞。因此反諷的意義不是由敘事者講出來的，而是由文本的內在結構呈現出來的，是自我意識出現矛盾的產物。或者可以更明快地說，反諷乃是在小說的敘事結構中出現了自身解構、瓦解的因素。

　　事實上,當我們閱讀《金瓶梅》時,已經能察覺出幾分反諷意味。所以對《金瓶梅》的意蘊似應報之以反諷的玩味。在小說中,種種俗人俗事既逍遙又掙扎著,表面上看小說是在陳述一種事實,表現一種世態,自身卻又在隨著行動的展開而轉向一種嚮往、一種解脫,這裏面似乎包含了作者對認識處境的自我解嘲。我們不妨從反諷的角度去解釋《金瓶梅》中那種入世近俗、與物推移、隨物賦形的思維形態與他對審美材料的關心與清賞。其中存在著自身知與不知的雙向運動,由此構成了這部小說反諷式的差異和亦莊亦諧的調子,使人品味到人類文化的矛盾情境。於是,《金瓶梅》不再簡單地注重人生的社會意義和是非善惡的簡單評判,而是傾心於人生的生命況味的執著品嘗。在作品中作者傾心展示的是主人公和各色人等人生道路行進中的感受和體驗。我們千萬不要忽視和小看了這個視角和視位的重新把握和精彩的選擇的價值。小說從寫歷史、寫社會、寫風俗到執意品嘗人生的況味,這就在更寬廣、更深邃的意義上表現了人性和人的心靈。這就是《金瓶梅》迴異於它以前小說的地方。

　　《金瓶梅》中的反諷好像一面棱鏡,可以在新的水準上擴展我們的視界與視度。當然,《金瓶梅》反諷形式的藝術把握也有待於進一步思考與評說。

　　以上的想法就是吳存存的大作給我引發出的思考,當然也是重讀經典的必然。

「金學」建構

　　「金學」作為一門專門的科學、專門的學問，首先有一個自身逐步完善的過程，這除了要有資料方面的準備外，其中理論準備又是當務之急。

　　恩格斯在《自然辯證法》一書中說：「一個民族要想站在科學的最高峰，就一刻也不能沒有理論思維。」在相當一段時間裏，恩格斯這句至理名言沒有引起我們古典文學研究界應有的重視。我們研究水準的提高顯得遲滯，其原因固然是多方面造成的，但忽視理論思維，也是導致這種狀況的重要原因之一。筆者在很多處一再申言，學術研究流別萬殊，而目的則在於探求社會、歷史、文化發展的共同規律性；學術性格究非陳陳相因，而在於生生不息。隨著社會的變革，文藝觀念、小說理論批評的更新也將同步前進，正像馬克思所說：「每個原理都有其出現的世紀」[1]。可以說，無論觀念、原理，抑或範疇、概念，既有其自身統一、連貫、不可分割的繼承性和持續性，也有其產生、發展過程中的時代性、階段性的本質差異。原理、概念也不是亙古一樣的不變模式，它應是人類對於無限的客觀世界不斷認識的歷史產物。說一句實在話，我們的文藝理論，不少概念顯得陳舊，運用時也顯得混亂，而一個時期以來，對於文藝研究領域出現的新概念的運用，我們又聽到過於嚴厲的批評。人們過分習慣於文章藉以立論的基本概念的彼此重複，好像作文者手裏只有數目固定且形狀顏色又相當單調的積木，雖然顛之倒之，力求諸般變化，卻無論如何都逃不開千篇一律。其實，概念的貧困同貧困的理論批評有著密切的聯繫。我們很少看到一篇小說研究文章能提出鮮活的概念，並使用這概念來發表新鮮的見解。常識說明：概念、術語是人們進行思維，特別是邏輯思維的基礎材料，又是一切科學理論的最基本的知識單元。自然科學和文藝科學的理論價值都要以若干精確的科學概念為其「核心概念」才能成立。試看中國傳統文化中的意境說、形神說、性靈說等等，都是很富詩意而又很精確的藝術概念，至於說那些已被世界文藝史共同承認的現實主義、浪漫主義、象徵主義等，更具有不朽的生命力。古往今來，無論哲學、美學、歷史學、倫理學、心理學、政治學還是其他各個領域，各種思潮起伏，有如大江東去，人們不僅在其中對人和社會做著無休止的探索，而且為使這探索不斷地昇華而創造了不

1　《馬克思恩格斯選集》第 4 卷，北京：人民出版社 1972 年，頁 148。

計其數的概念。一部思想文化史，從一定意義上說，也可以看作是人類創造概念和論證這些概念的歷史。反過來，這無數概念生生滅滅所形成的運動，又反映著人類思維的進展，以及這進展的無限的可能。從這樣的視點去考察，我們不難發現那些凡是為人類精神發展做出貢獻的思想家，無一不是創造和發明概念的能手。

就古典小說研究而論，十年來，它在一片荒蕪中終於得到復蘇。但嚴格地說，小說研究的重大突破，特別是小說本體研究的突破還為數不多。對於小說研究理論的匱乏、視點的單調，我以為尤應進行深刻的反思。而現在，我們正面臨著因概念的貧困而帶來的思想的貧困，或曰，正面臨因思想的貧困而帶來的概念的貧困。

所謂思想的貧困，就其根本點來說是哲學意識的貧困。在這裏，哲學意識乃是從廣義的角度來理解的，即所謂「判天地之美，析萬物之理」（《莊子・天下篇》）的哲學意識。在當今世界，從來沒有像現在這樣渴望這種哲學的智慧之光的照耀和溫暖、啟迪和安慰。為了小說文化研究的繁榮，哲學思考比任何時侯都顯得重要。這是因為哲學探討人生，他給人生一個審美的解釋；哲學沉思萬物，他使證明的思考閃耀詩的光輝；哲學追問世界本體，他對世界本體作出藝術化的說明。事實只能是，深厚的哲學修養與恢宏的哲學意識能夠大大拓展小說研究家的精神視野和思維空間，「金學」的建構，其營養不獨來自文學藝術之內，而且往往來自小說文化之外，如經濟學界、歷史學界、美學界的營養特別是唯物史觀發展的新成果常常是影響小說研究內涵深度的一個重要因素。那種缺乏哲學意識的人，是永遠不會使自己的小說研究見地升值的。只有不斷拓展自己的思維空間，才能對小說文化本體作出獨一無二的審美判斷，才能觸發和增強自己的史識、今識和詩識，才能自成一個小說研究世界。看來，「金學」的建構，如沒有小說研究者主體哲學意識的率先強化，沒有滲透著永不妥協的歷史思辨和一個思想者的真誠，就休想使「金學」達到一個更高境界[2]。以上是「金學」構想的第一點。

第二，任何一種小說研究和小說理論批評，哪怕是真理的「含金量」較高的理論研究，都難以對一部輝煌的小說具有全面有效的涵蓋性，其實也不必具有這種涵蓋性。那種「一方面如何另一方面如何」式的全面，實在是價值不大。

---

[2] 美國文藝理論家韋勒克在〈哲學與第二次世界大戰以後的美國文學批評〉一文中一開頭就說：「批評就是鑒別、判斷。因此，也應用和包含了標準、原則、概念；應用和包含了一種理論和美學，最終是一種哲學，一種世界觀，即便是那種號稱『從來不屑讓終極哲學問題侵擾頭腦、折磨心靈』的文學的批評，也採取了一種哲學立場。」另外在該書英文版序言中還轉引了韋勒克另一段話，他認為：「我們要記住……只有以哲學（即概念）為其基礎，理論問題才可能得到澄清。在方法論問題上有一個明確的認識，將影響到未來研究的方向。」韋勒克《批評的諸種概念》，成都：四川文藝出版社 1988 年。

　　人們總是試圖建立起一種能窮盡萬象的小說美學理論體系，其實這種理想屬於亞里斯多德時代遺留的遺產。因為人們相信一種理論就能把握對象複雜的整體的思想的樸素時代已經宣告終結了。人們日益清醒地認識到：任何一種小說研究理論方法，都無法達到對小說文化及其運動在真正意義上的全方位的把握，而只能在小說文本的某一層次、某一側面進行「橫看成嶺側成峰」的分化研究。荷蘭文學理論家福克馬和庫恩·伊柏斯在《20 世紀的文學理論》中曾說過：「文學研究不再能涵蓋整個領域，只有這種研究的協調分配才能回答我們所面臨的諸多問題。」這段論述對我們的文藝研究，其中包括對《金瓶梅》的研究同樣適用。如果說，對《金瓶梅》的研究從整體上需要多種研究的綜合—互補的話，那麼對每一個研究個體來說，就需要分化—深化的自覺意識。我們似乎應拋棄那種無論對理論研究，抑或小說文本的評論，都能十八般武器樣樣在行的「全能冠軍」式的良好感覺，亦應防止面對任何一部小說，抑或任何一種理論，都能打麻雀戰似地嘰嘰喳喳高談闊論，這種通論家並非是我們本應讚揚的「通才」，反而使人很容易聯想到賣包治百病的狗皮膏藥者。有分化，才能有深化。因此「金學」的構築只有在分化研究的基礎上，具有各個擊破式的研究深化才能在本體上加以把握。這種分化，既包括研究職能的分化，也包括研究視野的分化，即從多學科的視角對《金瓶梅》的多層次多側面進行深化研究。在這種分化—深化的研究趨勢中，每一位有志於披上《金瓶梅》研究這一灰色職業服的人，都應該依據自身的志趣和素質，選擇屬於自己的研究領域作深入的開掘和獨到的職能把握，否則就必然像南郭先生混跡其中而自炒魷魚。因此，「金學」的建構應以科學的精神開創《金瓶梅》理論研究的多元化格局。

　　既然任何一種研究都只能從某種特定的視角對小說進行有限的探索與概括，那麼這種概括即使準確，也只能在它所對應的領域實現其價值。所以，對《金瓶梅》的研究來說，尋找對應性，就是「金學」價值實現優化的重要條件。這種選擇意識，竊以為，對《金瓶梅》研究者來說，是有必要健全地建立的。其實，《金瓶梅》的研究家們選擇意識的健全，對小說研究將是一種有力的制約和調節。古典小說研究應該更加注重對小說創作實踐具有現實意義的課題的探索，而不能一窩蜂地擠在一個命題上。我們的《金瓶梅》研究，應當建立自己的文化品格，即把研究小說自身作為目的，從而超越其他外在功利性的東西。

　　第三，要建立「金學」，就要經常進行對話和潛對話，就要造成一種和諧的學術氛圍。一位勇於開拓的研究者不是在自我封閉的心理狀態中進行思維的，而是在與外界對話的過程中不斷攝取新的信息並調整自己的理論意識中進行的。這其中重要的一點，就是老生常談的「實事求是之心」。我常覺得，在對小說本身的研究和理論批評中，實事求是之心難求。批評家及研究者的思維方式中某種單一的要求往往給作品和別人的理論

文字帶來過多的損傷。其實對峙是一種必然，但不一定轉化為對立，這裏就需要一種現實的寬容。寬容，不是意味著彼此拱手寒暄可以掩飾意見分歧，而是體現在彼此都堅持從自己的思維角度、立場發表見解的同時，努力傾聽對方的聲音，並從中汲取對自身有益的東西。認識彼此的局限是一種明智，而故意把自己表現得毫無局限，這才是真正的局限。

「金學」的建構需要寬容，還表現在小說研究的可錯性和探索的變易性。小說研究是對小說文本和小說現象的一種追求、評判和概括、探索。這種努力和探索既負荷著多重制約，又需不斷突破這些制約。所以，小說研究，從某種意義上講，屬於對小說和小說家的一種「瞎子摸象」，它既有對本體貼近真實形貌的猜測，又有相當荒謬的可錯性。這就決定了小說研究只能永遠處於「夸父追日」的過程中，因為真理的太陽既是遙遠的，又是日新的，沒有一種凝固而完美的模態。

對小說研究的可錯性是無需嘲笑的。一個好的小說研究理論和方法是一個對對象世界提出涵蓋面較廣泛的看法，人們對此常常抱有這樣和那樣的期待。但實際上，一個研究者斷言越多，其潛在的可錯性就會越多，為此，我們迄今還未曾看到過一種全面、正確的小說研究輝煌地戰勝所有的對手而一霸天下的情況。

不可否認，在過去，理論研究文章一經出現失誤常為人們所不容，然而當思考力進入到某種複雜狀態時，失誤是難免的，可錯性是經常出現的。可以說，失誤與可錯現象的存在應被視為一種邏輯發展的定律。在這裏，批評的態度不應是金剛怒目式的，而應當選擇善意探討之法。思想交鋒和精神交流只有在深切理解和可以分析的基點上才能得到深化。說理與說教，其分界線常在有無這種胸懷和精神狀態。批評家應具有的風度應是那種新型的風度，「金學」的建構正需要這種風度。再說一遍，我們這一代每一個參加「金學」建構的人，都應建立自己的文化品格，即把《金瓶梅》的研究作為目的，而超越其他外在功利性的東西。

我深信：《金瓶梅》是說不盡的！

一種試驗：
賦予《金瓶梅》以新的藝術生命

　　近年來，隨著改革開放的進一步深入發展，文化研究、藝術研究的許多禁區都被打破了，在這種寬鬆而又親切的氛圍中，《金瓶梅》再度進入人們的視野，充斥街頭，並且似乎被「炒」得過熱起來，市場上出現了各種版本的《金瓶梅》。甚至還有《金瓶梅正傳》《金瓶梅外傳》《西門慶一家》等改頭換面的書刊，它們幾乎歪曲了原著的藝術精神。

　　我的一位年輕朋友最近寫的〈細說《金瓶梅》〉一文曾對當前的「金瓶梅熱」有過極深刻的分析。她認為：「不合理的禁錮，以及病態的張揚，均是扭曲。在這種雙重扭曲下，《金瓶梅》漸漸喪失了其固有的性格，無可奈何地被蒙上了一層厚重的面紗。」是的，面對《金瓶梅》這部曠世奇書，如何打破對它的神秘感，回歸到一個正常的閱讀心態，這不能說不是每一個文藝工作者應當關注的問題。令人感動的是，在我生活和工作了 58 年的這個城市裏，有不少文藝工作者在做著很多有意義的工作，天津市曲藝團編導們就是以極大的藝術勇氣、辛勤勞動，對《金瓶梅》的精彩片斷，給予了創造性的改編，使《金瓶梅》具有新的藝術生命。

　　從說唱藝術發展史的角度來審視天津市曲藝團創編的《金瓶梅》說唱系列，不能不承認，它的作者對於說唱藝術如何反映時代和人物確實進行了大膽的、有益的探索，它打破了或某種程度上擺脫了舊曲藝觀念和舊的創作模式的羈絆，這是值得我們重視的。因為這種新的探索的本身既是說唱藝術歷史賦予的使命，也是現實本身的課題。比如王濟先生執筆的開篇與煞尾就對《金瓶梅》非常藝術地概括了它的社會價值、審美價值和在文壇說部的地位：

　　　　第一奇書不平凡，
　　　　《金瓶梅》盛名天下傳。
　　　　文人巨著它為首，
　　　　社會寫實它最先。

　　　　人間萬象毫髮見，

　　　　世態炎涼現筆端。

　　　　好一幅大明王朝罪惡畫卷，

　　　　又一部富豪家史興衰變遷。

　　　　芸芸眾生相，紛紛利祿篇。

　　　　滔滔情怨海，森森生死關。

　　　　只歎回首晚，莫怪下場慘。

　　　　笑笑生，無情利刃刺黑暗。

　　　　明鏡鑒古今，識者心膽寒。

短短幾句話，相當準確地把這部小說史上里程碑式的作品意義概括了出來。特別是王濟先生深刻理解笑笑生創作構思的基點在於暴露，無情的暴露。因此領會各個段子時，此一點即有了提綱挈領的作用，它必然使聽眾逐步領悟《金瓶梅》是一部憤書，即一部憤世嫉俗之書，是一部譴責小說，它真實地暴露了明代後期中上層社會的黑暗、腐朽和不可救藥。

　　「計娶潘金蓮」這一段子主要寫西門慶與潘金蓮經過一段偷情後結為夫妻。但西門慶與潘金蓮的這種結合，自有其難以公之於眾的隱私。對於西門慶來說，他是先姦後娶；更有甚者，是他為了能把潘金蓮搞到手，採取了一系列陰險毒辣的手段。正是這種如鬼蜮般只在黑暗中行事一樣的偷娶，才更有發人深省之處。張竹坡在〈批評第一奇書《金瓶梅》讀法〉中說：「讀《金瓶》，當看其結穴發脈，關鎖照應處。」對口河南墜子的作者正是把握了這一點，所以從全本情節結構與人物發展史來看，這裏的「計娶」，確有著「結穴發脈，關鎖照應」之妙。

　　「惠蓮之死」（京韻大鼓）則改編得感人至深。在宋惠蓮短暫的一生中，卻經歷了人世間的酸辣苦甜，她的思想性格猶如溪流之水，該轉彎的地方，自然順勢轉彎，該激起流波的地方，浪花隨之濺起。最後以自縊表現出她的不願覆轍重蹈，表現出她那靈魂中仍蘊含著一個人的最起碼的尊嚴，一個女性的氣節。這一點改編者恰到好處地表現了這個被迫當奴才到不甘願做奴才，要做一個不願任人擺佈的女人的命運軌跡。

　　潘金蓮是一個被污濁現實扭曲了人性的女人。當她的私欲得不到最大限度的滿足時，就用一種殘忍的方式去損害和她有著相似的命運的女人。《金瓶梅》第五十九回所寫的官哥兒之死，就集中體現了潘金蓮的變態報復心理。單弦段子「怒摔雪獅子」揭示了潘金蓮兇狠、殘忍的個性，而且以避實就虛的藝術構思，生動而深刻地展現了西門慶妻妾之間錯綜複雜的矛盾。

用細緻的寫實手法，真實地再現世俗人物的死亡過程，也可以算是《金瓶梅》的一個創造。與李瓶兒空前熱鬧的喪事場面形成了強烈對照的是西門慶之死。這個人生決鬥場上的僥倖者，自以為錢可役使萬物，一朝暴富，便恣意尋淫樂。誰知樂極生悲，在瘋狂的淫縱之中很快結束了其罪惡的一生。改編者不僅毫無掩飾地暴露其無恥的淫行，而且通過西門慶臨死時的場面描寫，無情地鞭撻了其一生之罪惡。這一點顯示了改編者把握原書主旨的準確。

其他各段都寫得栩栩如生，極見改編者的功力。在此，因篇幅限制，不能一一分析了。

在我國文藝史上，一個帶有規律性的現象就是小說、講唱文學和戲曲藝術有著不可分割的血緣關係，其中紐帶之一是在創作題材上往往同出一源或是相互「借用」。傑出的作家還能在這「借用」的基礎上，進行創造性的改編，翻演為新篇。宋元以來瓦舍勾欄遍佈京師和一些大城市，更給小說、講唱文學和戲曲藝術在題材上的相互借鑒提供了廣闊的園地，開鑿了多條管道。由此，同一題材在說書場中和戲曲舞台上以各自的藝術樣式加以表演，同時，又在新的基礎上，相互吸收對方在處理同一題材時的經驗，從而提高了自己的思想藝術水準，這樣循環往復，綿延不斷，世代不息，大大促進了和豐富了藝術創作經驗。此種情況，構成了我們民族藝術的一種傳統。

天津市曲藝團正是繼承了我國民族藝術這一優秀傳統，非常成功地對《金瓶梅》這部有爭議而又確定無疑的名著進行了創造性的改編，其中特別是對情節的典型化和主題提煉的藝術經驗，是值得我們認真總結，並加以推廣的。

作為一種試驗，並賦予《金瓶梅》這部曠世奇書以新的藝術生命，我認為是有很大的藝術空間的。

寫在「細說《金瓶梅》」後

緣起：承蒙電台熱情召喚，我被安排在星期日「成人特別節目」裏充當嘉賓。至於為什麼選中《金瓶梅》去「細說」，我以為《金瓶梅》雖與《三國》《水滸》《西遊》列為「明代四大奇書」，但唯獨《金瓶梅》命運多舛，儘管魯迅曾給予極高的評價，但它至今仍是一部被人誤解的長篇小說，不妨借「成人特別節目」與讀過或沒讀過此書的成人交流一下看法。另一方面，由於《金瓶梅》在部分人中，仍具有神秘感，從而派生了某些誘惑力。

備忘一：「細說《金瓶梅》」的小小鑼鼓剛剛敲起，南開友人某君鄭重地對我說：「以《金瓶梅》為素材改編的電視劇和廣播劇乃至評書，都已明令停拍停播，現在『細說』它，是否莽撞？」我則態度明確：「這是兩碼子事。」就如同我們反對各色各樣反動會道門的復活，但我們完全贊成像天津學者濮先生那樣致力於秘密宗教及其歷史淵源等問題的研究，更何況，《金瓶梅》不是垃圾，而是禁不止、打不倒的名著。

頗有意味的是，在上世紀五十年代末六十年初，當時的一位最高權威人士在兩次重要會議上反復對領導幹部推薦，應讀讀《金瓶梅》，認為這部小說是最早寫經濟情況的；是寫了明朝真正的歷史，暴露了統治者和被壓迫者的矛盾；他認為這部小說有些部分寫得很好，甚至說，沒有《金瓶梅》就寫不出《紅樓夢》……我當然無意拉大旗做虎皮，只是覺得我們這檔細說《金瓶梅》的節目絕不會出圈。更自信在直播時面對敬愛的聽眾不會宣揚什麼不健康的東西。事實證明，無論是我一個人和主持人對話，抑或我和其他同志交流，大體上可以說是把《金瓶梅》的文化意蘊與審美價值說清了。

備忘二：令我至今有著絲絲痛苦、而又是意料到的是，一位聽眾寫信來，直接提出：甯宗一為什麼不在電台細說《紅樓夢》，而偏偏要細說《金瓶梅》？對此，我並非無言以對，只是認真進行了一次「反思」：看來我們的「細說」並未能征服聽眾，我們有的聽眾至今還帶著嚴重的偏見，把《金瓶梅》視為低一層次的古典小說！當然我也想到封建時代封建統治集團禁書的厲害，隨之而來的是，我也想到，像一個人一樣，一旦「名聲」不好，要想翻個身又何其難哉！

體悟一：我在病中回顧了這個小小節目播出的全過程，我悵然有所失。我又拿起了那本我看過兩遍而覺得水準並不高的美國萬·梅特爾·阿米斯著的《小說美學》一書，

然而我欣賞他那一段樸實無華的話：

> 人擺脫了動物狀態，既能變成魔鬼，也能變成天使。最壞的惡和最好的善，同屬
> 於心靈，而這二者都在文學中得到了最完整的再現。因此，對那些會閱讀的人來
> 說，他們的靈魂是染於蒼還是染於黃都由自己掌握。[1]

經他的點撥，我似乎又有所悟：對於我們，民族文化素養的整體提高是當務之急。而「學
會閱讀」可能是屬於它的一個起碼的訓練和修養。

體悟二：對我這個當了六十多年教書匠的人來說，我過去從未有過這樣不拿講稿、
張口就講的習慣。可是這次為了達到直播的效果，播前只定一個小題目，誰也不給誰定
框框，全憑臨場發揮。對這種形式，我始而發怵，繼而覺得無比輕鬆。我第一次享受到
面對麥克風無拘無束、平等自由與聽眾聊《金瓶梅》的樂趣！

1　〔美〕萬·梅特爾·阿米斯著，傅志強譯《小說美學》，北京：北京燕山出版社 1987 年，頁 84。

《金瓶梅小百科叢書》主編者語

《金瓶梅》是一部人物輻輳、場景開闊、佈局紛繁的巨幅寫真。腕底春秋,展示出明代社會的橫斷面和縱剖面。它以十分罕見的巨大的藝術力量,描繪了像生活本身一樣豐富、複雜和天然渾成的封建社會市井生活的圖畫。它那樣色彩炫目,又那樣明晰;那樣眾多的人物的面貌和靈魂,那樣多方面的封建社會制度和風習,都栩栩如生地再現在我們眼前,我們每讀一遍,都可以發現一些以前沒有察覺到的內容和意義。

蘭陵笑笑生是我國小說史上最傑出的市民小說家之一,是中國市民階層最重要的表現者與批判者。他所創造的「金瓶梅世界」,經由對自己的獨特對象——市民社會(而且是富於中國特點,富於地方特殊性的市民社會)的生動描繪,展現了一個幾乎包羅市民階層生活各個重要方面的藝術天地,顯示出他對這一階層的百科全書式的知識,從而使諸如經濟的、政治的、宗教的、社會的、歷史的、心理的、生理的、婚姻的、民俗的、藝術的知識等等,都在「金瓶梅世界」中得到鮮明的顯現。應當承認,在中國小說史上,特別是明代說部中,笑笑生提供的百科全書式的知識的豐富性和生動性方面,幾乎在文壇上還找不到另一位作家與之匹敵。

在藝術形態學上被列入史詩類的小說,都是用文字來描寫生活、描寫人物的,而長篇小說這一被魯迅先生稱之為「時代精神所居的大宮闕」,更長於表現複雜而廣闊的社會生活。「金瓶梅世界」正是充分發揮了小說這一形式的性能和長處,它把生活細節和大事件都描寫得十分真實,十分生動,從而再現了巨大的典型環境和眾多的性格鮮明的人物。法國 19 世紀的小說巨擘巴爾札克在他的系列小說《人間喜劇》總序中說得極為精彩:

> 法國社會將要做歷史家,我只能當它的書記。編制惡習和德行的清單、搜集情欲的主要事實、刻畫性格、選擇社會上主要事件、結合幾個性質相同的性格的特點糅成典型人物,這樣我也許可以寫出許多歷史家忘記了寫的那部歷史,就是說風俗史。

正是根據巴爾札克創作的《人間喜劇》,恩格斯才寫出了眾人周知的那段名言,他說:

他在《人間喜劇》裏給我們提供了一部法國「社會」特別是巴黎「上流社會」的卓越的現實主義歷史，他用編年史的方式幾乎逐年地把上升的資產階級在 1816 年至 1848 年這一時期對貴族社會日甚一日的衝擊描寫出來，這一貴族社會在 1815 年以後又重振旗鼓，盡力重新恢復舊日法國生活方式的標準。他描寫了這個在他看來是模範社會的最後殘念怎樣在庸俗的、滿身銅臭的暴發戶的逼攻之下逐漸滅亡，或者被這一暴發戶所腐化；他描寫了貴婦人（他們對丈夫的不忠只不過是維護自己的一種方式，這和她們在婚姻上聽人擺佈的方式是完全適應的）怎樣讓位給專為金錢或衣著而不忠於丈夫的資產階級婦女。在這幅中心圖畫的四周，他彙集了法國社會的全部歷史，我從這裏，甚至在經濟細節方面（如革命以後動產和不動產的重新分配）所學到的東西，也要比從當時所有職業的歷史學家、經濟學家和統計學家那裏學到的全部東西還要多。[1]

同樣，聯繫到「金瓶梅世界」，人們雖未必能夠得到多少可以考證的歷史事實，但是，《金瓶梅》所展示的五光十色的社會圖景和豐富多樣的人物形象卻有助於我們認識當時社會生活的某些本質方面，具有一般歷史著作和經濟著作所不能代替的作用，特別是更具有巴爾札克所極力推崇的而又被許多歷史學家所忘記寫的民族文化的風俗史的作用。

在這裏我們選擇了《金瓶梅小百科》這個總題目，意在思考：我們的研究是否應對揭示出了中國風俗史一面的《金瓶梅》予以更多的考慮？是否應以《金瓶梅》所反映出的種種現象為視角，去探尋一下歷史表象背後的更深一層的東西？是否可以以《金瓶梅》為座標，把文藝與其他學科交融而成的邊緣研究，作為拓寬思維空間的一個通道？因為從文化心理結構來說，在很多著名的古代小說中所積澱的民族素質、政治意識、倫理觀念、文化品位、心理定勢以及民風民俗，都是非常值得研究的。

《金瓶梅小百科》叢書，顧名思義，就是以百科全書式的《金瓶梅》為研究對象，以多維視角，從不同定位，運用不同的方法，抓取一個問題或一種現象進行開掘，探索《金瓶梅》能給予我們的多方面的社會生活知識和各式各樣的藝術啟示。由於這是一個尚帶嘗試性的設計藍圖，所以對於每一位撰寫人都不設置任何框框，希望各個執筆者完全處於認識、理解、探索和寫作的內在自由的狀態中，充分發表自己感知的一切。因此企盼於讀者的也是能以「百花齊放、百家爭鳴」的學術研究方針來觀照我們這塊剛剛營造的《金瓶梅》研究園地。

1　《馬克思恩格斯選集》第 4 卷，北京：人民出版社 1972 年，頁 462-463。

　　最後要告知讀者的是，我們編著這套《金瓶梅小百科》叢書的參與者主要是些中青年學者，其不成熟的一面是難免的；另外由於人力不足和水準有限，叢書的缺陷和失誤，更是可以預料得到的。我們期待著老一輩學者的指導和扶持以及廣大讀者的批評和幫助，俾使這項探索和設計得以日臻完善。

《金瓶梅》研究的
「僞考證」現象應儘快終結

說明：

小文乃是答《中華讀書報》記者問。

為了參加第七屆國際《金瓶梅》學術研討會，我近來讀了一些有關《金瓶梅》的研究論著，包括田曉菲《秋水堂論金瓶梅》、黃霖《金瓶梅講演錄》、吳敢《張竹坡與金瓶梅研究》、王汝梅《王汝梅解讀金瓶梅》、霍現俊《金瓶梅藝術論要》《金瓶梅與清河》《金瓶梅研究》八到十輯等。這種類似「惡補」的集中閱讀讓我發現了 25 年「金學」[1]一路走來的得與失。一方面，《金瓶梅》的文獻學、歷史學、美學和哲學的研究已初步形成多元化格局，研究起點已被墊高，研究的難度也就越大；但另一方面，站在學院派立場，我也發現有些「金學」研究者有很多學術失範之處，其中最突出的是破譯作者之謎的「考證」。本來，「蘭陵笑笑生」只是作者的別號或化名，可是現在卻被「演繹」成近 70 種面孔的人物了。這種作者研究的無序狀態，理所當然地會被一些研究者所批評，甚至個別不厚道的人把整個「金學」譏誚為「笑學」。這當然又會招來一些嚴肅的「金學」研究者的不快。一波未平一波又起，近年兩省三市「上演」的搶奪「西門慶故里」的鬧劇，竟然荒謬地把小說中的虛構人物也搶來搶去，一時間鬧得烏煙瘴氣，以致招來文化部門嚴禁以「負面人物」建立主題文化公園。在面對「笑學」之譏和「搶奪」之風，「金學」界自身是否也應進行深入地反思呢？

說句實話，我非常尊重一些文史學家從微觀角度研究《金瓶梅》作者問題。他們以敏銳的眼光與鑒別能力，審視史料中的一切疑難之點，以精細入微的考證，進行汰偽存真的清理。然而，在作者考證中，有些學者先驗地定位（頗有「地方主義」和抓住商機之嫌），只見樹木不見森林，進行無關宏旨的一事一考，一字之辨，用力雖勤，其弊在瑣屑蒼白，雖竭研究者之精思，卻毫無說服力，其根本原因是功利目的在作祟，從而把重大文化現

1　指中國《金瓶梅》學會成立和第一屆全國《金瓶梅》學術研討會的召開至今。

象和中國小說的特性置之腦後，這當然是考證的歧途。所以我也不厚道地把這些看作是「偽考證」。

在《金瓶梅》的作者破譯過程中，我的看法始終如一。在沒有確鑿的證據面前，寧肯暫時地把「蘭陵笑笑生」這個明顯的作者筆名認作是一個天才的象徵，無需被還原成某一個人。所以與其捕風捉影進行徒勞的「考證」，不如索性把署名只當作一個文化符號，在不影響理解文本內涵、意味和審美價值的基礎上，給予更寬容的處理。這樣「笑學」之譏也就不會輕易落在我們「金學」的頭上了。

米蘭·昆德拉在其《小說的智慧》一書中，特別欣賞奧地利小說家赫爾曼·布洛赫所一再堅持強調的觀點：小說存在的唯一理由就是唯有小說才能發現的東西。兩位小說家都看到了小說思維有別於其他文體的特點，他們都發現了小說的特性與優勢。如果衡之以《金瓶梅》研究，我認為已有了「金外線」的傾向，據我最近粗略的統計，一個不小的數字是在文本之外大做文章。這種脫離了小說文本細讀的致命弱點不是誤讀，就是過度詮釋。針對這種傾向，我一直呼籲「回歸文本」，在細讀上下功夫。上世紀末，我還為了一次「金學」研討會，專門寫了〈回歸文本：21 世紀《金瓶梅》研究走勢臆測〉，表明我的小說立場，到了今天，我還是老調重彈。

古今中外的小說家總是有一種文本本位的信念。事實上，蘭陵笑笑生得以表明自己對世道人心和小說藝術的理解的唯一手段就表現在他的文本之中，同時也是他可以從人生、心靈和藝術中得到最高報償的手段。所以，每一位優秀的小說家，只有通過文本才能證明他的人格、才情，特別是他的道德和審美的傾向。這也是我在教與學的過程中，在面對作家和他創制的文學文本時，寧肯從作家創造的藝術世界來認識作家，從作家給人類情感世界帶來的藝術啟示和貢獻來評定作家與文本的藝術地位的原因所在。我想，這是不是一種對小說藝術的審美感悟永不失去耐心的路徑？是否也是一種回歸文學本體的正道呢？

世界文學視野中的《金瓶梅》

說明：

　　本文成稿於二十世紀八十年代，主要是針對二十世紀八十年代及之前的《金瓶梅》研究而論。當然，由於視野的狹窄和資料所限，所論難免有以偏概全之處。對於其後世界範圍內的《金瓶梅》研究情況，本文未能進行相應的更新。姑錄小文於此，權當引玉之磚，以待來者。是為記。

　　晚明通俗文化巨擘馮夢龍稱《三國演義》《水滸傳》《西遊記》《金瓶梅》為「四大奇書」[1]。馮氏特別標出這四部書，不僅就其藝術成就的評價，而且就其對中國小說藝術發展的作用來說，也是很有見地的。

　　然而，由於《金瓶梅》中包含著恣肆鋪陳的性行為描寫，無疑地會觸犯中國傳統文化中最敏感的神經，「誨淫」的罪名是逃不了的，而禁毀之厄運也是不難想像的。其實，《金瓶梅》在我國小說史上是一部里程碑式的作品，它的誕生標誌著我國古代長篇小說藝術發展到一個新的階段。

　　作為中國小說史上最傑出的市民小說家之一的蘭陵笑笑生，他所創造的「金瓶梅世界」，經由對市民社會（而且是最富於中國特點、最富於地方特殊性的市民社會）的生動描繪，展現了一個幾乎包羅市民階層生活各個重要方面的藝術天地，顯示出他對這一階層的百科全書式的知識。從而使經濟的、政治的、宗教的、社會的、歷史的、心理的、生理的、婚姻的、民俗的、藝術的知識等等都在「金瓶梅世界」中得到鮮明的顯現。應當承認，在中國小說史上，特別是明代說部中，笑笑生提供的百科全書式的知識的豐富性和生動性方面，幾乎在文壇上還找不到另一位作家與之匹敵。

　　正像一位《金瓶梅》研究專家所言，由於不同的民族傳統和價值觀，《金瓶梅》「在國內似乎不及它在國外受重視」。於是，一個多世紀以來，《金瓶梅》在國外反而成了翻譯、改編、縮寫、研究的經久不衰的熱門。據我們所知，《金瓶梅》的外文譯本就有英、日、法、德、意、拉丁、瑞典、俄、芬蘭、荷蘭、匈、捷、斯拉夫、朝、越、蒙等

1　丁錫根編《中國歷代小說序跋集》，北京：人民文學出版社 1996 年，頁 899。

文種。而且一個文種中還有多個譯本流行。

應當說，日本翻譯《金瓶梅》的時間最早，譯本也最多。早在江戶末期，作家曲亭馬琴（1767-1848）就將《金瓶梅》加以改編，題名《草雙紙新編金瓶梅》。按「草雙紙」乃是江戶時代插圖通俗小說的通稱。這八十卷的改編本就於 1831-1847 年（相當於清道光九年即 1214 年）陸續刊出。後來又有岡南閑喬的《金瓶梅譯文》百回本。直到第二次世界大戰後，小野忍與千田九一合譯的百回本面世，它經過多次改訂，成為最好的日譯本之一。20 世紀 50 年代以後還有多種日譯本出版。

《金瓶梅》傳入西方，最早將其片段文字譯出的是法國漢學家巴贊（L. Bazin）。巴贊的譯本題為《武松與金蓮的故事》，其故事實為小說第一回的內容。這個譯本收入了 1853 年巴黎出版的《中華帝國歷史、地理與文學綜論》一書中。而德國東方語學教授奧爾格·加布倫茨則是根據滿文譯本翻譯了《金瓶梅》的片段故事為德文，後發表於巴黎的《東方與美洲評論》1879 年 10-12 月號上。

20 世紀以後，根據張竹坡第一奇書本翻譯的法文節譯本，有蘇利埃·德莫明的《金蓮》，英文節譯本的《金瓶梅：西門慶的故事》，它們先後於 1912 年和 1927 年分別在巴黎和紐約出版。而德文本也是據張評第一奇書的百回節譯本，它的第一個譯者是由奧托·基巴特及阿爾圖·基巴特合譯，書名徑直題為《金瓶梅》。至於著名漢學家弗朗茨·庫恩的德文節譯本則於 1930 年由萊比錫島社出版，書名題作《金瓶梅：西門慶與其六妻妾奇情史》。

西方第一個百回全譯本《金瓶梅》是克萊門特·埃傑頓翻譯的英文全譯本，1939 年於倫敦出版，書名題作《金蓮》。俄文譯本是由莫斯科大學東方語言系的馬努辛翻譯的，經過刪節，於 1977 年出版。由於馬努辛的逝世，此譯本則由漢學家李福清教授代為作序，對全書的譯文還做了注解。

關於《金瓶梅》在國外流行的情況，北京圖書館研究員、著名比較文學專家王麗娜女士有多篇文章進行介紹。其中〈《金瓶梅》在國外續述〉（見《金瓶梅研究集》，齊魯書社版）和〈《金瓶梅》國外研究論著輯錄〉[2]，徵引資料極為翔實，值得我們認真參考。

由於國外學人逐步瞭解了《金瓶梅》的社會、藝術價值，所以從上世紀初，就有大量漢學家對這部小說的版本、作者、故事來源、語言等進行研究。在日本學者中研究《金瓶梅》最有成績的是長澤規矩也、鳥居久靖、小野忍、千田九一、奧野信太郎、澤田瑞穗、寺村正男、中野美代子等人。

關於西方研究《金瓶梅》的情況，我國著名學者徐朔方先生編選了《金瓶梅西方論

2　王麗娜〈《金瓶梅》國外研究論著輯錄〉，《河北大學學報》，1986 年第 3 期。

文集》（上海古籍出版社版）一書。他經過極其謹慎的選擇，把西方最具代表性的研究者
的最佳論文收入進去，共 12 篇。徐先生在該書前言中對美國韓南教授的〈金瓶梅探源〉
給予了高度評價，認為這是一篇功力深厚、博洽、明辨的考據文章。對他引用和發現的
小說、話本、清曲、戲曲資料之豐閎也給予了充分的肯定。至於美國學者夏志清的〈《金
瓶梅》新論〉是作者為西方英語讀者而寫的。此文無意於考證，更多的是介紹其內容、
評價其地位的闡釋性文字。然而通觀其文的要旨，筆者認為他對《金瓶梅》的價值估計
不足。他說《金瓶梅》是至今為止他所討論的小說中「最令人失望的一部」。儘管徐先
生說他的文章有美中不足之處，但還是肯定了這篇文章對「過高地評價《金瓶梅》藝術
成就的流行傾向可能起清醒劑的作用」。但竊以為夏志清在介紹《金瓶梅》時恰恰忽視
了中國古代小說的不同類型，結果錯誤地用一般批評小說的標準或用學者型的小說去衡
之以市民小說《金瓶梅》，這就必然導致《金瓶梅》評價上的錯位和失誤。我曾著有《說
不盡的金瓶梅》一書，有多處與之商榷，在此不再贅述。另外法國學者雷威安和美國學
者芮效衛、浦安迪的許多有關《金瓶梅》的文章，在資料上多有發現，而研究方法也有
可借鑒之處。

　　值得我們注意的是，很多國家的大百科全書幾乎都設專條介紹《金瓶梅》這部小說。
法國大百科全書說：「《金瓶梅》為中國 16 世紀的長篇通俗小說，它塑造人物很成功，
在描寫婦女的特點方面可謂獨樹一幟……它在中國通俗小說的發展史上是一個偉大的創
新。」美國大百科全書則稱：「《金瓶梅》是中國第一部偉大的現實主義小說。」這一
切說明，《金瓶梅》這部不朽名著不僅是中國人民的精神財富，也是世界人民的精神財
富！

　　英國大戲劇家瓊生在論及莎士比亞及其劇作的偉大意義時說：

　　他不屬於一個時代而屬於所有的世紀！[3]

他說得很好，經典與名著經久不息的魅力，就在於它可以引領我們走進世界深處，又進
入人生的內核。《金瓶梅》就是這樣的偉大作品。它必將屬於所有的世紀。

3　中國社會科學院外國文學研究所外國文學研究資料叢刊編輯委員會編《莎士比亞評論彙編》，北京：
　　中國社會科學出版社 1979 年，頁 13。

《金瓶梅》

說明：

　　上世紀九十年代初，何滿子先生和李時人先生主編《明清小說鑒賞辭典》，約我撰寫《金瓶梅》辭條。當時我向時人先生彙報，說明我對《金瓶梅》缺乏整體性研究，特別是對該書作者與版本知之甚少，希望二位先生另請高明。時人與何先生研究後給我的回答是：此辭條還是要我執筆，至於作者與版本介紹，可參考時人先生的研究成果。何、李二先生的盛情我再難以推卻，於是《金瓶梅》的作者與版本部分是按照時人先生的觀點撰寫的。至於鑒賞部分則是采自我散落在多篇論文中的觀點，嚴格地說新意不多，如若與我的《金瓶梅》研究觀點加以比對，會發現一些重複之處。此次借出版本書的機會，把這一萬多字的「辭條」收入進去，只能算是我在上世紀九十年代研究《金》書的「濃縮版」。如果說它還有什麼意義的話，我想，如果讀者沒有時間讀我的大部分論文，又想瞭解我對《金》書的觀點，那麼只須流覽一下這則詞條和〈史裏尋詩到俗世咀味〉，就可以大致地把握我的思路以及我學習經典小說文本的點點滴滴的心得體會了。

　　《金瓶梅》在我國小說史上是一部里程碑式的作品，它的誕生標誌著我國古代長篇小說藝術發展到一個新的階段。

　　然而，關於《金瓶梅》的作者問題，從這部書橫空出世，震驚文壇之時一直到今天，仍然是一個尚未破譯的謎。現知最早論及《金瓶梅》作者的是屠本畯，他在萬曆三十五年（1607）時在《山林經濟籍》中寫道：「相傳嘉靖時，有人為陸都督炳誣奏，朝廷籍其家，其人沉冤，托之《金瓶梅》。」萬曆四十二年（1614），袁中道在《遊居柿錄》卷九則說：「舊時京師，有一西門千戶，延一紹興老儒於家。老儒無事，逐日記其家淫蕩風月之事，以西門慶影其主人，以餘影其諸姬。」到了萬曆四十四年（1616）謝肇淛在《小草齋文集》卷24〈金瓶梅跋〉中又說：「相傳永陵（嘉靖）中，有金吾戚里，憑怙奢汰，淫縱無度，而其門客病之，采逐日行事，匯以成編，而托之西門慶也。」但是他們都沒有確切地說出小說作者的真實姓名，而且所用大多均為「相傳」。《金瓶梅詞話》刊刻問世後，論及它的作者的有兩家影響最大，一是沈德符，他在萬曆四十七年至四十八年（1619-1620）時《萬曆野獲編》卷25中說：「聞此為嘉靖間大名士手筆，指斥時事」；二

是晚出的欣欣子〈《新刻金瓶梅詞話》序〉：「竊謂蘭陵笑笑生，作《金瓶梅》，寄意於世俗，蓋有謂也。」於是，從明末清初始，人們都以此兩點為據，去探尋《金瓶梅》的作者之謎，提出了眾多作者名單，如王世貞、徐渭、盧楠、薛應旂、李卓吾、趙南星、李漁等。其中王世貞說最為盛行，直至本世紀30年代吳晗先生著文詳論其不可靠，王世貞一說乃發生動搖。但近年又有學者論證《金瓶梅》實為王世貞之作。

關於《金瓶梅》的作者，近年又有不少研究者，在驗證前人諸說的基礎上，提出了不少新說，如李開先說、賈三近說、屠隆說、湯顯祖說、馮夢龍說等等，形成了舊說猶存，新說迭起的熱烈局面。迄今，提出《金瓶梅》作者的主名單已達七十餘人之多。

根據目前掌握的材料，想對《金瓶梅》作者的真實姓名作出確切的判斷還為時過早。倒是《金瓶梅》本身大致向我們證明了它的作者的身分、閱歷和學養。比如說，《金瓶梅》寫了大量的人物，其中塑造得最出色的主要是市井人物，商人、夥計、蕩婦、幫閒諸色人等，有許多都達到了傳神的境界。而上層人物，如宰相、太尉、巡按、狀元等大都寫得比較單薄和平板，至於描寫生活場面和事件，也是販賣經營、妻妾鬥氣、幫閒湊趣等場景寫得活靈活現，而對朝見皇帝、謁見宰相等禮儀顯得生疏。因此，僅就人們的直觀感覺來看，寫作《金瓶梅》的人，固然有豐富的生活閱歷，卻不可能是身居高位的大官僚。如果再從全書中穿插的各種時令小曲、雜劇、傳奇、寶卷及話本等材料看，作者對此十分熟稔，然而作品中作者自己寫的詩詞大多不合規範。因此他不大可能是正統詩文功底深厚的「大名士」。僅就小說本身加以觀照，他很可能是一位沉淪的士子，或下層文人，也說不定竟是一位「書會才人」。

《金瓶梅》的版本也較複雜。在這部小說刊本問世之前，社會上已有各種抄本在不同地區流傳。據文獻記載，當時擁有抄本的有徐階、王世貞、劉承禧、王肯堂、王穉登、董其昌、袁宏道、袁中道、丘志充、謝肇淛、沈德符、文在茲等人。這些抄本都未能傳世。《金瓶梅》初刻於萬曆四十五年（1617），但初刻本不傳。現存世最早的刊本《新刻金瓶梅詞話》一百回係初刻之翻印本。其正文前順序列欣欣子〈《金瓶梅詞話》序〉、廿公〈跋〉和東吳弄珠客〈《金瓶梅》序〉。東吳弄珠客序署「萬曆丁巳冬，東吳弄珠客漫書於金閶道中」。此後，約刻於崇禎年間（1628-1644）的《新刻繡像批評金瓶梅》，一百回，有圖一百零一幅，首東吳弄珠客序。此本據《金瓶梅》初刻本從回目到內容作了大量刪削、增飾和修改工作。如刪去了原書約 2/3 的詞曲韻文，砍去一些枝蔓，對原書明顯的破綻之處作了修改，加工了一些文字。另外，結構上也作了調整，如《新刻金瓶梅詞話》第一回是「景陽崗武松打虎」，此本改為「西門慶熱結十兄弟」。此本傳世有數種，首都圖書館藏有初刻本。其中值得注意的是此本有題詞半頁，署「回道人題」，明末清初戲曲小說家李漁所著小說《十二樓》刻本有「回道人評」，《合錦回文傳》傳

奇又有回道人題贊，故回道人或可能與李漁有關，有論者認為李漁即回道人，也就是本書的寫定者和作評者。另外還有一部清初通行本，即《皋鶴堂批評第一奇書金瓶梅》一百回，也就是彭城張竹坡評本，本書初刻於康熙乙亥年（1695），首有序，署「康熙歲次乙亥清明中浣秦中覺天者謝頤題於皋鶴堂」。正文前有〈竹坡閒話〉〈《金瓶梅》寓意說〉〈苦孝說〉〈批評第一奇書《金瓶梅》讀法〉〈冷熱金針〉等總評文字。正文內有眉批、旁批、行內夾批，每回前又有回評，均出自張竹坡之手。清乾隆以後出現了各種低劣的《金瓶梅》印本，且大多標榜「古本」「真本」，然而均係據《第一奇書》大刪大改之本，完全失去《金瓶梅》原貌，可稱為偽本。

作為奇書的《金瓶梅》是一部人物輻輳、場面開闊、佈局繁雜的巨幅寫真，腕底春秋，展示出明代社會的橫斷面。它以巨大的藝術力量，描繪了封建社會的市井生活，它那樣色彩炫目，又那樣明晰；那樣眾多的人物的面貌和靈魂，那樣多方面的封建社會制度和風習，都栩栩如生地在現在我們眼前，我們每讀一遍，都可以發現一些以前沒有覺察到的內容和意義。

蘭陵笑笑生是我國小說史上最傑出的市民小說家之一。他所創造的「金瓶梅世界」，經由對市民社會（而且是富於中國特點，富於地方特殊性的市民社會）的生動描繪，展現了一個幾乎包羅市民階層生活各個重要方面的藝術天地，顯示出他對這一階層的百科全書式的知識。從而使經濟的、政治的、宗教的、社會的、歷史的、心理的、生理的、婚姻的、民俗的、藝術的知識等等，都在「金瓶梅世界」中得到鮮明的顯現。應當承認，在中國小說史上，特別是明代說部中，笑笑生提供的百科全書式的知識的豐富性和生動性方面，幾乎在文壇上還找不到另一位作家與之匹敵。因此，從「金瓶梅世界」中，人們雖未必能夠得到多少可以考證的歷史事實，但是《金瓶梅》所展示的五光十色的社會圖景和豐富多樣的人物形象，卻有助於我們認識當時社會生活的某些本質方面，具有一般歷史著作和經濟著作不能代替的作用，特別是更具有巴爾札克所極力推崇的而又被許多歷史學家所忘記寫的民族文化的風俗史的作用。

《金瓶梅》不像它以前及同時的《三國演義》《水滸傳》和《西遊記》那樣以歷史人物、傳奇英雄或神魔為表現對象，而是以一個帶有濃厚的市井色彩從而同傳統的官僚地主有別的惡霸豪紳西門慶一家的興衰榮枯的罪惡史為主軸，借宋之名寫明之實，直斥時事，真實地暴露了明代後期中上層社會的黑暗、腐朽。

蘭陵笑笑生創作構思的基點是暴露，無情的暴露。他取材無所剿襲依傍，書中所寫，無論生活，無論人心，都是昏暗一團，至於偶爾透露出一點一絲的理想的微光，也照亮不了這個沒有美的世界。社會、人生、心理、道德的病態，都逃不出作者那犀利敏銳的目光。在他那枝魔杖似的筆下，展出了活龍活現的人物畫像。小說以官僚、富商、惡霸

三位一體的西門慶的罪惡家庭為中心，上連朝廷、官府，下結鹽監稅吏、大戶豪紳、地痞流氓，像用一根無形的黑線，把它們全部串聯起來。《金瓶梅》正是以這種敏銳地捕捉和及時地反映出晚明現實生活中的新矛盾、新鬥爭而體現出小說創作中新觀念的覺醒。或者說它是以小說的新觀念衝擊了傳統的小說觀念。

蘭陵笑笑生對小說美學的貢獻，首先是他把現實的醜引進了小說世界。或者說，小說藝術的空間因「醜」的發現而被大大拓寬了。如果說，《三國演義》和《水滸傳》等巨著的藝術傾向已經不是一元的、單向度的、唯美的，而是美醜並舉、善惡相對、哀樂共存的。那麼，《金瓶梅》的作者，則在小說世界中又有一次巨大的發現，即「醜」的主體意識越來越強，它清楚地表明：自己並非是美的一種陪襯，因而同樣可以獨立地吸引藝術的注意力。在《金瓶梅》的藝術世界裏，缺少理想的閃光，沒有美的存在，更沒有一切美文學中的和諧和詩意。它讓人看到的是一個醜的世界，一個人欲橫流的世界，一個令人絕望的世界。它集中寫黑暗，這在古今中外的小說史上也是獨具風姿的。

《金瓶梅》的藝術世界之所以別具一格，還在於笑笑生為自己找到了一個不同於一般的審視生活和反思生活以及呈現生活的視角。對於晚明社會，他戴上了看待世間一切事物的醜的濾色鏡。有了這種滿眼皆醜的目光，他怎能不把整個人生及生存環境看得如此陰森、畸形、血腥、混亂、嘈雜、變態、骯髒、扭曲、怪誕和無聊呢？因為對於一個失去價值支點而越趨於解體的文明系統來說，這種描寫，完全是正常的。

值得注意的是，《金瓶梅》中的幾個主要人物的性格塑造是極具時代特徵而又真實可信的。

藝術形象總是在縱橫比較中才能顯現其獨特的美學價值和思想光彩。如從縱向上來考察西門慶性格在形象塑造的發展鏈條上的位置，是極其困難的。因為在西門慶形象誕生之前，還沒有發現西門慶式的人物。往前追溯，張文成的《遊仙窟》只是自敘奉使河源，在積石山神仙窟中遇十娘、五嫂，宴飲歡笑，以詩相調謔，止宿而去。小說寫的是遊仙，實際上是反映了封建文人狎妓醉酒的風流生活。蔣防的《霍小玉傳》中的李益是墮落了的士大夫的典型，他對霍小玉實行的是一個嫖客對妓女的不負責的欺騙，小說點染出了進士階層玩弄女性的冷酷虛偽的靈魂。只有傳奇小說《任氏傳》中鄭六的妻弟韋崟是個好色之徒，是個無恥的惡棍，這一點頗與西門慶相通。至於話本小說《金主亮荒淫》中的完顏亮，如剝掉其華袞，則是一個典型的淫棍，這一點西門慶頗與其相似。然而，他們都沒有也不可能有西門慶形象所包蘊的豐富社會內容。無論是張文成、李益、韋崟，還是完顏亮，他們的性格內蘊，主要止於展示形成這種性格和行為的外在因素，即小說家觀照人物性格及其行為的視角，僅止是一種社會的、政治的、道德的視角，這樣的視角當然是重要的，從作為中國古代小說初步成熟期所創作的一部作品看，做到這

一點已屬不易，但僅止於此又是不夠的、因為形成人物性格即心理現實的基因，除外在社會政治因素之外，還有更為深層的內在的文化心靈因素。《金瓶梅》中的西門慶已經呈現出笑笑生觀照人物命運的視角有了新的拓展，不僅注意了對形成其性格的外在基因的開掘，也開始著意於對形成其性格的內在基因的發現。西門慶性格塑造之高於以上諸作中好色之徒和流氓惡棍性格塑造處，就在於西門慶具有深刻的歷史真實。而就其藝術造詣言，他具有更鮮明的個性真實。更可貴的是，在這種歷史真實與個性真實之中，滲融著豐富的社會內涵和人的哲學真實。正是在這點上，應當充分估價西門慶性格的典型意義——他是前無古人的。

從橫向上相比，我們很容易想到明代的擬話本〈蔣興哥重會珍珠衫〉中的陳商和〈賣油郎獨占花魁〉中的吳八公子，同時也可以把《金瓶梅》中的陳經濟與西門慶相比。陳商不過是個登徒子，具有明代商人特有的「好貨好色」的色彩；而吳八公子則是個具有惡棍作風的紈袴子弟，兩個人相加也僅有一點點西門慶性格的一個側面。至於陳經濟至多是個偷香竊玉的無恥之徒。他們沒有一個可以和西門慶相「媲美」，他們完全缺乏西門慶的「創造精神」，同樣，他們都缺乏西門慶形象所包蘊的社會生活與時代精神的豐富內蘊，因此，他們都稱不上是典型人物。

西門慶性格的典型塑造始終圍繞著他的性生活而展開，這是笑笑生為了揭示西門慶的性格蘊涵與最本質的特徵而作出的獨特的選擇。

本來，愛情的最初的動力，是男女間的性欲，是繁衍生命的本能，是人的生物本質。在任何社會裏的人都回避不了性行為，因此在文藝作品中，尤其在小說藝術中出現性描寫，完全不必採取宗教式的詛咒。笑笑生的同時代人馮夢龍所編著的「三言」，和稍後一點的凌濛初所編著的「二拍」就顯示了兩性關係中封建意識的褪色。「三言」「二拍」裏有不少露骨的性愛描寫，對偷情姑娘、外遇妻子大膽行為的肯定，這無疑是封建道德意識剝落的外部標記，而更為深層的內涵在於，馮夢龍、凌濛初以他們塑造的杜十娘、花魁等一系列文學女性向社會表明：婦女是能夠以自己的人格、以平等的態度和純潔的心靈去擊敗附著在封建婚姻上的地位、金錢和門閥觀念，從而獲得真正的愛情。因此，作為人類生存意識和生命行為的一部分，性應該在藝術殿堂裏占一席之地。

而《金瓶梅》則是通過西門慶的性生活的描寫展示了性的異化。應當看到，笑笑生並沒有把西門慶的性意識、性行為作為一種脫離人的其他社會行為的靜態的生存意識和生命行為加以表現。在作者的筆下，人的生理性要求也沒有被抬高到壓倒一切的位置，成為生活的唯一的內容。恰恰相反，西門慶對女人的占有欲是同占有權勢、占有金錢緊緊結合在一起的，並且達到了三位一體的境界。笑笑生通過西門慶的床笫之私的描寫，不僅有人們所指出的那種性虐待的內容，而是有著更豐富的社會內涵——通過「性」的

手段達到攫取權勢和金錢的目的。所以，作者寫出了西門慶的床笫之私，實際上也就是寫出了這個時代的黑暗。

說《金瓶梅》通過西門慶的性生活的描寫展示了性的異化，還在於它沒有使人覺醒、找到人的自我，而是把人心導入邪惡和墮落，小說中潘金蓮的以罪惡行為作為證明自己的「存在」和李瓶兒的悲劇就是最典型的例子。

另外，無庸否認，笑笑生也許確有性崇拜的一面。比如作者在不少地方把性看作是萬事之核心，也當作了人物性格發展的內驅力，並且特別注重其中性感官的享樂內容。所謂「潘驢鄧小閑」的「驢」不僅被表現為西門慶「人」格有無的衡器，也是支配家庭糾葛、掀起人物思想波瀾、推動作品情節展開的槓桿。人們對此往往持有異議，認為這是誇大了性的作用。不錯，在兩性關係中，區別於動物和人的標誌，是精神成分。換言之，性吸引力是男女愛情的低級聯繫，精神吸引力是男女愛情的高級聯繫。如果用「精神吸引力」去衡量西門慶的「愛情」，那就太荒唐了。在笑笑生筆下的西門慶是個政治上、經濟上的暴發戶，也是個占有狂，理所當然地從他身上看不到絲毫的「精神吸引力」，也不存在具有「精神吸引力」的真正愛情。西門慶與他的妻妾之間和情婦之間，連最起碼的忠貞也沒有。從古至今，專一的感情，才使愛情的追求、選擇具有嚴肅性，西門慶是不具備這一品格的。如果他具備了這一品格，他也就喪失了性格的本質蘊涵。進一步說，《金瓶梅》從來不是一部談情說愛的「愛情」小說，也不是在它以後出現的「才子佳人」小說。如果說它是「穢書」，那就是因為笑笑生從未打算寫一部「乾淨」的愛情小說，他可不是寫愛情故事的聖手！所以他也不可能像真正的愛情小說那樣，在性的描寫中，在肉的展示中有靈的支撐，也就不存在本能的表現必須在審美的光照下完成。所以它只能處於形而下而不可能向形而上提升。因為他承擔的使命只是宣判西門慶的罪行，所以他才寫出了一個代表黑暗時代精神的占有狂的毀滅史。他要喚醒人們的是人性應該代替獸性，人畢竟是人。我想在笑笑生內心深處翻騰的可能是這樣一個歷史哲學命題：在人性消失的時代，如何使人性復歸。借用巴爾札克一句名言，他的「人物是他們的時代的五臟六腑中孕育出來的。」

按照一般的美學觀念，藝術應當發現美和傳播美。《金瓶梅》的作者，在我看來，不是無力發現美，也不是他缺乏傳播美的膽識，而是這個社會沒有美。所以他的筆觸在於深刻地暴露這個不可救藥的社會的罪惡和黑暗，並預示了當時業已腐朽的封建社會崩潰的前景。正如魯迅先生所言：「緣西門慶故稱世家，為縉紳，不惟交通權貴，即士類亦與周旋，著此一家，即罵盡諸色。」[1]

1　魯迅《中國小說史略》，北京：人民文學出版社 1973 年，頁 152-153。

　　《金瓶梅》是藝術創作，而藝術創作又是人的一種道德活動，所以它需要真善美。複雜的是，世界小說史不斷揭示這樣的事實，即：描繪美的事物的藝術未必都是美的，而描繪醜的事物的藝術卻也可能是美的。這是文藝美學中經常要碰到的事實。因此不言自明，生活和自然中的醜的事物是可以進入文藝創作領域的。問題的真正困難還在於，當醜進入文藝領域時，如何使它變成美，變成最準確意義上的藝術美。《金瓶梅》幾乎描繪的都是醜。然而正如席勒所說：「正因為罪惡的對照，美德才愈加明顯。所以，誰要是抱著摧毀罪惡的目的……那麼，就必須把罪惡的一切醜態在光天化日之下暴露出來，並且把罪惡的巨大形象展示在人類的眼前。」[2]試看，《金瓶梅》展示的西門慶家族中那些人面獸類：西門慶、潘金蓮、陳經濟以及幫閒應伯爵之輩，醜態百出，令人作嘔。但是，《金瓶梅》是藝術上品，它在描繪醜時，不是為醜而醜，《金瓶梅》作者更不是以醜為美。不，他是從美的觀念、美的情感、美的理想上來評價醜，否定醜的。《金瓶梅》表現了對醜的否定，就間接地肯定了美。描繪了醜，卻創造了藝術美。這樣，人們就不難回答這樣一個問題，即《金瓶梅》是怎樣來打開人們的心扉，使之領悟到自己所處的環境的。蘭陵笑笑生對他筆下所有的主人公大都是以其毀滅告終的。他把他的人物置於徹底失敗、毀滅的境地，它是這個可詛咒的社會的罪惡象徵。因為一連串個人的毀滅的總和就是這個社會的必然毀滅，讀者透過人物看見了作者的思想。笑笑生就是以他那新穎獨特的文筆，深刻地反映了社會的真面目，嶄新的文筆和嶄新的思想相結合，這就是《金瓶梅》！這就是作為藝術品的《金瓶梅》！這就是笑笑生以一位非凡洞察社會的作家的膽識向小說舊觀念進行的有力挑戰。

　　一般的說，小說家把生活中的醜昇華為藝術美，除了靠美的情感、完美的形式、可信的真實性來完成這個藝術上的昇華，最根本的還是要根據美學規律的要求，通過藝術典型化的途徑，對醜惡的事實進行深刻地揭露，有力地批判，使人們樹立起戰勝它的信念，在審美情感上得到滿足與鼓舞。這就是盧那察爾斯基在《論文學》中所說的對生活中的醜，要「通過昇華去同它作鬥爭，即是在美學上戰勝它，從而把這個夢魔化為藝術品。」

　　《金瓶梅》中的西門慶、潘金蓮等是負面人物。但是，他們的美學涵義，卻應該是真正典型的。他們作為「某一類人的典範」（巴爾札克語）集中了同他類似人們的思想、性格和心理特徵，從而給讀者提供了認識社會生活的形象和畫面，這就是作為負面人物的西門慶、潘金蓮等的美學價值。《金瓶梅》所塑造、刻畫的一系列人物，都達到了「真實的外界的描寫和內心世界的忠實的表達」（別林斯基語），力求作到人物典型化，從而

2　　《強盜》第 1 版序言。

給人物以生命。偉大的雕塑家羅丹在《羅丹論藝術》中有言：「在自然中一般人所謂的『醜』，在藝術中能變成非常的『美』。」顯然，笑笑生在表現生活醜時，是用「魔杖」觸了一下，因而醜便化成藝術美了。由此可證明：藝術上和小說創作中，一切化醜為美的成功之作，都是遵照美的規律和法則創作的，都是從反面體現了某種價值標準的。總之，化醜為美是有條件的，作家內心必須有自己的崇高的生活理想和審美理想之光。只有憑藉這審美理想的光照，他才使自己筆下的醜具有社會意義，具有對生活中的醜的實際批判的能力，具有反襯美的效果。如果對醜持欣賞、展覽的態度，那麼醜不但不能昇華為藝術美，反而成為藝術中最惡劣的東西。

《金瓶梅》的審美力量正在於，它揭露陰暗面和醜惡時，具有一定道德、思想的譴責力量，這就是為什麼《金瓶梅》中均是醜的現象，連一個嚴格意義上的美的人物都沒有，卻能引起人們美感的原因。而另一方面，這位笑笑生的一些敗筆也在於他在揭露腐朽、罪惡和昏暗時缺乏必要的節制，有一些部分失去了分寸感，因而在某種程度上說，作者的藝術提煉還缺乏火候。

應當承認，《金瓶梅》還是為世界小說人物畫廊上增加了幾個不朽的藝術形象。如西門慶、潘金蓮、李瓶兒、應伯爵等，堪稱典型環境中的典型人物。如果進一步說，《金瓶梅》筆下誕生了幾個不朽的人物，首先是它寫人物不拘一格，它打破了以前中國小說那種好就好到底，壞就壞到底的寫法，可能更能說明《金瓶梅》在小說美學上的貢獻。

在社會生活中，人，正如高爾基在《文學書簡》中所說的是「帶著自己心理底整個複雜性的人」，「人是雜色的，沒有純粹黑色的，也沒有純粹白色的。在人的身上摻合著好的和壞的東西——這一點應該認識和懂得。」因此，美者無一不美，惡者無一不惡，寫好人完全是好，寫壞人完全是壞，這是不符合多樣統一的藝術辯證法的。在我國小說的童年時代，這種毛病可以說是很普遍的。《金瓶梅》在人物塑造上的重大突破，就在於它不是膚淺地從「好人」「壞人」的概念中去衍化人物的感情和性格行為，而是善於將深藏在人物的聲容笑貌裏，甚至是隱藏在本質特徵裏相互矛盾的性格特徵揭示出來，從而將負面人物塑造成活生生的有血有肉的人物，因此《金瓶梅》中的人物不是簡單的人性和獸性相加、好與壞的糅和，更不是一般相反因素的偶然堆砌，而是性格上的有機統一。

人不是單色的，這是《金瓶梅》作者對人生觀察的一個極為重要的心得。小說中並沒有把西門慶、潘金蓮、李瓶兒、龐春梅寫成單一色調的醜和惡，當然也沒有把美醜因素隨意加在他們身上，而是把這些人物放在他們所產生的時代背景、社會條件、具體處境和特定氛圍中，按其性格邏輯，寫出他們性格的多重性和多色素。可以這樣說，《金瓶梅》的幾個不朽的典型獲得美學價值的關鍵，就在於讓他們按照自己的性格邏輯走完

自己的路。

從小說藝術發展史的角度來審視《金瓶梅》，不能不承認，它的作者對於小說藝術如何反映時代和當代人物確實進行了大膽的、有益的探索，他打破了或擺脫了舊的小說觀念和舊的創作模式的羈絆，總之，它的敘事策略是值得我們重視的。因為這種新的探索既是小說史賦予的使命，也是現實本身提出的新課題，這意味著《金瓶梅》作者已經不再是簡單地用黑白兩種色彩觀察世界和反映世界了，而是力圖從眾多側面去觀察反映多姿多彩的生活和人物了。小說藝術史上，那種不費力地把他們觀察到各式各樣的人物硬塞進「正面」或「反面」人物框子去的初級階段的塑造性格的方法，已經受到了有力的挑戰。多色彩、多色素地去描寫他筆下人物的觀念，已隨著色彩紛繁的生活的要求和作家觀察生活的能力的提高而提到了小說革新的日程上來了。

《金瓶梅》善於細膩地觀察事物，在寫作過程中追求客觀的效果，追求藝術的真實。這絕不是自然主義。事實上，我們在《金瓶梅》中不難看到，作者用廣角鏡頭攝取了這個家庭的全部罪惡史，作者以冷峻而灰暗的色調勾勒出一群醉生夢死之徒如何步步走向他們的墳墓。因此，《金瓶梅》具有歷史的實感和魅力。他用冷靜而犀利的目光，觀察著他身邊形形色色的人，但細看之下，在這些篇章、段落以及字裏行間，無處不滲透著他對生活的精闢見解，他寫的是「別人的故事」，卻溢滿自己的濃烈的感情，而這感情又是潛藏於畫屏後面的作者的愛憎。所以，小說《金瓶梅》的色調雖然是灰暗的，缺乏所謂的「詩的光輝」，然而一部作品的色彩是和它的題材、意旨以及作家的風格聯繫在一起的。《金瓶梅》的作者為了和他所選取的題材相協調、相和諧，同時也為了突出他的寫作要旨，增加作品的說服力，而採用了這種色彩、調子，又是容易理解的。

《金瓶梅》絕非至善至美之作，似乎人們都看到了它在思想上和藝術上的明顯缺陷。比如在人物、情節、場面、情境、細節處理上就確實存在不少瑕疵。但是，不能說問題已達到了「思想上的混亂」和「結構上的凌亂」的程度。

這裏不妨談一下《金瓶梅》的結構藝術。

從系統論的觀點來看，一部小說就是一個由諸多元素組成的有機整體，而小說的結構實際上就是由於這個有機整體內部各元素之間的聯繫的性質和方式不同，其實現結構整體性的方法和途徑也就不同，由此產生的結構類型也必然多種多樣。縱觀小說藝術發展史，沒有一部小說與另一部小說的具體結構形態是完全相同的。從這一意義上說，小說結構不可能也不應該納入某種單一的固定的模式中去。如果將千姿百態的生活強行納入某種固定的結構模式中去，必然會使生活發生畸變，從而歪曲生活的本來面貌。

但是，小說結構又不是無規律可循的。所謂小說結構類型，實際上就是小說結構規律的具體體現。在中外小說發展史上，有兩種比較流行的小說結構類型：一為順敘式，

一為時空交錯式。然而，嚴格地說，所謂順敘式和時空交錯式指的都是外在的小說敘事方式，而非人物性格和人物關係內在的結構類型。優秀的長篇小說，就人物結構和事件結構類型來說，大多是立體網狀式結構。結構類型雖然可以依據整體和部分、部分和部分之間的關係的性質來確定和劃分，但這種劃分只有相對的意義，實際上，純屬一種結構類型的長篇小說是難以找到的。絕大多數長篇小說的結構多是混合型的，只不過混合的程度不同而已。而立體網狀式結構，就是指那些混合程度比較高，包容結構類型多的結構形式，《金瓶梅》應屬此類結構範疇。

《金瓶梅》的結構正是契合大家庭固有的生活樣式，抓住各種矛盾的相互影響和因果關係，歸結到大家庭由盛而衰終至崩潰這個總趨勢上的。

富於創造性的是，《金瓶梅》把人物的隱顯過程作為結構線索，通過視覺與感覺的強化和淡出給人一種生活實感。從結構的整體來看，《金瓶梅》以遒勁的筆觸，在眾多的生活細節中，道出了西門家族中人與人之間複雜錯綜的關係，道出了每個人性格和心靈深處的隱微、震顫和波瀾。笑笑生的貢獻首先在於他找到了與小說內容相適應的非戲劇式的生活化的開放性結構。一方面，小說運用寫實性手法，把活潑潑的、又是零亂的生活形態如實地展現出來；另一方面，小說又不停留在生活化效果的追求上，作者透過生活現象的表層，觸摸暗伏在尋常的生活長流下，這個家庭成員之間激烈的較量與搏鬥。小說著重提煉的西門慶占有潘金蓮和李瓶兒的全過程，使西門氏家族的全體成員在心理上造成衝突；以李瓶兒之死為軸心形成人物心理情緒線索。人物之間既沒有簡單地構成前因後果的矛盾，又不是簡單地用層層鋪陳、環環相扣的情節演繹主題，所以人物的心態變化也不是直線性地呈現，而是像生活那樣在貌似關聯不大的零散的生活片斷中，相互交錯、相互影響、互相滲透著向前推進。吳月娘、孟玉樓、李嬌兒、孫雪娥，對西門慶占有潘金蓮、李瓶兒有著各式各樣的反應。除了和西門慶與潘金蓮這條主線有關聯外，他們每個人又因各自的生活經歷而鋪衍出一段段插曲。那些看似和小說主線無關的枝蔓，卻和主線交織起來，真實地展現出社會生活中人與人之間的關聯性。他們幾乎「每一個人都是一個整體，本身就是一個世界。」（黑格爾語）於是在一個開闊的層次上體現出這個社會、這個家庭對人的潛移默化的鑄造。小說的結構佈局、敘述方式和總體構想，既保有生活固有的「毛茸茸」的原生態，又比生活更集中、更典型。它多層次、多側面地攝取視角，盡可能追求形象的「雜色」「全息」「立體」，顯示出人物性格、思想、感情、情緒、心理的全部複雜性。可以說，小說在一定程度上準確地把握了藝術和生活的審美關係。

總之，從人物關係上來看，《金瓶梅》的總體結構屬於立體網狀式。小說將線性結構進行了一次新的開拓性的試驗。一方面，小說通過主人公西門慶從暴發到毀滅這條貫

穿線,展示了當時業已腐朽的封建社會的必然衰亡;另一方面,小說又沒有局限於僅僅圍繞西門慶一個人的命運,直線式地發展情節,而是以此為貫穿線,串起了一系列當時社會生活的生動場面和片斷,如李瓶兒與花子虛、蔣竹山,王六兒與韓道國兄弟,宋惠蓮與來旺等各種糾葛,從而多方面地展示了市民社會的生活面貌和風習。就西門慶的命運這條線來說,小說各部分、各段落之間具有明顯的線性因果關係。而就當時市民生活的各種場面和片斷來說,各部分和段落之間又都是作為同一主題的不同變奏部出現的。這些具有相對獨立性的變奏部,不僅使小說的題旨含義更加豐富,也使整部小說充滿了鮮明的時代感和濃郁的生活氣息。而從整個小說的結構來看,則無論是具有線性因果關係的段落,還是具有主題變奏關係的段落,最後都有機地融合在一起,形成了一種立體交叉式的格局,儘管這個格局還不夠嚴密完整。

在藝術形態學上被列入史詩類的小說,都是用文字來描寫生活,塑造人物的,而長篇小說這一被魯迅稱之為「時代精神所居的大宮闕」更長於表現複雜而廣闊的社會生活。「金瓶梅世界」正是充分發揮了小說這一形式的性能和優勢,它把生活細節和大事件都描寫得十分真實、十分生動,從而再現了典型環境和眾多的性格鮮明的人物。也正如魯迅先生在《中國小說史略》中所說,《金瓶梅》「作者之於世情,蓋誠極洞達,凡所形容,或條暢,或曲折,或刻露而盡相,或幽伏而含譏,或一時而並寫兩面,使之相形,變幻之情,隨在顯見,同時說部,無以上之。」這是相當深刻的評價。

事實正是如此,當我們把《金瓶梅》擺在中國小說藝術發展的長河中去考察,當我們把它和同時文壇說部中幾部大書進行比較時,方顯出它獨特的美學價值和思想光彩,從而進一步認知它在中國乃至世界小說史上的不朽地位。它別樹一幟,又不同凡響。它和中國傳統小說色澤太不一樣了。因此,長期以來,往往不為人所理解,即使在毀譽參半中,毀也多於譽,這種歷史的不公正,直到今天才開始有了轉機,出現了恢復它的名譽和地位的氛圍。

《金瓶梅》在小說史上不容置疑的地位,歸結一句話,就是它突破了過去的小說一般敘事模式和寫作風格,綻露出近代小說的胚芽,它影響了兩三個世紀幾代人的小說創作,它預告著近代小說的誕生。

今天,研究《金瓶梅》的重要意義,在於《水滸傳》《三國演義》《西遊記》《儒林外史》《紅樓夢》等偉大作品的存在,離不開與《金瓶梅》相依存相矛盾的關係;在於笑笑生及其《金瓶梅》代表了中國文化傳統的一個方面,以及它與中國古代知識分子的歷史性格、文化精神有著甚深的聯繫。

歌德說:「一件藝術作品是自由大膽精神創造出來的,我們也應該盡可能用自由大膽的精神去觀照和欣賞。」我們研究《金瓶梅》都應持有這種精神,具備這種勇氣。

史裏尋詩到俗世咀味
——明代小說審美意識的演變

說明：

　　筆者於 2001 年參加新加坡國立大學主辦的「明代小說國際學術研討會」，本文就是根據研討會上的發言稿整理而成的。文章最初發表於一家大學的學報上，後來又收進辜美高和黃霖二位先生主編的明代小說國際學術研討會論文集《明代小說面面觀》（學林出版社，2002 年 9 月第 1 版）一書中。完全出乎我的意料，這篇小文竟被《新華文摘》（2002 年第 4 期）全文刊載，讓我更沒想到的是，2009 年《新華文摘》為紀念該刊創刊 30 周年，編輯了一套「精華本」，我的這篇小文竟也被選進《新華文摘精華本（2000-2008）文藝評論卷》中，在興奮的當時，就極清醒地知道這是學界對我的鼓勵，更是鞭策。因為我深知自己底子薄學養差，還難以駕馭小說美學的諸多難題。而這篇略顯寒磣的文章只是多年研究明代幾部小說經典文本審美意識演變的綜合表述。事實是，由於一些觀點曾散落在我的一些論文中，而整體性地觀照明代小說審美意識的演變，我又確實缺乏全面和深入的探究，直到 2001 年趁著在新加坡參加這次明代小說研討會的機遇，才得以進行較為系統的梳理、整合和書寫。現在把它收入到「精選」中，附錄於文後，初衷就是為了讀者便於瞭解我對明代小說特別是《金瓶梅》在明代小說審美意識和小說觀念發展衍化歷程的粗淺思路和認知程度。在此，再次盼望得到精神同道的誨正。

2014 年 1 月

　　從宏觀小說詩學角度來觀照，史詩性小說是一個民族為自己建造的紀念碑，它真實地描繪了民族的盛衰強弱榮辱興亡，因此魯迅把它稱之為時代精神所居之大宮闕。墨寫的審美化心靈史冊比任何花崗岩建築更加永久而輝煌，因此勞倫斯稱其為最高典範，莫里亞克稱之為藝術之首。明代長篇小說在中國古代文學整體發展中占有的重要位置就充分證明了這一點。而明代長篇小說的發展態勢又啟示我們，小說的文體研究，特別是小說審美意識的研究，應當得到更加深入的把握和探討。

　　關於小說審美意識的內涵，我認為有以下四點：

第一，小說審美意識是小說家對小說這種藝術形式的總體看法，包括小說家的哲學、美學思想，對小說社會功能的認識，所恪守的藝術方法，創作原則等；

第二，小說審美意識是小說家和讀者（聽眾）審美思想交互作用的結果，它在創作中無所不在，滲透在作品的思想、形式、風格，特別是意象之中；

第三，小說審美意識具有鮮明的時代色彩，各個歷史時代都具有其代表性的小說審美意識，而這種鮮明的時代色彩又不否認各個時代各種小說審美意識之間存在著沿革關係；

第四，小說審美意識的更新、演變像一切藝術觀念的變革一樣，一般地說都是迂回的、或快或慢的，有時甚至出現了巨大的反復和異化。

基於這樣的認識，縱觀明代小說藝術發展史，不難發現，它的演進軌跡是波浪式前進和螺旋式上升的形式。

———

愚以為，元末明初以降，中國古代小說經歷了三次小說審美意識的重大更新：《三國演義》《水滸傳》是第一次；《金瓶梅》是第二次；清代的《儒林外史》《紅樓夢》是第三次。中國古代小說藝術發展史已經證明：每一次小說審美意識的更新，都對小說發展起著極大的推動作用。本文因論述和體例的關係，關於神魔小說系統暫不探討。

作為中國長篇小說的經典性巨著，《三國演義》《水滸傳》是在這樣一個社會背景下誕生的：一個千瘡百孔的元王朝倒塌了，廢墟上另一個嶄新的、統一的、生氣勃勃的明王朝在崛起。許多傑出人物曾為摧毀腐朽的元王朝作出過史詩般的貢獻，這是一個沒有人能否認的英雄如雲的時代。於是，小說家很自然地產生了一種富有時代感的小說觀念，即有效地塑造和歌頌民眾心中的英雄形象，以表達對以往歷盡艱辛、壯美偉麗的鬥爭生活的深摯懷念。他們要從戰爭的「史」裏找到詩。而「史」裏確實有詩。英雄的歷史決定了小說的英雄主義和豪邁的詩情。我們說，明代初年橫空出世的兩部傑作——《三國演義》和《水滸傳》，標誌著一種時代的風尚；這是一種洋溢著巨大的勝利喜悅和堅定信念的英雄風尚。這種英雄文學最有價值的魅力就在於它的傳奇性。他們選擇的題材和人物本身，通常就是富有傳奇色彩的。我們誰能忘卻劉備、關羽、張飛、趙雲、馬超、黃忠和李逵、武松、魯智深、林沖這些叱吒風雲的傳奇英雄人物？通過他們我們看到的是一個剛毅、蠻勇、有力量、有血性的世界。這些主人公當然不是文化上的巨人，但他們是性格上的巨人。這些剛毅果敢的人，富於個性、敏於行動，無論為善還是為惡，都是無所顧忌，勇往直前，至死方休。在這些傳奇演義的故事裏，人物多是不怕流血、蔑

視死亡、有非凡的自制力，甚至殘忍的行動都成了力的表現。他們幾乎都是氣勢磅礴、恢宏雄健，給人以力的感召。這表現了作家們的一種氣度，即對力的崇拜、對勇的追求、對激情的禮贊。它使你看到的是剛性的雄風，是男性的嚴峻的美。這美，就是意志、熱情和不斷的追求。

《三國演義》《水滸傳》反映了時代的風貌，也鑄造了獨特的藝術風格。它們線條粗獷，不事雕琢，甚至略有倉卒，但讓人讀後心在跳、血在流，透出一股迫人的熱氣，這就是它們共同具有的豪放美、粗獷美。這些作品沒有絲毫脂粉氣、綺靡氣，而獨具雄偉勁直的陽剛之美和氣勢。作者手中的筆如一把鑿子，他們的小說是鑿出來的石刻，明快而雄勁。它們美的形態的共同特點是氣勢。這種美的形態是從宏偉的力量、崇高的精神中顯現出來的。它引起人們十分強烈的情感：或能促人奮發昂揚，或能迫人扼腕悲憤，或能令人仰天長嘯、慷慨悲歌，或能教人剛毅沉鬱、壯懷激烈。在西方美學論述中，與美相並列的崇高和偉大，同我們表述的氣勢有相似之處：「靜觀偉大之時，我們所感到的或是畏懼，或是驚歎，或是對自己的力量和人的尊嚴的自豪感，或是嚴肅拜倒於偉大之前，承認自己的渺小和脆弱。」[1]不同之處是，我們是將氣勢置於美的範疇之中。《三國演義》《水滸傳》的氣勢美，就在於它們顯現了人類精神面貌的氣勢，而小說作者之所以表達了這種氣勢美，正是由於他們對生活的氣勢美的獨到的領略能力，並能將它變形為小說的氣勢美。

可是，在這種氣勢磅礴、摧枯拉朽的英雄主義的力量的背後，卻又不似當時作者想像的那麼單純。因為構成這個時代的背景即現實的深層結構並非如此浪漫。於是，隨著人們在經濟、政治以及意識形態的各個領域的實踐向縱深發展，這種小說審美意識就出現了極大的矛盾，小說審美意識更新的需要已經提到日程上來了。

明代中後期，長篇小說又有了重大進展，其表現特徵之一是小說審美意識的加強，或者說是小說文體意識又出現了新的覺醒，小說的潛能被進一步發掘出來。這就是以《金瓶梅》為代表的世情小說的出現。《金瓶梅》的出現，在最深刻的意義上是對《三國演義》和《水滸傳》所體現的理想主義和浪漫主義洪流的反動。它的出現也就攔腰截斷了浪漫的精神傳統和英雄主義的風尚。然而，《金瓶梅》的作者卻又萌生了新的小說審美意識，小說正在追求生活原汁形態的寫實美學思潮，具體表現在：小說進一步開拓新的題材領域，趨於像生活本身那樣開闊和絢麗多姿，而且更加切近現實生活；小說再不是按類型化的配方演繹形象，而是在性格上豐富了多色素，打破了單一色彩，出現了多色調的人物形象；在藝術上也更加考究新穎，比較符合生活的本來面貌，從而更加貼近讀

1　車爾尼雪夫斯基著，繆靈珠譯《美學論文選》，北京：人民文學出版社 1957 年，頁 98。

者的真情實感。他為小說寫作開闢了全新的道路，它不斷地模糊與消解著文學與現實的界限。更為重要的是他以清醒的、冷峻的審美態度直面現實，在理性審視的背後，是無情的暴露和批判。

《金瓶梅》是一部人物輻輳、場景開闊、佈局繁雜的巨幅寫真。腕底春秋，展示出明代社會的橫斷面和縱剖面。《金瓶梅》不像它以前的《三國演義》《水滸傳》那樣，以歷史人物、傳奇英雄為表現對象，而是以一個帶有濃厚的市井色彩、從而同傳統的官僚地主有別的豪紳西門慶一家的興衰榮枯的罪惡史為主軸，借宋之名寫明之實，直斥時事，真實地暴露了明代後期中上層社會的黑暗、腐朽和不可救藥。作者勇於把生活中的負面人物作為主人公，直接把醜惡的事物細細剖析來給人看，展示出嚴肅而冷峻的真實。《金瓶梅》正是以這種敏銳的捕捉力及時地反映出明末現實生活中的新矛盾，從而體現出小說新觀念覺醒的徵兆。

蘭陵笑笑生發展了傳統的小說學。他把現實的醜引進了小說世界，從而引發了小說審美意識的又一次變革。

首先是小說藝術的空間因「醜」的闖入而被大大拓寬了。晚出於笑笑生三百年的、偉大的法國雕塑家羅丹才自覺地悟到：

> 在藝術裏人們必須克服某一點。人須有勇氣，醜的也須創造，因沒有這一勇氣，人們仍然停留在牆的這一邊。只有少數越過牆，到另一邊去。[2]

羅丹破除了古希臘那條「不准表現醜」的清規戒律，所以他的藝術傾向才發生了質變。而笑笑生也因推倒了那堵人為壘在美與醜之間的牆壁，才大大開拓了自己的藝術視野。他從現實出發，開掘出現實中全部的醜，並讓醜自我呈現、自我否定，從而使人們在心理上獲得一種昇華、一種對美的渴望和追求。於是一種新的美學原則隨之誕生。

但是，小說審美意識的變革，一般來說總是迂迴的，有時甚至出現了巨大的反復和回流。因此，縱觀小說藝術發展史，不難發現它的軌跡是波浪式的前進、螺旋式上升的形式。《金瓶梅》小說審美意識的突破，沒有使小說盡情直遂地發展下去，事實卻是大批效顰之作蜂起，才子佳人模式化小說的出現，以及等而下之的豔情「穢書」的氾濫。而正是《儒林外史》和《紅樓夢》的出現，才在作者的如椽巨筆之下，總結前輩的藝術經驗和教訓以後，把小說創作推到了一個新的階段，又一次使小說審美意識有了進一步的覺醒。

從中國小說經典性作品《三國演義》《水滸傳》發展到《金瓶梅》，我們可以明顯

2　〈羅丹在談話和信札中〉，上海文藝出版社編《文藝論叢》第 10 輯，頁 404。

地發現小說審美意識的變動和更新。往日的激情逐漸變為冷雋，浪漫的熱情變為現實的理性，形成了一股與以往不同的小說藝術的新潮流。當然，有不少作家繼續沿著塑造英雄、歌頌英雄主義的道路走下去，但是我們不難發現，他們所塑造的英雄人物，已經沒有英雄時代那種質樸、單純和童話般的天真。因為社會生活的多樣化和複雜化，已經悄悄地滲入了藝術創作的心理之中。社會生活本身的那種實在性，使後期長篇小說中的普通人物形象，一開始就具有了世俗化的心理、性格，人性被扭曲的痛苦以及要求獲得解脫的渴望。這裏，小說的藝術哲學中的一個重要範疇——悲劇——的涵義，也發生了具有實質意義的改變：傳統中只有那種英雄人物才有可能成為悲劇人物，而到後來，一切小人物都有可能成為真正的悲劇人物了。

小說藝術的發展歷史，也往往有驚人的相似之處。一位作家曾說：文學上的英雄主義發展到頂點的時候就需要一種補充。要求表現平凡，表現非常普通、非常不起眼的人……這就是說，當代小說有一個從英雄到普通人的文學觀念的轉變。而中國明代小說也有一個從英雄到普通人的小說觀念的轉變。事實是，在中國，小說經歷了漫長的發展過程，而在最後，即小說創作高峰期，出現了《儒林外史》和《紅樓夢》這種具有總體傾向的巨著。它們開始自覺地探索人的心靈世界，揭示人的靈魂奧秘，表現人的意識和潛意識，把小說的視野拓展到內宇宙。當然這種對內在世界的表現，基本上還是在故事情節發展過程中、在人物形象塑造中，加強心理描寫的。這當然不是像某些現代小說那樣，基本沒有完整的情節，對內心世界的揭示突破了情節的框架。但是，對內心世界的探求、描寫和表現，不僅在內容上給小說帶來了新的認識對象，給人物形象的塑造帶來了深層性的材料，而且對小說藝術形式本身，也發生了極大的影響。這就是中國古代小說從低級形態發展到高級形態的真實軌跡。而在這條明晰的軌跡上鮮明地刻印著《三國演義》《水滸傳》和《金瓶梅》的名字。

二

14 世紀到 16 世紀在中國誕生的「四大奇書」無疑是世界小說史上的奇跡，無論是把它們放在中國文學發展的縱坐標還是世界格局同類文體的橫坐標上去認識和觀照，它們都不失為一種輝煌的典範。它們或是過於早熟或是逸出常軌，都堪稱是世界小說史上的精品。閱讀這些文本，你不能不驚訝於這些偉大作家的小說智慧。這種小說的智慧是由其在小說史上的原創性和劃時代意義所體現的。《三國》《水滸》《西遊》通常被說成是世代累積型建構的巨制偉作。但是，不可否認，最後顯示其定型了的文本的不可重複性和不可代替性的畢竟是一位小說天才的完成品。它們自成體系，形成了自己的空間，

在自己的空間中容納一切又「排斥」一切，正像米開朗基羅的那句名言：「他們的天才有可能造成無數的蠢材。」如前所述，他們以後的各種效響之作不都是遭到了這種可悲的命運嗎？因此小說文本從來不可以「古」「今」論高下，而以價值主沉浮。正是在這個意義上說，明代四大奇書是永遠說不盡的。這裏我們不妨從廣義的歷史小說和世情小說這兩種小說類型分別談談明代小說審美意識的特徵。

中國傳統的歷史小說創作的大格局，歷來是歷史故事化的格局。中國源遠流長的歷史小說審美意識的定規是：歷史小說──故事化的歷史。歷史故事化的第一形式，也是傳統歷史小說中發育最成熟的形式，是歷史演義。歷史演義式的歷史小說，大抵是以歷史朝代為背景，以歷史事件為主線，以歷史人物為中心，演繹有關歷史記載和傳說，或博考文獻，言必有據；或本之史傳，有實有虛。其代表性作品當屬《三國演義》。歷史小說的第二種形式，是寫歷史故事。歷史故事式的歷史小說，以故事為中心為主線加以組織，歷史背景、歷史事件、歷史人物實際上被淡化、虛化了，《水滸傳》是為代表。歷史故事化具有史詩性質，《三國演義》的社會的審美的價值正在於它不僅僅是一個民族一段時間的歷史的敘述，而且它的敘述成為對這個民族的超歷史整體性的構建和展示（即概括和熔鑄了漫長的古代社會的歷史）。這就是為什麼後來有那麼多重寫民族史詩的原因。

與《三國演義》史詩化寫作相反，《水滸傳》走的其實是一條景觀化歷史的道路，它有些站在「歷史」之外的味道，幾乎是為了一種「觀念」。寫出了傳奇英雄人物的歷史：一個人物就是一個景觀。比如林沖的故事、武松的故事、魯智深的故事一經串聯就是一部「史」。它把社會風俗畫的素材或原料作為必要的資源，從而把歷史的天然聯繫有意割斷，使歷史回憶轉化成眼中的一段純粹風景，於是歷史被轉換成可以隨著自己的審美理想進行想像力充沛的塑造和捏合的意象，隨各自的需要剪裁、編制。在這種歷史敘事悖論中，歷史作為一個對於我們有意義的整體，離我們實際上是越來越遠。無論是歷史的史詩化還是歷史的景觀化都把歷史挪用和轉化為宋元以來瓦舍勾欄中的文化消費品。消費歷史，嚴格地說，是寫作者、演說者和文化市場合謀製作的一個引人注目的文化景觀，在這個景觀中，個人也好群體也好都在享受著歷史速食，因而也就遠離了歷史。

其實這絕非中國歷史小說創作的失敗，恰恰相反，從一開始，中國的歷史故事和歷史演義就富有了真正的文學意味。如從時間來說，小說審美意識至遲在元末明初已趨成熟。事實是，以《三國演義》為代表的眾多歷史小說家無論面對何種形態的歷史生活，一旦進入文學的審美領域，就為其精神創造活動的表現提供一種契機，儘管這種契機具備選擇的多樣性，但絕不成為嚴格意義上的歷史，歷史就是歷史，而文學就是文學，文學可以體現歷史，但無法替代歷史。一部《三國演義》，雖然它以藝術形象的方式體現了三國時期的政治、軍事戰略思想，但它畢竟不是一部史籍意味上的著作，它僅僅是小

說，一部政治史的戰爭風俗畫。

證之以文本內涵，你不能不承認，羅貫中和施耐庵的理念中都發現和意識到了文學的宗旨並不在於再現歷史，而在於表現歷史，在於重新創造一個關於逝去歲月的新的世界。從一定意義上說，對於一位小說家來說，依據一定的歷史哲學對某些歷史現象作出理性的闡釋，並不構成小說家的主要任務，即他不是為了充當歷史學家，而是為了經由歷史生活而獲得一種體驗，一種關於人與人類的認知，一種富有完整性的情智啟迪，一種完全可能溝通現在與未來、因而也完全可能與當代精神產生共鳴的大徹大悟，一種從回憶的漫遊中實現的不斷顯示新的闡釋信息的思情寓意……毋庸置疑，像羅貫中這樣的小說大師，他對歷史生活的追溯與探究，正是為了一個民族的自我發現，但無論是頌揚還是鞭笞，歸根結底仍然是為了從一種歷史文化形態中向讀者和聽眾提供一點兒精神歷程方面的東西。因此《三國演義》雖有史家眼光，但文學的審美總是把作者的興趣放在表現歷史的魂魄之上，從而傳出特有的光彩和神采。可以說，史裏尋詩，已經明確了文學與非文學的關係，文學就是文學，不是史學，同時又使文學具有了質的規定性，即深刻的文學發現和濃郁的詩情，必須到歷史的深處去找。基於這種審美意識，《三國演義》等所揭示的深度，就是把歷史心靈化、審美化。

談到歷史心靈化、審美化這一審美意識，乃是一種面對遙遠的或不太遙遠的歷史生活所產生的心靈感應的袒露，所以歷史演義是一種充滿了歷史感與現代感的彈性極強的精神意識行為，一種體現了當時人們的感知方式的審美過程，又是種種精神領會與情智發現的意蘊性的審美積聚。這種對描寫素材與文學表現之間的微妙關係的思考與理解，是不是對於今天作家創作歷史小說還有著啟示意義呢？我的答案是肯定的。比如當今歷史小說與歷史劇創作領域提出的「大事不虛，小事不拘」的理念，何嘗不是從傳統小說智慧和歷史經驗中得到的借鑒呢？

三

中國的小說發展史有它自己繁榮的季節、自己的風景，有自己的起伏波動的節奏。明代小說無疑是中國小說史上的高峰期、成熟期，是一個出大家的時期。要研究這段歷史上的小說審美意識，除視野必須開闊、資料儲備充分以外，最主要的是如何把握中國傳統文化的血脈和中國小說自身的內在邏輯。比如從一個時段來看小說創作很繁榮，其實是小說觀念顯得陳舊而且浮在表層，有時看似蕭條、不景氣，也可能地火在運行，一種新「寫法」在醞釀著，所謂蓄勢待發也。如果從《三國演義》最早刊本的嘉靖壬午（1522）年算起，到《金瓶梅》最早刊本的萬曆四十五年（1617）止，這近一百年的時間裏，小說

的變革與其說是觀念、趣味、形式、手法的變遷，不如說這個時期「人群」發生了巨大的變化。而「人群」的差異是根本的差異，它會帶動一系列的變革。這裏的人群，當然就是城鎮市民階層的激增及其勢力的進一步擴大，市民的審美趣味大異於以往的英雄時代的審美趣味。而所謂的世代累積型的寫作在逐漸地消歇，隨著人群和審美意識的變化，小說領域越來越趨向於個人化寫作。而個人化寫作恰恰是在失去意識形態性的宏偉敘事功能以後，積極關注個人生存方式的結果。在已經顯得多元的明中後期的歷史語境中，笑笑生特異的審美體驗應屬於一種超前的意識。

這裏所說的「超前意識」全然不是從技術層面考慮，而是指《金瓶梅》頗富現代小說思維的意味。比如作者為小說寫作開闢了一條全新的道路：它不斷地在模糊著文學與現實的界限；它不求助於既定的符號秩序；它關注有質感的生活。這是一種什麼樣的生活？這種追問已經無法從道德上加以直接的判斷，因為這種生活的道德意義不是唯一重要的，更重要的倒是那個仿真時代的有質感的生活。於是它給中國長篇小說帶來了一股從未有過的原始衝動力，一種從未有過的審美體驗。這就是《金瓶梅》特殊的文化價值。

任何文學潮流，其中總是有極少數的先行者，《金瓶梅》就是最早地使人感受到了非傳統的異樣。它沒有複雜的情節，甚至連一般章回小說的懸念都很少。它充其量寫的是二十幾個重點人物和這些人物的一些生活片段。但每一個人物、每一個片段都有棱有角。因為《金瓶梅》最突出的敘事就是要保持原始的粗糙特徵。至於這些人物，在最準確的意義上說，幾乎沒有一個是正面性的，他們不是什麼「好人」，但也不是個個都是「壞人」。他們就是一些活的生命個體，憑著欲念和本能生活，這些生活就是一些日常性的，沒有驚天動地的事蹟，沒有令人崇敬的行為，這些生活都是個人生活的支離破碎的片段，但這裏的生活和人物都給人以深刻的印象。在作者毫不掩飾的敘述中，這些沒有多少精神追求的人，他們的靈魂並沒有隱蔽在一個不可知的深度，而是完全呈現出來。所以，如果你一個個地分析書裏面的人物，反而是困難的，而且很難分析出他們的深刻，你的闡釋也很難深刻。因為他們的生活就沒有深刻性，只有一些最本真的事實和過程，要理解這些人和這些生活，不是闡釋、分析，只能是「閱讀」和閱讀後對俗世況味的咀嚼。

《金瓶梅》的敘事學不是靠故事來製造氛圍，它更沒有明代其他三部經典奇書那樣具有極純度的浪漫情懷。對於敘述人來說，生活是一些隨意湧現又可以隨意消失的片段，然而一個個日常生活中最常見的和最微小的元素，被自由地安排在一切可以想像的生活軌跡中。這些元素的聚合體，對我們產生了強烈的心理影響：它使我們悲，使我們憂，使我們憤，也使我們笑，更使我們沉思與品味。這就是笑笑生為我們創造的另一種特異的境界。於是這裏顯現出小說美學的一條極重要的規律：孤立的生活元素可能是毫無意

義的，但系列的元素所產生的聚合體被用來解釋生活，便產生了審美價值。《金瓶梅》正是通過西門慶、潘金蓮、李瓶兒、應伯爵等人物揭示了生活中註定要發生的那些事件，也揭示了那些俗世故事產生的原因。笑笑生的腕底功力就在於他能「貼著」自己的人物，逼真地刻畫出他們的性格、心理，又始終與他們保持著根本的審美距離。細緻的觀察與精緻的描繪，都體現著傳統美學中「靜觀」的審美態度，這些都說明《金瓶梅》的創作精神、旨趣和藝術立場的確發生了一種轉捩。

《金瓶梅》審美意識的早熟還表現在事實意義上的反諷模式的運用，請注意，筆者是說作者事實意義上的反諷而不是有意識地運用了反諷形式。反諷乃是現代文學觀念給小說的審美與敘事帶來的一種新色素，但是我們又不能否認在藝術實踐上的反諷的可能，雖然它還不可能在藝術理論上提出和有意識地運用。事實上一個時期以來，《金瓶梅》研究界很看中它的諷刺藝術，並認為，作為一種藝術傳統，它對《儒林外史》有著明顯的影響。但依筆者的淺見，與其說《金瓶梅》有著成功的諷刺筆法，不如說笑笑生在《金瓶梅》中有了事實意義上的反諷。一般地說，諷刺主要是一種言語方式和修辭方法，它把不合理的事象通過曲折、隱蔽的方式（利用反語、雙關、變形等手法）暴露突出出來，讓明眼人看見表象與本質的差異。而反諷則體現了一種變化了的小說思維方式：敘述者並不把自己擱在明確的權威地位上，雖然他也發現了認識上的差異、矛盾，並把它們呈現出來，然而在常規認識背景與框架中還顯得合情合理的事象，一旦認識背景擴大，觀念集合體瓦解而且重組了，原來秩序中確定的因果聯繫便現出了令人不愉快的悖逆或漏洞。因此反諷的意義不是由敘事者講出來的，而是由文本的內在結構呈現，是自我意識出現矛盾的產物。或者可以更明快地說，反諷乃是在小說的敘事結構中出現了自身解構、瓦解的因素。

事實上，當我們閱讀《金瓶梅》時，已經能覺察出幾分反諷意味。所以對《金瓶梅》的意蘊似應報之以反諷的玩味。在小說中，種種俗人俗事既逍遙又掙扎著，表面上看小說是在陳述一種事實，表現一種世態，自身卻又在隨著行動的展開而轉向一種嚮往、一種解脫，這裏面似乎包含了作者對認識處境的自我解嘲，以莊子的「知止乎（其）所不（能）知」的態度掩蓋與填補著思考與現實間的鴻溝。實際上我們不妨從反諷的角度去解釋《金瓶梅》中那種入世近俗、與物推移、隨物賦形的思維形態與作者對審美材料的關心與欣賞。其中存在著自身知與不知的雙向運動，由此構成了這部小說反諷式的差異和亦莊亦諧的調子，使人品味到人類文化的矛盾情境。

面對人生的乖戾與悖論，承受著由人及己的震動，這種用生命咀嚼出的人生況味，不要求作者居高臨下地裁決生活，而是以一顆心靈去體察人們生活中的各種滋味。於是，《金瓶梅》不再簡單地注重人生的社會意義和是非善惡的簡單評判，而是傾心於人生的生

命況味的執著品嘗。在作品中作者傾心於展示的是他們的主人公和各色人等人生道路行進中的感受和體驗。我們研究者千萬不要忽視和小看了這個視角和視位的重新把握和精彩的選擇的價值。小說從寫歷史、寫社會、寫風俗到執意品嘗人生的況味,這就在更寬廣、更深邃的意義上表現了人性和人的心靈。這就是《金瓶梅》迥異於它以前的小說的地方。

《金瓶梅》中的反諷好像一面棱鏡,可以在新的水準上擴展我們的視界與視度。當然,《金瓶梅》反諷形式的藝術把握也有待於進一步思考與評說。

《金瓶梅》在中國小說史上的地位,歸結一句話,就是它突破了過去小說的審美意識和一般的寫作風格,綻露出近代小說的胚芽,它影響了兩三個世紀幾代人的小說創作,它預告著近代小說的誕生!

結語:中國小說,從志怪志人,經唐宋傳奇、宋元話本一直到明清章回小說,說明小說是一種應變能力極強又極具張力的敘事文體,它的形態可以多姿多彩,它的美學內涵可以常變常新,它的發展更不易被理論所固化。對小說審美意識的研究將是一個長期的生動、廣泛的課題。

經典文本・心靈史・閱讀行為

說明：

　　本文涉及幾部小說經典文本，其中包括對《金瓶梅》的心解。對於《金瓶梅》何以進入「經典」，我做了一些分析，而閱讀行為則是考慮小說經典文本的詮釋往往仁者見仁，智者見智，而我則堅持「無須共同理解，但求各有體驗」的理念，所以有關閱讀行為的述說也僅是一孔之見。

　　中華民族的傳統文化，有著燦爛輝煌的歷史成就，而且歷千年而血脈不斷，這在世界文化史上是蔚為奇觀的。德國哲學家黑格爾曾準確地評論：「中國是特別東方的」。在我看來，黑格爾的精闢見解揭示了這樣一個事實：世界上一些文明古國，如埃及、巴比倫、印度、希臘，都曾在世界文化史上留下了最初的輝煌篇章，為人類文明和進步開闢了道路。但在歷史曲折的演變中，這些偉大的古代文化或是消亡、沉淪，或是斷裂。唯有長期相對獨立發展的中國文化，歷數千年而綿延不斷，與西方文化相比，具有特別鮮明的東方色彩。具體到中國古典文藝也是「特別東方的」，這是我們閱讀、領悟、探索中國文藝傳統時應特別注意的。中國傳統文化和融合著這種文化基因的詩藝與詩學，就是在一個與西方迥異的土壤中培植起來的。比如，我們今天耳熟能詳的名篇名著。許多西方的美學概念和詩學範疇就未必適用於中國的古典藝術形式。事實上，正是這些具有鮮明「東方」色彩的偉大作品才是偉大的中華民族為自己建造的紀念碑。

一

　　今天，我們面對這些遺存下來的龐大的精神產品，除心存敬畏以外，自然會升騰起一種強烈願望，抑制不住追問：哪些是我們心中的經典？經典是怎樣確立的？又是什麼時候被確認的？這些，自然是見仁見智了。然而我們又不能不對經典的含義尋找出一種可能的共識，包括釐清經典與非經典的界限，經典的必要標誌是什麼等等。

　　數年前，我在《文摘週報》上看到轉載郭宏安先生一篇對經典文本的切實描述，他說：

　　　　經典著作是一系列我們必須記住的人名和書名，是我們共同的文明的標記，是人
　　　　類幾千年活動的大大小小的里程牌。這里程碑，對於個人來說，也許只有幾塊，
　　　　但是它所蘊極深、極遠、極廣、極大，可能支配著你整個的一生。如果沒有，也
　　　　許你的一生就失去了指南。這個指南，可以是政治的，可以是經濟的，可以是科
　　　　學的，可以是哲學的，可以是文學的，而其核心，則是道德的。如今道德受到了
　　　　嘲笑和詬病，但是它仍然是經典著作的一塊或隱或顯的基石。[1]

　　郭先生是外國文學研究專家、翻譯家、理論家，他的這段既平實又深刻的描述似乎
不是專指文學經典，而是泛指中外古今的文化經典，但是他的描述對我們有很重要的啟
示。在我看來，在多重含義下，經典應是指那些真正進入文化史、文學史，並在文化發
展過程中起過重大作用、具有原創性和劃時代意義和永恆藝術魅力的偉大精神產品。它
們往往是一個時代一個民族歷史文化最完美的體現，按先哲的說法，它們是「不可企及
的高峰」。當然，這不是說它們在社會認識和藝術表現上已經達到了頂峰，只是因為經
典名著往往標誌著文化藝術發展到了具有一個時代最高表現力的階段，而作家又以完美
的藝術語言和形式把身處現實的真善美和假惡醜，以其特有的情感體驗深深鐫刻在文化
藝術的紀念碑上，而當這個時代一去不復返，其完美的藝術表達和他的情愫、體味以至
他們對自己時代和現實生活認知的獨特視角，卻永恆地存在而不可能被複製、被取代和
被超越，從而成為人類藝術發展長河在這個時代的標誌或里程碑而載入史冊。當然，這
一切，對於文學藝術經典文本來說，最重要的標誌和條件就是，它必須是心靈化的、審
美化的，即對生活所產生的心靈感應的袒露，又是種種精神領會與情智發現的意蘊性的
審美積聚。對於讀者來說，經典隨著人們的感知和體驗的加深以及審美力的提高，是永
遠說不盡的，這樣的文本就有了不可代替的價值，一個個立體的作家和立體的精神世界
才會在文藝長河中永存。

二

　　在經典文本對我們的多重意義中，其核心價值何在？我認為是它審美化的民族心靈
史的意義。

　　中國文學史發展得太盛且太久。中國文學浩繁的內容和分支，有時又使我們忘記了
人們探究文學史時最樸素的出發點。事實是，歷史過程和社會發展及諸種生活方式影響

1　　《文摘週報》，2003 年 9 月 29 日。

著人們的心靈。所以，當代人對自己心靈歷程的興趣或許大大多於對自己政治、經濟歷程的關心。基於這一點，作為反映人類歷史中成為精神文化底層基礎的感情、意緒、倫理模式和思維習慣的文學藝術，往往被當代人認為是更為重大的研究課題。比如，人們更加關注古代思想家或學人為什麼把自己的著述直接稱之為「心史」，為什麼俄國作家果戈理也逕直稱自己「最近的著作都是我的心史」[2]。所以，從有機整體的視角來觀照，以經典文本為核心的中國文學發展史，在一定意義上說就是一部審美化的心史。或曰：一部中國文學史敘述的就是一部民族的心靈史、一部人民的心靈史、一部知識精英的心靈史。正是基於這樣的認識，我們再也不能滿足和承認那空泛的、毫無實質意義的「文學即人學」的過時論說了。因為有識之士早就看到文學實質上是人的性格學、人的靈魂學、人的精神主體學了。其實，早在十九世紀，丹麥的著名文學史家勃蘭兌斯在他的《十九世紀文學主流》的引言中就明快透髓地表述：「文學史，就其最深刻的意義來說，是一種心理學，研究人的靈魂，是靈魂的歷史。」[3]勃氏的這一文學史觀的深刻性就在於他根本沒有把文學停留在人學的層面上，而是充分認識到文學乃是人的靈魂史，人的精神立體運動的歷史。所以黑格爾才說：只有心靈才涵蓋一切。這是因為，心理結構乃是濃縮了的人類歷史文明，文學作品尤其是其中的經典文本則是打開時代靈魂的心理學。事實是，從屈原到陶淵明；從李白、杜甫到蘇軾、辛棄疾；從羅貫中、施耐庵到吳敬梓、曹雪芹；從關漢卿、王實甫到湯顯祖，再到洪昇、孔尚任，他們的心靈始終與人民的心靈相通、互動、契合。在他們文本的紙底和紙背，大多蘊藏著人民的鬱勃之心靈脈動，蘊藏著他們對於極端專制主義暴政的反抗之音。總之，當我們綜觀一部中國文學發展史時，我們幾乎都感到了作家們情感的噴薄和氣質的涵茹。當然，這一切又都必然是時代狂飆帶來的社會意識在傑出作家身上的結晶。如果我們不透過其創作去追溯其靈魂深處，又如何能領會這些傑出作家以自己的心靈所感受的時代和人民的心靈呢？彭・瓊生稱莎士比亞及其作品為「本世紀的靈魂」，那麼我們也完全可以說，我們文學史上的那些偉大的作家及其經典文本是他們所處時代的「靈魂」。所以，竊以為，從深微處，中國文學史是一門中國的心理學，一門形象的社會心理學。對待具有心靈史性質的經典文本，我們既要深入作家的靈魂，也要縱目他們所受規範的社會心靈總體。也就是要透過作家的感情深處乃至一個發人深思的心靈悸動作為突破口，去綜觀時代風尚與社會思潮。所以，只要我們不僅僅是從「人學」，而是從心靈史這個更為重要層面加以觀照，

2　轉引自〔蘇〕魏列薩耶夫著，藍英年譯《果戈理是怎樣寫作的》，天津：天津人民出版社 1980 年，頁 21。

3　〔丹麥〕勃蘭兌斯《十九世紀文學》（第一分冊），北京：人民文學出版社 1980 年，頁 2。

我們必有新的發現。正是在這個意義上，筆者極為欣賞柯林伍德在《歷史的觀念》中的那句名言：「歷史的知識是關於心靈在過去曾經做過什麼事的知識」，「一切關於心靈的知識都是歷史的」[4]。

三

走筆至此，我想試著以經典文本為實證談談它們為什麼是大師們敘寫的民族心靈史。我首選的作品是自己教學中比較熟悉的幾部長篇小說，因為它們也是讀者耳熟能詳的作品。魯迅在談到小說的特質和功能時指出，小說乃「時代精神所居的大宮闕」[5]。巴爾札克也曾說：小說被認為是一個民族的秘史。這說明史詩性的長篇小說是心靈史最理想的形式載體。

元末明初橫空出世的《三國演義》和《水滸傳》，在中國小說史上是一個奇特的現象。一寫據地稱雄，一寫山林草莽，都把英雄的豪氣作了深刻而富有社會意味的描寫。儘管這兩部長篇巨著的氣韻風貌和美學意蘊迥不相同，然而卻都是共同生根在中華土地上，並吸取了中國文化的深厚營養而成長起來的參天大樹。

具體到《三國演義》，六百餘年來，它不僅作為一部典範性的歷史小說被我們整個民族一代一代地不斷閱讀，得到各個階層人民的共同喜愛，而且作為我們民族在長期的政治和軍事風雲中形成的思想意識和感情心理的結晶，對我們民族的精神文化生活產生過廣泛而深遠的影響。

《三國演義》描寫的重點是封建社會內部各個政治、軍事集團之間尖銳複雜的矛盾衝突，作者幾乎很少表現與政治鬥爭沒有直接關係的情節。在小說中，一切可能出現的鬥爭方式——軍事的、政治的、外交的、公開的、隱蔽的、合法的、非法的——都出現了，而且所有這些鬥爭，都是在漫長的封建統治集團內部衝突中積累起來的經驗的基礎上進行的。所以我們說，它不是歷史書，而是歷史小說，因為它所反映的社會歷史內容已不限於三國一個時代，而是概括和熔鑄了長期封建社會不同政治集團之間爭奪統治權的歷史內容，因此，小說所塑造的一系列人物也與歷史上的人物有所區別。作為天才的小說家，羅貫中正是緊緊把握住曹、劉兩個集團這條矛盾主線，從而刻畫了政治、軍事衝突

4　〔英〕柯林伍德著，何兆武等譯《歷史的觀念》，北京：中國社會科學出版社 1986 年，頁 247、249。

5　〈《近代世界短篇小說集》小引〉，見《魯迅全集・第四卷・三閑集》，北京：人民文學出版社 2005 年，頁 134。

中的群像。

　　總之，《三國演義》除了給人以閱讀的愉悅和歷史的啟迪之外，更是給有志於王天下者聽的「英雄史詩」。它弘揚的是：民心為立國之本，人才為興邦之本，戰略為成功之本。正因如此，《三國演義》在雄渾悲壯的格調中彌漫與滲透著的是一種深沉的歷史感悟和富有力度的反思。它絕非如有的學者所言「是一部權術、心術大全」[6]。

　　看《水滸》，我們會感到一種粗獷剛勁的藝術氣氛撲面而來，有如深山大澤吹來的一股雄風，使人頓生凜然蕩胸之感。剛性雄風，豪情驚世，不愧與我們民族性格中陽剛之氣相稱。據我所知，在世界小說史上還罕有這種傾向鮮明、規模巨大的描寫民眾抗暴鬥爭的百萬雄文！

　　《水滸傳》作者施耐庵的小說智慧絕不可低估。他一方面有深切的人生新體驗，具有當時元末明初民眾抗暴鬥爭的現場實踐；另一方面，他又勇敢地把草澤英雄推上了舞台中心，機智地寫出「逼上梁山」和「亂由上作」的過程，在廣闊的領域內反映了宋元之際的社會生活，抒發了他內心的激憤。施氏以「一百單八將」為重心，以梁山泊英雄起義的發生、發展、高潮直至衰落和失敗為軸心，揭示了現實政治的黑暗，反映了群眾性反暴鬥爭的正義性和民眾的社會理想。借用魯迅先生的話，它是為市井細民「寫心」。

　　施氏這位小說家的智慧就在於他演繹時代的大事件和「寫心」時走的是一條「景觀化」的道路，即一個人物的命運就是一個景觀（景點）。比如，林沖的故事是通過誤入白虎節堂、大鬧野豬林、火燒草料場、風雪山神廟、手刃陸謙富安，最後是逼上梁山、火拼王倫。林沖正是在「忍」與「不能忍」的衝突中經歷了心靈中的衝突，最後，林沖的性格史才完整地體現出來。而武松的故事，又是通過景陽崗打虎、鬥殺西門慶、醉打蔣門神、大鬧飛雲浦、血濺鴛鴦樓等情節勾畫出這位人物的不平凡的經歷和命運……這些個人的故事，一經串聯就是一部「史」了。它不像《三國》寫帝王將相，而是著眼於民間，著眼於平民，著眼於受苦人、不平者和各色遊民。於是，那個過分簡約的「歷史」就可以隨著作者自己的人生視角進行想像力充沛的組合，並巧妙地編織成一幅幅純粹的風俗畫，純粹的波瀾壯闊的風景線。小說的神韻正是在這景觀化的景點中得到充分的展示，而又對草莽英雄的獨特命運和心靈軌跡作了卓越的體現。同樣是那位批判《三國》的研究者，在同一篇文章中批判《水滸傳》是在「造反有理」和「情欲有罪」兩大理念下造成暴力崇拜和推行殘酷的道德專制。這樣的說法可能有以偏概全之嫌，且有悖於小說為市井細民「寫心」的用意吧！

　　吳承恩在《西遊記》中營造了一個屬於他自己的獨特世界。他以卓越的藝術創作才

6　參見《讀書》，2005 年第 7 期，頁 142。

能，使原來的「西遊」故事頓改舊觀，面目一新。吳氏的小說智慧一是巧妙地把取經故事演變成孫悟空「一生」的故事，如果沒有孫悟空，就沒有了吳氏《西遊記》這部小說，這當然是他的首要創造；二是吳氏把人生體驗和藝術思維放置在具體描寫上，使宗教喪失了莊嚴的神聖性。他寫了神與魔之爭，但又絕不嚴格按照正與邪、善與惡、順與逆劃分陣營：它揶揄了神，也嘲笑了魔；它有時把愛心投向魔，又不時把憎惡拋擲給神——並未把摯愛偏於佛、道任何一方。在小說家犀利的筆鋒下，宗教的神、道、佛從神聖的祭壇上被拉了下來，顯現了它的原形！「大鬧天宮」可以作為象徵，它提綱挈領地為整部小說定下基調。創作《西遊記》是吳氏的一次精神漫遊。想必在經歷了一切心靈磨難之後，他看清了世人的真相，瞭解了生活的真諦，他更加成熟了。

看《西遊記》，我們會發現小說處處是笑聲。只有心胸開朗、熱愛生活的人，才會流露出一種不可抑制的幽默感。吳氏是一位溫馨的富於人情味的人文主義者。他希望他的小說給人間帶來笑聲。《西遊記》不是一部金剛怒目式的作品，諷刺和幽默這兩個特點，其實在全書一開始就顯示出來了，它們統一於吳承恩對生活的熱愛，對人間歡樂的追求。

《三國》《水滸》《西遊》通常被說成是時代累積型建構的巨制偉作，但是，不可否認，最後定型的文本畢竟是一位小說天才的完成品，它們自成體系，形成了自己的空間。今天，即使我們把它們放在中國文學發展的縱坐標或是世界格局同類文體的橫坐標去觀照，它們都不失為一種輝煌的典範。它們，或是過於早熟，或是逸出常軌，都堪稱世界小說史上的精品。這種小說的智慧是由其在小說史上的原創性和劃時代意義決定的。正如米開朗琪羅所說：他們的天才有可能造成無數的蠢材。事實上，他們以後的各種效顰之作不都是遭到了這種可悲的命運嗎？因此，小說文本從來不可以「古」「今」論高下，而應以價值主沉浮。正是從這個意義上說，這幾部小說經典是永遠說不盡的。同時它們又一次證明：經典的原創性、不可代替性以及難以超越性。

現在，我們暫時把上述幾部世代累積型的帶有「集體創作」流程的大書先擱下，來看看以個人之力最先完成的長篇巨制《金瓶梅》。

為了確立我國小說在世界範圍的藝術地位，我們有必要指出，蘭陵笑笑生這位小說巨擘，起碼是一位在明代無法超越的小說領袖，在我們對小說智慧崇拜的同時，也需要崇敬這位智慧的小說家。我們是不是也應像提到法國小說家時就想到巴爾札克，提到俄國作家時就想到托爾斯泰，提到英國小說家時就會想到狄更斯，提到美國作家時就想到「硬漢」海明威？在中國小說史上能成為領軍人物的，以個人名義出現的，我想笑笑生、吳敬梓、蒲松齡與曹雪芹是當之無愧的大家、巨匠，他們在各自的時代和創作領域作出了不可企及的貢獻。在中國小說藝術發展史上，他們是無可置疑的幾位小說權威，這樣

的權威不確定不行。笑笑生作為一位獨立的創作個體，明代小說界無人能與之匹敵，他的《金瓶梅》在「同時說部，無以上之」[7]！

《金瓶梅》的出現，其表徵是：小說觀念的強化；小說文體意識出現了新的覺醒；小說的潛能被進一步發掘出來。《金瓶梅》追求原汁原味的生活形態，趨於像生活本身那樣開闊和絢麗多彩，更加切近現實，再不是按照人物類型化的配方去演繹形象，在性格塑造上打破了單一色彩，豐富了多色素。笑笑生為小說創作開闢了全新的道路。他以清醒冷靜的人生態度和審美體驗直面現實，在理性的審視背後是無情的暴露。

《金瓶梅》稱得上是一部人物輻輳、場景開闊、佈局繁雜的巨幅寫真。笑笑生腕底春秋，展示出明代社會的橫切面和縱剖面，使得《金瓶梅》不同於《三國》《水滸》《西遊》那樣分別以歷史人物、傳奇英雄和神魔為表現對象，而是以一種帶有濃厚的市井色彩，從而同傳統的官僚、富商有別的惡霸豪紳西門慶一家的興衰榮枯的罪惡史為主軸，借宋之名寫明之實，直斥時事，真實地暴露了明代中後期中上層社會的黑暗、腐朽和不可救藥。笑笑生勇於引進「醜」，把生活中的負面人物作為主人公，直接把醜惡的事情細細剖析給人看，展示出冷峻的真實。

當代作家劉震雲在對媒體談到他的新作《我叫劉躍進》時說：「最難的還是現實主義。」我認同此說，現代的文學界似乎很少談什麼現實主義、浪漫主義了。其實，正是偉大的現實主義文學才提供了超出部分現實生活的現實，才能幫你尋求到生活中的另一部分現實。《金瓶梅》就歷史地驗證了這一點。我們可以明晰地看到，《金瓶梅》敘寫的可不是那個社會的奇聞，而是那個時代的社會縮影。在中國小說藝術發展史上，從志怪、志人到唐宋傳奇再到宋元話本，往往只是社會奇聞的演繹，較少是社會的縮影，而《金瓶梅》則絕非亂世奇情。書中雖有達官貴人的面影，但更多的是社會「邊緣人物」卑瑣的生活和心態，在小說中也可以清晰地看到其真切的生存狀態。比如，書中的女人世界，以主角潘金蓮、李瓶兒為例，她們何嘗不渴望走出陰影，只是她們總也沒走進陽光。

笑笑生的高明，就在於他選取的題材決定了他無須刻意去寫出幾個悲劇人物，但書中處處都有一股悲劇性潛流。因為我們從中已清晰地察覺到了一個人又一個人以不同形式走向死亡，而這一連串人物毀滅的總和就預告並象徵了這個社會的必然毀滅。這種悲劇性是來自作者心靈中對墮落時代的悲劇意識。

《金瓶梅》並不是一部給我們溫暖的小說，作者冷峻的現實主義精神，使灰暗的色調一直遮蔽和浸染全書。《金瓶梅》一經進入主題，第一個鏡頭就是謀殺！武大郎被害，西門慶逍遙法外，一直到李瓶兒之死，西門慶暴卒，這種灰暗色調幾乎無處不在。它擠

7 　魯迅語。

壓著讀者的胸膛,讓人感到呼吸空間的狹小。在那血肉模糊的「另類」殺戮中,那因利欲、肉欲而抽搐的嘴臉以及以命相搏的決絕,真讓人感到黑暗無邊,而作者的情懷卻是冷峻、苦澀而又蒼老。

《金瓶梅》是一部留下了缺憾的偉大小說文本。但它也提供了人生思考的空間。事實是,一切看似生活的實錄,精緻的情節提煉,都讓人驚訝。它的缺憾可不是有人說的那近兩萬字的性描寫。已故古典文學研究大家聶紺弩先生說得極為準確,他認為笑笑生之所以偉大,就在於他寫性並不是不講分寸的,他是「把沒有靈魂的事寫到沒有靈魂的人身上」[8]。笑笑生的真正局限,是他在探索新的小說樣式、獨立文體和尋找小說文體秘密時,加入了自以為得意卻算不上高明的那些個人又超越不了的功利性和文學的商業性。

然而,《金瓶梅》的作者畢竟敢為天下先,敢於面對千人所指。時至今日,再次捧讀它時,我們仍然會發出一聲感歎:笑笑生沒有辜負他的時代,而時代也沒有遺忘笑笑生。他的小說所發出的回聲,一直響徹至今,一部《金瓶梅》是留給後人的禹鼎,使後世的魑魅在它面前無所逃其形。

我曾直言,《金瓶梅》和《紅樓夢》相加,構成了中國小說史的一半。此說曾引起異議,但我至今不悔。這是因為《紅樓夢》的偉大存在離不開與《金瓶梅》相依存相矛盾的關係。同樣,《金瓶梅》也因為它的別樹一幟和不同凡響,與傳統小說的色澤太不一樣,使它的偉大存在也離不開與《紅樓夢》相依存相矛盾的關係。如果說從神韻和風致來看,《紅樓夢》充滿著詩性精神,那麼《金瓶梅》則是世俗化的典型;如果說《紅樓夢》是青春的挽歌,那麼《金瓶梅》則是人在步入晚景時對人生況味的反復咀嚼。一個是通體迴旋著青春的天籟,一個則是充滿著滄桑感;一個是人生永恆的遺憾,一個則是感傷後的孤憤。從小說的詩學的品位來說,《紅樓夢》是詩小說、小說詩,《金瓶梅》則是地道的生活化散文。

順著這一思路,我們就可以比較容易地進入《儒林外史》和《紅樓夢》的藝術世界了。

如考察吳敬梓的小說創作,不能不看到我國古典長篇小說如下的發展軌跡:從縱向看,隨著封建社會的逐漸走向解體和進入末世,文藝的基本主題也逐漸由功利的政治文化的外顯層次發展到宏觀的民族文化的深隱層次。小說家們紛紛開始注意由於經濟生活方式的轉變而牽動的社會心理、社會倫理以及社會風習的多層次的文化衝突,並且自覺地把民俗風情引進作品,以此透露出人們的心靈軌跡,傳導出時代演變的律動。這就不僅增添了小說的美學色素,而且使作品負載了更深沉的社會心靈的內容,反映出歷史變

8　聶紺弩〈談《金瓶梅》〉,《讀書》,1984 年第 4 期,頁 60。

動的部分風貌，《儒林外史》正是這種審美思潮的產物。

從橫向看，吳敬梓看到了科舉制度和八股制藝對人的靈魂的殘害達到了何等酷烈的程度！因此，他意在通過自己對民族文化和民族性格以及民族素質宏觀的歷史反思，從而期望當時和以後的知識分子走向更高的精神境界、更高的品質，也就是他要通過自己小說中歷史的文化反思去影響民族的靈魂。這就充分說明了吳氏的睿智和見地。

諷刺大師吳敬梓是用飽蘸辛酸淚水的筆來寫喜劇，來描繪封建主義世界那幅變形的圖畫的。他有廣闊的歷史視角，有敏銳地觀察社會的眼光，因此，在他的諷刺人物的喜劇行動背後幾乎都隱藏著內在的悲劇性的潛流。這就是說，他透過喜劇性形象，直逼到了悲劇性的社會本質。這是《儒林外史》喜劇性和悲劇性融合的重要特點。

在中國小說藝術史上，還沒有像《紅樓夢》這樣能夠細緻深微，然而又是氣魄闊大地、從整個社會的結構上反映生活的複雜性和廣闊性的作品。可以毫不誇張地說，《紅樓夢》正是當時整個社會（尤其是上層社會）面貌的縮影，也是當時社會整個精神文化的縮影。難怪「紅學」研究專家蔣和森先生生前感喟：《紅樓夢》裏凝聚著一部《二十四史》！是的，《紅樓夢》本身就是一個豐富的、相當完整的人間世界，一個絕妙的藝術天地！然而，我們又得實事求是地承認，《紅樓夢》是一部很難讀懂的小說。作者在寫作緣起中有詩曰：

> 滿紙荒唐言，一把辛酸淚。
> 都云作者癡，誰解其中味？

這首詩不僅成了這本書自身命運的預言，同時也提示讀者，作品寄寓著極為深邃的意味。

當我們面對《紅樓夢》文本的深層意蘊，我們就可以清晰地看到作者把主要筆力用於寫一部社會歷史悲劇和一部愛情悲劇。這幕悲劇的中心舞台就設置在賈府尤其是大觀園中。而主人公賈寶玉、林黛玉、薛寶釵、王熙鳳等慧絕一時的人物及其命運，尤其是他們的愛情婚姻的糾葛，以及圍繞這種糾葛出現的一系列各種層次的人物面貌及其際遇，則始終居於這個悲劇舞台的中心。其中令讀者最為動容的是寶、黛愛情悲劇，不僅因為他們在戀愛上是叛逆者，而且還因為他們的戀愛是一對叛逆者的戀愛。這就決定了寶黛悲劇是雙重的悲劇，封建禮教和封建婚姻制度所不能容許的愛情悲劇，上流社會以及貴族家庭所不容許的叛逆者的悲劇。正是作者把這雙重悲劇融合在一起著筆，它的人生意味才更為深廣。

《紅樓夢》的深刻之處還在於它使家庭矛盾和社會矛盾結合起來並賦予家庭矛盾以深刻的社會矛盾的內涵。既然如此，小說的視野一旦投向了全社會，那麼，政治的黑暗，官場的腐敗，世風的澆漓，人心和人性的衰微便不可避免地會在作品中得到反映。書中

所著力描寫的榮國府、寧國府就像一面透視鏡似的凝聚著當時社會的縮影。這個封建大家族，也正像它所寄生的那個將由盛轉衰的清王朝一樣，雖然表面上還維持著烜赫的豪華場面，但那「忽喇喇似大廈傾」的必然趨勢，卻已從各方面無法掩飾地暴露出來，而這一切也正符合全書以盛寫衰的創作構思的特點。

《紅樓夢》一經出現，就打破了傳統的思想和手法，從而把章回體這種長篇小說文體推進到一個嶄新的階段。曹雪芹的創作特色是自覺偏重於對美的發現和表現，他願意更含詩意地看待生活，這就開始形成他自己的特色和優勢。而就小說的主調來說，《紅樓夢》既是一支絢麗的燃燒著理想的青春浪漫曲，又是一首充滿悲涼慷慨之音的挽詩。《紅樓夢》寫得婉約含蓄，彌漫著一種多指向的詩情朦朧。這裏面有那麼多的困惑，那種既愛又恨的心理情感輻射，確實常使人陷入兩難的茫然的迷霧。但小說同時又有那麼一股潛流，對於美好的人性和生活方式，如泣如訴的憧憬，激蕩著要突破覆蓋著它的人生水平面。小說執著於對美的人性和人情的追求，特別是那些不含雜質的少女的人性美感所煥發著和昇華了的詩意，正是曹氏審美追求的詩化的美文學。比如能夠進入「金陵十二釵」正冊、副冊的薄命女子，都具有鮮明的個性和美的形象。作者正是以如椽之筆，將這樣一大批紅粉麗人，一個一個推到讀者面前，讓她們在大觀園那座人生大舞台上盡興地表演了一番，然後又一個個地給予她們以合乎邏輯的歸宿，這就是為我們描繪了令人動容的悲劇美和美的悲劇。

作為心靈自傳的《紅樓夢》，恰恰是曹雪芹經歷了人生的困境和內心的孤獨後，才有的對生命的深沉感喟。他不僅僅注重人生的社會意義、是非善惡的評判，而是更加傾心於人生生命況味的執著品嘗。曹氏已經從寫歷史、寫社會、寫人生，到執意品嘗人生況味，這就在更深廣的意義上，表現了人的心靈和人性。

中國古典小說的民族美學風格，發展到《紅樓夢》，已經呈現為鮮明的個性、內在的意蘊與外部環境相互融合滲透為同一色調的藝術境界，相互融合滲透為同一色調的藝術世界。得以滋養曹雪芹的文化母體，是中國傳統豐富的古典文化。對他影響最深的，不僅是美學的、哲學的、心理學和史學的，而且首先是詩的。我們稱之為詩小說、小說詩，或曰詩人的小說，《紅樓夢》是當之無愧的。

如果與《三國》《水滸》《西遊》《金瓶梅》比照著看，我們發現一條重要的小說詩學規律：擁有生活固然必要和重要，但是作為小說藝術來說，心靈更為重要。僅僅擁有生活，你可能在瞬間打通了藝術的天窗，但沒有心靈的支持，這個天窗就會很快落下來。《儒林外史》與《紅樓夢》的精神價值正在於它們有著一顆充實的心靈的支撐，所以才更富於藝術的張力。我想把前者表述為「物大於心」的小說，而後者則是「心大於物」的小說。從一定意義上說，特別是從小說詩學來說，這兩部小說都具有心靈自傳的

意味。這說明長篇小說在早期表述心靈的外化能力較弱，而在長篇小說發展至清代，精神內涵的開拓則有了超越性的變化。

我國古典詩藝，從《詩三百》《楚辭》到李杜、蘇辛；散文從莊周到韓柳；戲曲從十大悲劇到十大喜劇；小說從「四大奇書」到「四大譴責小說」，其中不乏名篇佳作，有的已經是不朽的豐碑。它們是永難挖掘盡的精神文化礦藏，其歷史的深度和文化反思的力度，特別是它們的精神層面的意蘊，值得我們不斷品味。所以，傳世之經典名著和所謂熱門的、流行的、媚俗的暢銷書永遠不是同義語，也絕不是在一個等次上的。而最重要的分水嶺就是看是否有心靈史的意義。

四

經典的閱讀是一個值得深入思考的問題。

近讀錢鍾書先生早期所寫的散文，其中有一篇發表在 1933 年 3 月 1 日《新月月刊》第四卷第六期上。該文是評論曹葆華的詩集《落日頌》的，其中就談到了閱讀的問題。錢先生首先就把文學作品與非文學作品加以分別。他說：「非文學作品只求 readable ——能讀，文學作品須求 re-readable。re-readable 有兩層意義。一種是耐讀：『咿唔不厭巡簷讀，屈曲還憑臥被思』，這是耐讀的最好的定義。」[9]錢先生是批評曹葆華的詩作不耐讀，是無須用「水磨工夫來讀的」，與我們今天說的經典的閱讀似不搭界，但錢先生卻指明了好的文學作品是「耐讀」的，而且是要用「水磨工夫」去品味的，這就對我們今天的閱讀行為有了啟示作用。

經典的閱讀，一般往往有初讀經典與重讀經典、淺讀經典與深讀經典的過程。這裏，不僅僅是因為這些經典名著已經過時間的淘洗和歷史的嚴格篩選，其本身的存在就證明了它們的不朽，因而需要反復地閱讀；也不僅僅因為隨著我們人生閱歷的積累和文學修養的不斷提升而需要重讀、深度、精讀，以獲得新的生命感悟和情感體驗。這裏說的經典閱讀，乃是從文化歷史發展過程著眼的。僅就我們個人的親身感知，長期的左的思維模式就給經典名著帶來太多的誤讀和謬讀。且不說「文革」浩劫期間，經典幾乎遭到了滅頂之災；即使在「文革」前的十七年，面對經典，我們的閱讀空間也是何等殘破與狹小，而閱讀心態與閱讀行為又是何等的不正常！眾所周知，階級鬥爭與階級分析作為「指導思想」，使得我們只懂得給書中人物劃分階級成分，進而千方百計地追尋作者的階級歸屬和政治派別。再有就是那機械刻板的經濟決定論，在我們閱讀名著時，也是到處搜

9　錢鍾書《錢鍾書散文》，杭州：浙江文藝出版社 1997 年，頁 95-96。

羅資料來理解時代背景。而解讀文本時，只要一句「歷史局限」或「階級局限」，就可以成為萬能的標籤，從而奪走許多傳世之作鮮活的生命。至於我們教學中常常運用的「通過什麼反映了什麼」的萬古不變的公式，更是死死地套住了人們的閱讀思維。就是在這種被扭曲了的閱讀心態下，我們對傳統文化中的經典名著產生了太多太多的誤解。

改革開放，思想解放，讀書無禁區，經典名著開始重印，給讀書界帶來了前所未有的生氣。然而，這裏仍然存在一個閱讀和重讀以及如何重讀經典的問題。不可否認，經典對於一些讀者也許只是被知曉的程度，或只限於瞭解書名和主人公的名字，對作品本身卻知之甚少。即使讀過，有時也只是淺嘗輒止。而重讀、深讀和精讀卻絕非「再看一遍」，也非多看幾遍。如果僅僅停留於「看幾遍」，那可能是無用的重複。重讀的境界應當像義大利作家伊塔洛·卡爾維諾在《為什麼讀經典》一書中所言：經典是每次重讀都像初讀那樣帶來了新的發現的書；經典是即使我們初讀也好像是在重溫的書。這位作家是用這種體會來解釋何謂經典的，但同樣道出了閱讀經典的感受。它啟示我們：初讀也好，重讀也好，都意味著把經典名著完全置於新的閱讀空間之中，即對經典進行主動的、參與的、創造性的閱讀。換言之，你在打開經典名著那不朽的超越時空的過程中，建立起了自己的閱讀空間。而這需要營造一種精神文化的氛圍，張揚一種人文情懷，培養一種寧靜又激越的心境，也許只有這樣才能感受到一種期望之外的心靈激動。

事實是，讀書是純個體活動。我們讀一本書，讀得再深、再透也只是個人的視角和體驗。而一部經典名著當然不是給一個人、一群人看的，而是給無數個人讀的，這樣就會有千千萬萬種不同的讀法，不同的心靈體驗。在閱讀領域倒不妨借用這句名言：獨立之精神，自由之思想。所以，當你有了「獨立」和「自由」的心態時，你就會跳出傳統的閱讀思維模式和話語圈子，你才會明敏地發現一個個既在文本之外又與文本息息相關的閱讀事實。因此，開闢多元、多向度、多層次的思維格局，培育自身創造性的主動的文化性格，才是我們在面對經典名著時必須要有的一種健康的閱讀心態，而閱讀空間自然會被大大拓展。

文化傳統是一個國家的靈魂。作為傳統文化中的核心的經典，則是一個民族、一個國家的靈魂，對它的核心價值應深懷敬畏之心。經典資源除具有培養審美力、愉悅心靈之功能以外，還葆有借鑒、參照、垂範乃至資治的社會文化功能。對於每個公民、每個讀書人來說，經典名著在科學的現代意識觀照下，其文化內涵必有啟迪當代公民明辨何為公正、何為進步、何為正義、何為真善美之功能，並且我們可以從中汲取精神力量，有所追求，有所進取，有所摒棄。

記憶中有位當代作家，談到閱讀名著的感受，他認為，閱讀進入了敬畏，那閱讀便有了一種沉重和無法言說的尊重，便有了一種超越純粹意義上的閱讀體味和凝思，進而

有了自卑，深感自己知識的貧乏，對世界和中國歷史竟那樣缺少骨肉血親的瞭解。我想，這就是經典的力量吧！

當然，事情還有另一面。誰都不會否認這是一個物質的時代，也是一個喧囂和浮躁的時代，商業因素竟然太多地滲入到閱讀世界。人們不妨看看大大小小的書店裏那「經典」的盛況：「經典小說」「經典美文」「經典抒情詩」……可以說濫用「經典」之名已然成風，而琳琅滿目、五花八門的「解讀」也隨風而生。這種功利虛幻症的蔓延，令人唏噓。

今天，我們呼喚閱讀經典，乃是一種文化上的渴望。在商業大潮和浮躁的氛圍下，我們更需要精神的滋養，心靈的脫俗。李漁說：「毒氣所鍾者能害人，則為清虛之氣所鍾者，其能益人可知矣。」物質產品如此，精神產品當然更是這樣。文學藝術是最貼近人類靈魂的精神產品，它是捍衛人性的，而且越是靈魂不安的時代，我們越是需要它的撫慰。我們的使命是把閱讀看成生命的一部分，因為閱讀已經進化成了我們生命的一種欲望。

附　錄

一、甯宗一小傳

　　男，1931 年生，北京市人，滿族。1954 年畢業於南開大學中文系，後留校任教於中文系，1987 年轉入東方藝術系任教。主要研究方向為中國文學史、戲曲美學與小說美學。

　　出版專著有：《中國古典小說戲曲探藝錄》《說不盡的金瓶梅》《甯宗一講金瓶梅》《金瓶梅可以這樣讀》《心靈文本》《傾聽民間心靈回聲》《心靈投影》《名著重讀》《甯宗一小說戲劇研究自選集》《走進困惑》《文章之美》《世情圖卷》《文馨篇》《教書人手記》等。

　　與友人合作之專著有《金瓶梅的藝術世界》《金瓶梅百問》《中國小說藝術史》等。

　　主編的專著有《中國小說學通論》《金瓶梅對小說美學的貢獻》《金瓶梅小百科叢書》《元雜劇研究概述》《明代戲劇研究概述》《古典小說精言妙語》等。校注《喻世明言》《錯斬崔寧》等。

二、甯宗一《金瓶梅》研究專著、編著、論文目錄

(一)專著

1. 《說不盡的金瓶梅》，天津：天津社會科學院出版社 1990 年。

2. 《甯宗一講金瓶梅》，天津：天津古籍出版社 2008 年。

3. 《金瓶梅可以這樣讀》，北京：中國文史出版社 2010 年。

(二)合作專著

1. 曹煒、甯宗一《金瓶梅的藝術世界》，臺北：臺灣文史哲出版社 2002 年。

2. 甯宗一、付善明《金瓶梅百問》，北京：文化藝術出版社 2011 年。

(三)主編

1. 甯宗一、羅德榮主編《金瓶梅對小說美學的貢獻》，天津：天津社會科學院出版社 1992 年。

2. 甯宗一、彌松頤、劉國輝主編《金瓶梅小百科叢書》，北京：文化藝術出版社 1993 年。

(四)審定

1. 《金瓶梅詞話》，陶慕寧校注，甯宗一審定，北京：人民文學出版社 2000 年。

(五)論文

1. 《金瓶梅》對小說美學的貢獻
   南開學報，1984 年第 2 期；另見《復旦學報》編輯部編，金瓶梅研究，1984 年。

2. 《金瓶梅》萌發的小說新觀念及其以後之衍化
   朱維之主編，中國比較文學論文集，天津：南開大學出版社 1984 年。

3. 談《讀書》對《金瓶梅》的評論
   讀書，1989 年第 2 期。

4. 古代小說類型新探——兼論《金瓶梅》在小說文體演變史上的地位
   天津社會科學，1990 年第 3 期。

5. 《金瓶梅》呼喚對它審美
   天津社會科學，1992 年第 3 期。

6. 《金瓶梅》（辭條）
   何滿子、李時人主編，明清小說鑒賞辭典，杭州：浙江古籍出版社 1992 年。

7. 我讀《金瓶梅》
   津圖學刊，1997 年第 1 期。

8. 《金瓶梅詞話》校注本前言
   佳木斯師專學報，1997 年第 4 期。

9. 《金瓶梅》對小說美學的貢獻
   名家解讀金瓶梅，濟南：山東人民出版社 1998 年。

10. 回歸文本：21 世紀《金瓶梅》研究走勢臆測
    金瓶梅研究，1999 年第 6 輯。

11. 選擇回歸文本的策略？——二十一世紀《金瓶梅》研究走勢臆說
    明清小說研究，1998 年第 4 期。

12. 我讀金瓶梅
    經典叢話：《金瓶梅》談，南昌：江西教育出版社 1999 年。

13. 寫在「細讀《金瓶梅》後」
    經典叢話：《金瓶梅》談，南昌：江西教育出版社 1999 年。

14. 對醜的審視
    經典叢話：《金瓶梅》談，南昌：江西教育出版社 1999 年。

15. 我與《金瓶梅》研究
    陰山學刊，1999 年第 2 期。

16. 《金瓶梅》文本思辨錄
    甯宗一，名著重讀，石家莊：河北教育出版社 2000 年。

17. 小說家對「醜」的審視
    甯宗一，名著重讀，石家莊：河北教育出版社 2000 年。

18. 小說類型新探——《金瓶梅》在小說文體演變史上的地位
    甯宗一，名著重讀，石家莊：河北教育出版社 2000 年。

19. 比較中的性描寫
    甯宗一，名著重讀，石家莊：河北教育出版社 2000 年。

20. 「性」與「醜」：閱讀行為與《金瓶梅》的意義
    湖北大學學報（哲學社會科學版），2001 年第 4 期。

21. 換個視角去觀照《金瓶梅》
    古典文學知識，2002 年第 5 期。

22. 我與《金瓶梅》
    人民政協報，2003 年 4 月 1 日。

23. 解讀《金瓶梅》的一種策略
    古典文學知識，2005 年第 3 期。

24. 整合與發現：21 世紀《金瓶梅》研究的新起點
   甯宗一，心靈文本，鄭州：大象出版社 2008 年。

25. 把《金瓶梅》研究從狹窄的空間解放出來
   甯宗一，心靈文本，鄭州：大象出版社 2008 年。

26. 「偉大也要有人懂」——重讀《金瓶梅》斷想
   昆明學院學報，2009 年第 1 期。

27. 《金瓶梅》研究的「偽考證」現象應儘快終結
   中華讀書報，2010 年 10 月 20 日。

28. 《金瓶梅》研究方法論之反思
   徐州工程學院學報（社會科學版），2010 年第 6 期。

29. 我對近年《金瓶梅》研究方法之反思
   文史知識，2011 年第 1 期。

30. 古代小說研究方法論芻議——以《金瓶梅》研究為例證
   文史哲，2012 年第 2 期。

31. 我的《金瓶梅》研究
   文匯報，2012 年 6 月 4 日。

32. 《金瓶梅》評點的新範式
   中華讀書報，2013 年 9 月 18 日。

33. 《金瓶梅》評點的新範式
   書城，2013 年第 12 期。

34. 睜大瞳孔找出《金瓶梅》的藝術
   河南教育學院學報，2013 年第 6 期。

後記：我與《金瓶梅》

　　我上大學時，圖書館是不允許把《金瓶梅》借給學生看的，即使是中文系的學生。當時我知道，我的父親藏有一部施蟄存先生整理和刪節過的《金瓶梅詞話》，我向他索看，卻被拒絕，理由是：「你還小，先別看這些書！」

　　畢業後我留校執教於中文系古典文學教研室，並馬上被安排教歷史系學生的《中國文學通史》課程。根據從事中國古典文學教學的需要，名正言順，我開始有資格也有理由去看那部「禁書」了。於是，首先我把父親的那部鉛印本上下兩冊的《金瓶梅詞話》堂而皇之地接收過來，繼而又理直氣壯地到圖書館去，想借一部我早已渴望看到的「全本」《金瓶梅》。可是管理員老王告知我的是：「你看刪節本，可以借出，至於沒刪節的那個『本子』，需要講師以上的老師才能借閱。」我當時真的氣昏了頭，但也只好隨老王進書庫，胡亂拿了一部，後來才知道是更加糟糕的正中書局出版的《古本金瓶梅》。不過，我畢竟看到了這部被稱為第一奇書的廬山真面目。說真話，比起我在上大學時看《三國》《水滸》，看《儒林》《紅樓》來，我對《金瓶梅》讀得分外仔細，它給我耳目一新的感覺。我確確實實被書中描寫的特異的生活和刻畫的人物深深震撼了。雖然我從未有過記讀書筆記的習慣，但這次讀《金瓶梅》卻有一種衝動，一種急於把讀它的「第一印象」和那種異樣感受寫下來的衝動。當然，文章並沒有寫出，因為那時的我，無論從古典文學的知識積累，還是從理論上的準備，抑或從文字表達的磨煉諸方面，都沒有可能把我那讀完一遍名作後的膚淺感受較為準確地表述出來的功力。可是我還是壓抑不住我對《金瓶梅》的特殊感情。我終於在講明清小說部分時，面對著歷史系二年級一百多位同學，大大讚美了一番《金瓶梅》「前無古人」的價值，同時也還說了一句分量很重的話：對於一個今後要從事歷史研究和教學的人來說，不能不讀《金瓶梅》！這樣的話，今天看來並無多大問題，然而在那個時代的文化背景下，我一時的興奮，竟然在 1958 年的「拔白旗」運動中受到了懲罰。瞭解當時歷史背景的「過來人」可能都知道，當年「拔白旗」，是針對具有「資產階級學術思想」的「權威」而說的。我年齡小，資歷又淺，根本沒有資格當「白旗」。更準確地說，在當時我是「拔白旗」的骨幹力量。可是意想不到的事發生了。就是在這場運動正進行得如火如荼的時候，一天下午古典文學教研室全體老師正在開會，突然一位已升到四年級的歷史系女同學打開了教研室的門，輕輕地

在房門口對著全室教師說:「我們給甯老師貼了大字報,請他去看看。」聽了這話,我像說書人形容一個人突然受到意外打擊時那樣,腦袋真的「嗡」了一聲。說不出是因為丟面子還是過分恐懼,我感到了一陣陣尷尬,因為大字報終於貼到我頭上了。會一散我就急匆匆地跑到圖書館大廳,果然赫赫然一張大字報寫著大字標題:「甯宗一老師在文學史一課中散佈了些什麼貨色!」在十多條批評意見中,第一條就是我在課堂上宣揚《金瓶梅》的所謂「社會的和審美的價值」,「把毒草當香花」,「企圖用《金瓶梅》這樣的淫穢的壞小說毒害青年學生」。我記得分明,那剛讀大字報時的感覺:心跳和腿軟、困惑和抗拒。這可能是一切第一次享受大字報滋味的人共有的生理和心理體驗。

以後的情況是:我在當時還不是內定的批判重點,所以誰也沒來追究這張大字報中的各條意見,似乎是不了了之了。不過,從這段回憶文字,足見當時這張大字報對我的威懾力。記得當時我就記取了一條「教訓」,因為在挨那張大字報之前就有一個小插曲,我倒也記得清楚。還在我給學生們剛剛講完《金瓶梅》時,不少男女同學就紛紛到圖書館去借《金瓶梅》,給當時圖書館員趙琳老師和王文通老師確實添了不少麻煩,讓他們費了很多口舌。事後王老師大大怪罪了我一番,埋怨我不應當「號召」學生讀這樣明令規定的「禁書」。這就是我這個「初出茅廬」的青年教師第一次在《金瓶梅》這部小說上跌的跤。

我像一切年輕人一樣,不會滿足看節本《金瓶梅》的,好奇心與性意識使然,我極想瞭解《金瓶梅》那被刪去的近兩萬字到底是怎樣描述的。我知道我的老師朱一玄先生有一部沒刪節過的《金瓶梅》,我曾擔心他也不會借給我看,只是到後來,我才抱著試試看的態度,找了一個我想寫一篇研究《金瓶梅》的文章的理由,一個晚上到朱先生家,請求他借這部書給我看看。完全出乎我的意料,朱先生二話未說,坦然又慷慨地立即從書櫃中把書拿給了我。我完全不懂版本,只記得這是一部木版大字本的《金瓶梅》,插圖繪製得極為粗劣,但我仍如獲至寶,僅用了幾天時間就又通讀了全書。毋庸置疑,我當然特別關注了那些刪節本中沒有的文字。這次讀《金瓶梅》的印象與前一遍不同之處在於,我除了領略那露骨的性描寫而感到新奇和富有刺激性以外,當然還有那得窺全豹的愉悅,然而從理性上則確實意識到了這位笑笑生果然有一種超前的膽識,敢於衝破那人所共知的「禁區」。進一步說,我似又有一種疑問,為什麼我還保留著第一次看刪節本時的感受,足本《金瓶梅》並沒有動搖它在我心目中屬於古代小說第一流的地位。

進入 60 年代,因為我教古典文學課,有權借閱《金瓶梅》,再加上我自己手頭有一部《金瓶梅詞話》,所以這本書通過我,曾經在部分教師和研究生中傳閱。俗話說:在劫難逃。果然不錯。「文革」前夜,一部《金瓶梅》又給我惹下了禍端。所謂「312 室裴多菲俱樂部」的「不正常」活動就有傳看和散佈《金瓶梅》一條罪狀。當然這樣的事,

比之於那後來的更大規模的轟轟烈烈的「文化大革命」來說又是微不足道的。所以後來隨著我們那些被「打擊」的「一大片」的徹底平反，此事也就煙消雲散了。然而心理積澱確實存在，很長一個時期我幾乎諱談《金瓶梅》。我怕自己談多了《金瓶梅》，會讓人感到我和《金瓶梅》一樣「不潔」。然而事實證明，《金瓶梅》就像幽靈一樣纏繞著我，只要有一點風吹草動，它就給我招災惹禍。

我們終於盼來了「四人幫」的垮台。很快人民文學出版社就向北京大學中文系和南開大學中文系約稿，希望我們兩校分工寫兩部為不同讀者對象閱讀的中國小說史。北大編著小說史有經驗，實力也雄厚，擔任了編著學術性強的那一部，我們則在中文系領導決定下，由我和郝世峰先生主編一部普及性的《中國小說史簡編》。不知是心有餘悸，還是一種逆反心理，我拒絕寫評述《金瓶梅》一章，而是由我約請了朱一玄先生撰寫。因為我知道朱先生下筆穩妥，而且他還是《金瓶梅》研究的老前輩，他的稿子是很容易被出版社的責編通過的。可是，我的估計又錯了。當時的古編室主任和責編認為，「簡編」是普及性讀物，是為工農兵及其幹部看的，不去介紹《金瓶梅》也罷。我們當然不同意這一意見，並申述了三條理由：一、魯迅在《中國小說史略》中對《金瓶梅》已有言在先，並且是「高度評價」；二、北大中文系的「小說史」闢有專章評述《金瓶梅》，為什麼「簡編」就不能評價；三、評述《金瓶梅》一書並不是「展覽」《金瓶梅》，只會有助於讀者正確閱讀和瞭解《金瓶梅》。三條理由並沒打動編輯們的心，結果一部中國小說史竟然隻字未提明代四大名作之一的《金瓶梅》。後來在我執筆的〈前言〉中，郝世峰先生專就此問題，挖空心思地加了一段說明和解釋性的文字。而結果卻是「欲蓋彌彰」！書一經出版，熟朋友大大調侃了我們一番；而陌生的讀者甚至來信質疑：一部中國小說史竟對《金瓶梅》不作一字評價？而我們這兩個主編也只好啞巴吃黃連，有苦說不出了。這件事，直到1986年在徐州召開的全國第二屆《金瓶梅》學術討論會上，我在一篇講演稿整理成文後，寫了一段作者附記，才算把事情的前前後後交代明白。因為這部《金瓶梅研究集》印數不多，有的朋友可能不易看到，我不妨借此機會把這段文字引述如下：

值得做深切反思的是在1979年出版的、有我參加主編的《中國小說史簡編》中，竟然因各種原因，把論《金瓶梅》的整整一章刪去了。而「前言」的說明中，卻說了這樣一段前後矛盾的話：「有些作品，如《金瓶梅》，雖然在小說史上有一定的地位，在今天也還有相當的認識價值和藝術上的借鑒意義，但是又因為其內容上的消極面過分嚴重而不宜在一般讀者中普及。考慮到本書是普及性的讀物，

對於這類作品，我們也未予介紹。」[1]今天看來，這段話無法解釋眾多現象。它只能說是當時歷史條件下的產物。不過，現在想來，這樣的看法正好提供我們這些知識分子進行自身文化心態反思的資料。通過目前對《金瓶梅》的深入研究，說明了我們知識分子已經開始擺脫歷史造成的那可悲的困境，當代人文知識分子的主體意識更趨強化和走向成熟。黑格爾老人在告別青年黑格爾時在《黑格爾通信百封》中就說過一句精闢的話：「我必須把青年時期的理想轉變為反思的形式。」信然！

以上所寫的回憶性文字，完全是實錄。我意在說明，《金瓶梅》在新中國成立後的一個相當長的時期，無論是在知識界內還是在知識界外總有不少人把它看成壞書、淫書，理應禁之。其實，當時針已撥到了 80 年代末，不是還有個別人在竊竊私議，誰要肯定了《金瓶梅》的價值，誰就似乎一定是不道德嗎？當然在這些人中間，有的是出於赤誠，有的則是無知，而有些人則純粹是假道學。

倘若有人追問我正式從事《金瓶梅》研究的動因時，我只能回答是一個偶然的機會。1983 年，春風文藝出版社林辰先生在大連組織了一次明清小說研討會，其意圖是想把重點放在他們正在系統地整理出版的明末清初才子佳人小說的評價上，我接到邀請信，感到很為難，因為我看過的才子佳人小說實在微乎其微，沒有發言權；而在思想上，長期沿襲著舊的觀念，對才子佳人小說始終沒有太多的好感。可是我捨不得放棄這次學習機會，所以還是相當認真地思考了一些問題，並以〈《金瓶梅》萌發的小說新觀念及其以後之衍化〉為題，第一次比較全面地表述了我對《金瓶梅》的基本評估。說實話，在論述《金瓶梅》在小說史上的地位及其小說美學的貢獻時我充滿了激情，我深感《金瓶梅》沉冤數百載，而我的教書生涯又時不時地曾和它結下了不解之緣。所以文章寫開去，在理論思辨中更多融合了自己的感情因素。我意識到了，我寫這篇文章時的內驅力實際上是 30 年前那「第一印象」以及那以後圍繞著《金瓶梅》的風風雨雨的日子，所以我是在為《金瓶梅》進行辯護，也是在為自己辯護。

像人的成長一樣，學術研究水準的提高也需要來自兩方面的動力：批評與鼓勵。在大連的會上，我對《金瓶梅》及其他問題的觀點，引來了截然不同的評價，一說，對《金瓶梅》評價過高；一說，頗有新意。當時給我最大鼓舞的是章培恆先生。我發言後，他悄聲對我說：「復旦大學出版社準備出一本收集 1983 年以前各大學學報上發表的研究《金瓶梅》文章的集子，你回去爭取時間，把文章發表在你校學報上，以便我們轉載。」我

---

[1]　南開大學中文系《中國小說史簡編》，北京：人民文學出版社 1979 年，頁 13。

聽後當然興奮萬分，一回學校就抓緊對我的第一篇論《金瓶梅》的文章進行修改，並改題為〈《金瓶梅》對小說美學的貢獻〉。當時學報編輯羅宗強先生認為可用，經他潤飾加工，很快打出小樣。然而好事多磨，「清除精神污染」又殃及到我的文章。學校一位負責人審查學報文稿時，認為正值「清除精神污染」之際，「不宜」在學報發表研究《金瓶梅》的文章。羅宗強雖多次申述該文絕無污染精神的毒菌，且有批評書中對性描寫的缺乏節制，然而得到的回答是：「緩緩看。」記得好像直到1984年第一季度，「清污」活動暫時過去了，我的文章才解禁，得以發表。可是我知道已超出了復旦大學出版社所收《金瓶梅》研究文章的時間斷限。後來不知是什麼原因，《金瓶梅研究》一書出版時，我的文章還是被收進去了。與此同時，我在大連會上的發言和整理出的文章先後也在林辰先生編的《明清小說論集》和朱維之先生主編的《比較文學論文集》中發表。這標誌著我研究《金瓶梅》的正式開始。

嚴格地說，研究《金瓶梅》，我起步較晚，其時，「金學」已經開始熱鬧起來，老樹新花，各逞風采，我投身其間，難免戰戰兢兢。跌跌撞撞走了幾步，有歡樂和興奮，也有困惑和煩惱，有時還有一種難言的寂寞和孤獨。說真的，對於《金瓶梅》的研究，我曾有一種宿命感：《金瓶梅》的命運，竟然和我的教學生涯發生了聯繫！

我常為我的氣質、個性和學識所局限，在學習的道路上，我很少把感情投注在一部書上做執著的追求和刻苦的鑽研，像一位朋友說的：「你總是打一槍就跑！」所以我確也未曾捲入過任何問題的爭論。可是，《金瓶梅》研究的「處女作」一經發表，我就陷入了欲罷不能的境地。《金瓶梅》這個幽靈又一次緊緊把我拉入了相當長時間的論爭漩渦中去。1985年徐州召開第一屆《金瓶梅》學術討論會，我因故未能參加。事後知道，由宋謀瑒先生發難，批評了章培恒先生和我在研究《金瓶梅》中的「溢美傾向」。後來由徐朔方和劉輝二位先生編的《金瓶梅論集》出版，我才正式讀到宋先生的大作。宋文沒點我的名，只是引了我的幾段文字，進行了批評。事後劉輝兄告訴我，編書時，知道我正「倒楣」，不肯落井下石，所以「姑隱其名」了。我當然感謝劉兄的好意，可是宋文的批評意見，我卻難以虛心接受，憋了兩年，借著第二次《金瓶梅》討論會和第三次《金瓶梅》討論會的機會，我對宋先生的意見進行了「反批評」，其中部分意見寫入〈說不盡的《金瓶梅》〉一文中。

其後，胡文彬先生和徐朔方先生編的兩本《金瓶梅》研究論文集出版，我看到了美國學者夏志清評論《金瓶梅》的文章。又讀了包遵信發表在《讀書》雜誌上對《十日談》與《金瓶梅》進行比較的文章，我對他們貶抑《金瓶梅》的觀點很不以為然，他們把《金瓶梅》打入「三流」，更是我所不能接受的。至於方非在〈勞倫斯的頌歌與略薩的控訴〉一文中的那種比較研究，我更認為不會對《金瓶梅》做出科學的價值判斷。我直率地表

明：《金瓶梅》不應成為人們比較研究的陪襯和反襯的墊腳石。把它置於「反面教材」的位置上進行的任何比較，都是不公平的。這樣我前前後後寫了〈《金瓶梅》萌發的小說新觀念及其以後之衍化〉〈《金瓶梅》對小說美學的貢獻〉〈《金瓶梅》文本思辨錄〉〈《金瓶梅》：小說家的小說〉〈說不盡的《金瓶梅》〉〈「金學」建構〉〈談〈讀書〉對《金瓶梅》的評論〉〈回歸文本：21 世紀《金瓶梅》研究走勢臆測〉〈金瓶梅研究方法論〉等等。幾篇文章體現了我的大思路：為《金瓶梅》一辯。

我不是沒有懷疑過自己要為《金瓶梅》辯護這一命題的必要性。因為《金瓶梅》的「行情」一直看漲，而且大有壓倒其他幾部大書之勢。至於對於一部書的評價，那是一個永遠不會取得完全一致意見的事。

不過，我始終認為方法雖然很重要，而且方法的改進，無疑會給古代小說研究增加生機，但卻不可能從根本上提高古代小說研究的社會價值。方法有助於達到目的，但方法卻不能代替對目的的追求，與時代精神同步合拍，應是古代小說也是《金瓶梅》研究追求的目的，只有與今天的文藝創作和評論銜接，才能使古代小說研究升值。聯繫到我的《金》書研究，在最準確意義上來說也只是《金瓶梅》美學隨想。如果上帝賜我以時日，我真的想再努力一把，書寫真正屬於《金瓶梅》小說美學建構的文字，在思想和理論的深度和方法論的更新上都能有些突破，從而為現今的小說創作提供一點點參照。

我常想，教書人與書結緣，讀書界有過很多說法，從王國維的三境界說，到神遊、神交、神合說，還有更通俗的「吞、啃、品」之說。但我的不刻苦，往往又和我的一個不成文的信念有關，即我太看重讀書的「第一印象」。「第一印象」的好處是容易把握文本中最能打動你的那些鮮活的形象、思想和風格。但缺點也就出來了，即文本整體意蘊的意味和內在質素往往探尋得不夠深入。「第一印象」無疑會在新鮮感基礎上引發、觸動、感悟你的聯想鏈，而聯想往往會把你帶到一個可能與文本不盡相同的情景中去，有時在詮釋中也會有過度詮釋的弊病。對我來說，這一切可能與我上世紀五、六十年代讀王朝聞先生的書有關，也許和我較系統地讀過俄國民主主義批評家赫爾岑、別林斯基、車爾尼雪夫斯基、杜勃羅留波夫的著作有關。現在一經反思，我才認清我是太多地誤讀了這些理論大家的文字。比如我抓住王朝聞先生的「欣賞，再創造」的核心理念，那是因為我曾認為讀文學作品就是一件極輕鬆、極愉快的事，它可以幫我「胡思亂想」地「再創造」。所以我不想把文本閱讀看成一件苦差事。我寧願浮想聯翩，也不願花時間去死摳書中的細節和文字中的微言大義。我的這種所謂印象式的解讀文本的方法，有時對文本內蘊也會有所「發現」，但由此而生發的一些論斷，似難經受嚴格的核對總和反復推敲。至於我能對別、杜、車著作進行較系統的研讀，其實是和滿濤、繆靈珠、辛未艾三位先生的絕妙譯筆有關。他們三位的翻譯文字讓我著迷，所以通過他們的文字，我開始

認知了別、車、杜的審美感受和審美理想。我極欽佩這幾位理論大家對文本、作家的精確解讀，並在此基礎上上升到一種美學高度，提出前人未有的學術的、藝術的命題。當然我也知道，別、車、杜的著作大多是在他們的民主主義理念指引下去解讀作家及其文本的，是在經過社會現實的、藝術的分析後再回歸到原有的現實理念中去的。不過你不能不佩服他們的深刻，他們的激情，他們對藝術創作規律的準確把握，也不能不佩服他們的評論文字兼具氣勢與優雅的品位。今天回想起來，別、車、杜給我的影響是雙重性的。一方面，我從他們的美學理論中，提高了自己的審美感知力和文化判斷力；而另一方面，因為我的誤讀，我也有了「理論先行」的毛病，這就有違文本細讀的原則。至於我在行文中的歐化長句也是因為對理論大家的文字沒能很好消化所致。不過我還是體悟到文學研究的文字表述必須首先是文學的，必須是美的。

我深深感激先賢和時彥的理論文字對我的正面影響。不是出於偏愛，而是深切感到作家與文本研究如果不上升到思想理論層面不追求「意義」或「意味」，那就僅是第一層次的研究。僅就古典文學的研究，就應該考慮三個轉換：一是從微觀的考據向宏觀的把握的轉換；二是從表象的觀察向深層的透視的轉換；三是從事實的描述向意義的闡發轉換。一句話，我企盼的和追求的是由「史實」與「學術」層面向「義理」與「思想」層面轉換，並由此形成一種新的解讀和研究模式。也許這就是王元化先生生前提出的「有思想的學術和有學術的思想」的內涵吧！

我承認我的人生體驗對我的教學與學術研究產生的積極影響。如果說從上大學到當下，六十年的風風雨雨，我最遺憾的、也是我最沒出息的地方，是我讀的書太少，甚至專業書也讀的很少。但是，我的生命歷程和人生體驗卻多少彌補了我學術上先天和後天的不足。是的，每個人都在旅途中行走著，成長著，也成熟著。身影遠去，留下一道道蹤跡，或深或淺，彙聚一起，你驀然回首竟是一部大書。至於我，如果打開履歷表，可能是太簡單了。但六十四個歲月都是在南開大學度過，我們這一代人的經歷又似乎大同小異。然而，我們何嘗不是從人人見慣了的永恆的人生歷程裏，都擁有一份屬於自己的人生體驗呢？我們都無須虛構，活生生的現實，讓我們感知社會和人生的況味。我經歷的磨難造就了我，從一個單純的「渾小子」成了一個也算深諳世情的教書人。嚴格地說，我珍惜這一切。我把這一切看成是自己的人生歷練史，或者說就是我的成長史。一個極其狹仄的學校，竟然讓我閱盡人間滄桑。我終於明白了一個道理，你所處的環境，不管寬狹，真正重要的乃是體驗。所以我現在才有理由提出這個關鍵字：閱讀人生。我真的是到今天才懂得，人，只有真正走上社會，經歷磨難，才能成長，走上人生之路。

我坦誠地承認，我的人生體驗使我在重讀經典時，還是有一點點屬於自己的審美感悟和文化判斷力。有時在解讀文本時，我還可能有所「發現」。該書中對典型人物的分

析，我覺得稍有一點新意。如果我不是以心會心、將心比心，那麼，我仍然會像從前那樣寫出乾巴巴的文字。而如今，我雖然感到自己思想的淺薄，但我絕不會再在研究中走「臉譜化」的老路。我開始學著拋棄黑白分明的是非研究理念，開始學著拋棄傳統意識形態薰陶下的僵化、定型的模式。人生體驗使我逐步理解，無論古今，一切優秀之作在相當程度上都是反映人性和社會的複雜多面性。這就決定了我們在面對經典文本時，應採用多元論為中心的相對主義的解讀模式。正是基於這樣的認識，我總是喜歡提到那十二個字：無須共同理解，但求各有體驗。

強調各有體驗，並不違背文學研究仍是「傳真之學」。因為我信奉一點：忽略了認識過程，就是掩蓋歷史真相；回避了過程，是把複雜的問題簡單化。

我非常同意這樣一種觀點：精神勞動從來都不是純粹個人的。正是在今天，精神創造比之以往任何時候更依賴於交流、思想碰撞、彼此之間的啟示與校正，依賴於學術環境和文化氛圍。當我寫到這裏時，我想到了如果不是章培恒先生對我的鼓勵，劉輝兄和林辰先生給我參加學術研討會的機會，如果不是宋謀瑒先生對我的批評，如果不是我的年輕的朋友王力兄對《金瓶梅》的獨到看法以及幾次促膝談心對我的藝術感知的啟發，如果不是黃霖先生、吳敢先生諸師友對我的支持，我知道我是不會寫出這些文章來的，甚至不可能從事《金瓶梅》的研究。另外，付善明博士在百忙中幫助我搜集散落在各期刊的文章，經整理後得以成書。總之，這本小冊子如能面世，理所當然地包括他們的勞動和情意。

最近，我又有機會在臺灣學生書局出版這本《甯宗一金瓶梅研究精選集》的小書，這卻是我始料不及的。本來曾寫過的書和論文現在看起來，真是寒磣得讓我汗顏。在印象中，它們也只是在小圈子裏有過一點點影響，而後來，我也就把它們徹底擱置了起來，歸入「歷史記憶」中。現在，卻不能不把歷年寫的有關解讀《金瓶梅》的文章和在歷次《金瓶梅》學術研討會上的發言，經過整理，又以「精選集」的面目擺在讀者面前，內心既高興又極慚愧。這使我不能不深深感激學生書局的學術寬容。

我知道，這本小冊子所達到的與預期的目的之間存在著不能盡如人意的距離。比如思路不夠開闊，具體分析還嫌少，問題切入的角度也可以再「俏」一點；特別是其中不少篇什，在觀點和行文上往往有自己重複自己的毛病，這些缺點都是顯明可鑒的，好在知來者之可追，他日或可彌補。

國家圖書館出版品預行編目資料

甯宗一《金瓶梅》研究精選集

甯宗一著. — 初版. — 臺北市：臺灣學生，2015.06
面；公分（金學叢書第2輯；第2冊）

ISBN 978-957-15-1651-6 (精裝)

1. 金瓶梅　2. 研究考訂

857.48　　　　　　　　　　　　　　104008041

甯宗一《金瓶梅》研究精選集

著　作　者：甯　　　宗　　　一
主　　　編：吳　敬、胡　衍　南、霍　現　俊
出　版　者：臺　灣　學　生　書　局　有　限　公　司
發　行　人：楊　　　雲　　　龍
發　行　所：臺　灣　學　生　書　局　有　限　公　司
　　　　　　臺北市和平東路一段七十五巷十一號
　　　　　　郵 政 劃 撥 帳 號：00024668
　　　　　　電　話：(02)23928185
　　　　　　傳　眞：(02)23928105
　　　　　　E-mail：student.book@msa.hinet.net
　　　　　　http://www.studentbook.com.tw

定價：精裝 30 冊不分售
　　　新臺幣 45000 元

二 ○ 一 五 年 六 月 初 版

ISBN 978-957-15-1651-6 (本冊)
ISBN 978-957-15-1680-6 (全套)

金學叢書 第二輯